SILVIA GÖTSCHI

ALPSTEIN

Kriminalroman

emons:

Bibliografische Information der Deutschen Nationalbibliothek
Die Deutsche Nationalbibliothek verzeichnet diese Publikation in der Deutschen Nationalbibliografie; detaillierte bibliografische Daten sind im Internet über http://dnb.d-nb.de abrufbar.

MIX
Papier | Fördert gute Waldnutzung
FSC
www.fsc.org
FSC® C083411

Umschlagmotiv: mauritius images/Westend61/Stefan Schurr
Umschlaggestaltung: Nina Schäfer, nach einem Konzept
von Leonardo Magrelli und Nina Schäfer
Umsetzung: Tobias Doetsch
Gestaltung Innenteil: DÜDE Satz und Grafik, Odenthal
Druck und Bindung: CPI – Clausen & Bosse, Leck
Printed in Germany 2024
ISBN 978-3-7408-2107-4
Originalausgabe

ALPSTEIN

Dieses Buch ist ein Roman. Handlungen und Personen sind frei erfunden. Ähnlichkeiten mit lebenden oder toten Personen sind nicht gewollt und rein zufällig. Auf S. 330 findet sich ein Glossar.

Der Neid ist die aufrichtigste Form der Anerkennung.

Wilhelm Busch

Ein einziger Fehltritt kann dir das Leben kosten. Reagierst du nicht schnell genug, bedarf es nur noch des Gebets. Ich bin oft in brenzlige Situationen geraten. Das Glück ist stets an meiner Seite gewesen. Bis heute.

Ich rutsche ab. Hätte ich mich bloß nicht ablenken lassen. In diesem einen Augenblick, in dem sich meine Konzentration abgeschwächt hat. Dabei weiß ich es seit meinen Kinderjahren. Es braucht wenig. Ein Abschweifen der Gedanken, eine kleine Vernachlässigung. Eine minimale Abweichung, welche sich zum Drama entwickelt. Von einer Sekunde zur anderen.

Der Ruck ist gewaltig, verursacht durch den Fangstoß. Mein Knie schlägt auf. Der Schmerz kommt unmittelbar. Ich kann einen Aufschrei nicht verhindern. Ich sacke ab, einen Meter, zwei. Und hänge an der Wand wie ein Pendel. Ein ganzer Film läuft ab.

»Alles okay?« Mein Freund klingt besorgt. Ich sehe sein Gesicht über mir, seinen erstaunten Blick.

Nichts ist in Ordnung. Ich hätte mir niemals diese Blöße geben dürfen. Nicht jetzt. Vor fünf Minuten haben wir das Couloir traversiert, an exponierten Stellen den Karabiner ins Drahtseil eingehakt. Routine wie immer. Der Aufstieg hier ist glitschig und erfordert uneingeschränkte Aufmerksamkeit. Noch liegt Schnee.

Über mir brennt der Himmel, eine Weichzeichnung nuancierter Farbtöne. Die Gebirgskette des Alpsteins zeichnet sich gestochen scharf davor ab. In dieser Atmosphäre begründet sich der Entschluss, heute hierhergekommen zu sein. Es ist dunkel gewesen, als wir von der Schwägalp losgegangen sind. Unser Ziel: der Säntis. Nicht zum ersten Mal. Oben sein, wenn der Tag erwacht, wenn alles noch schläft. Der Nervenkitzel, in der Dämmerung zu klettern. Diesmal haben wir es zu weit getrieben. Unüberlegt, im jugendlichen Leichtsinn.

Nachdenken. Und vor allem ruhig bleiben.

Es bringt nichts, sich aufzuregen. Sieh dich an den Dingen satt, welche die Natur hervorbringt. Sei dankbar und demütig, hat mir mein Großvater beigebracht, und schöpfe Kraft, indem du dir bewusst wirst, eins zu sein mit dem Ganzen.

Scheiße, dieser Schmerz.

Im Osten geht die Sonne auf. Der Fels, in dem ich hänge, beginnt von innen zu leuchten. Ich nehme die Wärme auf, die sich in meinem Körper ausbreitet. Ich habe den Tritt verloren, unter meinen Füßen ist nichts als Leere. Und da ist das bange Gefühl, versagt zu haben. Die Klettergurte schneiden meinen Körper entzwei. So fühlt es sich an.

Mein Freund muss sehen, wie ungünstig meine Lage ist. Er ruft mir zu, während er das Seil herumschwenkt. Solange ich frei schwebe, wird er mich nicht hochziehen können. Ich bin zu schwer. Verzweifelt strecke ich meinen rechten Arm aus, suche nach einem Felsvorsprung, den ich greifen kann, berühre Gras, ein Büschel Erika, die hier wie selbstverständlich zwischen den Steinen wachsen. Das zarte rote Pflänzchen krallt sich fest. Weder Sturm noch Regen würden es abreißen können. Es muss auch mir gelingen, Halt zu finden. Endlich greift meine Hand, klammert sich an den Fels. Ich schwinge die Beine, bis der eine Fuß auf Widerstand trifft.

»Ich halte dich! Vertrau mir!«

Natürlich muss ich mich auf meinen Freund verlassen können, sonst wäre ich nicht hier. Nicht an diesem frühen Morgen, an dem mir meine Sorglosigkeit bewusst wird. Ich blicke über meine Schulter in den Abgrund. Das Gestein glüht und die Temperatur steigt.

»Du schaffst das!«

Alles in mir pocht: das Herz, der Puls, mein Knie.

Ich will nicht zugeben, wie sehr der Schmerz an mir reißt. Unwillkürlich kommen die Tränen. Sei keine Memme!

Von Neuem verliere ich den Halt. Geröll löst sich. Steine, die talwärts purzeln, und ich kann nur hoffen, dass sich niemand unter uns befindet.

Die letzte Kraft verlässt mich. Ein Ruck, ein Reißen. Ich falle.

Eine eigentümliche Ruhe kehrt ein. Ich ahne, es ist vorbei. Die Angst ist von mir gewichen. Ich lasse es geschehen, den letzten Blick an die Felswand, der sich drehende Himmel über mir.

Vielleicht würde ich schon bald an seine Pforten klopfen.

EINS

Der Briefumschlag hatte eine rosa Farbe und eine Geruchsnote, die an Veilchen erinnerte. Die Schrift kannte sie nicht. Milagros von Wirth schloss den Briefkasten und ging mit der Post zurück in ihr Appartement: mit der Tageszeitung, einer Reklame für die ultimative Sonnencrème und einem Prospekt für eine Kreuzfahrt im Mittelmeer, was in Milagros ein ambivalentes Gefühl zwischen Wehmut und Ärger auslöste. Wehmut, weil sie vor zwei Jahren eine achttägige Reise nicht hatte richtig beginnen, geschweige denn beenden können, Ärger, weil ihr das Geld dafür bis heute nicht zurückerstattet worden war, trotz Annulationsversicherung. Milagros warf die beiden Flyer in den Abfallkübel, der beim Aufgang zum Spielplatz stand und kaum gebraucht wurde. Der gelbe Kleber mit der Aufschrift »Öffne und benutze mich« wurde selten gelesen. Seit sie hier eingezogen war, war sie mit Ausnahme einer eigensinnigen mittelalten Frau die einzige Bewohnerin in diesem Haus, welches zu einer modernen Überbauung gehörte. In den anderen Häusern sah es unwesentlich besser aus. Die Feriengäste blieben fern, und für Familien, für die man die Häuser errichtet hatte, war der Mietpreis unerschwinglich, außer sie gehörten zu den Superreichen. Aber diese kamen nicht hierher.

Der Sommer war heuer eine einzige Zumutung. Die wenigen Meter zwischen Briefkasten und Wohnung hatten Milagros zum Schwitzen gebracht. Sie war außer Atem, als hätte sie einen Halbmarathon bewältigt. Eigentlich war an dem Resort nichts auszusetzen. Das Appartement im Haus Rosengarten erfüllte alle Ansprüche. Die Küche war mit modernsten Gerätschaften ausgestattet. Nebst dem Backofen gab es einen Steamer, und der Kühlschrank verfügte über eine separate Eismaschine. Beim Induktionsherd war eine Ausbuchtung für den Wok eingelassen, und die Kaffeemaschine war integrierter Bestandteil des Geschirrschranks. Hightech vom

Feinsten und farblich perfekt aufeinander abgestimmt. Ganz ihr Geschmack.

Milagros schritt zum Fenster und sah hinab auf den Brienzersee. Seine Farbe erinnerte an das türkise Meer vor der Karibikinsel San Blas, auf der sie den Winter um drei Wochen verkürzt hatte. Gut essen, trinken und baden, in Erinnerungen schwelgen an die Zeit, als sie mit Kaspar rund um die Welt gejettet war. Von einem erfrischenden Bad im Brienzersee sah Milagros hingegen ab, seit sie erfahren hatte, was für Altlasten auf dem Grund lagerten.

Sie holte ein Messer aus der Küchenschublade und schnitt damit den Umschlag auf. Der Veilchenduft intensivierte sich, und das Rosarot setzte sich auf dem Briefbogen fort. Sie faltete das Papier auseinander, neugierig und ungeduldig. Es war lange her, seit sie solche Briefe erhalten hatte, und Melancholie überkam sie. Die letzten Jahre waren dahingeflossen, ohne nennenswerte Höhepunkte. Ein wenig machte es ihr Angst. Die Namen am unteren Rand sprangen ihr ins Auge.

Aurora Antoniazzi und Heinrich Manser.

Heini! Milagros musste sich setzen. Sie hatte ihn unlängst gesehen. Im März war es gewesen, in der Berner Altstadt, unter den Lauben. Er war zügig aus einem Sportgeschäft gekommen, als Milagros hineingehen wollte, und hätte sie beinahe umgerannt. Heinrich Manser, einst ein guter Freund ihres Mannes Kaspar, hatte sie auf Anhieb wiedererkannt. Milagros durfte dies als Kompliment deuten. Er hatte von seinen Plänen gesprochen, von seinen Expeditionen in den Schweizer Alpen, vom Klettern und Bergsteigen – davon, dass er heiraten würde, nicht.

Das Foto in Herzform untermalte das Geschriebene. Ein ungleiches Paar, das in die Kamera lächelte. Sie, die blonde Ausgabe von Liz Taylor, er, der Alte, dem Wind und Wetter Furchen ins Gesicht gezeichnet hatten. Aurora Antoniazzi, der Inbegriff der Perfektion. Eine Schönheit, die ihren Zukünftigen überstrahlte. Wie war er bloß an diese Frau geraten?

Alter Narr!

Der eingefleischte Junggeselle und Lebemann hatte die sechzig längst überschritten. Wenn Milagros sich nicht täuschte, hatte er sogar den gleichen Jahrgang wie sie. Ob er Udo Jürgens' Lied zum Anlass genommen hatte, seinem Lebensherbst einen neuen Frühling einzuhauchen? »Mit sechsundsechzig Jahren, da fängt das Leben an.« Ein Ohrwurm, wie sie ärgerlich feststellte. Sie würde die Melodie in ihrem Kopf nicht mehr losbekommen.

Heini hatte sich eine Jüngere geangelt, als wären die Frauen um die sechzig nicht interessant genug.

Aurora, ein Küken, im Vergleich zu Milagros, das auch mal groß werden und dem Alten den Gnadenstoß geben würde. Milagros öffnete den Kühlschrank und nahm eine angebrochene Flasche Louis Roederer heraus. Sie würde sich volllaufen lassen, hatte endlich einen Grund, ihren Frust zu ertränken. Sie setzte die Flasche an den Mund und nahm einen Schluck daraus, nicht ladylike, aber das sah ja niemand. Augenblicklich schämte sie sich für ihr Sich-gehen-Lassen. Trotzdem: Die alten Männer konnten sich eine junge Frau anlachen, ohne schräg angesehen zu werden, wogegen man eine Sechzigjährige belächelte, sollte sie sich einen Jüngeren geangelt haben.

Milagros besah sich die Frankatur und wann der Brief abgestempelt worden war. Vor einem Tag in Appenzell. Eine so kurzfristige Einladung zu einer Hochzeit übermorgen hatte sie nie zuvor erhalten. Es kam ihr ein wenig suspekt vor. Ob sie eine Lückenbüßerin war für jemanden, der verhindert war, am Fest teilzunehmen? Vielleicht hatte Heini sich spontan an sie erinnert und daran, welch fröhliche Feste sie früher miteinander gefeiert hatten. Damals, als sie in ihrer jugendlichen Sorglosigkeit überbordet und manchmal nicht gewusst hatten, wie ausgelassen sie sich benehmen wollten. Milagros war kaum in die Schweiz gekommen, da führte Kaspar sie in die verruchtesten Spelunken, was sie ihrem korrekten späteren Ehemann nie zugetraut hätte. Sie hatten die Nächte zu Tagen gemacht und umgekehrt. An den Wochenenden hatten sie getanzt bis in die Morgenstunden, nicht nur in Hergiswil, und den Tag darauf in entspanntem Nichtstun verbracht. Kaspar und Heini, der eine distinguierter Bankier, der andere Erbe eines rentablen Familienunternehmens, das er nach dem frühen Tod seiner Eltern verkauft hatte. In den Jahren danach hatte er nicht arbeiten müssen, und wahrscheinlich war es heute noch so. Sein Vermögen hatte er bei Kaspar angelegt, was diesen daraufhin zum Direktor der Nidwaldner Bank erhoben hatte.

In seinem Alter wollte Heinrich Manser also jetzt heiraten. Himmel noch einmal! In zwei Tagen. Milagros legte den Brief auf die Ablage beim Herd und las den Rest. Natürlich gab es einen Dresscode. Das Brautpaar wünschte sich eine folkloristisch-sportliche Garderobe, passend zur Hochzeitsmesse, die in einer der Wildkirchli-Höhlen oberhalb von Wasserauen stattfinden würde. Bergschuhe waren ein Muss. Die Anfahrt war beschrieben. Ab Wasserauen mit der Luftseilbahn bis auf die Ebenalp, dann zu Fuß Richtung Äscher.

Milagros seufzte. Was sollte sie bloß anziehen? Folkloristisch-sportlich. Diesen Ausdruck hatte sie noch nie gehört. Eine Appenzeller Tracht mit Wanderschuhen? Von einem Rucksack stand da nichts.

Heini hatte sie oft besucht, wenn er vom Ausland zurückgekehrt war. Ihn hatte eine alte Freundschaft mit Kaspar verbunden, deren Ursprung Milagros nicht kannte. Zwei Wochen nach Kaspars Tod hatten sie sich aus den Augen verloren. Milagros erinnerte sich an den ergreifenden Nekrolog, den Heini in der Kirche gelesen hatte. Im Anschluss hatte er seine Gitarre zur Hand genommen und die Zeremonie mit Kaspars Lieblingslied untermalt. »Knocking on Heaven's Door« von Bob Dylan, eine herzbewegende Interpretation. Im Grunde hatte Heini immer wieder seine Kreativität spielen lassen. Musik, Schreiben, Fotografieren – er war der Virtuose auf der Bühne seines selbst gewählten Daseins, der Lebenskünstler, dessen Berufung aber im Klettern und Bergsteigen lag. Das pure Gegenteil von Kaspar. Heinis Leidenschaft waren die Berge. Auf den Gipfeln der Welt fühlte er sich zu Hause, sie waren Gebet und Religion,

Schöpfung und Inspiration. Und wie er ihr unter den Lauben erzählt hatte, war das bis heute so. Mit dem einen Unterschied, seit seinem Sechzigsten die Schweizer Berge denen im Ausland vorzuziehen.

Milagros öffnete den Gläserschrank und griff nach einem Glas. Sie ließ Wasser aus dem Hahn und füllte es bis fast zum Rand. Alkohol am Vormittag bekam ihr nicht gut. Sie könnte doch einfach auch absagen. Heini würde es begreifen. Sie hatte noch nicht einmal ein Zimmer. Der Weg mit dem Auto vom Brienzersee ins Appenzellerland betrug mehr als drei Stunden, mit der Bahn waren es über viereinhalb.

Sie suchte vergebens nach einer An- oder Abmeldung. Man erwartete offenbar, sie würde die Einladung annehmen. Eine Fahrt ins Blaue. Aber genau das hatte ihre Existenz bis anhin lebenswert gemacht. Und die Einladung kam zur richtigen Zeit. Sie wollte allen beweisen, eine fidele Rentnerin zu sein.

Der Juli wirkte einschläfernd. Die Tage waren in jene Hitze gehüllt, mit der selbst eine wie Milagros, die seit ihrer Kindheit heiße Sommer gewohnt war, Mühe bekundete. Wenn der Morgen dämmerte, unternahm sie ausgedehnte Spaziergänge, fuhr nach Interlaken oder nach Brienz und spazierte die Aare oder den See entlang. Sie frühstückte in einem Café und kehrte in ihr Appartement zurück, wenn die Sonne hoch am Himmel stand. Den Vormittag verbrachte sie lesend im Schatten. Diese Lebensart war eigentlich nicht Milagros' Ding. Sie bevorzugte Geselligkeit, Besuche in Museen, Konzerte und Lesungen. Seit dem Tod ihres Mannes hatte sie ihr Leben umgekrempelt und so gestaltet, damit ihr die Decke nicht auf den Kopf fiel. Eine Zeit lang hatte sie zum Zeitvertreib einen jungen Freund an ihrer Seite gehabt, einen Cellisten aus Luzern. Aber irgendwann war sie ihm zu alt geworden. Nicht einmal ihr Reichtum hatte ihn an sie gebunden. Die Jahre waren vergangen, und Milagros musste einsehen, sie wurde nicht jünger und konnte das Rad nicht zurückdrehen. Ihre Krise, in der sie sich ungebraucht und überflüssig vorgekommen war, hatte sie zum Glück überwunden. Dazu beigetragen hatten auch Maximilian und Federica, die sie in ihrer Detektei als Mitläuferin duldeten. Aber die Fälle, in denen sie tatkräftig mitwirkte, waren rar. Um nicht in Selbstmitleid zu versinken, musste Milagros etwas an ihrem Alltag ändern. Das war jedoch einfacher gesagt als getan. Enkelkinder hatte sie sich abgeschminkt. Federica, Maximilians Langzeitfreundin, hatte die vierzig überschritten. Ob sie in diesem Alter noch Mutter werden wollte, darüber hatte sie nie nur ein Wort verloren. Eine Alternative zu Großkindern wäre ein Hund gewesen. So ein Schoßhündchen, welches man in der Handtasche mitnehmen konnte. Aber diese Bürde wollte Milagros nicht tragen. Ein Hund hätte sie in ihrer Freiheit eingeschränkt.

Sie hätte sich mit ihrer Nachbarin anfreunden können. Doch diese kam ihr seltsam vor. Bei schönem Wetter saß sie von morgens bis abends auf dem Balkon und starrte auf den See hinaus. Wusste der Kuckuck, was sie dort sah. Wenn ihr Milagros trotzdem mal auf der Straße begegnete, blickte sie ostentativ auf die andere Seite. Sich um die Aufmerksamkeit einer solchen Person zu bemühen sah Milagros als Zeitverschwendung an.

Sie ging mit dem Wasserglas und der Champagnerflasche ins Gästezimmer, wo auch der Computer stand, und wog ab, was sie zuerst austrinken wollte. Den Rechner benutzte sie nicht oft. Aber wenn sie wie heute ein Hotelzimmer zu buchen gedachte, war das Internet praktisch. Milagros startete den Rechner. Sie gab ihre Anfrage ein, wartete, bis über verschiedene Anbieter Vorschläge erschienen. Milagros konzentrierte sich auf Appenzell und Umgebung. Wie erwartet waren die meisten Unterkünfte aktuell ausgebucht. Sie fand ein einziges Zimmer in einem einfachen Landgasthof in Weissbad. Milagros klickte die Bilder auf dessen Website an. Nett, dachte sie. Nicht der Luxus, den sie sich gewohnt war. Rot-weiß karierte Bettwäsche, viel Holz. Sie brauchte jedoch ein Dach über dem Kopf und eine Liege. Kurz entschlossen buchte sie.

***

Ein letztes Mal ging er den Text durch. Noch fünf Minuten blieben Klemenz Eugster, um sich für die Rede geistig vorzubereiten und sie zu verinnerlichen. Er war nicht der Mann der großen Worte, wenn es um Kunst und Kultur ging. Dafür waren andere zuständig. Im letzten Moment hatte die Moderatorin abgesagt, weil eine Sommergrippe sie ans Bett fesselte. Vor der Tür des Gemeindesaals in Appenzell warteten bereits die Gäste und ein Rudel von Journalisten, die sich die Buchpräsentation von Heinrich Manser nicht entgehen lassen wollten. Sapperlot, dachte Klemenz, was habe ich mir da eingebrockt?

Auf die Minute genau ging die Tür auf, und die Leute strömten herein. Klemenz sah sich nach Manser um, entdeckte ihn nirgends. Das passte zu ihm. Manser kam immer zu spät, auch an diesem bedeutungsvollen Tag. Wenigstens heute hätte er pünktlich sein können. Klemenz griff nach einem Taschentuch in der Westentasche, faltete es auseinander und fuhr sich damit über die Stirn. Neinsagen war noch nie seine Stärke gewesen. Er bürdete sich stets noch mehr Aufgaben auf. Der Arbeitsberg vor ihm wuchs und wuchs, und er trug die Verantwortung für die Standeskommission, die Regierung. Er hatte auch zur Wahl zum Landammann im April vor einem Jahr an der Landsgemeinde nicht Nein sagen können. Dennoch hoffte er, es würde sich bald ein Nachfolger abzeichnen, der ihn von den Pflichten ab- und erlöste. Vor allem von den Aufträgen, sich stets in der Öffentlichkeit zu zeigen und an jeder Veranstaltung dabei sein zu müssen. Dabei hatte er sich sein Amt hart erkämpft, denn für Politik interessierte er sich seit jeher. Sein Vater selig war schon Landammann gewesen, über die Jahre hatte dieser sich wählen lassen, im Zweijahresturnus zwischen regierendem und stillstehendem Landammann. Für Klemenz war es deshalb nicht bloß eine Verpflichtung, in Vaters Fußstapfen zu treten; er war es ihm schuldig. Noch am Sterbebett hatte er ihm versprochen, mit der Tradition ihrer Familie unter keinen Umständen zu brechen.

Schnell waren alle Stühle besetzt. Klemenz stieg auf das Podest und richtete das Mikrofon. Sein Blick schweifte über achtzig Menschen, die sich heute zu Ehren des Sportkletterers Heinrich Manser eingefunden hatten. Der Sechsundsechzigjährige hatte sein drittes Fotobuch herausgegeben. Ein guter Grund, um ihn zu feiern. Ausgerechnet ihn. Klemenz hatte noch eine private Rechnung offen mit ihm. Nach dessen Rückkehr nach Appenzell vor sechs Jahren hatte Manser seiner Frau Christa offensichtliche Avancen gemacht. Das hatte Klemenz bis heute nicht vergessen.

Heinrich Manser betrat endlich die Bühne. Es war, als umfinge ihn eine Aura aus leuchtenden Farben. Dieser Mann hatte ein Charisma wie kein anderer.

Klemenz winkte ihn nervös an seine Seite, hoffte gleichzeitig, dass nicht dieser das Wort ergriff und seine Vorbereitungen für die Katz gewesen wären. Manser blieb stehen, und Klemenz begann mit der Rede, nachdem er sich zweimal hintereinander geräuspert hatte.

»Wir leben in einer heterogenen und schnelllebigen Zeit. Alles muss noch rasanter, noch effizienter sein und höher hinausgehen.«

Niemand reagierte, und Klemenz dachte schon, er hätte sich in der Wortwahl vergriffen. Ein komischer Gedanke, rügte er sich selbst im Stillen. Wenn ein Volk sich in Muße und Laisserfaire auskannte, dann die Appenzeller.

»Einer, der zeit seines Lebens die Höhe gesucht hat, steht neben mir. Sehr verehrte Damen und Herren, wertes Publikum. Wir begrüßen unseren geschätzten Bergsteiger, Fotografen und …« Er zögerte, weil er Manser noch nie zu den Poeten gezählt hatte. Aber dies entschieden andere. Sein Verleger etwa, der den Lebemann in den höchsten Tönen lobte. »… Schriftsteller Heinrich Manser.«

Die Besucher applaudierten, einige unter ihnen erhoben sich von ihren Plätzen. Man huldigte ihm, dem Appenzeller Urgestein, der nach Jahren im Ausland und außerhalb seines Heimatkantons nun zurückgekehrt war, dem Mann ohne Angst, dem reichen Spross einer Großmetzgerei, dem Eigentümer eines Appenzellerhauses, dem gern gesehenen Gast in den Restaurants und Bars. Solange man von ihm profitierte, stellte man ihn auf das Podest, legte ihm eine Medaille um den Hals und ließ die Korken knallen.

Manser hob die Hände, nickte von links nach rechts und wieder zurück, bevor er sich auf den für ihn bereitgestellten Ohrensessel setzte und lächelnd weiter schwieg. Klemenz hätte sonst ein Problem gehabt. Er wollte vorwärtsmachen, die Ansage hinter sich bringen. Er hatte Hunger und freute sich auf eine Siedwurst.

»Wir sind heute zusammengekommen, um mit unserem geschätzten Freund die Taufe für sein neustes Werk zu vollziehen.« Im Moment, in dem er den Satz aussprach, fiel Klemenz seine geschwollene Wortwahl auf. Er hätte mehr Zeit darauf verwenden sollen, sich besser vorbereiten. Aber die Zeit war zu knapp gewesen. Lange Reden lagen ihm zudem nicht.

»Heinrich Manser wurde 1958 in Weissbad geboren. Schon früh entdeckte er die Liebe zu den Bergen. Bereits mit elf Jahren hangelte er sich an den Felswänden in unserem schönen Alpsteingebiet empor. Er besuchte die Primar- und die Realschule in Appenzell, weil seine Eltern in den Kantonshauptort umzogen. Nach der obligatorischen Schulzeit stieg er im Geschäft seines Vaters ein. Bis zum Tod seiner Eltern arbeitete er in deren Großmetzgerei. In jeder freien Minute übte er sich im Klettern. Er bestieg die Viertausender in der Schweiz, bezwang die Eigernordwand, ging in den Himalaya und kehrte stets gesund zurück.« Klemenz hätte ihm den Leichenwagen gewünscht. Aber nein, der Kerl war zäh. »Bis auf einen Unfall am Säntis.« Klemenz musste husten. Er hatte lange darüber nachgedacht, ob er dieses Drama ausführen wollte, entschied sich jedoch dagegen. Wenn Manser es für wichtig hielt, war es ihm überlassen, darüber zu berichten. »In den letzten fünfzig Jahren sind so manche Geschichten zusammengekommen, die Heinrich Manser in zwei Fotobüchern festgehalten hat. Heute nun präsentiert er uns sein drittes Buch, das ausnahmslos im Alpstein entstanden ist … und ich muss sagen, die Bilder und Texte haben epischen Wert.«

Klemenz machte eine Pause und warf Manser einen schnellen Blick zu. Dieser sah hinunter zum Publikum und sonnte sich eindeutig in dessen Aufmerksamkeit. Zeit, das hier zu beenden. Klemenz hatte solche Sermone noch nie gemocht und fand, diese Ansprache sei zwar nullachtfünfzehn gewesen, habe aber überhaupt nicht zu Manser gepasst. »Der langen Rede kurzer Sinn, ich übergebe somit an Heinrich Manser. Er weiß sicher mehr zu erzählen als meine Wenigkeit.«

Der Saal brach unter tosendem Beifall fast auseinander. Klemenz wischte sich den Schweiß von der Stirn. Ausgerechnet diesen Lebemann musste er hofieren. Klemenz mochte ihn nicht. Er hätte die Rede gern delegiert. Aber es machte offenbar die bessere Falle, den amtierenden Landammann mit dieser Aufgabe zu betrauen als einen gewöhnlichen Innerrhoder Bürger.

Manser erhob sich. Passend zum Anlass hatte er sich ein Bergsteigertenue angezogen und es sich bestimmt von seinen Sponsoren bezahlen lassen. Bei den Reichen lernte man sparen. Gelbe Funktionshose, rotes Shirt.

»Danke. Danke.« Manser grinste in die Menge, während er seine Hände ineinanderfaltete und sie über seinen Kopf in die Höhe schwang. »Danke, ich bin gerührt.« Er wartete, bis der Applaus verebbt war und alle wieder saßen. Er drehte sich nach Klemenz um und bedankte sich für die Einführung, nannte ihn sogar »Freund«, was Klemenz übertrieben, ja sogar als Provokation empfand. »Es freut mich, seid ihr so zahlreich erschienen. Wie ihr wisst, sind Klettern und Bergsteigen meine Leidenschaft, mein Herzblut von Kindsbeinen an. Der Berg ist mein Zuhause. Ich kenne unsere Alpen und Gipfel, deren Schönheit, aber auch die Launen und Tücken. Ich bin bei klarem Wetter aufgestiegen und ebenso im Nebel, im Winter wie im Sommer. Es ist ein erhabenes Gefühl, dem Himmel und gleichzeitig der Mutter Erde so nahe zu sein.« Er ließ ein paar Sekunden verstreichen, in denen er ergriffen über seine Augen fuhr. »Fotografieren und Schreiben gehören ebenso dazu. Immer wenn ich mich am Fels aufhalte, denke ich an euch, liebe Freunde.«

Was für ein Bluffsack!

»Dann nehme ich den Fotoapparat zur Hand und halte den Moment fest. Die Weite, die sich immer wieder neu zeigt, ebenso wie das Pflänzchen, das sich in der Felswand anschmiegt. Im neuen Fotoband sind viele solcher Eindrücke enthalten. Ich glaube sogar, dass mir diesmal ein ganz besonders schönes Werk gelungen ist. Ergänzt sind die Aufnahmen mit Gedanken und Gefühlen. Ich habe versucht, diese in Worte zu fassen.« Manser griff nach dem Exemplar, das neben ihm auf einem Beistelltisch lag. Er schlug die Seite mit dem gelben Post-it auf. »Wie zum Beispiel der Abend auf dem Hohen Kasten. Es war ein besonderer Augenblick, als die Sonne über dem Säntis unterging. Dieses Licht, diese Minuten der Ergriffenheit … man kann es eigentlich fast nicht beschreiben, weil es immer wieder anders ist. Jedes Mal ein Gemälde von atemberaubender Sinnlichkeit. Ich habe es dennoch probiert, für euch, die ihr heute hier seid.« Manser wartete. Im Saal herrschte eine angespannte Ruhe. »Mit der Sonne geht der Tag, und die Nacht streichelt mich. Über den Firsten liebkost Wolkenschimmer und ein Zauber dich.«

Der Applaus fiel verhalten aus. Klemenz sah sich fremdschämend um. Wer am lautesten klatschte, war einer des Kulturamtes. Es war, als würde er ein Zeichen geben, als hätte man seine Reaktion abgewartet. Endlich applaudierten auch die anderen. Ziel erreicht. Für Manser ein erquickendes Bad in seiner Selbstverliebtheit.

Gedanken in Reimform. Ha, Klemenz schmunzelte in sich hinein. Ausgerechnet Manser kam auf den poetischen Geschmack und gab sich neuerlich als Schriftsteller aus, als wäre die Schweiz nicht schon überschwemmt von solchen. Nun machte sich auch noch sein Kollege zum Affen, indem er dem Bergsteiger Bewunderung entgegenbrachte für dessen Prosa-Ergüsse. Klemenz war sich sicher, da hatte einer viel Geld investiert.

Manser verneigte sich.

»Das ist phantastisch«, sagte Klemenz und sah zur Tür. Bei

der Sache war er nicht. Trotzdem musste er über seinen eigenen Schatten springen, auch mit dieser Floskel. Im Raum nebenan war das Cateringteam daran, ein Buffet aufzustellen. Wenn man sich konzentrierte, hörte man das Klappern von Besteck und Geschirr.

»Und jetzt, meine lieben Freunde«, fuhr Manser fort, »möchte ich euch jemanden vorstellen.« Er sah zur vordersten Sitzreihe, wo sich eine Blondine erhob, nicht überrascht. Es war ein einstudierter Akt.

Klemenz spürte, wie sein Kinn nach unten sackte. Die Frau hatte er noch nie zuvor gesehen. Mit Sicherheit war sie keine Einheimische. Und wie sie sich bewegte. Heidi Klum mit ihrer Vorführung der Topmodels wäre im Boden versunken, hätte sie Mansers Muse gesehen. Blond, wahrscheinlich gefärbt, was man an den dunklen Augenbrauen zu erkennen glaubte. Sie glich einer Schauspielerin, Eugster kam nicht gleich drauf, welcher.

»Darf ich dich bitten, meine Liebe?« Manser wartete, bis sie an seiner Seite stand, in einem eng anliegenden gelben Etuikleid, das farblich zu seiner Hose passte. »Das ist Aurora. Wir haben uns heute Vormittag standesamtlich getraut, und morgen Samstag feiern wir im engsten Freundeskreis.« Die Blondine verneigte sich. Klemenz fand es nur noch peinlich. Was für eine Inszenierung. »Heute aber seid ihr herzlich eingeladen, mit uns auf mein neues Buch und auf unsere Hochzeit anzustoßen. Nebenan erwartet euch ein reichhaltiges Buffet mit Käse, Mostbröckli und Brot und natürlich mit unserem Bier und dem Flauder.«

Klemenz stöhnte auf. Manser hatte ihm die Show gestohlen. Nicht zum ersten Mal. Er überlegte sich, ob er die Veranstaltung sofort verlassen sollte. Er hatte große Lust auf eine Siedwurst, die es im »Hörnli« nebenan gab. Er war im Begriff, nach der Buchvorstellung von der Bühne zu gehen, als Manser ihn zurückhielt.

»Herr Eugster, wie wäre es, wenn wir uns versöhnen?« Von Manser ging ein intensiver Duft aus, dessen Ursprung gewiss bei Aurora lag. Sie musste sich in einem teuren Parfum gebadet haben, bevor sie hierherkam und ihren Angetrauten umarmte.

»Ich verstehe nicht, was Sie meinen.«

»Ach, kommen Sie. Ich weiß doch, wie ungern Sie meinen Auftritt eingeleitet haben. Ich hatte heute Morgen mit der verhinderten Moderatorin ein Telefongespräch. Sie sagte, sie habe Sie schwer bearbeiten müssen, damit Sie ihren Part übernehmen. Wir sind beide Personen der Öffentlichkeit, Herr Eugster, und haben unterschiedliche Aufgaben, um unseren Verehrern gerecht zu werden. Wir sollten das Kriegsbeil endlich begraben. Damit Sie spüren, dass ich es ernst meine, lade ich Sie und Ihre Frau Gemahlin morgen zu meinem Hochzeitsfest ein.«

»So spontan?« Klemenz fiel nichts anderes ein. »Ich weiß nicht, ob Christa damit einverstanden ist. Sie kennen ja die Frauen und ihre Probleme mit der Garderobe.« Und er dachte, dass Manser Christa wahrscheinlich näher kannte, als er zugeben wollte. Wenn er sie »Gemahlin« nannte, war das ein klarer Seitenhieb. Klemenz hätte ihm am liebsten den Hals umgedreht. Gute Miene zum bösen Spiel machen. Er war es sich gewohnt.

Manser holte etwas aus seiner Hosentasche. Es war eine zerknitterte Karte, die er vor Klemenz' Augen auseinanderfaltete. »Sorry, ist die letzte Einladung. Als wäre sie für Sie bestimmt.«

Klemenz fand nicht heraus, was Manser damit sagen wollte. Eine weitere bissige Bemerkung oder ehrlich gemeinte Gefälligkeit?

»Und nun gehen wir nach nebenan und stoßen auf unsere Freundschaft an. Es wäre lange an der Zeit gewesen, uns gegenseitig das Du anzubieten. Findest du nicht auch, Klemenz? Für meine Freunde bin ich der Heini.«

***

Milagros hatte sich umentschieden: Anstatt erst am Samstagmorgen früh zu reisen, wollte sie es bereits an diesem Freitag tun. Wegen ihrer Bedenken, sie könnte sich in der Garderobe vergreifen, hatte sie alles Mögliche in den Koffer gepackt, unter anderem ein Dirndl, welches sie im Südtirol gekauft hatte, als Kaspar noch lebte. Ob die neuen Wanderschuhe dazu passten, war nicht primär ein Problem.

Nach dem Umsteigen in Luzern, Zürich und Gossau saß Milagros in der Appenzeller Bahn, die gemütlich durch die malerischen Dörfer von Ausser- und Innerrhoden fuhr. Eine hügelige Landschaft zog vorbei, Häuser und Höfe wie hingeworfen, Streusiedlungen, weidende Kühe und Bauern beim Heuen. Eine ländliche Idylle. Milagros hatte in den letzten Jahren gelernt zu entschleunigen. Darum fiel es ihr auch heute nicht schwer, den Blick aus dem Zug zu genießen. Okay, dachte sie, hier leben wäre für sie eine Herausforderung. Die Großstädte wären ihr zu wenig nahe, die mondänen Orte und Luxushotels, in denen sie gern ein und aus ging. Und Sankt Gallen mochte sie nicht.

Sie öffnete ihre Handtasche. Portemonnaie, Taschentücher, Parfumzerstäuber, Lippenstift, Puderdose, Aspirin. Sie checkte das Portemonnaie: Bargeld in Noten und Münzen, Kreditkarte, Ausweis, Bahnbillett, Halbtax-Abo. Alles da. Bislang war kein Zugbegleiter vorbeigekommen. Sie hätte schwarzfahren können. Sie befand sich allein im Abteil, was ihr recht war. So konnte sie in aller Ruhe ihren Gedanken nachhängen. Portemonnaie, Taschentücher, Parfumzerstäuber, Lippenstift, Puderdose, Aspirin. Himmel, warum hatte sie das Gefühl, etwas vergessen zu haben?

Das Hochzeitsgeschenk!

Sie hatte das Hochzeitsgeschenk vergessen. Wie hatte das passieren können? Bevor sie sich vom Taxi, das sie zum Bahnhof führte, hatte abholen lassen, hatte sie einen Briefumschlag mit tausend Schweizer Franken auf dem Küchentisch bereitgelegt. Dazu hatte sie eine Karte geschrieben, mit den besten Glückwünschen für das frisch vermählte Paar. Über die Wortwahl war sie stolz gewesen, bekundete sie doch eher Mühe damit, sich passend auszudrücken. Sie musste sich eine Alternative einfallen lassen, konnte doch nicht mit leeren Händen auf die Ebenalp fahren.

In Appenzell stiegen zwei Passagiere zu und setzten sich ausgerechnet auf die Sitze gegenüber, als wäre der Waggon bis auf den letzten Platz voll gewesen. Milagros musterte sie ungeniert. Siebzig plus, dachte sie, ein Paar, das sich mit den Jahren einander angeglichen hatte. Auf jeden Fall gingen sie zum selben Coiffeur. Graue Haare hatten beide, sie trugen je eine Brille, waren keine Kostverächter. Von Weitem sahen sie wie Geschwister aus. Vielleicht waren sie es auch, was aber die Eheringe an ihren Fingern Lügen straften.

Der Mann hatte einen Koffer im Mittelgang platziert, die Frau den Rucksack. Lächelnd wandte sie sich Milagros zu. »Grüezi, auch unterwegs?« Dem Dialekt nach zu urteilen, mussten sie von hier stammen.

»Ich bin zu einer Hochzeit eingeladen.« Was hätte sie sonst sagen sollen? Milagros wollte nett sein.

»Ach, was für ein Zufall«, sagte der Mann und tauschte mit seiner Frau Blicke. »Aber nicht etwa bei Heinrich Manser?«

Wahrscheinlich war es jetzt vorbei mit der Ruhe. Milagros war darauf und daran, aufzustehen und das Abteil zu wechseln.

Appenzell Innerrhoden hatte etwas über sechzehntausend Einwohner. Dass ausgerechnet die zwei Leute im Abteil gegenüber auch an Mansers Hochzeit fuhren, war dennoch ein Zufall. Oder war Manser hier dermaßen bekannt, dass er die halbe Bevölkerung eingeladen hatte?

Milagros blieb sitzen und rang sich zu einem Lächeln durch. »Ja, Sachen gibt's. Tatsächlich habe ich im Gasthaus Lehmen in Weissbad ein Zimmer gemietet und werde morgen auf die Ebenalp zur Hochzeit des besten Freundes meines verstorbenen Mannes fahren.« Sie hätte sich die Zunge abbeißen mögen. Wie kam sie dazu, wildfremden Leuten ihre Pläne anzuvertrauen?

»Ach, das trifft sich gut. Wir haben ebenfalls im ›Lehmen‹ ein Zimmer reserviert«, sagte die Frau.

»Kommen Sie von hier?«, war nicht das, was Milagros hatte fragen wollen. Es gab kein Zurück. Sie befand sich inmitten einer Unterhaltung, die sie nicht gesucht hatte.

»Wir kommen aus Sankt Gallen«, sagte der Mann, »haben aber nach unserer Heirat bis vor drei Jahren in Appenzell gewohnt. Einer unserer vier Söhne lebt mit seiner Frau noch da. Den haben wir gerade besucht. Wir werden uns nach der Hochzeit ein paar Tage bei ihm einquartieren. Sein Haus bietet viel Platz.«

Milagros schaute aus dem Fenster. Von der Ansicht hatte sich nichts verändert. Die Bahn fuhr nun der Sitter entlang. Die farbigen Appenzellerhäuser mit angebauten Ställen schmückten die Hänge. Milagros sah zu einem Berggipfel, der linker Hand prominent in den Himmel ragte, aus der Ferne betrachtet wie ein Monolith mit Antenne.

Worauf hatte Milagros sich eingelassen?

»Ich bin Romy, und das ist mein Mann Ronny, wenn Sie gestatten, sind wir per Du … Rohner«, ergänzte sie. Romy grinste unverschämt in Milagros' Richtung.

»Angenehm, Milagros.« Ronny und Romy Rohner. Nicht melodiös, eher wie ein Zungenbrecher, eine holprige Fahrt mit der Kutsche oder ein Schüttelbecher. Milagros wusste nicht, weshalb sie an den »Besuch der alten Dame« von Friedrich Dürrenmatt denken musste. An Koby und Loby.

»Ach, du bist nicht von hier?« Es schien, als verlängerte Ronny seine Ohren.

»Meine Wurzeln liegen in Spanien«, gab sich Milagros bedeckt. Sie verkniff sich ein paar spanische Sätze, die sie liebend gern melodiös zitiert hätte.

»Hasta la vista, baby.« Ronny klopfte sich mit den Händen auf die Knie. Dabei wippte seine Wampe, die er mit farbigen Hosenträgern gebändigt hatte. »Sorry, ist mir einfach so rausgerutscht.«

»Sind auch die einzigen drei Wörter, die mein Mann auf Spanisch beherrscht.« Romy sah Ronny mit einem Blick an, der weder Wut noch Erstaunen ausschloss.

Die Bahn verlor an Tempo, die Bremsen kreischten, bis die Wagen zum Stehen kamen.

»Weissbad, müsst ihr nicht auch aussteigen?« Milagros griff nach ihrem Gepäck auf der Ablage und hätte beim Herunternehmen beinahe das Gleichgewicht verloren.

»Wir fahren bis Wasserauen, weil wir bei der Talstation Ebenalp etwas abliefern müssen.« Ronny zog seine Hände zurück, die er vorsorglich ausgestreckt hatte, um Milagros aufzufangen, wäre sie gestürzt. Nun, sie wäre weich gefallen. »Von dort nehmen wir das Postauto bis zum Gasthaus Lehmen. Wir haben es im Voraus bestellt, weil es nur sporadisch dort hochfährt. Wenn du möchtest, kannst du mit uns kommen. Der Weg von hier zum ›Lehmen‹ ist lang, und bis du ein Taxi bestellt hast, kann es dauern.«

Milagros setzte sich wieder. »Und wo löse ich das Ticket?« Es war ihr unmöglich, schwarzzufahren.

»Sollte ein Zugbegleiter kommen, kannst du es im Wagen kaufen.«

Die Bahn setzte sich wieder in Bewegung.

ZWEI

Wasserauen. Letzte Station. Das gefühlte Ende der Welt, ein paar Häuser, der Schwendibach, der die Siedlung entzweite. Die Sonne hatte den Talkessel verlassen. Der Talabschluss wie der schmale Teil eines Trichters, der sich zum Berg hin öffnete. Die Schatten malten die Landschaft milchig grau. Der Himmel über den Bergen war wolkenlos. Die Gipfel hoben sich so klar von ihm ab, als hätte ein Schneider sie mit einer Schere ausgeschnitten. Gestochen scharf auch die Tannenspitzen dort, wo sie das Firmament berührten.

Wasserauen. Ausgangspunkt für viele Touren im Alpstein. Auf der Weltkarte ein Fliegenschiss und trotzdem gut besucht. Die Parkplätze waren besetzt, zurückkehrende Wanderer drängelten zur Bahn.

Milagros wusste nicht, ob sie überwältigt sein wollte. Sie zog ihren Rollkoffer über das Perron und wich den Leuten aus. Es kam selten vor, das Gepäck selbst transportieren zu müssen. In der Regel fand sie immer jemanden, der ihr dabei behilflich war. Mit High Heels kam sie längst nicht mehr so zügig voran wie vor zehn Jahren, tollpatschiger war sie geworden, was ihr Maximilian schon unter die Nase gerieben hatte.

Romy und Ronny bewegten sich, trotz ihres Gewichts, wie zwei junge Gämsen Richtung Talstation der Seilbahn. Noch im Gehen wandten sie sich zu Milagros um. »Wir sind gleich zurück. Setz dich schon mal in den Bus.« Im Gegensatz zu Milagros waren sie hier zu Hause und ließen es sie spüren.

Ich mache mich gerade abhängig von denen, ging ihr durch den Kopf. Sie sah sich um und entdeckte den gelben Bus unweit der Bahnstation. Sie zog den Rollkoffer zu dessen Schiebetür. Hinter den getönten Fensterscheiben machte sie ein Gesicht aus. Und noch ehe sie mit der rechten Hand ans Glas klopfen konnte, ertönte über ihr ein fürchterliches Knattern. Milagros starrte zum Himmel, wo ein Helikopter zur Landung ansetzte.

Wie im Sturzflug sank er, die Rotoren drehten sich, vor dem Bahnhofplatz wirbelte gelber Staub auf und verwandelte ihn kurz in eine Wüste. Aus Weissbad preschte die Ambulanz mit Blaulicht heran. Milagros ließ den Henkel des Koffers los und hielt sich demonstrativ die Ohren zu. Hubschrauber und Sanitätswagen kamen fast gleichzeitig auf der Wiese gegenüber der Talstation der Ebenalpbahn zum Stillstand. Die Motoren erstarben. Wie auf Knopfdruck breitete sich eine unheimliche Stille aus. Es schien, als würde die Erde stehen bleiben. Einen Augenblick lang, als sich weder etwas bewegte noch etwas ertönte. Wie auf Knopfdruck brach das Chaos aus. Menschen stolperten durcheinander in die Nähe des Landeplatzes, als wollten sie die vordersten Ränge für das Schauspiel belegen, welches sich ihnen bot. Die Sanitäter trugen eine Bahre. Milagros konnte knapp eine Frau sehen, die man aus dem Helikopter hievte, blutüberströmt und schreiend, aber das bildete sie sich wohl nur ein.

Der Buschauffeur, ein Mann mit Glatze und zotteligem Bart, trat neben Milagros. »Bestimmt ist wieder einer runtergestürzt von den Touristen, die meinen, mit Flipflops könnten sie den Alpstein bezwingen. In diesem Sommer gab es bereits jede Menge Bergunfälle, drei davon mit tödlichem Ausgang. Meist sind es Ungeübte, jene ohne Trittsicherheit oder solche, die ihre Kondition überschätzen. Man sollte den Bergen Respekt zollen.«

»*Sie* machen mir Mut.« Milagros wandte sich ab und Ronny zu, der ratlos und kopfschüttelnd von der Talstation zurückkam.

»Es vergeht fast kein Tag, an dem der Helikopter nicht zum Einsatz kommt. Gestern stürzte jemand am Äscher ab. Er hatte Glück im Unglück.« Ronny drehte sich zum Chauffeur um, den er offensichtlich kannte. »Es hat einfach zu viele Leute hier.« Er hüstelte und strich sich mit der rechten Hand übers Kinn. »Zum Gasthaus Lehmen.« Er sandte Milagros einen Blick zu, während er neben sich im Menschenstrom Romy wortlos signalisierte, sie solle sich beeilen. »Sie ist neugierig wie immer. Hoffentlich renkt sie sich den Hals nicht aus.« Er lachte laut, was den Lärm des wieder startenden Hubschraubers sekundenlang in den Hintergrund rückte. Ronnys Augen folgten den sich bewegenden Rotoren. »So wie es aussieht, ist der Einsatz noch nicht beendet.«

»Warum ist der Helikopter nicht direkt zum Spital geflogen?«, wunderte sich Milagros.

»Wahrscheinlich müssen sie oben noch mehr Personen bergen.« Ronny hob die Schultern. »Willst du meine ehrliche Antwort? Ich habe keine Ahnung.«

Als Milagros den Bus betreten wollte, sah sie flüchtig Romys Schatten über die Straße huschen. Nicht wissend, was sie bei der Talstation gemacht hatte, stieg Milagros ein und setzte sich auf den vordersten Sitz, wo sie Ronny dankbar ansah. Er hatte auch ihren Koffer in die Gepäckablage geschoben und bemühte sich, einen gelassenen Eindruck zu machen. Milagros sah ihm seine Nervosität an. Wäre sie heute nicht ins Appenzellerland gefahren, hätte sie in Brienz oder Thun ein lauschiges Plätzchen gesucht, um den heißen Tag ausklingen zu lassen. Plötzlich waren diese Gedanken da, im Angesicht ihrer Furcht, sich hier im Alpstein auf unwegsamem Gelände bewegen zu müssen. Sie war nicht vorbereitet. Sie war ein spontaner Mensch und verließ sich ganz auf die Veranstalter, in diesem Fall auf Heinrich Manser. Ihm sagte man nach, er sei wie ein Steinbock in den Bergen unterwegs.

Der Chauffeur startete den Motor, als sich auch Romy endlich gesetzt hatte. Als sie vom Parkplatz fuhren, war der Hubschrauber in Richtung Seealpsee verschwunden.

»Seit 2015 ein Artikel im ›National Geographic‹ auf den Äscher aufmerksam gemacht hat und dieser in der Folge auf Instagram viral gegangen ist, pilgern die Unterländer zu Tausenden hierher«, sagte Ronny. »Im Sommer gibt es fast täglich eine Völkerwanderung zum spektakulärsten Gasthaus der Schweiz. Dass Heini die kirchliche Trauung im Wildkirchli abhalten will, passt zu ihm, zeigt aber auch, wie egal ihm die Gäste sind. Er denkt nur an sich. Bereits der Abstieg von der

Ebenalp zum Äscher ist mit einigen Tücken verbunden. Ich kann mir nicht vorstellen, dass die ältere Generation das mitmacht.«

»Ich zähle mich auch zur älteren Generation«, erwiderte Milagros unüberlegt und hoffte, Ronny würde ihr, was ihr Aussehen und Alter betraf, ein Kompliment machen.

Dieses blieb aus, derweil Romy sie mit zusammengekniffenen Augen musterte. »Du gehst auch auf die siebzig zu, wenn ich mich nicht täusche. Aber du hast dich gut gehalten.«

Milagros ließ ihr die Freude und erwiderte nichts darauf. Sie fand die Bemerkung dreist. Sie kannte Romy nicht, die halbe Stunde ihrer Bekanntschaft reichte nicht aus, um sich ein Bild von der jeweils anderen zu machen. Vorsicht war geboten. Die Frau erschien ihr suspekt. Mit ihrer Gutgläubigkeit war Milagros schon oft ins Fettnäpfchen getreten. Sie wandte ihr Gesicht der Fensterscheibe zu und widmete sich der Landschaft. Die Strecke von der Abzweigung nach Weissbad und bis zum Gasthaus zog sich in die Länge. Die Straße stieg stetig an, führte an einsamen Höfen vorbei und durch Waldabschnitte.

»Wir werden ab vom Schuss übernachten«, sagte Ronny, als Milagros zu ihm hinübersah. »Aber du wirst das Gasthaus mögen. Nirgends ist es ruhiger.«

»In welchem Verhältnis steht ihr eigentlich zu Heini Manser?«, fragte Milagros, während sie Romy nicht aus den Augen ließ, aber so tat, als schaute sie an ihr vorbei ins Grüne.

An Romys Stelle beantwortete Ronny die Frage. »Ich war Chef in der Fleischerei seines Vaters. Als Manser senior starb, verkaufte Heini den Betrieb an einen deutschen Konzern. Es konnte ihm nicht schnell genug gehen. Über zweihundert Angestellte standen auf der Straße. Ich hatte Glück und wurde von den Deutschen übernommen. Aber den meisten anderen ging es beschissen. Viele hatten Familien, Kinder, ein Haus, das es abzubezahlen galt. Die Stimmung gegenüber Heini war miserabel. Er tat so, als ginge ihn das alles nichts an. Ein Familienvater hat sich sogar das Leben genommen, weil er mit der Situation nicht klarkam. Ich hatte mit Heini das Gespräch gesucht, redete aber gegen eine Wand. Ich war stinkesauer auf ihn …«

»Trotzdem fährst du zu seiner Hochzeit?«

»Er hat uns eingeladen«, sagte Romy. »Vielleicht will er Wiedergutmachung.«

Milagros konnte es nicht nachvollziehen.

»Heini hat die seltene Gabe, seine Fehler unter den Tisch zu kehren, auch wenn er große Schuld an den Tragödien trägt.« Ronny seufzte und wies auf das Haus, das rechter Hand auftauchte. »Wir sind da.« Von welchen Dramen hier die Rede war, ließ er offen.

***

»Werden wir uns weiterhin sehen?«

»An mir soll es nicht liegen.« Filippo grinste vor sich hin. »Mutig von dir, vor deiner kirchlichen Trauung zu mir zu kommen.«

Aurora, seit heute Mittag Manser mit Nachnamen, saß auf dem Barhocker in der Wohnung ihres langjährigen Liebhabers. Sie trug nur einen Slip und ein seidenes Top. Ihre Brüste hoben sich zart unter dem Stoff ab. »Heini merkt nicht einmal, wenn ich nicht da bin. Er ist mit der Buchvernissage beschäftigt, mit seinen Fans und der Presse. Er sonnt sich gern in der Meute. Und ich hole meinen Polterabend nach.«

Filippo hob seine Augenbrauen. »Warum hast du ihn eigentlich geheiratet?«

»Das gehört zu seinem Plan.«

»Wohl eher zu *deinem*.« Filippo holte zwei Gläser von der Ablage über der Theke und die geöffnete Sektflasche aus dem Kühlfach und schenkte ein. »Manser ist ja nicht blöd. Er wird dir früher oder später auf die Schliche kommen.« Er reichte Aurora ein Glas. »Ich möchte mir einfach nicht die Finger verbrennen. Cheers, auf dich, auf meine Liebe.« Er nahm einen Schluck. »Du solltest endlich sittsam werden.«

»Ich bin sittsam.« Sie ließ ihr dunkelstes Lachen vernehmen.

»Ich habe einen Mann, der mich mit Geld beglückt, einen, der mich im Bett befriedigt, einen besten Freund und einen, der mit mir meine kulinarischen Neigungen teilt.« Sie griff an ihre Brüste, wusste, wie sehr sie Filippo damit erregte. »Und diese vier sollten einander nicht kennen.«

»Ich sehe nur zwei.« Er schmunzelte. »Irgendwann wird dein Lebenswandel dir zum Verhängnis werden.«

»Bis anhin hat er Spannung in mein Leben gebracht. Was immer geschieht, ich möchte unsere Schäferstündchen nicht missen. Warum soll man etwas beenden, was so gut funktioniert hat? Heini ist von meiner Treue überzeugt. Vielleicht will er das andere gar nicht wissen. Bei ihm fühle ich mich geborgen.«

»Bei diesem Vermögen wäre mir auch wohl.« Filippo rümpfte die Nase. »Ehrlich gesagt hat mich deine Heirat betroffen gemacht. Wonach strebst du? Nach Reichtum? Du befindest dich in den besten Jahren und verguckst dich in einen Rentner.«

»Es ist Liebe.«

»Das glaube ich dir nicht.«

»Heini ist ein Freigeist. Das schätze ich an ihm. Er ist humorvoll, mit einer Prise Selbstironie, und er lässt mich leben. Er hat seine Hobbys, ich habe meine.« Aurora hob ihre Hände, als sie Filippos wütenden Blick sah. »Nicht das, was du meinst.«

Filippo lebte von der Hand in den Mund. Er hatte den Beruf als Lehrer aufgegeben und widmete sich fortan dem Schreiben, nachdem man sein Talent – seine Worte – bei einem Schreibwettbewerb entdeckt hatte. Er hatte Glück gehabt, als sich ein kleiner Schweizer Verlag für seinen Text interessierte und ihn als zweihundertseitiges Buch herausbrachte. Das war vor acht Jahren gewesen. Filippo Nostrano, sein Pseudonym. In Wirklichkeit hieß er Marcel Gürke und stammte aus dem Emmental, wo er aufgewachsen war, und bemühte sich seit jeher, den Spuren einiger berühmter Dichter zu folgen. Doch sein Fußabdruck glich bislang dem einer Kakerlake. Unscheinbar. Die Muse hatte ihn nicht mehr geküsst. Er schrieb Kolumnen und verdiente sich mit Literatur-Blogs seine Brötchen und, was Aurora längst vermutete, als Begleiter einsamer Frauen.

»Warum bin ich eigentlich nicht eingeladen?«

Aurora lachte. »Ist das dein Ernst? Ich will meinen Mann nicht provozieren. Er könnte auf falsche Gedanken kommen.«

»Er kennt mich ja, ist mir noch etwas schuldig. Aber das scheint er vergessen zu haben.« Filippo schenkte sich den Rest des Sekts ein. »Du könntest mich morgen als Überraschungsgast mitnehmen.«

»Als Pausenclown?«

»Als Hochzeits-Crasher.«

»Diese Rolle würde dir bestimmt stehen.« Aurora schüttelte den Kopf. Ihre lange Mähne streifte Filippos Gesicht. »Es werden nur ausgesuchte Gäste anwesend sein. Heini hat den Rest seiner Bekannten heute zum Apéro eingeladen. Morgen feiern wir im engsten Familien- und Freundeskreis.« Plötzlich hatte sie Bedenken. Es fühlte sich falsch an, was sie hier veranstaltete. Trotz der Niederlage, die ihr widerfahren war. Nachdem Heini sie kurz dem Publikum präsentiert hatte, hatte er sich allen anderen Leuten gewidmet und sie wie eine heiße Kartoffel fallen lassen. Aurora war fortan in seinem Schatten geblieben. Nach einer Stunde vergeblicher Mühe, wenigstens an Heinis Seite sein zu können, hatte sie trotzig wie ein Kleinkind den Saal verlassen und war zu Filippo geflüchtet. »Wir sollten das hier beenden.«

»Unsere Freundschaft?« Filippo kippte den Sekt ex.

»Unsere sexuellen Abenteuer.«

»Abenteuer nennst du es? Wir haben seit zehn Jahren eine innige Beziehung. Vorher hat es noch anders getönt. Uns verbindet zu viel, als dass wir sie mir nichts, dir nichts abbrechen können. Ich habe deine Höhen und Tiefen miterlebt, dich in den Momenten der Trauer getröstet, habe dich beraten und bin dir zur Seite gestanden, als alle anderen sich von dir distanzierten. Ich habe dich verwöhnt und dir die schönsten Orgasmen beschert. Gratis und franko«, schob er nach.

Aurora wandte sich beschämt ab. Sie getraute sich nicht, Filippo in die Augen zu sehen. »Das ist Jahre her.«

»Was?« Filippo packte sie an den Schultern. Wahrscheinlich

unbeabsichtigt tat er ihr ein wenig weh. »Sag das noch einmal. Eben hast du es genossen, als ich dich auf den Gipfel trieb.«

»Wir müssen es beenden.« Aurora vermied es noch immer, ihm ihr Gesicht zuzuwenden. »Ich bin in eine neue Lebensphase getreten, in diejenige mit Heini. Von wegen sittsam. Vielleicht sollte ich meinen Lebenswandel tatsächlich ändern.«

»Deshalb bist du hier. Du willst Schluss machen, hast dich nicht getraut, es mir direkt ins Gesicht zu sagen, umschreibst es stattdessen, machst mir erneut Hoffnung, dass zwischen uns alles bliebe wie bis anhin. An deinem Hochzeitstag.« Filippo rümpfte angewidert die Nase. »Ein Abschiedsfick.«

»Nein, du siehst das falsch.« Aurora versuchte ihn zu beschwichtigen. »Wir können doch Freunde bleiben.«

»Freunde, verdammt. Dann kann ich ebenso ein Bild von dir aufstellen.« Filippo fuchtelte herum. »Weißt du, was du bist?«

»Ich kann mir in etwa vorstellen, was du mir an den Kopf werfen möchtest. Du brauchst es nicht zu sagen. Im Übrigen habe ich mich wegen deiner zahlreichen anderen Bettgeschichten auch nie beschwert.«

***

Die rot-weiß karierte Bettdecke sah aus, als hätte das Zimmermädchen sie mit einem Bügeleisen glatt gestrichen. Die Miniaturflasche »Appenzeller« auf dem Kopfkissen kam Milagros ein wenig suspekt vor. Sie wusste nicht, ob sie den Alpenbitter vor oder nach dem Zähneputzen trinken sollte. Vielleicht war es einfach ein Willkommensgeschenk, besser als Schokolade, die in einem heißen Sommer wie diesem schmolz, bevor man sie aus dem Silberpapier geschält hatte.

Das Zimmer war gemütlich und für Milagros eine Herausforderung, was die Ausmaße des Schranks und der Kommode betraf. Es gab nicht genügend Platz für ihre Roben. Sie hatte wieder einmal zu viele Kleider mitgenommen, genug für zwei Wochen, wo sie bestenfalls zwei Nächte zu bleiben gedachte. Und sie hatte die falsche Garderobe eingepackt. Das Abendkleid mit der Stola war hier fehl am Platz. Und für morgen nahm sie sich vor, den Wünschen des Hochzeitspaares zu entsprechen – folkloristisch-sportlich, oder wie war das schon wieder? Großer Gott, sie hätte sich gern mit einem anderen Problem auseinandergesetzt. Sie betrat das Badezimmer. Vom Fenster aus blickte sie über sattgrüne Wiesen und Bäume, die im Wald miteinander verwoben schienen, und vernahm das abendliche Konzert der Vögel. Der dezente Geruch nach Kuhdung lag in der Luft, und Milagros dachte an Federica, die im Drachenried bei Stans einen kleinen Bauernhof betrieb. Na ja, für das Landleben musste man geboren sein. Sie zog sich aus, ging unter die Dusche und ließ kaltes Wasser laufen, um ihren erhitzten Körper zu erfrischen. Die Lebensgeister kehrten mit jedem kühlen Strahl mehr zurück. Eigentlich war es hier ganz passabel. Luxus, ging Milagros durch den Kopf, hatte nichts mit Reichtum zu tun. Luxus war es, hier zu sein, fernab der abgasverschmutzten städtischen Ballungszentren, der Hektik von früh bis spät, die sich bis in die Nächte ausdehnte. Luxus war es, zum Wasserfall zu wandern, der sich unweit des Gasthauses befand, und sich dort von der Gischt benetzen zu lassen. Wenn die Sonne in einem bestimmten Winkel einfalle, hatte Romy erzählt, sehe man einen Regenbogen.

Milagros stellte das Wasser ab, hangelte nach dem Frotteetuch und rubbelte sich trocken. Nackt stellte sie sich vor den Spiegel und betrachtete sich skeptisch. Die ausufernden Dinner der letzten Jahre hatten Spuren hinterlassen, die sie auch mit der besten Kosmetik nicht mehr wegbrachte. Und sich in einem Fitnesscenter totzurackern und sich von gut trainierten jungen Frauen anstarren zu lassen, hätte sie in ihrem Hochmut gekränkt. Sie war eine Vollblutfrau, den sinnlichen Genüssen nicht abgeneigt. Es gab genug Hungerhaken in ihrem Umfeld, die beim leisesten Windstoß umfielen.

Es klopfte. Milagros schlang sich das Frotteetuch um und öffnete. Vor der Tür standen Romy und Ronny, fein herausgeputzt. Sie in einem sommerlichen ärmellosen Kleid, welches ihre flatternden Oberarme betonte, er trug eine enge Hose, über deren Bund die Wampe schwabbelte. Das Hemd stand ihm bis zur Brust offen. Er präsentierte schamlos seinen angegrauten Pelz. Zum Glück blieb Milagros der Anblick einer Goldkette erspart.

»Ich bin fast so weit. Wollt ihr unten auf mich warten?« Milagros hatte kein Bedürfnis, ihre neue Bekanntschaft ins Zimmer zu lassen. Romy traute sie es durchwegs zu, sich umzusehen und womöglich den Inhalt des Koffers zu begutachten. Noch wartete dieser darauf, ausgepackt zu werden.

»Wir haben draußen auf der Terrasse einen Platz reserviert.« Ronny hinderte seine Frau offensichtlich daran, einen Schritt vorwärtszumachen. »Denkst du, du bist in fünf Minuten fertig?«

Fünf Minuten. Dabei hatte sich Milagros noch nicht einmal geschminkt, geschweige denn etwas Passendes angezogen. Sie schloss zur Zustimmung ihre Augen.

Nachdem sich Rohners verabschiedet hatten, durchsuchte Milagros den Koffer und entschied sich für eine schlichte Hose und einen Kasack, der ihre überschüssigen Pfunde kaschierte. Sie trug etwas Lippenstift auf, wuschelte ihre Haare in Form und griff nach der Louis-Vuitton-Tasche, die ihr etwas von dem Glamour von früher zurückbrachte. Sie nahm das Schnapsfläschchen vom Kopfkissen, schraubte den Deckel auf und trank es in einem Zug aus. »Prost!« Milagros hielt das leere Fläschchen gegen die Decke. »Prost, Kaspar. Auf dich und deinen Freund Heini und auf alles, was kommt.«

Gut gelaunt machte sie sich auf den Weg ins Erdgeschoss und von dort nach draußen.

Ein Holzgeländer trennte die Terrasse von der Straße. Es herrschte eine gemütliche Atmosphäre. Alles döste in warmen Rot- und Grüntönen. Farblich abgestimmte Sets und Servietten machten die Tische frisch und fröhlich.

Blickfang waren gläserne Vasen mit Wiesenblumen, von denen ein dezenter Geruch ausging, der an Kräuter erinnerte und an laue Sommerabende in der Kindheit. Milagros steuerte den hintersten Tisch an, wo Romy und Ronny sich der Speisekarte widmeten.

Kaum hatte sich Milagros gesetzt, brach ein Wortschwall aus Romy heraus. »Hast du es schon gehört? Es gab eine Tote in der Nähe der Meglisalp. Nachdem die eine Frau mit dem Helikopter geborgen werden konnte, kam für ihre Begleitung jede Hilfe zu spät. Sie waren auf dem Weg über den Unterstrich zum Seealpsee, als sie aus unerklärlichen Gründen hinunterstürzten.« Sie legte die Speisekarte nieder. »Sie waren beide Heinis Gäste.«

Milagros griff seufzend nach der Karte. Sie wedelte diese vor ihrem Gesicht wie einen Fächer, bis die aufgetretene Hitze sich milderte. »Dann wird die Hochzeit jetzt wohl abgesagt.« Es war mehr eine Feststellung als eine Frage, und sie überlegte sich, was sie in dem Fall morgen Samstag unternehmen könnte. Sie sah sich um. Die Gäste waren gemischt. Eine Familie mit drei Kindern, die amüsiert die Menus für die Kleinen studierte, sechs ältere Frauen im Wandertenue, die vor dampfenden Caquelons saßen und Brot ins Käsefondue tunkten, ein junges Paar, das einer Flasche Prosecco frönte.

Romy ließ nicht lange auf eine Antwort warten. »Dann kennst du Heini nicht. Wegen einer Toten und einer Schwerverletzten darf doch sein Fest nicht scheitern.« Sie wandte sich an ihren Mann. »Du hast doch mit ihm gesprochen. Was hat er gesagt?«

»Es bleibt, wie es ist. Die Party findet statt.« Ronny griff sich an die Stirn, wo eine einsame Falte zum Vorschein kam.

Milagros bekundete mit dieser Bemerkung Mühe. »Ist das nicht pietätlos?«

»Er wird sicher Ersatz finden«, fuhr Ronny ihr ins Wort.

»Na ja, du wirst seinen Charakter bald kennenlernen«, ergänzte Romy. »Aber, widmen wir uns dem Essen. Ich habe einen Mordshunger. Ändern können wir eh nichts. Es ist, wie es ist.« Sie wandte sich an Ronny. »Hast du den Wein schon ausgesucht?«

Eine der Serviceangestellten kam zum Tisch, als hätte sie die

Bemerkung gehört. Sie trug Jeans und ein Edelweiß-Hemd, lächelte, als hätte sie es antrainiert. »Haben Sie schon etwas gefunden?« Sie sah in die Runde. »Oder darf ich etwas empfehlen?«

Es entstand eine heftige Diskussion darüber, was man essen würde, ob Fleisch, Fisch oder Fondue. Romy wollte die Kalorien gezählt haben. Sie behauptete, seit einer Woche zu fasten, worauf Ronny sie auslachte. »Das kannst du nach dem Hochzeitsfest tun. Aber so, wie ich dich kenne, versickern deine guten Vorsätze sowieso im Sand.«

Romy schwieg beleidigt, was der harte Zug um ihren Mund ausdrückte.

Schließlich entschieden sie sich als Einstieg für ein Mostbröckli-Carpaccio und zur Hauptspeise ein Rinds-Entrecôte, mit extraviel Kräuterbutter, und eine Flasche Appenzeller Blauburgunder.

»Immer der gleiche.« Romy zog die Stirn kraus und musterte Milagros. »Welche Präferenzen hast du?«

»Ich schließe mich euch an.«

Der Serviceangestellten schien das Lächeln angeboren zu sein. Sie wandte sich um und ging mit trippelnden Schritten zum Eingang zurück. Ronny sah ihr hinterher.

»Renk dich wieder ein.« Romys Mundwinkel bewegten sich nach unten, bevor sie sich wieder Milagros widmete. »Wo sind wir stehen geblieben? Ach ja, bei der Toten am Seealpsee. Nur per Zufall haben wir davon erfahren, dass auch sie ans Fest geladen war.«

»Heini *muss* die Feier annullieren.« Für Milagros ergab nur diese Option einen Sinn. Andererseits war alles organisiert. Aber sie schätzte ihn pietätvoll ein.

»Mit Sicherheit nicht.« Ronny wiederholte, dass Heini sein Fest mit Bestimmtheit nicht annullieren würde.

Für Milagros war es nicht nachvollziehbar: Weshalb folgten die Rohners der Einladung, obwohl sie von Heini wenig bis gar nichts hielten? War es die Neugier? Möglicherweise hatte Heini keine Ahnung, wie seine Freunde und Bekannten über ihn dachten. Er selbst glaubte wohl nur an das Gute im Menschen, oder er war ganz einfach ein Ignorant.

Die Serviceangestellte brachte die Getränke. Eine Weile vernahm man bloß das Eingießen von Wein und Mineralwasser, welches das dezente Palavern der Gäste übertönte.

Als die Frau verschwunden war, nahm Milagros den Faden wieder auf. »War sie eine Verwandte von ihm?«

»Oh nein.« Ronny reckte den Hals. »Soweit wir wissen, eine ehemalige Freundin. Früher gingen sie oft miteinander auf Bergtouren. Heini hat sich im Gegensatz zu Lydia gut gehalten. Sie war gebrechlich geworden. Ich glaube, das wurde ihr heute zum Verhängnis. Wollte wohl etwas beweisen. Das hat sie jetzt davon.«

»Ich sag's nicht gern«, insistierte Romy. »Wir sind in Appenzell aufgewachsen, aber die Berge hier sind nichts für unsichere Wanderer. Der Alpstein fordert Gewandtheit. Wer spazieren will, soll das gefälligst in der Rheinebene tun.«

»Ich frage mich, weshalb Heini uns alle zum Wildkirchli eingeladen hat.« Milagros hob ihr Weinglas und prostete Ronny zu. »Weißt du es? Der Abstieg von der Ebenalp hat seine Tücken, deine Worte, oder?«

»Heini mochte schon immer das Extreme.« Ronny setzte das Glas an die Lippen, schlürfte den Wein und tat so, als verstünde er etwas davon. Er schluckte, nickte und rühmte den feinen Tropfen. »Zudem mag er es, wenn die Leute nach seiner Pfeife tanzen.«

***

Heinrich hatte einen Dämpfer bekommen, als er vom Tod seiner Kollegin Lydia Schläpfer erfahren hatte. Warum, zum Teufel, hatte sie heute diese Wanderung machen wollen? Und ausgerechnet diesen gefährlichen Abstieg zum Seealpsee. Sie hätte auch den einfacheren Weg wählen können. Vor einem Jahr war sie schon mal gestürzt und hatte sich dabei den linken Arm gebrochen. Dies hätte eine Warnung sein sollen. Von diesem Unfall hatte sie sich nur langsam erholt. Ihr Mann hätte sie davon abhalten sollen. Keine Ahnung, was er sich dabei gedacht hatte. Die Hiobsbotschaft hatte Heinrich nicht von ihm persönlich erhalten, was ihn etwas irritierte, waren doch Lydia und Kurt als seine engeren Gäste zur Hochzeitsfeier eingeladen.

Das Smartphone auf dem Tisch klingelte. Heinrich griff danach, fuhr über den Touchscreen und meldete sich, ohne sich zu vergewissern, wer anrief.

»Kurt. Ich nehme an, du weißt es schon.«

Heinrich fuhr zusammen. Der Anruf war ihm unangenehm, zumal er nicht wusste, wie er sich Schläpfer gegenüber verhalten wollte. Aber mit seinem Anruf hatte er beim besten Willen nicht gerechnet. Um diese Zeit befand er sich im Stall beim Melken. »Ich hätte mich gleich bei dir gemeldet. Jetzt bist du mir zuvorgekommen. Schrecklich, was passiert ist. Mein herzliches Beileid. Mir fehlen die Worte.«

»Erspar dir diese Floskeln.« Schläpfer schniefte, ließ ein paar Sekunden verstreichen, in denen er nichts sagte, weil ihn wahrscheinlich die Emotionen überwältigten. Seine eins neunzig und die hundert Kilo auf den Rippen, seine grobschlächtige Natur und der nicht zimperliche Umgang mit seinen Mitmenschen versteckten zwar seine sensible Seele, aber Heinrich machte er nichts vor.

Heinrich räusperte sich. »Es tut mir leid.«

Schläpfer schien sich gefasst zu haben. »Sie wollte unbedingt dort runter. Ich hatte sie gewarnt. Ihre Freundin, die sie begleitete, ist nicht sportlich genug. Verdammt noch mal! Sie hat sich beim Sturz einen Halswirbel gebrochen. Man operiert sie gerade, was ich von ihrem Mann erfahren habe ... aber das ist nicht der Grund, weshalb ich dich anrufe.«

Heinrich ahnte, was folgen würde. Schläpfer würde von ihm das Unmögliche verlangen. »Wenn ich dir helfen kann, ab Montag kannst du mit mir rechnen.«

»Das musst du nicht, aber ich gehe davon aus, dass du die Feier verschiebst.«

Heinrich spürte, wie sein Hals enger wurde. In der Vergangenheit hatte ihm Schläpfer schon oft einen Strich durch die Rechnung gemacht, und ihre Beziehung war immer wiederkehrenden Schwankungen ausgesetzt. Heinrich trug nicht unwesentlich dazu bei. Er war einfach zu ehrlich und redete, ohne lange zu überlegen. Vor knapp fünf Jahren hatte er Schläpfer öffentlich zur Schnecke gemacht, indem er für die Hornkuh-Initiative plädierte. Die Gegner hatten es sich viel kosten lassen, hatten Vorträge abgehalten und die Bevölkerung für die Kuh ohne Horn sensibilisiert. Zugegeben, Schläpfer hatte plausible Argumente gebracht und ein Video dazu veröffentlicht. Er besaß einen Freilaufstall. Seine Kühe hatten auf dem Feld wie im Stall freien Auslauf. »Du hast ja keine Ahnung«, hatte Schläpfer gesagt, »wie kampffreudig die Kühe untereinander sein können. Sie greifen einander an, wenn es darum geht, ihr Revier zu verteidigen. Hornstöße in die Euter sind nicht selten. Sie verletzen das Euter der anderen, bis es blutet. Möchtest du Milch konsumieren, die mit Blut durchmischt ist?«

Heinrich hatte die Kälber gesehen, denen kurz nach der Geburt die Hornanlagen entfernt worden waren.

»Alles geschieht unter Vollnarkose«, hatte Schläpfer seine Ansichten verteidigt, worauf Heinrich zur Gegenoffensive ausholte. »Kuhhörner sind dazu da, um den Temperaturausgleich zu schaffen. Über die Hörner reguliert die Kuh ihren Wärmehaushalt. Je heißer es ist, wo sich die Kühe aufhalten, umso länger und größer sind die Hörner. Ohne Hörner ist die Kuh ständig überhitzt.«

Schläpfer dagegen hatte es nicht auf sich beruhen lassen. Er hatte sich bis zur Abstimmung gerechtfertigt, von Evolution gesprochen, bei der sich die Lebewesen auf der Erde den gegebenen Umständen anpassen würden, und war mit dem Resultat der eidgenössischen Volksabstimmung mehr als zufrieden gewesen.

Heinrich Manser und Kurt Schläpfer waren wie Erzfeinde, wenn es galt, den eigenen Standpunkt zu verteidigen.

Trotzdem hatten sie immer wieder miteinander zu tun. Nicht zuletzt wegen Lydia, die Heinrich mehrmals auf seinen Touren begleitet hatte, früher, als sie noch gut zu Fuß und gelenkig gewesen war. Ihr Tod ging ihm nahe. Herrgott Sakrament: Jeden Tag starben Menschen, und das Leben musste gleichwohl weitergehen. Heinrich hatte Kumpels auf dem Weg zum Himalaya sterben sehen. Männer, deren Herz plötzlich aufgehört hatte zu schlagen. Die Toten waren abtransportiert worden, aber niemand war deswegen umgekehrt.

Er hatte Wochen im Voraus alles organisiert. Die Ziviltrauung mit anschließender Buchpräsentation und Apéro im Gemeindesaal, die Einladungen zur Trauung im Wildkirchli, das Nachtessen am Seealpsee und die Feier danach. Die Band war gebucht und das Feuerwerk für Mitternacht organisiert.

»Ich kann und werde die Feier nicht verschieben.« Heinrich hielt an seinem Plan fest. »Ich erinnere dich an dein Geständnis vor einem halben Jahr. Damals erzähltest du mir, du würdest dich von Lydia trennen. Darum verstehe ich deine Reaktion nicht.«

»Du hast uns beide eingeladen.«

»Ja, weil ich dachte, ihr würdet einander wieder näherkommen. Manch eine Hochzeit lässt die eigene reflektieren. Bitte, verstehe mich nicht falsch –«

»Chaascht me gi fööfele cho!« Kurts Stimme hatte an Lautstärke zugelegt. Wut und Trauer wechselten sich ab, als er Heinrich seine Verachtung wissen ließ. »Du bist ein Riesenarschloch. Dein Vater würde sich im Grab umdrehen, wüsste er, was du aus seiner Firma gemacht hast, wie du mit den ›Freunden‹ umgehst … du verdammter Egoist! Du laberst mich zu mit deinen verbalen Ergüssen, ein Monolog wie ein Anpissen auf tiefstem Niveau.«

In der Leitung knackte es, darauf folgte das Freizeichen. Kurt hatte aufgelegt.

DREI

Es schien, als hätte es in der vergangenen Nacht geregnet. Über der Wiese lag ein silbriger Schimmer, vermischt mit dem Dunst aus dem Wald. Die Übergänge waren fließend, verstärkt durch das wechselnde Licht der aufgehenden Sonne. Vor dem Waldgasthaus grasten Kühe im Schatten rostiger Ebenbilder, die ein heimischer Künstler aus Edelrost geschaffen hatte. Wie Scherenschnitte schmückten sie die Fortsetzung eines Weidezauns.

Am Vormittag holte ein Bus Mansers Gäste ab. Milagros hatte genügend Zeit für den perfekten Auftritt eingerechnet. Sie trug das Dirndl, dazu Bergschuhe und halbhohe Socken und war beruhigt, mit ihrem Outfit nicht aus dem Rahmen zu fallen. Romy hatte sich in eine Tracht gezwängt, der man die zu kleine Nummer auf den ersten Blick ansah, was Milagros mit einer gewissen Genugtuung zur Kenntnis nahm. Anderen Frauen in ihrem Alter erging es offenbar gleich wie ihr. Mit fortschreitendem Alter nahmen sie zu.

Sie und die Rohners waren nicht die einzigen Hochzeitsgäste, die im »Lehmen« übernachteten. Wer sich am Abend zuvor noch nicht zu erkennen gegeben hatte, tat es spätestens jetzt. Eine bunt zusammengewürfelte Gesellschaft war es, die nach Weissbad gefahren war, um Heini und seiner frisch angetrauten Aurora die Ehre zu erweisen. Milagros kannte außer Romy und Ronny niemanden. Es hielt sie jedoch nicht davon ab, neugierig nach jemandem Ausschau zu halten, der mit ihr den Doppelsitz im Bus teilen würde. Sie ließ ihren Blick umherschweifen. Wanderschuhe trugen alle. Aber was sich von den Knien an aufwärts präsentierte, überstieg das erträgliche Maß an schlechtem Geschmack. Bei den Frauen schienen die Ideen grenzenlos. Es war eine Modeschau, an der das klassische Wandertenue genauso zum Zug kam wie das mit Pailletten bestückte Minikleid. Eine Seniorin trug einen Hut mit Federboa, eine andere ein schmales kanariengelbes Kleid. Kaum jemand hielt sich an die Kleidervorschrift. Folkloristisch-sportlich bekam auf einmal eine spezielle Bedeutung. Milagros bestieg den Bus unmittelbar hinter einem Mann, der allein war. Sie folgte ihm auf den zweithintersten Platz, setzte sich neben ihn und stellte sich mit Namen vor. Der Kerl erinnerte sie an einen Hippie, an einen Paradiesvogel, an Papageno aus der Zauberflöte von Wolfgang Amadeus Mozart. Und er fotografierte.

»Sind Sie der Fotograf?«, fragte Milagros und erwehrte sich seines Angriffs mit einer pinkfarbenen Fotokamera.

»Nein, der Hofnarr.« Er lachte und zeigte sein jungenhaftes Gesicht, auf dem einzig eine steile Falte zwischen den Augen auf einen älteren Jahrgang schließen ließ. Seine angegrauten Haare hatte er zu einem Pferdeschwanz zusammengebunden. Über seinem gelb-grün-rosa gemusterten Hemd, das an ein Kunstwerk von Hundertwasser erinnerte, baumelte eine mehrgliedrige Muschelkette, die bei jeder Bewegung klimperte. Er trug einen Nasenring. »Ich bin John Sturzenegger.« Er reichte ihr die Hand zum Gruß. »Ich zähle mich wie alle hier zu Heinis Gästen. Die Fotos macht jemand anderer. Aber ich fotografiere immer mit.«

»Dürfen Sie das?«

John bedachte sie mit einem Augenzwinkern. »Solange ich die Bilder nicht der Öffentlichkeit präsentiere, sehe ich kein Problem. Es ist schon vorgekommen, dass ein Fotograf keinen Film in der Kamera hatte.«

»Im Gegensatz zur analogen wird das mit einer digitalen Kamera nicht passieren.«

»Sie haben recht. Aber oft sind die Akkus leer. Ich agiere sozusagen als Retter in der Not, sofern es zum Notfall kommen sollte. Zudem nehme ich immer eine Powerstation mit.«

Ein lustiger Vogel. Ein selbst ernannter Helfer. Ein in die Jahre Gekommener, der gegen seinen eigenen Zerfall kämpfte, mit jenem trockenen Humor, den Milagros allzu gut kannte. Sie schmunzelte. Falls es ihr zu langweilig wurde, würde sie sich an seine Fersen heften. Mit ihm würde sie vielleicht eine Menge Spaß haben.

Der Chauffeur startete den Motor. Durch den Bus ging ein Zittern, und während sich dieser in Bewegung setzte, drückte es nicht nur Milagros in den Sitz. »Hoppla, da hat es wohl einer eilig.«

»Was für ein Temperament.« John knipste mit seiner Kamera weiter. »Von hinten sehen die Gäste ganz passabel aus, findest du nicht?« Er hatte selbstverständlich ins Du gewechselt.

Milagros verdrehte die Augen. »In welchem Verhältnis stehst du zu Heini?« Sie musste ihn ablenken, auf ein anderes Thema zu sprechen kommen. So viel Despektierliches vertrug sie nicht.

»Nun ja, ich habe mich ehrlich gesagt gewundert, als ich vor drei Tagen die Einladung zur Hochzeit erhielt.«

Milagros sagte nichts. Sie war also nicht die Einzige, die kurzfristig zu dieser Feier geladen worden war.

»Heini und ich sind nicht so eng befreundet. Aber ich vermute, da hat jemand abgesagt und ich bin nun der Ersatz. Egal, ich freue mich trotzdem. Früher hatten wir miteinander im Betrieb seiner Eltern zu tun. Als die Senioren starben, dauerte es nicht lange, und Heini veräußerte die Firma. Ich ging damals in die Lehre und stand danach auf der Straße. Mein Leben war geprägt von allerlei Handlangerdiensten. Eine Zeit lang arbeitete ich als Lehrer ad interim, wenn eine Lehrperson wegen Mutterschaftsurlaubs oder so ausfiel. Die Alten lässt man walten. Ich bin ein Quereinsteiger und habe es nie bereut.« Er grinste. »In einem Jahr werde ich sechzig. Ich springe dort ein, wo man mich gebrauchen kann. Mit einem Fünfzig-Prozent-Pensum doziere ich heute an einer Schule für Erwachsenenfortbildung. Eigentlich wäre ich gern Metzger geworden. Aber oft kann man seinen Job nicht so wählen, wie man gerne möchte.«

»Kein Groll gegen Heini?« Milagros fiel auf, dass alle Personen, die sie bis anhin kennengelernt hatte, eine ungemütliche Vergangenheit mit Heini teilten. Die Frage blieb, weshalb er sie alle eingeladen hatte. Romy und Ronny hatten einige Anekdoten erzählt, wie oft Heini in den Fettnapf getreten war. Zeitlebens sei er angeeckt. Da aber sein Gemüt dem eines immer fröhlichen Kindes glich, hatte man ihm wahrscheinlich nie wirklich böse sein können. Vielleicht fehlte ihm im Gegenzug die Ernsthaftigkeit. Milagros selbst hatte ihn auch nie anders erlebt als den Sonnyboy. Es gelang ihm, Fehler unter den Teppich zu kehren. Sein Argument, nichts sei wichtiger, als dem Nachbarn mit einem Lächeln zu begegnen, glaubte am Ende nicht nur er. Eine positive Einstellung zum Leben mache alles möglich, war er überzeugt. Ob er damit seine Unzulänglichkeiten verschleierte?

Weissbad war längst erwacht. Mit Rucksäcken und Wanderstöcken ausgerüstete Touristen machten sich entweder auf den Weg Richtung Brülisau zur Luftseilbahn, die auf den Hohen Kasten führte, oder nach Wasserauen, wo der Aufstieg zum Seealpsee, zur Meglisalp und zum Säntis begann. Bei der Talstation Ebenalp hatte sich eine Warteschlange gebildet. Die Hochzeitsgäste genossen Vorrang. Drei Busse waren inzwischen eingetroffen. Vor der Seilbahnstation parkte eine festlich geschmückte Kutsche, auf der das Brautpaar saß, im Blitzgewitter einer Fotokamera. Die Fotografin hatte ihren Assistenten mitgebracht, der mit einem Fotoschirm für den perfekten Lichteinfall und mit seiner bunt gesträhnten Haarpracht für Schmunzeln sorgte. Die Pferde waren trotz der Scheuklappen unruhig.

Milagros verfolgte die Szenerie vom Bus aus, den sie wenig später verließ.

»Wir haben Heinis Ankunft verpasst«, bedauerte John. »Zu gern hätte ich seinen Einzug erlebt. Die Kutsche, begleitet mit Fanfaren.«

»Wir werden heute wegen des Versäumnisses sicher mit anderen Genüssen entschädigt.« Milagros versuchte, über die Köpfe der Schaulustigen Heinis Gesicht zu sehen.

»Ich freue mich bereits auf den Abstieg von der Ebenalp zum Wildkirchli.« John verzog seinen Mund, als hätte er in eine saure Gurke gebissen. Dann schmunzelte er.

Milagros befürchtete eine schadenfreudige Seite an ihm. »Ist der Abstieg denn so schlimm?«

»Gelinde ausgedrückt, dort oben gibt es vor allem an Wochenenden eine Völkerwanderung. Seit das Bild vom Gasthaus Äscher bei den Influencern kursiert, wird die Gegend hier von Touristen überschwemmt. An Samstagen und Sonntagen stolpern sie über Gesteinsbrocken und glitschige Wege, und als Dank lassen sie den Dreck liegen.« John nahm Milagros beim Arm. Sein Grinsen widersprach dem Ernst in seiner Stimme. »Komm, wir fahren hoch.«

»Ich würde gern Heini begrüßen«, widersetzte sich Milagros Johns Vorschlag.

»Dazu hast du später genügend Zeit.«

Sie ging beleidigt hinter ihm her Richtung Stationseingang und war es sich nicht gewohnt, sich von einem Jüngeren in die Schranken weisen zu lassen. Kurz sah sie hinüber zur Kutsche, wo sich Heini erhoben hatte. Wie ein Priester schwang er seine Arme gegen den Himmel, als empfinge er von oben eine Absolution. Aurora dagegen konnte sie nicht sehen.

Die Luftseilbahn stieg rasant und steil hoch. Schnell schmolzen Autos, Häuser und Straßen zu Miniaturen wie in einer Modelllandschaft. Von oben wurde die üppig bewaldete Gegend sichtbar, der Bach, die hellgrauen, von der Sonne beschienenen Felsen des Alpsteins und die Wanderer, die sich wie Ameisen auf den schmalen Wegen bewegten. Weiße Wolken zogen von West nach Ost und malten Flaum an den tiefblauen Himmel. Hoch oben zerfledderten die Kondensstreifen eines Flugzeugs, bevor sie sich verflüchtigten. Der Tag hätte nicht schöner sein können. Trotzdem wurde Milagros das Gefühl nicht los, der Schein könnte trügen.

Etwas lag in der Luft. Es war dieses Gefühl, das einen leichten Schwindel erzeugte. Ob es an diesem Ort hier lag, wusste sie nicht. Sie hatte die halbe Welt bereist, exotische Länder besucht, war auf Safari in Afrika gewesen, in Bolivien und der Hochebene der Anden, hatte den Voodoo-Zauber in Haiti erlebt, die schönen Teezeremonien in Japan, hatte im Indischen Ozean Haie gefüttert und in Lappland Rentierfleisch gegrillt.

Aber nichts war ihr so fremd gewesen wie das Appenzellerland. So schön, wie es war, so unwirklich kam es ihr vor.

Oben angekommen, war sie dennoch überwältigt. Die Ebenalp gestaltete sich als eine Art Hochebene, von der aus man den Schäfler erreichte und die der Beginn unzähliger andere Routen war. Steil waren sie alle. Milagros ließ ihren Blick in die Ferne schweifen, hinunter nach Appenzell, hinüber zum Gebirgszug der Marwees, der die Hochtäler des Seealpsees und des Sämtiser- und Fählensees trennte, zu den Felswänden der Alp Sigel, dem Hohen Kasten mit seiner prägnanten Form. Als ein Schatten über ihr auftauchte, erschrak sie. Ein Gleitschirm glitt nahe über ihr vorbei wie ein Adler auf seinem Beutezug.

John bemerkte es und drehte sein Gesicht zu ihr um. »Weiter oben liegt der Startplatz für die Paraglider. Ich durfte auch einmal mitfliegen. Es war ein einmaliges Erlebnis.«

Erstaunlich, wofür man sich begeistern konnte. »Sicher hast du den Flug mit deiner Kamera festgehalten.«

»Höre ich da etwa eine Provokation?« Wieder griff John nach ihrem Arm, als müsste er sie stützen. »Ich möchte einmal auf dem Sterbebett sagen können, alles in meinem Leben ausprobiert zu haben, sofern es möglich war.« Er machte eine bedeutungsschwangere Pause. »Lass uns zum Wildkirchli runtersteigen.«

Milagros sah sich nach Romy und Ronny um. Sie hatte sie aus den Augen verloren, bereits bei der Talstation. Sie hatten Bekannte getroffen und sich denen angeschlossen.

Auf dem Abstieg kamen ihnen Scharen von Wanderern entgegen, die schon seit frühmorgens unterwegs sein mussten. Milagros hängte sich bei John ein und hatte kaum Zeit, sich der Schönheit des Bergsommers zu widmen. Der Weg verlangte ihr die ganze Konzentration ab. Zwischendurch blieb sie stehen und schaute über die sattgrünen Wiesen mit den üppigen Alpenblumen, um welche Schmetterlinge ihren Tanz vollführten, der seltene Schwalbenschwanz. »Idyllisch«, sagte sie und meinte »mühsam«.

»Bist du schon aus der Puste?« John zog sie weiter. »Ich bin deine Stütze.«

Sein Beschützersyndrom ging Milagros langsam auf den Keks. »Ich bin nicht senil.«

John lachte sie aus. Weiter unten wurde der Weg schmaler und steiniger. Der Einstieg zu der Bärenhöhle am Wildkirchli lag unterhalb eines Pfeilers, über den die rote Gondel schwebte, Gesichter an den Fenstern platt gedrückt, eine voll besetzte Kabine mit Touristen.

Der Zugang war durch Baumstämme gestützt. Kühle Luft schlug ihnen entgegen. Von den Wänden tropfte es. Milagros bekam Mühe mit den Augen. Es dauerte eine Weile, bis sich ihre Iriden an die Dunkelheit gewöhnt hatten. Nach dem Eingang öffnete sich ihnen ein hohes Gewölbe, in dem ein Weg kurvig nach unten führte. Akkurat angebrachte Lampen spendeten ein wenig Licht und leuchteten Stellen an den Felsen aus, auf die mit verschiedenen Beamern Texte projiziert wurden. Milagros versuchte vergebens, die Buchstaben darauf zu entziffern.

»Diese Höhle war schon im 18. Jahrhundert eine Sehenswürdigkeit«, wusste John zu berichten. »Anfänglich wurden die Gäste mit Fackeln durch den Berg geführt, was ein Verrußen von Decke und Wänden zur Folge hatte. Auch die Gäste, damals mit der hellen Sonntagstracht unterwegs, bekamen von dem Schmutz etwas ab. Als 1955 die Ebenalpbahn eröffnet wurde, sprengte man zwei Jahre später den Zugang zur Höhle und machte ihn breiter. Um 1904 entdeckten Archäologen bei Grabungen Steinwerkzeuge. Somit war bewiesen, dass sich Menschen in der Altsteinzeit im Alpenraum aufgehalten hatten. Zudem fand man Knochenreste von Bären.« John wies auf eine Stelle nach der lang gezogenen Kurve. »Dort sind die Bärengräber. Die Wildtiere müssen während der Winterzeit hier ihre Ruhe gefunden haben.«

Milagros hielt sich am seitlich angebrachten Geländer fest. Bloß nicht hinfallen. Es hätte ihr exquisites Dirndl ruiniert. Sie wollte sich zudem keine Blöße vor John geben. So sicher, wie sie gedacht hatte, war sie nicht. Durch den unteren Zugang fiel endlich Tageslicht. Die Öffnung zog Milagros wie ein Magnet an. Höhlenwanderungen waren definitiv nicht ihre Leidenschaft. Nur die Faszination blieb.

Auf der anderen Seite der Höhle war die Welt eine andere. Eine Blockhütte kam zum Vorschein, überdacht von imposanten Felsen, halb in die Felsengrotte hineingebaut, mit einer Aussicht, die Milagros den Atem nahm. Im Innern befand sich ein Museum mit verschiedenen Tafeln und der Geschichte der Wildkirchli-Höhlen.

»Hier stand früher die ›Wirtschaft zum Wildkirchli‹«, sagte John, »nachdem die Einsiedelei verschwunden war. Die Wirtschaft wurde 1904 in Betrieb genommen. In meinem alten Fotoalbum existiert ein Bild, auf dem meine Großmutter sich während eines Sonntagsausflugs vor der Wirtschaft hat ablichten lassen. Neben dem Gasthaus, ungefähr hier«, John wies auf den flachen Höhlenabschnitt, »war das ›Tanzbödeli‹. An Sonn- und Feiertagen kam man zum Tanzen hierher. 1972 wurde alles abgerissen, und danach entstand das frei zugängliche Museum. Das Blockhaus soll genauso aussehen wie das alte Eremitenhäuschen.«

»Und das Gasthaus Äscher? Wann wurde es errichtet?«

»Das weiß ich nicht genau, darum ranken sich verschiedene Geschichten. Ich weiß bloß, dass sich dort früher eine einfache Sennenhütte befand. Oft wird der Äscher mit der Wirtschaft Wildkirchli verwechselt. Diese war ein einfaches Schindelhaus, welchem die Höhle Schutz bot, versehen mit einem in Appenzell typischen Kreuzgiebel. Es stand hier, wie gesagt, in einer der drei Höhlen. Die Bärenhöhle, in der wir nun sind, ist mit der Kellerhöhle verbunden. Von dort aus gelangt man auch in die Altarhöhle, wo wir hingehen müssen. Aber unser Weg geht außenrum.« John führte Milagros zu einer Sitzbank. »In den letzten sechshunderttausend Jahren gab es im Alpenraum mehrere große Klimaschwankungen … nicht menschgemacht.« Er lachte. »Extreme Kälteperioden wechselten sich mit warmen Zwischeneiszeiten ab. Während der Eiszeit war der größte Teil der Schweiz mit Gletschereis bedeckt. In den Alpentälern war es bis eintausendzweihundert Meter dick. Millionen von Jahren vorher reichte das Kreidemeer bis auf diese Höhe. Man fand Fossilien von Haifischen, Korallen, Muscheln, Schnecken, Seeigeln und so weiter. Heute leben wir in einer Zwischeneiszeit. Die Gletscher schmelzen noch immer, und es wird wärmer. Einmal wird der Break kommen, und die Gletscher dehnen sich wieder aus, weil es kälter wird.«

»Und ein neues Meer wird uns überfluten.« Milagros seufzte und starrte in den Julihimmel. »Das werde ich nicht mehr erleben.« Im Angesicht der Erdgeschichte kam sie sich klein und unbedeutend vor. Sie lehnte sich nach vorn. Unter ihr fielen der Hang und der Fels steil ab.

John folgte ihrem Blick. »Das ist der Aufstieg ab Schwende, gut begehbar, von der Steigung her anspruchsvoll. Nichts für Spaziergänger wie dich.«

»Willst du mir den Alpstein vergällen?« Ob er ihre Aversion gegen alles Steile bemerkt hatte?

»Warum? Hast du vor, hier die Gipfel zu erklimmen?«

»Vielleicht bleibe ich nach der Hochzeit noch eine Woche im Gasthaus Lehmen. Eine Verlängerung könnte ich mir schon vorstellen. Gut möglich, dass ich dann wandern gehe.« Milagros hatte das Bedürfnis, John über ihr aktuelles Leben zu berichten, um nicht zugeben zu müssen, wie sehr sie sich hier nach einem flachen Gelände sehnte. Sie war frei wie ein Vogel, hatte weder Verpflichtungen gegenüber anderen, noch war ihre Zukunft verplant. Sie hatte das Privileg, Tag für Tag zu genießen. Ein berauschendes Gefühl. »Bleibst du nach dem Fest in der Gegend?«, schloss Milagros mit einer Frage und rechnete nicht damit, John würde sie bejahen.

»Mal sehen. Ich habe noch Ferien …«

Ein Knall ließ beide zusammenfahren. Für den Bruchteil einer Sekunde setzte Milagros' Herzschlag aus, um danach umso heftiger zu rasen. »Das war ein Schuss.« Sie sah sich um, erwartete eine schwarze Rauchsäule, das untrügliche Zeichen einer Explosion.

»Ein Böllerschuss«, korrigierte John. Er sah auf seine Armbanduhr. »Es ist bald zehn Uhr. Zeit für die Hochzeitsmesse.« Er drehte sich zum Weg um, der vom Höhlenausgang wegführte. »Vor lauter Reden haben wir die Ankunft der anderen nicht bemerkt. Wir sollten uns ihnen anschließen.« Er erhob sich und zog Milagros auf die Beine. »Hörst du es auch?«

»Was?«

»Die Glocke läutet.«

Milagros fröstelte bei dem Klang. Sie hängte sich wieder bei John ein, und zusammen stiegen sie weiter bis zur Kapelle Sankt Michael ab. Ein gut begehbarer Weg war in den Felsen gehauen, hangseitig mit Holzlatten gesichert. Dennoch schritt Milagros nur zögerlich voran. Dass sie Höhenangst hatte, war ihr neu.

»Das Kirchlein hat eine lange Geschichte«, erzählte John. »Der Kapuzinerpater Philipp Tanner ließ 1621 in der dritten Höhle einen Holzaltar und den Glockenturm errichten. Über ein Jahrhundert später wurde der Altar mit einem Retabel, das ist ein Altaraufsatz, ergänzt. Regelmäßig finden hier Gottesdienste statt, nicht selten mit musikalischer Begleitung.«

Turm war übertrieben. Der rote Quader mit Zeltdach endete in einem Spitz, unter dem sich eine Glocke befand. Der Klöppel schwang auf beide Seiten und erzeugte einen markerschütternden Klang, der im Höhlengewölbe echote. Wer noch nicht erwacht war, tat es spätestens jetzt. Links des Türmchens erhob sich das Kruzifix hinter einer Holzbalustrade, die den Außen- vom Innenbereich abgrenzte. Der Eingang war mit Sträußen aus Alpenrosen geschmückt, ebensolche hatte es an den Enden der Gebetsbänke. Rosarote und weiße Tüllmaschen verliehen den Blumen eine festliche Note. Die Gäste füllten murmelnd nach und nach die Bänke, derweil ein Priester im beigen Messgewand mit der hellen Stola die Position vor dem Altar einnahm. Zu seinen beiden Seiten schwenkte je ein Ministrant das Weihrauchfass. Der Altarbereich verlor sich im Zwielicht. Es roch balsamisch und betäubend zugleich. Rechts saß eine Frau vor dem elektronischen Klavier, im langen wallenden Kleid, eine Pianistin. Neben ihr stimmte ein junger Cellist sein

Instrument. Beide setzten zum Spielen an. »Ave Maria« von Schubert, eine Hochzeitsversion. Von der Felswand hallte der Schall durch die vielfache Reflexion sanft auf die Zuhörer wider. Milagros musste sich verstohlen eine Träne aus den Augen wischen. Den urigen Heini mit diesem Stück in Verbindung zu bringen war, als würde ein Elefant auf einem Seil balancieren. Möglicherweise hatte Aurora den Wunsch geäußert.

Die Kieselsteine knirschten unter den Schuhen, als das Brautpaar auf den Altar zuschritt, flankiert von einem älteren Ehepaar, wahrscheinlich Auroras Eltern. Er trug einen schicken Hut und sie eine toupierte Frisur, als ginge sie zu einer Party. Sie setzten sich auf die vorderste Bank.

Milagros und John hatten seitlich zwei Sitze ergattert. Von hier aus hatte man eine gute Sicht auf das Geschehen. Heini in konzentrierter Andacht zu sehen wirkte exotisch, und Auroras Erscheinung erinnerte an einen Werbeauftritt in einem Katalog für Trachtenmode. Sie trug passend zu Heinis violettem Anzug eine mauvefarbene Tracht, darüber eine enge Jacquard-Jacke mit Metallknöpfen, die aus den Knopflöchern zu springen drohten. Bei dieser Hitze musste sie ja umkommen. Bedächtig setzten sie sich auf zwei bereitgestellte, mit weißen Hussen bestückte Stühle vor dem Altar und lauschten den klassischen Klängen.

Die Erinnerung an ihre eigene Hochzeit brach wie ein Sturm über Milagros herein, ein Tornado, in dessen Auge sie sich drehte und nicht vermochte, ihre Tränen zurückzuhalten, und sie spürte, wie sehr ihr Kaspar noch immer fehlte. In all den Jahren nach seinem Tod hatte sie versucht, die Trauer zu verdrängen und zu bewältigen. Die finanzielle Sicherheit hatte es ihr ermöglicht, den Kummer auszublenden und dem Schmerz, der ihr Inneres auszuhöhlen drohte, keine Chance zu geben. Umso heftiger schlugen sich die Empfindungen nieder. Was, wenn Kaspar noch leben würde … Lange hatte sie ihn nicht mehr so intensiv gespürt wie jetzt. Sie schluckte schwer, wischte sich die Tränen weg und räusperte den Kloß in ihrer Kehle fort, der wie ein Geschwür nach oben wanderte.

Ave Maria! Ausgerechnet.

»Sie ist mindestens fünfunddreißig Jahre jünger als er«, flüsterte Milagros später, als der letzte Ton verklungen war.

»Siebenunddreißig, wenn du es genau wissen willst. Sie bestärkt das Klischee von der jungen Frau, die sich an einen Alten ranmacht.« John kicherte. »Heinis Schwiegereltern sind jünger als er.«

Milagros verschwieg ihm, dass es auch andersherum ging. Sie dachte an Ralph. Der Altersunterschied hatte zwanzig Jahre betragen. Was er wohl machte? Mit dem Gedanken an ihn stieß sie das Andenken an Kaspar zurück, dorthin, wo es die letzten Monate und Jahre gewesen war. Ralph: Er war ein ebenso begnadeter Cellist gewesen wie der Mann neben dem Altar. Aber vor allem ein kurzweiliger Gesellschafter. Erneut kam Wehmut auf. »Der Altersunterschied spielt doch keine Rolle«, flüsterte sie vehement zurück, »wenn sie sich lieben.« Sie boxte John sanft in die Seite. »Sei jetzt bitte still«, schob sie nach und meinte auch sich.

Wenn Milagros eines nicht ausstehen konnte, dann waren das nie enden wollende Messen, in denen alles zelebriert wurde, was die katholische Kirche auf Lager hatte, von der Eröffnung mit dem Schuldbekenntnis, dem Kyrie und dem Gloria über den Wortgottesdienst, die Fürbitten und die Eucharistiefeier bis hin zur Entlassung mit dem Segen. Dazwischen die Trauung vor Gott, das Gelübde, das Paar möge zusammenhalten, bis dass der Tod es scheide. Der Tausch der Ringe, der Kuss. Die Gebete wurden von Musik untermalt, was die Zeremonie in die Länge zog. Milagros fand es unzumutbar. Ihr tat der Hintern weh vom langen Sitzen, und wenn sie sich erhob, schmerzten die Füße in ihren viel zu engen Wanderschuhen.

Als die Messe sich dem Ende näherte, war halb zwölf vorbei, die Geduld der Gäste ebenso. Ihr Gestöhne ging unter im letzten Stück der Musiker. »All You Need Is Love« von den Beatles, eine Eigeninterpretation mit Klavier und Cello.

Das Gasthaus klebte an der senkrechten Fluh, ein in die Bergnische gestelltes Chalet, in dessen Interieur der nackte Fels eine tragende Rückwand bildete. Was man in Villen oft mit viel baulichem Aufwand integrierte, war hier naturgegeben. Der Äscher, wahrscheinlich das meistfotografierte Sujet in den Schweizer Bergen, gab die Postkartenidylle wieder, die in den sozialen Medien kursierte. So also präsentierte sich das Haus. Vom oberen Zugang aus gesehen, drückte es sich fast flach an die verwitterte Schrattenkalkwand, über vier Geschosse hoch, mit abschließendem Giebeldach. Im Hintergrund thronte der schneefreie Altmann.

Nach der Messe waren die Hochzeitsgäste zum Restaurant gepilgert, wo der Apéro serviert wurde. Allen voran der Pfarrer mit den Ministranten. Ihnen war das Brautpaar gefolgt – nun Herr und Frau Manser auch vor dem Herrgott –, und den Harst bildeten die Geladenen. Nicht alle waren gleich gut zu Fuß, aber umso besser im Sich-Bedienen an den großzügigen Apéro-Platten, die auf Tischen und Theken bereitgestellt waren. Trockenfleisch, Käse, rohes Gemüse und Früchte gab es in Hülle und Fülle und dazu jede Menge Wein, Bier und Säfte. Pianistin und Cellist hatten sich verabschiedet. An ihrer Stelle trat das Appenzeller-Streichmusik-Quartett »Fählenalp« auf mit Hackbrett, Kontrabass, Cello und Geige. Vier junge Männer in gelben Hosen, weißem Hemd und roter Tuchweste sowie mit der originalen Appenzeller Schaufel im rechten Ohr. Die Stimmung war ausgelassen fröhlich, was auch fremde Gäste anzog. Sie bevölkerten die Terrasse, von der aus man bis hinunter zum Seealpsee sah.

Was für ein Tag!

Milagros hatte sich auf eine Bank im Hausinnern zurückgezogen. Der Duft nach frisch gebackenem Brot und rezentem Käse streifte ihre Nase. Sie wartete darauf, von Heini begrüßt zu werden. Bislang hatte er sie nicht beachtet. Aurora dagegen war sehr aufmerksam, ging bei jedem Gast persönlich vorbei und tauschte ein paar Worte mit ihm, was ihr auf der Skala von eins bis zehn einen oberen Platz sicherte. Als sie bei Milagros ankam, setzte sie sich neben sie. »Du bist doch die Frau von Kaspar von Wirth, oder täusche ich mich?«

»Nein, tust du nicht.« Milagros sah sich vergebens nach Romy und Ronny um. Auch John ließ sich nicht mehr blicken. Neben Aurora kam sie sich steinalt vor.

»Ich habe dich auf einem Foto gesehen. Gesichter und Namen kann ich mir gut merken.« Aurora lächelte.

Sie war eine schöne Frau, wie Milagros neidlos zugeben musste. Grüne Katzenaugen, schmal und mit schwarzem Kajal dramatisch betont, ihre blonde Mähne konnte gefärbt sein. Sie hatte etwas an sich, das sie an Hollywoods Glamour der fünfziger Jahre erinnerte. »Du bluffst, das ist Jahre her, und ich habe mich verändert.«

Aurora seufzte. »Gut, ich habe geschummelt. Heini sagte mir, wer du bist.«

Und er fand es nicht nötig, sie auch nur zu begrüßen. Er war ihr eine Erklärung schuldig, weshalb er sie zur Hochzeit eingeladen hatte, so kurzfristig und unvorbereitet. Sie wollte es Aurora nicht wissen lassen. »Er ist gewiss ein viel beschäftigter Mann«, sagte sie nur und erntete Auroras fragenden Blick. »Wie habt ihr euch kennengelernt?«

Sie wurden jäh unterbrochen. Heini schlug einen Löffel ans Glas und bat zuzuhören. Augenblicklich verstummten alle. Aurora entfernte sich von Milagros, stellte sich besitzergreifend neben ihren Mann. Ja, Mädchen, dachte Milagros, du hast noch eine Menge Arbeit vor dir.

»Liebe Familie, liebe Freunde …« Heini verzog lächelnd den Mund. »Und Freundinnen. Es ist mir eine große Ehre, euch heute alle hier zu haben. Es ist der Wahnsinn, dass ihr Zeuge meiner allergrößten Entscheidung seid.« Wieder ließ er ein paar Sekunden verstreichen, um der Aufmerksamkeit aller gewiss zu sein. »Ja, ich habe mich getraut. Mit sechsundsechzig Jahren habe ich mich endlich getraut. Dazu bedurfte es die richtige Frau, die ich in Aurora gefunden habe. Sie ist wie mein Alter Ego, meine schönste Seite, mein Leben. Und wir werden bald Kinder haben. Mein Name soll weiterexistieren, nicht nur in meinen Büchern.« Heini tätschelte seiner Frau die Wange, dann den Bauch.

Milagros schämte sich fremd. Doch Aurora machte nicht den Eindruck, als würde Heinis Rede sie bestürzen. Im Gegenteil: Sie lehnte ihren Kopf an seine Schulter und streichelte sein Haupt. Eine kurze innige Geste war es, die Heini sofort beendete. Er stieß Aurora sanft von sich. Von seinen Gefühlen ihr gegenüber war nichts zu spüren. Aber vielleicht fiel das nur Milagros auf.

»Verköstigt euch, trinkt, lacht, amüsiert euch … Das Küchenpersonal hat sich mächtig ins Zeug gelegt und eine Palette von wunderbaren Häppchen hergerichtet.« Um zu demonstrieren, wie ernst er es meinte, schnappte er sich ein Pizza-Dreieck von der Platte und schob es sich in den Mund. Die Käsefäden, die über seine Lippen hingen, schienen ihn nicht zu stören. Kauend fuhr er fort: »Das Programm sieht folgendermaßen aus. Wir werden noch eine Weile hierbleiben und uns stärken. Es ist genug für alle da. Um zwei Uhr ist Abmarsch Richtung Seealpsee. Ich hoffe, ihr habt meinen Tipp ernst genommen und gutes Schuhwerk angezogen. Ich werde den Tross anführen. Aber nicht böse sein, wenn ich euch abhänge.« Sein Lachen erfüllte die Gaststube. »Wer lieber mit der Gondel nach Wasserauen zurückfahren möchte, kann das gern tun. Ab halb vier bringen zwei Spezialbusse euch zum Seealpsee hoch. Die, die wollen, können dann eine schöne Bootsfahrt machen. Es stehen drei Boote zur Verfügung. Wer will, kann sich am Ende des Sees mit einheimischem Käse eindecken. Wir treffen uns dann um sechs im Restaurant zum zweiten Apéro. Um acht gibt's das Festessen, danach Tanz bis in die Morgenstunden. Eine Fünf-Mann-Band wird uns unterhalten und für Stimmung sorgen. Zurück geht's dann für alle mit dem Bus. Noch etwas.« Er machte eine Kunstpause. »Ich habe gesehen, dass einige von euch im Gasthaus Lehmen nächtigen. Vielleicht hat jemand Lust, morgen mit mir zum Schäfler aufzusteigen.«

Der Applaus fiel verhalten aus. Nach einer durchzechten Nacht war es sicher allen ein Bedürfnis, sich erst einmal aufs Ohr zu legen und den Sonntag ruhig anzugehen.

Mit jeder Minute stieg der Geräuschpegel weiter an. Musik und Gespräche hielten sich die Waage, aber kaum jemand konnte den anderen verstehen. Man lachte, johlte und sang. Viele der Gäste schienen sich gut zu kennen.

Milagros' Blick blieb an Heinis Profil haften, bis er sich nach ihr umdrehte. Endlich raffte er sich dazu auf, auf sie zuzukommen. Aus der Nähe fiel auf, wie er gealtert war. Der Aufenthalt in der Natur hatte seine Spuren hinterlassen. Die Haut spannte sich wie poröses Leder über sein Gesicht, und die Falten wirkten wie eine zerklüftete Landschaft. Aber der Anzug stand ihm ausnehmend gut.

»Milagros, schön, hast du meine Einladung angenommen. Uns verbindet so viel.« Sein Handgriff war fest und warm und löste in ihr etwas Fremdes, nicht Kontrollierbares aus. »Schade, haben wir uns in den letzten Jahren aus den Augen verloren.«

»Sprich es ruhig aus«, sagte Milagros laut, um das Stimmengewirr um sie herum zu übertönen. »Seit Kaspars Tod. Dabei hätte ich gerade in dieser Zeit einen guten Freund an meiner Seite gebraucht.«

Einen Augenaufschlag lang schien er perplex, hatte diese Bemerkung wohl nicht erwartet. Er schluckte leer. »Das tut mir leid. Aber ich –«

»Du hattest anderes zu tun. Ich weiß. Du musst dich nicht dafür entschuldigen.« Sie lachte, und es kam ihr selbst gekünstelt vor.

Er strich ihr über die Hand. »Ich bin froh, siehst du es auch so. Hauptsache, du bist heute hier.«

»Warum hast du mir letzthin in Bern nicht erzählt, dass du heiratest?«

»Ach, weil ich es –«

Sie schrie ihn an. »Du es vergessen hast?« Milagros vermutete, er hatte sich geschämt. Unter Kollegen mochte man mit einer jungen Braut prahlen, aber nicht einer gestandenen Bekannten gegenüber. Heini hatte sich oft über die alten Männer mokiert, die sich an junge Frauen heranmachten. Dass er einmal in die gleiche Situation kam, damit hatte er wohl im Traum nicht gerechnet.

»Ich bin nicht mehr zwanzig.« Heini grinste sie an. »Ich brauche …«

»… einen Jungbrunnen?« Mittlerweile krächzte sie. »Aurora wird erst dreißig, oder? Sie könnte deine Tochter sein.«

Prompt fuhr Heini ihr ins Wort. »Das Alter sagt gar nichts über die Reife aus. In ihrem jungen Leben hatte sie so manchen Schicksalsschlag verkraften müssen.« Heini hielt Ausschau nach seinen anderen Gästen, erhob sich und nuschelte etwas vor sich hin, was im allgemeinen Gelächter unterging. »Du entschuldigst mich. Wir werden sicher zu einem späteren Zeitpunkt auf dieses Thema zurückkommen. Aber heute, meine Liebe, wollen wir feiern.« Mit einem schiefen Lächeln entfernte er sich von ihr.

Milagros hätte sich watschen können. Einem geschenkten Gaul schaut man nicht ins Maul. Sie war eingeladen worden. Es stand ihr nicht zu, Heini zu kritisieren. Sie hätte sich zurücknehmen sollen, aber Heini mit dem Faible für seine junge Frau gab ihr erst recht das Gefühl, alt und unnütz zu sein. Sie sah, wie Heini sich mit Auroras Eltern unterhielt und ihre Blicke immer wieder zu ihr schweiften.

VIER

»Hast du eine Abfuhr erhalten?« John stand plötzlich vor ihr. Auf seinen Händen balancierte er zwei Gläser und einen Teller mit allerlei Leckereien. Er beugte sich zu ihr herunter und kam mit dem Gesicht ihren Ohren nah. »Darf ich dir das geben? Wenn du mir mal eines der Gläser abnehmen könntest, damit ich es nicht fallen lasse ...« Er forschte in ihren Augen. »Hat er sich unflätig benommen?«

»Wer?« Milagros tat so, als wüsste sie von nichts, und griff nach dem Weißweinglas. Sie rümpfte die Nase, Champagner wäre ihr lieber gewesen.

»Ach, wer schon? Heini natürlich. Du darfst ihn nicht ernst nehmen. Wahrscheinlich zehrt er gerade vom letzten Testosteronschub. Oder anders formuliert: Er überwindet die Torschlusspanik.« Johns Lachen steckte an. »Nimm es locker. Falls es dich beruhigt, ich stand immer auf ältere Frauen, auf füllige, lebenserfahrene.«

Sie zog es vor zu schweigen. Innerlich grollte sie. So füllig, wie er es nannte, war sie wirklich nicht. Frechdachs! Dennoch konnte sie sich seinem Charme nicht entziehen, auch wenn er einstweilen etwas hölzern rüberkam. Seine Aufmerksamkeit ihr gegenüber schmeichelte ihr.

»Gut siehst du aus.« Entweder wollte er etwas wiedergutmachen, oder er trug eine rosarote Brille. Er setzte sich neben sie. »Zum Wohl, auf uns zwei Hübschen.« Er stellte den Teller auf seine Knie. »Bediene dich. Ich hoffe, du magst Trockenfleisch. Und hier, schau«, er kramte eine farbige Tüte aus seiner Umhängetasche, öffnete sie und schüttete einen Teil des Inhalts neben die Brötchen. Kleine hellbraune Kekse fielen auf den Teller. »Noch etwas für die gute Laune.« Er schmunzelte vielsagend. »Hebt die Stimmung.«

»Biskuits?« Milagros überlegte, begriff und konnte sich ein Lachen nicht verkneifen. »Du bist ein ganz Schlimmer.« Sie ließ ein paar Sekunden verstreichen. »Was weißt du über Heini, was ich unbedingt wissen sollte? Ich habe ihn vor sieben Jahren aus den Augen verloren.« Um sich zu vergewissern, dass Heini nicht zu ihnen herübersah, warf sie immer wieder einen verstohlenen Blick in Richtung Tresen, wo die Brauteltern standen. »Außer einem kurzen Intermezzo in Bern habe ich bis heute nichts mehr von ihm gehört, obwohl wir früher befreundet waren. Er war zwar nie greifbar, ein Freigeist eben, aber ein guter Freund meines verstorbenen Mannes.«

»Hat er sich dir gegenüber je einmal etwas zuschulden kommen lassen?« John griff nach einem Stück Brot, legte drei Scheiben Mostbröckli darauf und schob alles in den Mund.

»Ich erinnere mich nicht, nein.« Milagros sinnierte über Johns Frage. »Warum meinst du?«

»Mir fällt auf«, sagte er kauend, »dass heute unter anderen all die Leute hier sind, mit denen er in der Vergangenheit Differenzen hatte.« John wies auf einen korpulenten Mittfünfziger, der sich am Buffet verköstigte. »Siehst du den Mann dort? Das ist Großbauer Frischknecht. Es ist nicht lange her, als ich eine Diskussion zwischen ihm und Heini mitbekommen habe.«

»Worum ging es?« Milagros nippte interessiert am Glas.

»Heini warf ihm vor, er bereichere sich unrechtmäßig an den Subventionen des Bundes. Er kassiere zu viele Direktzahlungen. Frischknecht besaß viel Land, welches er nach der Umzonung für einen exorbitant hohen Preis als Bauland verkauft hat. Inzwischen dürfte er Multimillionär sein. Ich kenne Frischknecht. Er ist ein ungemütlicher Zeitgenosse, klagt er doch dauernd über den Staat. Er als Bauer werde von ihm veralbert. Über jeden Pups seiner Kühe müsse er Buch führen, damit die Sesselkleber in Bern den Methangasausstoß berechnen können. Anhand dieser Berechnungen müsse er, sobald die ihm zugeteilten Prozente überschritten würden, eine Buße bezahlen.«

»Also gibt es so etwas wie ein Furzkontingent beim Bund?« Milagros musste laut herauslachen. Das war auch zu komisch.

John hob die Schultern. »Gegenüber Heini hat er sich so

gerechtfertigt, er nehme das, was ihm zustehe, egal, wie teuer er sein Land verkauft habe.«

»Und weshalb ist er mit Heini zerstritten?«

»Heini hat ihm deswegen gehörig die Leviten gelesen. Heini wehrt sich vehement gegen die Bauernlobby und lässt es die Landwirte auch wissen.«

»Puh.« Milagros wusste nicht, was darauf erwidern. Von Landwirtschaft verstand sie gerade so viel wie ein Frosch vom Tanzen. Den hiesigen Bauern ging es sicher nicht schlecht, aber das rührte auch daher, dass sie kreativ waren und nebst der Tierzucht wieder vermehrt in Obstanbau investierten. Bald jeder Hof verfügte über einen Hofladen, wo man Selbstgemachtes anbot. Konfitüre, Kompott, Frischgemüse, geräucherte Wurstwaren, geschnitzte Holzfiguren. Diese hatten im Appenzellerland Tradition.

»Es geht noch weiter.« John schnappte sich ein Curry-Bällchen, war in seinem Element. Ein gelbes Rinnsal sickerte von seinem rechten Mundwinkel, und Milagros musste sich zurückhalten, um es nicht mit dem Finger zu beseitigen. »Du müsstest einmal Frischknechts Fuhrpark sehen«, fuhr John fort. »Auf seinem Hof fehlt es an nichts. Er brüstet sich stets mit den neusten landwirtschaftlichen Gefährten und Gerätschaften, von der Ackerwalze bis zum Zinkenrotor. Allein für die Unterbringung seiner Maschinen hat er ein neues Gebäude errichtet. Er fährt den modernsten Traktor, den Ferrari unter den Traktoren, und er lenkt ihn selbst. Sein Fuhrstall ist Prestige, eine nonverbale Aufforderung, genau hinzusehen, zu was er es gebracht hat.«

»Und was hat Heini damit zu tun?«, fragte Milagros, um nicht den Eindruck zu erwecken, dass sie dies alles nicht interessierte.

»Heini hatte nach der letzten Landsgemeinde dafür plädiert, die Bauern sollten solidarische Landwirtschaft betreiben, heißt, untereinander die Maschinen und Werkzeuge austauschen. Maschinen, die brachliegen, rentierten nicht, war seine Meinung. Du hättest Frischknecht erleben sollen. Er schäumte vor Wut, nannte Heini einen Drecksack und Nestbeschmutzer. Wenn ein anderer nicht eingegriffen hätte, es wäre Blut geflossen.«

»Und trotzdem ist Frischknecht heute hier.«

»Wenn es etwas zu essen und zu trinken gibt, ist er an der Front.« John wischte sich mit einer Serviette den Mund ab. »Heini möchte sich versöhnen. Was würde sich besser eignen als seine eigene Hochzeit? Unter uns: Er hat sie sich schön was kosten lassen.«

»Mit dieser Einladung könnte er aber erneut Öl ins Feuer gießen.«

»Da scheiden sich die Geister.«

»Welchen dunklen Fleck gibt es zwischen *dir* und Heini?« Milagros musterte John und entdeckte erst jetzt die »Schuefle« am schlangenförmigen goldenen Ringhaken in seinem rechten Ohrläppchen. »Der Verkauf seiner Firma, während du noch in der Lehre warst?« Sie nahm es ihm nicht ab. Zudem war das verjährt.

»Ich bin ein Fan von ihm.« John schnalzte mit der Zunge. »Seinen Charakter kann man mögen oder nicht, aber was der Mann an Energie ausstrahlt, ist fast nicht zu toppen. Alles, was er im Leben in Angriff genommen hat, gelang ihm. Er ist nun mal der Bergler, ein Urgestein wie aus dem Bilderbuch. Ich freue mich für ihn, dass er in Aurora die perfekte Lebenspartnerin gefunden hat.«

»Kennst du Aurora näher?« Milagros naschte eine Cherrytomate, während sie sich neugierig umsah. Beim Eingang entdeckte sie Romy und Ronny. Ansonsten kannte sie immer noch niemanden. Heinis Welt war von ihrer mondänen weit entfernt.

»Warum fragst du?«

Milagros räusperte sich. »Heini hat Andeutungen gemacht, sie habe eine schicksalhafte Vergangenheit.«

»Ich glaube, sie war schon mal verheiratet.« John deutete auf einen Kerl neben der Theke. »Das ist Landammann Klemenz Eugster mit seiner Frau. Man munkelt, Heini habe mal etwas mit ihr gehabt.«

Am frühen Nachmittag war Aufbruch zum Seealpsee.

Als sich der größte Teil der Gäste vor dem Restaurant versammelte, schloss sich Milagros Romy an, die im Gegensatz zu Ronny mit der Gondelbahn nach Wasserauen runterfahren wollte.

»Ich kenne den Abstieg«, sagte Romy. »Er verläuft hauptsächlich im Wald. Man wähnt sich sicher, aber der Schein trügt. Die Bäume verdecken steil abfallende Felsen, die bis zu achtzig Meter messen.« Romy stöhnte theatralisch. »Heute sind alle unterwegs, auch in umgekehrter Richtung. Zudem habe ich echt einen zu viel hinter die Binde gekippt. Dieser Appenzeller Wein hat es in sich.« Wie um zu beweisen, wie ernst es ihr war, hickste sie hinter vorgehaltener Hand. »Lass die Leute nur gehen. Wir sind nicht in Eile.« Sie ließ Heinis Gäste Richtung Wildkirchli vor und hielt Milagros zurück. »Hast du dich mit John angefreundet?«

Ach so, daher wehte der Wind. »Wie kommst du darauf?« Milagros ließ ihren Blick zum Äscher zurückschweifen. Sie konnte sich nicht sattsehen.

»Nimm dich bloß in Acht vor dem«, warnte Romy.

»Er ist ganz nett.«

»Das sind sie immer, wenn sie etwas wollen.«

»Sorry, ich glaube, du verwechselst mich mit jemand anderem.« Milagros konnte sich ein Lachen nicht verkneifen. In was für eine Gesellschaft war sie da hineingeplatzt? In ein Kaleidoskop von Menschen, die wahrscheinlich zufällig aufeinandergetroffen waren. Jeder schillerte auf seine Art, und zusammen würden sie ein farbenprächtiges Bild ergeben.

Romy schwieg. Ihre Konzentration hatte sie ganz auf den Aufstieg gerichtet, und Milagros musste den Gedanken, sie sei wie eine Gämse unterwegs, korrigieren. Sie nahmen sich Zeit.

Beim Wildkirchli war Ruhe eingekehrt. Die Bibel, der Tabernakel und der Abendmahlskelch waren abgeräumt, die Bänke leer. Einzig die mit rosa und weißen Schlaufen verzierten Alpenrosen zeugten von der Hochzeitsmesse und ließen einen melancholischen Nachhall zurück. Milagros lehnte sich an die Holzbalustrade. Sie hätte auch auf den Wein verzichten sollen. Mit Alkohol im Blut ließ sich nicht gut wandern.

»Schon aus der Puste?« Romy wollte augenscheinlich nicht zugeben, wie sehr ihr der Anstieg selbst zusetzte. Sie beugte sich über den Zaun und stieß Luft aus. »Mir macht die Hitze zu schaffen. Zudem trage ich nicht das passende Tenue.« Sie sah an ihrem Kleid herab, das sich um ihre Hüfte nach oben verschoben hatte. »Verflixt, dieser Heini ... und wir benehmen uns, als wären wir seine Trabanten. Dann will er noch mit Booten auf den Seealpsee. So viele Boote gibt es dort gar nicht.«

»Vielleicht ließ er zusätzlich welche hochbringen.«

»Das wäre ihm durchwegs zuzutrauen. Alter Ritzelwicht!« Sie machte ihrem Frust Luft. »Ich hoffe nur, es gibt etwas Anständiges zum Essen. Diese Häppchen kitzelten bloß den Bauch ... hicks, den Wein vom Äscher kenne ich.«

Milagros machte sich allmählich Sorgen um Romy. Ihr Gesicht glich einer Tomate. Hoher Blutdruck, dachte sie. »Wollen wir weitergehen?«

Romy sagte nichts. Sie schob sich von der Balustrade weg. Milagros warf einen letzten Blick hinunter über den Abhang in die Ebene, bevor sie neben dem Wildkirchli-Museum gemächlich die Bärenhöhle betrat.

***

John überlegte, ob er nicht doch umkehren und mit der Luftseilbahn nach Wasserauen fahren sollte. Er machte halt vor dem Schild, das jedoch niemand zu beachten schien. »Abstieg zum Seealpsee, gefährlicher Bergweg«, hieß es. »Kinder mit Leine sichern.« Kaum jemand hielt sich daran. Er erinnerte sich mit Schrecken an den Sommer vor vier Jahren, als die siebenjährige Tochter einer Bekannten auf dem Bergweg abgestürzt war, weil der Vater sich geweigert hatte, das Kind zu sichern. Er gehe doch nicht mit einem Hund spazieren, hatte er vorab gesagt und die Bewegungsfreude des Mädchens unterschätzt.

John entschied sich für den Abstieg. Geheuer war ihm nicht.

Zu viele Unfälle waren in letzter Zeit geschehen. In den Medien wurde nur darüber berichtet, wenn es Tote gab. Aber die anderen, die sich Brüche zuzogen, die sich mit letzter Kraft an einem Stamm festhalten konnten, die sich mit dem Abgrund konfrontiert gesehen hatten, die Traumatisierten, die ignorierte man. John dagegen vergaß nichts. Das Mädchen damals hatte überlebt, aber seither saß es im Rollstuhl.

Sein Gehen wurde langsamer, während seine Wanderschuhe an Wurzeln und Gesteinsbrocken stießen. Natürliche wechselten sich mit aus Holz und Eisen bestehenden Stufen ab. Nichts hier war regelmäßig. Überall gab es Steine, aber keine ebenen Stellen. Der Boden erforderte Aufmerksamkeit. Jeder Schritt war eine Tortur.

Als ihn zwei Frauen mit Wanderstöcken überholten, überwand John den inneren Schweinehund. Dass er sich mit Höhenangst herumplagte, hatte er niemandem erzählt. Man hätte ihn ausgelacht. John Sturzenegger, gebürtiger Appenzeller, benahm sich wie ein Weichei, wenn es ums Bergsteigen ging. Er, der als Jugendlicher Mitglied in der Kletterriege Alpstein gewesen war, bekam das Zittern. Melancholie überkam ihn. Früher war alles unbeschwerter gewesen. Lange hatte er von dieser Zeit gezehrt, von der Jugend, dem leichtsinnigen Umgang mit den Gefahren, weil sie ihm nie bewusst gewesen waren. Seit er die fünfundfünfzig überschritten hatte, war ihm auch der Tod vor Augen geführt worden, und das Memento mori hatte Besitz von ihm ergriffen. Er überlegte sich heute zweimal, wenn er die Bergschuhe schnürte, ob er eine Wanderung im Alpstein machen wollte. Die Felsen hier waren für ihn zu einem Mahnmal geworden, der ihnen zu zollende Respekt ein Akt des Muts. Dieser hatte ihn schon längst verlassen. Dabei hatte er die steilsten Schräghänge überwunden, die schmalsten Stellen ohne Sicherung bewältigt, war im Fels geklettert, über Schneefelder gestapft, um die Gipfelkreuze zu berühren. Ein Zeichen dafür, er war oben gewesen und hatte es geschafft.

Er sprach nicht gern über seine Ängste. Jedermann sollte

wissen, er war einer von hier. Er war im Appenzellerland aufgewachsen, die Berge stets vor Augen. Sein Vater hatte ihn schon früh auf die weiß-blau-weißen Pfade, die hochalpinen Wanderwege, mitgenommen und hatte ihm gezeigt, wie man sich mit dem Fels anfreundete. Angst, hatte er gesagt, sei ein schlechter Begleiter. Respekt ja, aber nicht Angst.

Auf dem Weg sah man nirgends den Abgrund. Er war von Bäumen und Sträuchern gesäumt, und an exponierten Stellen gab es bergseitig einen Kettenhandlauf, der jeweils endete, wenn sich die Richtung des Wegs änderte. John trat mit beiden Füßen fest auf. Sich bloß nicht vorstellen, dass es unterhalb des Gestrüpps fast hundert Meter senkrecht in die Tiefe ging. Hätte er sich doch den andern angeschlossen, die Heini folgten. Heini hatte es nicht schnell genug gehen können. So wie John ihn einschätzte, rannte er hinunter. Er wusste, wo sich die gefährlichen Tritte befanden und wann es galt, Vorsicht walten zu lassen. Er beherrschte seine Berge im Schlaf. Und, er hatte magische Füße.

Eine junge Familie näherte sich John von oben. Der Mann trug sein kaum einjähriges Kind im Huckepack und die Frau Sneakers, die gewiss kein Profil aufwiesen. John schloss die Augen und lauschte, bis die Leute außer Hörweite waren. Warum kam ihm seine Phantasie dauernd in die Quere? Er stellte sich alles Mögliche vor, wie er stolperte, das Gleichgewicht verlor und abrutschte. Er klammerte sich an den nächsten Kettenstrang. Was musste man von ihm denken, wenn er sich dermaßen unbeholfen benahm? Sollte er umkehren? Noch hatte er die Mitte der Strecke nicht passiert.

Seine Beine fühlten sich plötzlich wie Gummi an. Und ihm schwindelte. Durch das kräftige Grün der Bäume blinkte die Sonne. Wind kam auf und spielte mit den Schatten.

Er hätte niemals so viel Wein trinken sollen. Schritt für Schritt zog es ihn weiter, hinunter in die Dunkelheit, wo der Tag fast nicht hinreichte. John legte den Kopf in den Nacken, sah nach oben in die wogenden Baumkronen. Die Angst griff erneut nach ihm wie eine Klammer. Im Hals wurde es eng, und er bekam kaum noch Luft. Der Schweiß rann über seinen Rücken, tränkte sein Hemd.

»Ist Ihnen nicht gut?« Die Stimme befand sich neben seinem linken Ohr.

John drehte sich um. »Geht schon.«

»Wollen Sie sich an mir abstützen?« Der Mann trug eine dunkle Hose und ein graues Hemd. Woher war er gekommen? Von oben, von unten, aus der Richtung eines Pfads, der wo mündete? Nichts als abgetrennte Äste, Baumstrünke, verholztes Gebüsch und Gestein, welches hier gelandet war, losgelöst von dem südexponierten Felsband des Zislers. John wusste, dort oben herrschte Steinschlaggefahr. Früher war er oft in den Kalkwänden mit den dünnen, brüchigen Zwischenschichten geklettert. Es war eine seiner ersten Touren gewesen. Dort hatte er mit dem Klettern begonnen, bevor er sein Revier erweiterte. Damals hatte es noch keine Haken gegeben. Man hatte diese selbst einschlagen müssen, um die Karabiner zu befestigen. John hatte gelernt, den Fels zu lesen, die Tritte und Griffe.

Geblieben war bloß die Erinnerung.

Erst jetzt erkannte er den Mann. Er war zusammen mit Frischknecht zur Hochzeitsmesse eingetroffen, am Apéro hatte er ihn nicht gesehen. John griff nach seinem Smartphone. »Ich muss telefonieren, gehen Sie nur. Die anderen dürften bald unten sein.« Er versuchte, den Mann zu verscheuchen, der angebliche Anruf sollte diesem klarmachen, auf seine Hilfe verzichten zu können.

»Mein Angebot steht. Sie sehen blass aus.«

»Ich sagte doch, es geht mir gut.« John sog tief Luft ein, widerstand dem Reflex, laut zu werden. Er hätte dem Vorschlag, sich bei einem Psychiater behandeln zu lassen, folgen sollen. Gleich nach dem Unfall. Jetzt war es vielleicht zu spät für eine restlose Aufarbeitung. Er litt unter einer Psychose, die ohne fachliche Hilfe nicht zu bewältigen war. Dies heute und hier zuzugeben fand er unangebracht. Er wartete, bis er den Mann aus den Augen verlor.

Durchatmen. Sich erden. So hatte er es einmal gelernt, wenn er in gefährliche Situationen geriet. Der Verstand musste den Körper beherrschen, nicht umgekehrt. »Du weißt gar nicht, wie viel Potenzial in den Gedanken steckt«, hatte Heini gesagt. Heini, zu dem er noch immer aufschaute. Den er genauso bewunderte wie verachtete, den er wegen des Neids herabsetzte oder sich von ihm motivieren ließ.

Wieder atmete er, befahl seinen flatternden Nerven, sich zu beruhigen. Er ließ eine Familie mit Kindern passieren, bevor er erneut losging.

***

Das Gefühl, noch immer zu schweben, auch wenn sie die Gondelbahn längst verlassen hatte, dauerte an. Milagros hielt nach dem Kleinbus Ausschau, der sie an den See fahren sollte. Romy neben ihr stöhnte ob der Hitze. Sie wedelte mit einem Prospekt Luft in ihr Gesicht. »Warum musste Heini auch in einem Sommer wie diesem heiraten? Das ist eine Zumutung.«

»Bald wirst du ein erfrischendes Bad im Seealpsee nehmen können«, schlug Milagros vor, die weder eine Ahnung von der Gegend hatte, noch, wie warm das Wasser war.

»Ja, genau.« Romy hechelte. »Heini hat bestimmt für Badehosen gesorgt, zur allgemeinen Belustigung.«

»Gibt es andere Möglichkeiten, zum See zu gelangen?«

»Zu Fuß ziehe ich den Aufstieg durch den Wald der steilen asphaltierten Straße vor. Weiter oben beginnt der schmale Höhenweg zur Meglisalp. Von oben hast du einen phantastischen Ausblick auf den See und hinüber zum Schäfler. Aber heute, meine Liebe, bringen mich keine zehn Pferde dort hoch.«

Das Geknatter eines Hubschraubers störte die lähmende Stille dieses frühen Nachmittags. Wie aus dem Nichts war er aus Richtung Appenzell aufgetaucht. Die Maschine kreiste über den Baumwipfeln unterhalb des Äschers.

Milagros folgte Romys Blick.

»Schon wieder ein Unfall.« Romy schüttelte den Kopf.

»Oder eine Fotosession. Heini und Aurora von oben. Ist sie eigentlich auch zu Fuß runter?«

»Ich glaube schon.«

»Egal, komm, wir setzen uns in den Bus und lassen uns von der Aircondition kühlen. Wie ich sehe, haben schon ein paar Gäste Platz genommen. Wir werden sicher bald fahren.« Romy beeilte sich.

Milagros humpelte hinterher. Die Wanderschuhe drückten, und die Fußsohlen schmerzten, als stünden sie in Flammen. Im Bus ließ sich Milagros ächzend neben Romy nieder, ohne die Mitfahrgäste aus den Augen zu lassen. Hier saßen fast ausschließlich Frauen ab fünfzig, fein herausgeputzt und aufgedreht. Ihnen schien die Hitze nichts auszumachen.

»Heinis Schwiegereltern.« Romy zeigte auf das Ehepaar hinter dem Chauffeur. »Francesca und Emanuele Antoniazzi. Ihnen gehört die Pizzeria in der Nähe des Landsgemeindeplatzes in Appenzell.«

Milagros streckte die schmerzenden Füße unter den Vordersitz und lauschte Romys Erzählungen.

»Wie ich erfahren habe, machten sie wegen der Heirat von Aurora und Heini gewaltigen Zoff.«

»Wegen des Altersunterschieds?« Milagros vernahm das Martinshorn der Ambulanz, ohne sie zu sehen.

»Oh nein. Sie sind es gewohnt, dass sich ihre Tochter an alternde Männer heranmacht.«

»Wie soll ich das verstehen?«

Die Türen gingen automatisch zu. Der Chauffeur startete den Motor. Der Bus bewegte sich über eine Brücke, zweigte rechts ab und fuhr nach dem letzten Parkplatz auf die Straße hinter der Fahrverbotstafel.

»Ach, das wusstest du nicht? Aurora ist nicht zum ersten Mal verheiratet.«

Dann hatte John also doch nichts aus der Luft gegriffen. Milagros sah hinauf zum Zulauf des Schwendibachs, ein Bachbett, das aufgrund der Trockenheit wie eine ausgebreitete Mondlandschaft wirkte, und auf die ockerfarbenen Furchen in der

Wiese. Der Schwendibach dagegen plätscherte unten gemütlich dahin.

Romy ließ ein Räuspern vernehmen. »Der arme Teufel ist an einem Herzinfarkt gestorben … behauptet man zumindest. Aurora war Alleinerbin.«

»Hat es sich wenigstens gelohnt?«

»Wie bitte?« Romy sah sie konsterniert an.

»Ach, ist mir so rausgerutscht.« Milagros kicherte. »Ich kann im Moment nichts ernst nehmen. Wie alt war er?«

»Achtundfünfzig.«

»Ist ja kein Alter. Herzinfarkt, sagtest du?«

Der Bus passierte das Kraftwerk Wasserauen, das älteste Kraftwerk im Kanton. Der Seealpsee diente als Wasserreservoir und war über eine Druckleitung mit dem Kraftwerk verbunden. Vier ungleiche Gebäude, deren Baustile aus unterschiedlichen Epochen stammen mussten, lagen am Waldrand, gesichert und umschlossen mit einem Eisenzaun.

»Es ist noch nicht so lange her, seit Aurora ihren Tito zu Grabe getragen hat«, sagte Romy. »Er war Besitzer einer Fabrik für Schuhe im oberen Preissegment. Italienische Modelle. Man munkelt, Aurora habe sich in die Schuhe und nicht in Tito verliebt. Aber das sind natürlich Gerüchte, und diese machen hier schnell die Runde.«

»Glaubst du, Aurora ist wieder hinter dem Reichtum her?« Milagros sah mit gemischten Gefühlen aus dem Fenster. Der Hubschrauber war nicht mehr zu hören. Er musste gelandet sein. Eine Wandergruppe zog an ihnen vorbei, die den einfachen Talweg gewählt hatte. Die Straße stieg an, das Gefälle erreichte den ersten Punkt, an dem der Bus die Geschwindigkeit drosselte und der Motor aufheulte.

»Bei solchen Frauen weiß man nie.«

»Du meine Güte. Das wäre eine Zweckehe.« Milagros glaubte, Auroras Plan erraten zu haben. »Heini fühlt sich wieder jung, Aurora hat weiterhin eine finanzielle Sicherheit. Er ist ihre Altersvorsorge, sie vielleicht schon bald seine Sterbebegleitung. Eine Win-win-Situation.«

»Du magst ihn auch nicht besonders.«

»Doch, doch, er hat mir nie etwas zuleide getan. Ich denke, man muss ihn nehmen, wie er ist. In seinem Alter wird er seinen Charakter nicht mehr ändern.« Milagros biss sich auf die Lippen. Auf solche Gespräche ließ sie sich in der Regel nicht ein. Sie war keine Klatschtante, die sich aufgrund der Schwächen anderer wichtigmachte. Wenn sie austeilte, dann tat sie es direkt und unverblümt, mit dem Risiko, dabei anzustoßen.

Der Bus stoppte abrupt. Milagros hielt sich erschrocken am Vordersitz fest.

»Eine Straßenblockade«, äußerte sich Romy. »Passt wohl einigen nicht, dass wir mit dem Bus hochfahren. Dabei hat der Chauffeur eine Bewilligung. Aber diese jungen Leute heute ... sie werden von Institutionen akquiriert, erhalten ein Taschengeld, damit sie sich auf die Straßen kleben und ans schlechte Gewissen der Bevölkerung appellieren. Die haben noch nie gearbeitet ...«

Rechter Hand hatte sich eine Menschentraube gebildet, die sich auch nach wiederholtem Hupen nicht auflöste. Milagros ignorierte Romys Geschwafel und suchte über die Köpfe der Menschen hinweg den Hang ab. Zwei gelb gekleidete Männer traversierten mit einer Trage den schmalen Pfad.

»Die 144 ist da«, sagte Romy. »Muss wohl etwas geschehen sein ... der Helikopter, der Notfalldienst ... der normale Wahnsinn an einem stark frequentierten Sommertag im Alpstein. Vielleicht wurde jemand überfahren, würde mich nicht wundern. Vor uns fuhr doch ein anderer Bus hoch ...«

Milagros erhob sich. Die Neugier hatte sie gepackt, das Gefühl, etwas zu versäumen, wenn sie tatenlos sitzen blieb. Romy nervte.

»Wohin gehst du?« Romy renkte sich fast den Hals aus.

»An die frische Luft.« Milagros bat den Chauffeur, er möge die Tür öffnen. Diese ging mit einem zischenden Laut auf. Milagros trat auf den Asphalt, der Hitze abstrahlte. Sie sah sich augenblicklich einer Masse von Wanderern gegenüber. Sie drängte an ihnen vorbei Richtung Pfad, erblickte den Wegweiser zum Äscher, und Angst überkam sie. Es war wie eine Vorahnung.

Sie stand vor den Männern mit den gelben Westen, und dann ging alles sehr schnell. Sie übersah dabei die knorrige Wurzel, über die sie stolperte, direkt auf einen der Männer zu. Sie konnte einen Aufschrei nicht verkneifen und spürte augenblicklich Dutzende von Augen auf sich gerichtet.

»Herrgott! Passen Sie auf!« Der Rettungshelfer konnte nicht ausweichen. Während Milagros an ihm Halt suchte, ließ er im Reflex die Trage los und stürzte.

Ein Aufschrei ging durch die Meute. Milagros wurde zu Boden geschleudert und mit ihr die Trage. Ein Körper fiel zu ihren Füßen.

FÜNF

Unschlüssig stand Fede vor der Holzkiste, die vorgestern, am Freitagabend, auf dem Drachenried angekommen war. Ein Spediteur hatte die Sendung vor der Haustür abgeladen. Fede hatte unterschreiben müssen, sich aber nicht weiter darum gekümmert. Bislang hatte sie keine Zeit gefunden. Darin konnte sich alles Mögliche befinden: Kraftfutter für die Kühe, ein Notvorrat für den kommenden Winter oder ein neues Möbelstück von Ikea, das sich Chrigi gewünscht hatte. Vielleicht hatte er es ohne ihre Einwilligung bestellt.

Fede besah sich endlich den Absender. Ein Ort in Portugal. Monchique, ein idyllisches Bergdorf am Fuße des Fóia, der höchsten Erhebung in der Algarve, und Wahlheimat von Priska Hardegger, Fedes Mutter.

Was zum Henker hatte sie ihr geschickt? Weder in den Zollunterlagen noch im Begleitschreiben, neben der Adresse aufgeklebt, war zu lesen, worum es sich handelte. Es waren insgesamt elf Stück deklariert. Aber wovon? Fede holte ein Messer aus der Besteckschublade, ging zurück zur Kiste, die sie mittlerweile in die Küche geschoben hatte, und versuchte vergebens, sie zu öffnen. Ein Zierleistenkeil musste her. Wo war die Werkzeugkiste? Chrigi konnte sie nicht fragen. Er war seit einer Woche in den Ferien, müsse sich entspannen, durchatmen, wo, hatte er nicht verraten. Einmal mehr wurde Fede bewusst, wie schlecht sie ohne ihren WG-Partner zurechtkam. Chrigi war hier die Hausfrau, er wusste, wo sich was befand. Fede entdeckte endlich einen Hammer, in der Schublade unter dem Backofen, wo ein Hammer in der Regel nicht hingehörte. Sie ging damit zur Kiste, schob den Spitz einer Schere in die Fugen und schlug mit dem Hammer darauf, bis die Schere bis zum Anschlag im Holz verschwand.

Eine gefühlte halbe Stunde verging, bis es ihr vollends gelang, die Kiste zu öffnen. Fede arbeitete sich durch eine

Schicht Styropor und Stroh und stieß auf Seidenpapier. Darunter vermutete sie Leinwand. Sie hätte es sich denken können: Mutter hatte Bilder geschickt. Vor Jahren hatte sie schon einmal den Versuch gestartet, Fede mit ihrer Malerei zu beeindrucken. Fede hatte kein Interesse gezeigt. Mutter war für sie Luft, seit sie die Familie verlassen hatte. Priska Hardegger hatte sich weder um ihren Mann noch um ihre Tochter gekümmert. Sie hatte ihre Selbstverwirklichung ins Auge gefasst und war verschwunden, bevor Fede zwölf war. Erst viel später hatte Fede realisiert, wie krank ihre Mutter war. Psychisch angeschlagen hatte sie den für sie einzig richtigen Weg gewählt – ein Leben auf dem Land im südlichen Portugal, wo sie ihrer Leidenschaft nachgehen und die Genesung in die Wege leiten konnte. Ob es ihr heute besser ging, war zu bezweifeln.

Fede zog eine der über Holzleisten gespannten und in Feinpapier geschützten Leinwände aus der Kiste. Möglicherweise waren die Kunstwerke eine Art Lebensversicherung, eine Kapitalanlage, ein Erbe? Dass Priska Hardegger in Portugal mittlerweile als namhafte Künstlerin bekannt war, war auch Fede nicht entgangen. Sie hatte es aber nicht weiter verfolgt. Die Gefühle ihrer Mutter gegenüber waren mit jedem Jahr, in dem sie einander nicht sahen, mehr erkaltet. Ab und zu erreichte sie eine Karte zu Weihnachten oder zum Geburtstag.

Fede wickelte das Bild aus dem Papier. Mutter hatte sich früher in der abstrakten Malerei versucht. In der letzten Dekade musste sie ihren Stil geändert haben. Anstelle von einzelnen Würfeln und Quadern, die sie als Körper bezeichnete, waren die Sujets realistischer geworden, fast so, als hätte sie eine Fotografie kopiert und am Computer als Weichzeichnung animiert.

Fede holte alle Bilder aus der Kiste, packte sie aus, stellte sie einzeln auf und betrachtete sie. Öl oder Akryl, ging ihr durch den Kopf, einige davon in Aquarell auf festem Papier. Zuletzt befand sie sich in einem Kreis ähnlicher Werke, die einen sonderbaren Sog erzeugten. Es waren Gemälde von großer Poesie, in denen eine Sehnsucht lag. Noch immer malte Mutter Körper. Aber nun waren es konkrete Frauen- und Männerkörper, Paare in inniger Umarmung, Mütter mit ihren Babys, vor dem Hintergrund dramatischer Sonnenuntergänge am Meer. Verschleierte Buchten und silberfarbene Linien, von der roten Kugel sanft berührt, schimmernde Schaumkronen, die auf den Betrachter wirkten, als bewegten sie sich. Die blaue Stunde zwischen Sonnenuntergang und Einnachten: Priska Hardegger hatte den Bildern etwas Mystisches eingehaucht, was Fedes Herz bewegte. Sie erschrak über ihre Empfindungen, ihre Bewunderung.

Waren die Bilder am Ende ein Vermächtnis? Lebte Mutter nicht mehr? Ein stechender Schmerz fuhr in Fedes Brust. Sie hatte ihre Mutter ausgeblendet, ihr nie nur ansatzweise eine Chance gegeben, sich mit ihr auszusöhnen. War es vielleicht zu spät? In der Kiste ließen sich weder eine Grußkarte noch ein Brief finden.

Das Smartphone klingelte. Verdattert griff Fede danach und meldete sich.

»Federica?«

»Am Telefon.« Fede erkannte Milagros' Stimme. Sie klang anders als sonst, belegt und aufgeregt.

»Ich erreiche Maximilian nicht. Weißt du, wo er sich aufhält?«

»Er ist unterwegs.« Max hatte vor drei Tagen den Hof verlassen und war nach Hergiswil in seine Wohnung zurückgekehrt, von wo aus er agierte. Trotz Sonntag musste er eine Observierung machen. Beschattung eines mutmaßlichen Dealers, Auftrag eines Vaters, dessen Sohn drogenabhängig war. Max nahm in letzter Zeit immer häufiger ungewöhnliche Aufträge an, um die Detektei am Laufen zu halten. Seit der Ermittlung in Rosenlaui hatte er keinen lukrativen Fall mehr an Land gezogen. Sich einmal im Jahr mit einem Großereignis auseinanderzusetzen reichte bei Weitem nicht für eine gut laufende Agentur.

»Kann *ich* dir helfen?« Fede brachte den Verdacht nicht los, Milagros könnte sich in einer schwierigen Situation befinden.

Ihre resolute Art war einer weinerlichen Stimme gewichen. Mittlerweile kannte Fede sie gut.

»Ich bin am Seealpsee.«

»Im Alpstein?«

»Ich gehe davon aus, Maximilian hat dir davon erzählt. Ich wurde zu einer Hochzeitsfeier eingeladen.«

»Nein, hat er nicht.« Max erzählte ihr längst nicht mehr alles, was Milagros betraf. Er befinde sich in einem Abnabelungsprozess, hatte er letzthin durchblicken lassen. Viel zu lange habe er sich an seine Mutter geklammert. Fede lächelte in sich hinein. Es war auch langsam an der Zeit. Doch sie ahnte, wie schwierig es war, sich von einer dominanten Mutter zu lösen. Die Beziehung zwischen Max und Milagros war das pure Gegenteil von dem, was Fede mit ihrer eigenen Mutter erlebte. Milagros war omnipräsent, bestimmte noch immer zu einem großen Teil Max' Leben. Für Milagros bedeutete Familie alles. Sie versuchte aus dem wenigen, was ihr geblieben war, etwas Bedeutendes aufzubauen. Es war dieser seelische Druck, mit dem Fede nicht umzugehen vermochte. Max' Heiratsantrag war sie im letzten Moment ausgewichen. Würde sie erst einmal verheiratet sein, würden Milagros' Bemerkungen wegen des Familienzuwachses nicht ausbleiben. Sie hoffte noch immer auf Enkelkinder, auch wenn sie dies lapidar von sich wies.

»Könntest du ihm sagen, er soll nach Appenzell kommen?«

»Ich habe keine Ahnung, wann er zurück ist. Was ist denn passiert?«

Milagros schluchzte auf. »Etwas Furchtbares. Die Hochzeitsfeier wurde abgesagt, weil …«

»Was?«

»Es hat einen Toten gegeben. Er fiel mir buchstäblich vor die Füßc.«

»Bist du wohlauf?« Fede schob eines der Bilder auf die Seite. Die Ponta da Piedade im Abendrot. Davor ein sich küssendes Paar. Erinnerung an die Tage in Cacela Velha, als Fede vergebens nach ihrer Mutter gesucht hatte. Damals war sie allein durch das maurische Dorf gezogen, besessen von der Idee,

Mutter zur Umkehr zu zwingen, dieses eine Mal. Sie hatte an den Haustüren angeklopft und sich in den örtlichen Lebensmittelläden und Boutiquen nach ihr erkundigt. Man hatte Priska Hardegger gekannt, aber sie sei weitergezogen, hatte es geheißen. Weit weg, wo man sie in Ruhe ließ.

»Die Polizei war da und hat uns die halbe Nacht lang ausgefragt. Ich habe kurzfristig ein Zimmer im Gasthaus Forelle gebucht, weil es im Gasthaus Seealpsee kein freies Bett gab. Ich hatte keine Ahnung, wie lange diese Befragungen dauern würden. Wir wurden hier verköstigt, aber anstelle des Hochzeitsessens gab es das Trauermahl. Mein schönes Dirndl ist zerrissen. Ich sehe aus wie eine Vogelscheuche. Ich werde heute nach Weissbad zurückfahren.«

Schock, dachte Fede. »Moment, bist du zufällig in etwas verwickelt?« Sie überlegte, dass sie den Hof nicht verlassen konnte, bevor Chrigi zurück war. Unter ihrer Obhut standen drei Kühe, zwei Dutzend Hühner und Hähne sowie zwei Katzen.

»Natürlich nicht. Die Polizei geht von einem bedauerlichen Unfall aus.« Wieder ließ Milagros ein Schluchzen vernehmen. »Ich glaube es einfach nicht. Heini war ein erfahrener Berggänger. Er soll beim Abstieg vom Äscher zum Seealpsee abgestürzt sein. Man hat ihn gestern tot geborgen.«

»Wer ist Heini?«

»Der Frischvermählte, einst ein guter Freund von meinem Kaspar.« Milagros' Stimme zitterte, und Fede fand nicht heraus, ob dies von ihrer Nervosität oder ihrer Trauer herrührte.

»Zudem war Heini nicht allein auf dem Weg. Zeugen behaupten, er sei ihnen vorausgeeilt und habe sie auf der Strecke gelassen. Ich kann nicht glauben, dass er seine Gäste an diesem bedeutenden Tag vernachlässigt hat, um …« Milagros räusperte sich, »um einen neuen persönlichen Rekord aufzustellen. Aber das kreidet man ihm jetzt an.«

»Wie geht es seiner Frau?«

»Die ist am Boden zerstört, ein einziges Nervenbündel. Sie war ebenfalls zu Fuß unterwegs. Federica, ich glaube nicht an einen Unfall. In der kurzen Zeit, in der ich hier bin, habe ich zu viel gehört. Fast jeder Hochzeitsgast hätte einen Grund gehabt, Heini in die ewigen Jagdgründe zu schicken.« Milagros war zurück mit ihren bissigen Ausdrücken. »Ich kann das nicht allein bewältigen.«

»Was erwartest du von Max?«

»Dass er möglichst noch heute nach Weissbad kommt. Am besten zusammen mit dir.«

***

»Es gibt keinen Grund, Gfeller zu verdächtigen.« Max blieb im Korridor stehen. Er litt unter einem Schlafmanko, war es sich nicht mehr gewohnt, nachts durch Zürichs Sündenmeile zu ziehen, die zweite Nacht in Folge. »Ich habe ihn bis in die frühen Morgenstunden observiert, bin danach nach Hause gefahren, habe die Fotos ausgedruckt und voilà: Da sind sie.« Er holte ein Couvert aus der Tasche und reichte es seinem Auftraggeber. »Keine Auffälligkeiten. Sehen Sie sich die Bilder an. Gfeller war in vier verschiedenen Clubs, bevor er um halb zwei mit einer Blondine abzog. Er trank nur Bier, ging nicht mal zum Rauchen nach draußen, und Drogen hatte er nicht dabei. Gestern dasselbe, mit dem Unterschied, dass seine Gespielin eine Mulattin war. Ich lege für ihn die Hand ins Feuer.«

»Dann verbrennen Sie sie nur mal nicht.« Sein Klient war enttäuscht. Er hatte erwartet, Max würde seinen Verdacht erhärten: Gfeller deale mit Drogen und verkaufe sie auch an seinen Sohn.

»Gfeller arbeitet tagsüber bei einer Speditionsfirma, ist regelmäßig mit seinem Rad unterwegs, er hat einen festen Wohnsitz und bleibt unter der Woche zu Hause. An Freitag- und an Samstagabenden schnuppert er Zürichs Nachtluft. Soviel ich weiß, ist das nicht verboten. Vielleicht haben Sie sich geirrt.«

Die Bemerkung kam nicht gut an. Der Klient öffnete das Couvert und zog die Fotos heraus. Was er sah, befriedigte ihn offensichtlich nicht. »Wie Sie wollen. Somit stelle ich Sie frei. Ich werde Ihnen den Betrag für diese lausige Arbeit überweisen und eine entsprechende Bewertung auf Ihrer Website hinterlassen. Damit ist für mich die Sache erledigt. Anwalt waren Sie? Wahrscheinlich für die Schickimicki-Kundschaft der Goldküste. Noch etwas: Es gibt bessere Detektive als Sie. Die Konkurrenz schläft nicht.«

Max ließ sich aus der Wohnung drängen. Konsterniert nahm er sein Smartphone zur Hand. Milagros hatte ihn mehrmals angerufen, ohne eine Nachricht zu hinterlassen. Auch Fede hatte ihn gesucht. Sie jedoch bat per SMS um schnellstmöglichen Rückruf.

Max ließ es ein paarmal läuten, bevor sie das Gespräch entgegennahm. »Hi, Max. Hattest du Erfolg?«

Max stutzte. Das fragte Fede sonst nie. »Ich bin den Fall los.« Er vergewisserte sich, dass sein Klient nicht mithörte, ging zum Fahrstuhl und öffnete die Tür. Ein unangenehmer Geruch nach Schweiß wehte ihm entgegen.

»Das hört sich gut an. Wir haben einen neuen Auftrag.«

»Ich dachte, du kannst nicht weg.« Max drückte den Knopf ins Erdgeschoss.

»Soeben habe ich Chrigi zurückbeordert. Er war zum Glück nur auf dem Stanserhorn, übernachtete dort bei einem Bekannten. Per Zufall kam ich darauf.«

»Und wohin sollen wir?«

»Nach Weissbad in Appenzell Innerrhoden.«

Max spürte, wie Hitze über seinen Rücken schoss. »Sag nicht, der Auftrag stammt von Milagros.«

»So ist es. Ich hatte keine Ahnung, dass sie an einer Hochzeit eingeladen war.« Fede klang vorwurfsvoll. »Hast du's gewusst?«

»Sie hat es erwähnt. Ich erinnere mich schwach, vorgestern war's.« Max war in der Zeit ihres Anrufs mit Gfeller beschäftigt und daher seiner Mutter gegenüber kurz angebunden gewesen. Er hatte wohl hingehört, es aber gleich wieder vergessen. »Worum geht's?«

»Der bekannte Bergsteiger und Fotograf Heinrich Manser ist tot. Er soll abgestürzt sein. Gemäß Polizei sei es ein Unfall gewesen. Milagros will es nicht dabei bewenden lassen. Sie vermutet, da wurde nachgeholfen.«

»Aha.« Seine Mutter hatte bereits in der Vergangenheit ein Händchen für außergewöhnliche Fälle gehabt. Fälle, die dem Detektivbüro das Weiterbestehen sicherten. Die Frage blieb, wer diesmal die Kosten übernehmen sollte. »Hat sie gesagt, wer ihr den Auftrag erteilt hat?«

»Nein, hat sie nicht. Vielleicht sie selbst?«

»Ihr ist im Moment alles zuzutrauen.« Max schloss die Augen. Milagros ließ nichts aus, um mit ihm in Kontakt zu bleiben. Dabei hatte er sie unmissverständlich wissen lassen, er wolle sich etwas distanzieren. Es war ihr in den falschen Hals gekommen. Sie hatte sich darüber beschwert, wie undankbar er sei. Zudem wisse sie nicht, wie lange sie noch leben würde. Max war hart geblieben. Entgegen ihrem Alter stand sie mitten im Leben wie ein Fels in der Brandung, egal, wie hoch die Wellen schlugen. Sie war körperlich fit, auch wenn sie das Gegenteil behauptete, und geistig noch immer auf dem Höhepunkt. »Wie denkst du darüber?«

Fede lachte. »Als wären meine Gedanken wichtig.«

»Komm schon. Du kennst meine Einstellung. Und du kennst Milagros' Taktik. Sie erträgt es nicht, wenn wir unser Leben ohne ihr Dazutun gestalten.« Von der Tatsache, dass Milagros sich nicht ständig in sein Leben einmischte, hing Max' ganzes Bestreben ab, Fede eines Tages doch noch vor den Traualtar zu führen.

Fede stieß hörbar Atem aus. »Es gäbe in der kommenden Woche ein paar Termine. Aber diese kann ich verschieben. Sobald Chrigi da ist, können wir losfahren.«

***

Milagros fuhr mit dem Taxi zurück zum Gasthaus Lehmen. Die Sonne brannte gnadenlos vom Himmel und verwandelte selbst ihr Zimmer in einen Glutofen. Sie riss die Fenster weit auf und blähte ihre Nasenflügel. Würzige Luft strömte herein.

Der Tod kam, aber niemand wurde gefragt. Das Ende des Lebens war plötzlich da, meistens unvorhergesehen wie ein Erdbeben, das man ebenso nicht berechnen konnte. Alles war Ursache und Wirkung. Daran glaubte Milagros. Jedes Erdbeben hatte eine Vorgeschichte. Jedes Ergebnis entstand durch einen vorhergehenden Anlass. Milagros nahm den Notizblock, der auf dem Tisch bereitlag, zusammen mit einem Schreibstift mit dem Logo des Gasthauses.

Es war an der Zeit, zum Tod von Heini ein paar Gedanken zu Papier zu bringen. In den digitalen Medien war er Thema Nummer eins. Die Sonntagszeitung brillierte mit Texten, in denen Heinrich Manser in den höchsten Tönen gelobt wurde. Wahrscheinlich hatte er zeitlebens kein so großes Echo bekommen. Einig waren sich jedoch alle: Sein Tod war ein tragischer Unfall. Heini hatte gemäß Bericht aus dem Archiv am Äscher seine ersten Gehversuche gemacht, am Äscher hatte er sein Leben gelassen. Somit habe sich der Kreis geschlossen. Bereits wurde über eine Zweitauflage seines neuesten Buches spekuliert, da am Samstagabend, kurz nach Bekanntmachung seines Ablebens, die Bestellungen über die Webseite des Verlags gestiegen waren. Milagros seufzte. Erst, wer tot ist, steigt im Wert, dachte sie. Sie erinnerte sich an die Wochen nach Kaspars Tod. Zeit seines Lebens hatten die Medien weder über den erfolgreichen Bankier berichtet, noch hatte man öffentlich seine Verdienste geehrt. Man hatte sich stets vornehmlich zurückgehalten. Kaum war er unter der Erde, wurde über Kaspar von Wirths Bemühungen berichtet, als er sich für die Barrierefreiheit von Menschen mit Behinderung im öffentlichen Verkehr starkgemacht hatte. Er war unter anderem Vorreiter für die Chancengleichheit von Mann und Frau in der Schweizer Armee gewesen.

Milagros bedauerte, Heini bei ihrer letzten Begegnung angegriffen zu haben. Sie hätte ihm doch einfach gratulieren und sich mit ihm freuen können, anstatt ihre eigene Person dermaßen in den Vordergrund zu stellen. Eigentlich war es ihr um nichts anderes gegangen, als ihm ein schlechtes Gewissen in Bezug auf die Wahl seiner Frau einzureden. Zu allem Übel hatte sie ihre Eifersucht nicht in den Griff bekommen. Das war neu. Milagros hatte keine Mühe mit jungen Frauen, aber wenn sie in ihnen Konkurrenz witterte, sah sie rot.

Milagros hatte sich die Gästeliste im Gasthaus Seealpsee zu eigen gemacht. Zufällig hatte sie diese bei der Kasse liegen sehen und in einem unbeobachteten Moment an sich genommen. Sie holte das zusammengefalzte Blatt aus ihrer Tasche und glättete es. Nicht zu jedem Namen sah sie ein Gesicht. Großbauer Josef Frischknecht zum Beispiel war ihr in Erinnerung geblieben und Auroras Eltern Francesca und Emanuele Antoniazzi. Landammann Klemenz Eugster mit seiner Frau, ihn hatte man ihr vorgestellt. Aber es gab einige Namen, zu denen sie keine Gesichter sah.

Jemand polterte an die Tür. Milagros legte ein Heft über die Liste, bevor sie öffnete. »Romy? Ihr seid noch da?«

»Müssen wir wohl. Soeben hat man uns mitgeteilt, die Polizei würde erneut Befragungen durchführen. Der Großteil der Gäste übernachtet hier.« Romy drängte sich ungebeten ins Zimmer.

Milagros fühlte sich überrumpelt. »Ich dachte, ihr hättet längst ausgecheckt?«

»Dem ist nicht so. Würdest du so gut sein und in die Gaststube runterkommen?« Romy sah sich neugierig um. »Du hast noch nicht gepackt?«

»Nein, sagte ich doch. Ich bleibe auf jeden Fall länger, wollte noch zum Wasserfall gehen.«

»Den kannst du dir abschminken. Ronny meint, das könne länger dauern.«

»Warum ist die Polizei da? Glaubt sie doch nicht an einen Unfall?«

»Es spräche viel dagegen.«

»Zum Beispiel?«

»Ich gehe davon aus, die gleichen Argumente, wie wir sie

haben. Heini war ein zu erfahrener Berggänger. Er kannte den Äscher wie seine Westentasche.«

»Und was will die Polizei von uns erfahren, was wir ihr nicht bereits mitgeteilt haben?« Milagros stieß Romy aus dem Zimmer. Sie zog die Tür zu und schloss ab. Würde sich das Blatt nun wenden und das Detektiv-Trio war überflüssig? Müsste sie Maximilian informieren?

»Die Staatsanwaltschaft von Appenzell ist da.« Romy ging rückwärts bis zur Treppe. »So schnell gibt sie sich nicht zufrieden. Grund dafür soll Auroras Vergangenheit sein.«

Milagros nickte. »Weil sie schon einmal verheiratet war?«

»Einmal ist gut.« Romy lachte verächtlich. »Sie war es ganze viermal, hat mir soeben Francesca, Heinis Schwiegermutter, erzählt. Keiner hat überlebt. Und stell dir vor, sie ist zehn Jahre jünger als Heini.«

»Wer ist jünger?«

»Na, Francesca ... Vielleicht ist Aurora eine schwarze Witwe, die Spinne, die ihr Männchen nach dem Liebesakt tötet und verspeist.«

»Viele von den Hochzeitsgästen könnten ein Motiv haben.«

»Weil Heini eine Arschgeige war.« Romy lachte und ging weiter bis zum Aufzug. »Sorry, man sollte nicht so abschätzig über Tote sprechen. Aber im Moment will einfach keine Trauer aufkommen.«

Milagros runzelte die Stirn, erwiderte jedoch nichts. Sie suchte nach einer plausiblen Erklärung, weshalb Romy sich dermaßen danebenbenahm. Milagros betrat den Fahrstuhl, drückte sich an die Kabinenwand und beobachtete ihr Gegenüber. »Bist du dir überhaupt im Klaren, dass wir einen Freund verloren haben?«

»Das Wort Freund im Zusammenhang mit Heini in den Mund zu nehmen ist mutig.«

Milagros kam nicht dazu, etwas zu entgegnen. Der Lift hielt an, und die Schiebetür ging auf. Draußen warteten ungeduldige Gäste mit Koffern.

Es war ein komisches Gefühl, sich plötzlich inmitten einer Ermittlung wiederzufinden. In der Wirtsstube wartete die Hälfte der Hochzeitsgäste auf die Befragungen, die im hinteren Teil des Saals mit dem Täfer aus Arve und den gerahmten Bildern und romantischen Vorhängen durchgeführt wurden. Milagros bestellte gegen ihre Gewohnheit eine Kanne Kaffee. Sie setzte sich an ein Fenster und beobachtete eine Gruppe von Radfahrern, die bei der Terrasse haltgemacht hatte. Offensichtlich waren die Männer sich nicht einig, ob sie hier eine Rast einlegen oder weiterfahren wollten. Die Entscheidung wurde ihnen abgenommen, als ein uniformierter Polizist auf sie zutrat. Was zwischen ihnen gesprochen wurde, hörte Milagros nicht. Aber die Radfahrer stiegen auf ihre Mountainbikes und entfernten sich vom Gasthaus.

Milagros widmete sich dem Kaffee, welchen die Kellnerin gebracht hatte. Kaum hatte sie Zucker in die Tasse gerührt, trat eine Frau in Polizeiuniform an den Tisch, ein burschikoses Wesen mit Kurzhaarschnitt und ernster Miene. »Frau von Wirth?«

Milagros ließ den Löffel sinken, sagte »Ja« und fragte sich, weshalb diese ihren Namen kannte.

»Bitte folgen Sie mir.« Die Polizistin ging voraus.

Milagros versuchte, mit ihr Schritt zu halten. Im Saal wies man sie an einen der Tische und bat sie, Platz zu nehmen. Sie musterte den jungen Mann vis-à-vis. Sympathisches Gesicht, Dreitagebart, Buzz Cut. Er stellte sich mit einem komplizierten Namen vor, den Milagros gleich wieder vergaß.

»Haben Sie Ihren Ausweis dabei?«

»Den Pass?« Milagros öffnete ihre Louis-Vuitton-Tasche, die gerunzelte Stirn des Polizisten entging ihr nicht, obwohl sie nicht davon ausging, er könnte von Designermode etwas verstehen.

»Die Identitätskarte reicht.«

Milagros holte ihr Portemonnaie hervor und zog sie heraus. Sie schob die ID über den Tisch.

Der Polizist nahm sie entgegen, las sie vorne und auf der Rückseite. »Die läuft in einem Monat ab.« Ein erstes Lächeln.

»Ich hoffe, Sie erkennen mich trotzdem darauf.«

Das Lächeln verschwand. Der Polizist notierte etwas auf seinem Laptop und ließ sich dabei Zeit. Dann sah er auf. »Teilen Sie mir bitte Ihre genaue Adresse mit und seit wann Sie dort wohnen.«

»Im Rosengarten am Brienzersee.« Milagros nannte die Straße und die Nummer. »Ich lebe seit vier Jahren dort. Wie man auf diesen Namen gekommen ist, ist mir ein Rätsel. Rosen gibt es dort nämlich keine. Vorher hatte ich ein Appartement auf dem Bürgenstock.«

Keine Reaktion. »In welchem Verhältnis standen Sie zu Heinrich Manser, Frau von Wirth?«

»Er war ein guter Freund meines verstorbenen Mannes. Aber das hat man mich gestern schon gefragt.«

Der Polizist zuckte mit keiner Wimper. »Und von Ihnen?«

»Ich habe ihn seit dem Tod meines Mannes nicht mehr gesehen. Das sind über den Daumen gerechnet sieben Jahre … ehm, mit einer Ausnahme.«

»Und die wäre?«

Milagros erzählte von der Begegnung in Bern, war sich jedoch nicht sicher, ob dies relevant war.

»Sie haben dem Hochzeitspaar kein Geschenk mitgebracht, ist das richtig?«

Warum wusste er das? Wurden die Geschenke etwa konfisziert?

»Ich … ich habe es zu Hause liegen lassen. Darf ich fragen, weshalb das wichtig ist?«

»Wir müssen allfälligen Spuren nachgehen und Motive ausschließen.«

»Sie glauben, es war Mord?« Sie stellte sich naiv.

Der Polizist verzog keine Miene.

Milagros sah sich um. Nebenan hatte man soeben Ronny zu einem Tisch geführt, an einem anderen saß John. Die Uhr an der Wand zeigte fünf vor elf an. In Stans würden sich bestimmt Maximilian und Federica für die Reise nach Appenzell vorbereiten. Möglicherweise waren sie bereits unterwegs. Ob ihr Anruf verfrüht gewesen war? Würde die Staatsanwaltschaft ermitteln?

Der Polizist riss sie aus ihren Gedanken. »Sie sind am Freitagabend zwischen vier und sechs Uhr in Weissbad angekommen, ist das richtig?«

»Ja.«

»Wann haben Sie Heinrich Manser getroffen?«

»Am Samstag, nachdem uns ein Bus vom ›Lehmen‹ nach Wasserauen gebracht hatte. Das heißt, ich sah ihn nur von Weitem, wie er von der Kutsche aus seinen Gästen zuwinkte. Ich ging dann zur Seilbahn und fuhr auf die Ebenalp. Bis dahin hatte ich keinen Kontakt zu Hei… zu Herrn Manser. Ich tauschte lediglich ein paar Worte mit ihm, aber da war die Messe im Wildkirchli vorbei, und wir trafen uns zum Apéro im Äscher.«

»Ist Ihnen während des Apéros etwas Außergewöhnliches aufgefallen?«

»Ich erinnere mich nicht.« Gut, wenn man die schrägen Vögel als normal betrachtete, war nichts außergewöhnlich gewesen. Milagros konnte dies nicht neutral beurteilen.

»Ein Streit zwischen Heinrich Manser und einem Hochzeitsgast?«

Milagros überlegte, ob sie Johns Bemerkung anbringen sollte, ließ es aber bleiben. Er saß nebenan und würde es selbst erwähnen, falls es wichtig war.

»Worüber haben Sie mit Heinrich Manser gesprochen?«

»Worüber?« Milagros musste sich räuspern, weil sie einen Kloß in ihrem Hals spürte. »Es war ein Small Talk, kann sein, dass wir uns über das Alter unterhalten haben. Ich bin gleich alt wie Heini.« Sie lächelte, bereute es sofort wieder.

Prompt knüpfte der Polizist an ihre Aussage an. »War Eifersucht im Spiel?«

»Wie bitte?«

»Ein Zeuge behauptet, Heinrich Manser habe sich über Ihre unangepasste Bemerkung aufgeregt. Sie hätten ihn auf den Altersunterschied zwischen ihm und seiner Frau aufmerksam gemacht … nicht zimperlich.«

Milagros ging in Gedanken sämtliche Leute durch, denen sie diese hinterhältige Bemerkung zutrauen würde. Lächerlich, dies überhaupt zu thematisieren. Anscheinend hatte die Polizei nicht genügend Argumente und suchte nun nach irgendwelchen Indizien.

»Hatten Sie einmal eine Beziehung mit Heinrich Manser?«

Milagros schnappte nach Luft. Das war der Gipfel der Unverschämtheit. »Das ist eine infame Unterstellung. Hören Sie, was auch immer der Grund für den Absturz war, ich bin keine große Hilfe, um dies herauszufinden. Ich war mit Romy Rohner in der Seilbahn unterwegs nach Wasserauen, als der Unfall geschah. Wollen Sie mir etwas anhängen?« Sie spürte, wie sie rot wurde.

»Beruhigen Sie sich.« Der Polizist sah sie mit seinen stahlblauen Augen eindringlich an.

Milagros hielt seinem Blick stand. Er meinte wohl, ihr überlegen zu sein. »Tut mir leid. Ich bedaure sehr, was passiert ist.« Sie drehte den Kopf in Richtung Saalmitte. »Wir alle stehen unter Schock.«

»Noch eine letzte Frage, erinnern Sie sich daran, Heinrich Manser könnte zu viel getrunken haben?«

»Woher soll ich das wissen?« Langsam riss ihr der Geduldsfaden. Sie musste sich beherrschen, um nicht laut zu werden. Ronny erging es offenbar gleich wie ihr. Er klang aufgeregt, sagte, dass er sich solche Fragen nicht gefallen lasse. Worum es sich genau handelte und weswegen sich Ronny angegriffen fühlte, hörte Milagros wegen des allgemeinen Geräuschpegels nicht.

»Sie können gehen.« Der Polizist reichte ihr die Identitätskarte. »Bei Unklarheiten werden wir uns bei Ihnen melden.«

Milagros erhob sich. War im Fall Manser irgendwann etwas klar gewesen? Floskeln wahrscheinlich, derer sich die Polizei bediente, falls sie nicht mehr weiterwusste. Milagros entfernte sich vom Tisch, ohne noch einmal zurückzusehen. Sie ging ins Gartenrestaurant, wo Romy saß.

Romy fragte: »Schon fertig?«

»Ich konnte denen nicht helfen. Als es passierte, befand ich mich in der Gondel nach Wasserauen.«

»Meine Worte.«

Romy befingerte die Wiesenblumen in der Glasvase. »Vielleicht sollte die Polizei mal bei Auroras Eltern andocken.«

»Kennst du sie persönlich?«

»Ich kann mir die Meinung zu ihrem Schwiegersohn in etwa vorstellen. Sie hatten sich gewiss einen jüngeren Mann an Auroras Seite vorgestellt, nach all dem, was ihr widerfahren ist. Statistisch gesehen hätte Aurora ihren Heini eh überlebt, auch wenn er gestern nicht gestorben wäre.«

Milagros wunderte sich ein wenig über Romys Ansinnen, gab ihr aber insgeheim recht. Ihre Bemerkung rief Milagros ins Bewusstsein, dass sich ihre Lebenszeit mit jedem Tag mehr verkürzte. Die Hälfte war längst um. »Statistisch gesehen, um deine Worte zu gebrauchen, stürzt ein erfahrener Bergsteiger nicht einfach in den Tod.«

»Vielleicht hatte er zu viel getrunken. Er torkelte vor Übermut und schwupp, war er weg.«

Milagros dachte an die Cannabis-Plätzchen. »Was meint dein Mann dazu?«

»Sie befragen ihn noch immer.«

»Ich weiß … ist er zusammen mit Heini losmarschiert?«

»Er sagte Nein.«

»Wer hat die Gruppe, außer Heini, angeführt?«

»Keine Ahnung.« Romy zupfte einen Grashalm aus dem Wiesenstrauß und zerquetschte ihn zwischen den Fingern.

Milagros entsann sich ihrer Notizen im Zimmer. Weit war sie nicht gekommen. Zum Wasserfall zu gehen, dazu hatte sie keine Lust mehr. Mit Romy den Vormittag zu vertrödeln genauso wenig. Wehmütig ließ sie ihren Blick den Hang vor dem Gasthaus hinaufschweifen, zum steilen Aufstieg, den Heini in Angriff genommen hätte, Heini, der Unersättliche. Weit oben sah sie die Hütte auf dem Schäfler in der Sonne glänzen und kam zum Schluss, dass sie selbst diesen Aufstieg nie geschafft hätte, auch nicht mit Heinis Begleitung. Jetzt war Heini tot, gestorben in seinem geliebten Alpstein. Was musste er in den Sekunden seines Absturzes gedacht haben? Wie fühlte es sich an, den Boden unter den Füßen zu verlieren, wenn dort, wo man Erde vermutete, nur Luft war? Reichten die Reflexe nicht aus, sich an etwas festzuhalten?

Milagros nahm sich vor, ins Zimmer zu gehen. Sie musste nachdenken, wollte trauern, ihren widersprüchlichen Gefühlen Platz einräumen, weinen vielleicht. Sie verabschiedete sich von Romy, die ihren Rückzieher nicht verstand. Auf dem Weg zum Aufzug begegnete sie John.

»Schön, sieht man sich.« Er berührte sie sachte am Arm. »Warum bist du mir ausgewichen?«

»Bin ich das?« Milagros musste ihn verdattert angesehen haben.

Er zog die Augenbrauen hoch und runzelte gleichzeitig die Stirn. Noch immer trug er sein Hippiegewand, in Anbetracht der Ereignisse fehl am Platz. »Ich hätte dich gebraucht.«

»Ich war da«, sagte sie schroffer als gewollt. »Ich war die ganze Zeit am Seealpsee. Tut mir leid, ich habe dich nicht gesehen.«

Als hätte sie etwas Unverschämtes gesagt, kniff er die Lippen zu einer schmalen Linie zusammen, öffnete sie wieder, schnappte wie ein Ertrinkender nach Luft. »Ich hatte Mühe mit dem Gehen. Auf dem Weg vom Äscher zum Seealpsee überkam mich Schwindel. Schließlich ging ich runter wie ein Anfänger, schrecklicher noch …« Er stöhnte auf. »Wie ein Paralysierter.«

Milagros schwieg nachdenklich. John war nicht grundlos duselig gewesen. Sie dachte an die Plätzchen. Aber warum erzählte er ihr das? Wollte er sich damit ein Alibi verschaffen, behaupten, er hätte ihr dies längst erzählt?

»Ich schwöre«, sagte er, als hätte er ihre Gedanken gelesen, »dass ich beim Abstieg nicht in Heinis Nähe war. Die Polizei will mir nicht glauben, meint, mein verspätetes Eintreffen im Gasthaus Seealpsee beweise dies. Ich gebe zu, wir waren nicht die engsten Freunde … zumindest nicht mehr nach dem

Debakel in der Firma seiner Eltern. Ich ging ihm aus dem Weg, wo ich konnte. Aber …« Er seufzte. »Nachtragend bin ich nicht.«

»Mich haben sie auch unter Verdacht.« Milagros musste lächeln. »Ich glaube, niemand kommt wirklich gut weg. Sind wir ehrlich: Jeder, der an Heinis Fest geladen war, macht sich verdächtig. Oder kennst du jemanden, mit dem er nicht einen Zwist ausgetragen hat?« Sie entschied sich um. Anstatt ins Zimmer zu gehen, beschloss sie, in den Garten zurückzukehren.

SECHS

»Bist du sicher, dass wir hier richtig sind?« Fede starrte skeptisch durch die Windschutzscheibe. Sie reckte den Hals, an dessen linker Flanke sich eine Viper schlängelte – ihr neuestes Tattoo, das letzte. Vorerst, wie sie versprochen hatte. »Sieht nach einem verwunschenen Ort aus.«

»Ich kenne dich gar nicht von dieser Seite.« Max schmunzelte. Er hatte das Dach seines Ford Mustangs hinuntergelassen. Ein milder Wind streifte sein Gesicht.

Fede überraschte ihn immer wieder. Unbestritten war sie eine intelligente Frau. Niemand übertraf sie im schnellen und logischen Denken. Andererseits vermochte sie ins kindlich Naive zu fallen, wenn sie glaubte, sich den Gegebenheiten anpassen zu müssen. Doch dahinter vermutete Max etwas Gewolltes, was von ihrer Überlegenheit ablenken sollte. Viele attestierten ihr eine gewisse Überheblichkeit. Max wusste, dem war oft so. Sie vertrat ihren Standpunkt, wenn sie sich im Recht glaubte. Aber niemals ging sie eine Diskussion ein, wenn ihre Meinung angeprangert wurde. Dann verlor sie leicht das Interesse. Darin wurzelte wahrscheinlich ihr Hochmut.

Nach ein paar Kurven führte die Straße an Bauernhöfen vorbei, die verzettelt in der Landschaft lagen, und stieg gleichzeitig an. Ein anheimelnder Duft nach frisch gemähtem Gras stieg ihm in die Nase. Die Bauern holten Heu von der Wiese.

»Wir sind schon richtig«, beteuerte Max, war sich aber vor dem zweiten Waldabschnitt nicht mehr sicher. »Es kann nicht sein, dass das Navi den Weg nicht kennt.« Er deutete auf das Display. »In dreihundert Metern sollten wir am Ziel sein, oder das Gerät spielt verrückt.«

»Bist du sicher, Milagros hat hier irgendwo ein Zimmer gebucht?« Fede gab sich wiederholt misstrauisch. »Ich kann mir nicht vorstellen, dass sie sich hier oben verkrochen hat. Sie, die den Luxus und das quirlige Leben liebt.«

»Vielleicht ist sie auf den Geschmack von einfachen Unterkünften gekommen.« Max hatte das Tempo gedrosselt. Vergebens hielt er Ausschau nach einem Schild, das auf das Gasthaus hinwies. Linker Hand erkannte er einen Wegweiser, der den Aufstieg zum Schäfler anzeigte, ein anderer die Wanderroute Richtung Schwägalp.

Dann tauchte der Parkplatz auf, über die glänzenden Autodächer hinweg endlich das Gasthaus Lehmen. Zwei beschriftete Polizeiwagen versperrten halb den Zutritt zum Eingang. Das Gartenrestaurant war überfüllt mit Gästen und Schaulustigen, wovon Max ausgehen musste. In dem Gewimmel von Wanderern, Radfahrern und Gaffern entdeckte er Milagros. Er parkte den Mustang hinter einem Combi, stellte den Motor ab und stieg aus.

Wie immer hatte Milagros alle Antennen ausgefahren. Kaum hatte auch Fede den Wagen verlassen, erhob sie sich von ihrem Platz, winkte mit beiden Armen und rief Max zu. Theatralik wie gewohnt. Milagros hatte noch nicht verlernt, sich in Szene zu setzen. Sie war der bunte Specht unter den grauen Mäusen, der Farbtupfer der Rentnerinnen. Zwar war sie in den letzten Jahren etwas schwerer und träger geworden, das tat ihrer angeborenen Agilität aber keinen Abbruch, obwohl sie von sich das Gegenteil behauptete. Milagros besaß Energie für drei. Im Kopf hellwach, wissbegierig, an der Grenze zum Anstoßerregen und scharfzüngig stolzierte sie durch die Gegend.

Max blieb stehen, bis seine Mutter ihn unterhalb der Terrasse erreicht hatte. »Maximilian, Federica, ich dachte schon, ihr würdet nicht mehr kommen.«

»Die Polizei ist hier?«, wunderte sich Max.

»Sie führen noch immer Befragungen durch.« Milagros nahm Fede beim Arm. »Ich habe mich bereits um ein Doppelzimmer für euch bemüht. Ihr könnt euch getrost hier einquartieren.«

»Befragungen?« Max schoss Hitze über den Rücken. »Dann sind wir umsonst hier?« Er dachte an die lange Fahrt von Stans nach Appenzell, an den dichten Verkehr auf der Autobahn A3, die vielen Baustellen und Staus und daran, dass er heute Morgen ins Drachenried hatte fahren müssen. Er hatte darauf mit Chrigi gestritten, weil dieser von seinem Ferienaufenthalt zurückbeordert worden war. Fede hatte ihm erzählt, er sei freiwillig vom Stanserhorn zurückgekehrt, worauf er auch mit ihr aneinandergeraten war. Keine gute Ausgangslage, ging ihm durch den Kopf.

»Es gab schon gestern Befragungen«, wich Milagros aus. »Aber da ging man von einem unglücklichen Unfall aus. Dass die Polizei ihre Meinung über Nacht geändert hatte, war mir nicht bewusst, als ich Federica anrief.«

»Du legst uns rein?«

»Nein, wo denkst du hin?«

»Wer bezahlt unsere Arbeit?« Fede blieb stehen. »Gibt es einen Auftraggeber?«

»Wenn wir niemanden finden, werde *ich* die Kosten übernehmen.« Milagros zog Fede weiter. »Ich bin es Heini schuldig. Ich … ehm, habe das Hochzeitsgeschenk vergessen. Vielleicht nützt ihm die Aufklärung mehr …«

Max sah sie stirnrunzelnd an. Ihr zu widersprechen fiel ihm nicht im Traum ein. Milagros hatte einen Entschluss gefasst, ihre Idee galt es zu befolgen. Und solange der Rubel aus ihrer Tasche rollte, konnte er sicher sein, pünktlich, wenn nicht vorab zu seinem Honorar zu kommen.

»Gehst du von Mord aus?« Er hatte das Wort nicht in den Mund nehmen wollen, nun war es raus, und er registrierte im selben Moment Fedes kritischen Blick. Instinktiv sah er die steilen Felswände empor, die sich gegen den Himmel erhoben. Wer hier im Alpstein stolperte, dem konnte dies zum Verhängnis werden. Aber ein erfahrener Bergsteiger? Da endete Max' Vorstellungsvermögen.

»Erinnerst du dich an Heini?« Milagros wandte sich an Max. »Er hat den Trauergottesdienst deines Vaters musikalisch mitgestaltet und den Nekrolog gesprochen.«

Max verneinte. Diesen hatte er ausgeblendet, aus Selbstschutz und weil er sich nicht mehr daran erinnern wollte. Traurig genug, seinen Vater so früh verloren zu haben.

Milagros wartete vergebens auf eine Antwort. Sie seufzte. »Wir wandern zum Wasserfall«, schlug sie vor. »Dann kann ich euch von Heini erzählen, allfällige Motive nennen, über Neider und solche, die ihm schlecht gesinnt waren, reden. Es ist ein Anfang. Ich weiß bislang auch nur wenig. Aber irgendwo müssen wir beginnen.«

Milagros' Logik. Max hatte keine Ahnung, worauf er sich mit diesem neuen Fall einließ. »Wir sind nicht zum Spazieren hier.« Die Bemerkung wollte er nicht unterlassen, und aus Fede wurde er auch nicht klug. Sie fand die Idee gut.

Auf dem Weg zum Leuenfall erzählte Milagros das, was sie während zweier Tage herausgefunden hatte: von den zum Teil paradoxen Beziehungen der Gäste zu Heini Manser, den unterschwelligen Zwistigkeiten und Meinungsverschiedenheiten, dem tödlichen Unfall einer Bekannten, der sich am Freitag ereignet hatte, dem Altersunterschied zwischen Heini und Aurora und den entsprechenden Bedenken ihrer Eltern. Sie endete damit, dass es gewiss viele dunkle Punkte im Leben des Heinrich Manser gegeben hatte, die es genauer anzuschauen galt.

Die Schotterstraße unterhalb des Gasthauses Lehmen machte einen Fünfundvierzig-Grad-Winkel und verschwand im Wald. Staub stieg auf, während drei Paar Schuhe über den Weg schlurften. Trotz der schattigen Stellen heizte die Luft noch immer auf. Dort, wo eine Brücke über den Berndlibach führte, zweigte Max mit den beiden Frauen links ab und folgte dem wild mäandernden Gewässer über Stock und Stein nach oben. Das Tosen des Wasserfalls, ein kühler Hauch aus bewegter Luft und feuchten Tropfen empfing sie. Die Temperatur sank merklich. Max suchte nach einem geeigneten Platz, wo sie sich niederlassen konnten. Er fand ihn auf einem glatt polierten Stein, der sich ihnen wie ein Altar präsentierte. Max sah hinauf, fasziniert von dem Spiel zwischen Licht und Wasser, dem hellen Grün der Laubbäume, dem Einschnitt der Fallkante und dem imposanten Strahl, der nach rund dreißig Metern im Gumpen darunter aufprallte. Wie sich das Wasser an der Oberfläche kräuselte, die Wellen weitertanzten und sich in den Bach schoben, ruhig und bedächtig in der Monotonie: Es war wie ein Gedicht, dessen Worte man noch nicht geschrieben hatte.

»Gehen wir also von Mord aus«, sagte Milagros, sich offenbar nicht bewusst, wie heftig die Bemerkung ausfiel und nicht zum Moment passen wollte.

»Wenn vorsätzlich, dann plädiere ich auf Totschlag«, widersprach Fede. »Mord bedarf einer besonderen Skrupellosigkeit. Mordlust, Befriedigung des Geschlechtstriebs, Habgier, Grausamkeit … ich glaube nicht, dass wir es hier mit diesen Merkmalen zu tun haben. Vielleicht geschah es im Affekt. Manser steigt nichts ahnend ab, er wird überrascht, kann nicht mehr reagieren …«

»Es muss jemand neben ihm gegangen sein«, sagte Milagros. »Aber niemand will etwas davon wissen. Als wir gestern erfuhren, was mit Heini passiert war, schienen alle wie vor den Kopf gestoßen.«

»Existiert eine Gästeliste?«, fragte Max.

Milagros kramte sie aus ihrer Tasche. Sie reichte sie Max. »Ich habe die Namen der Gäste rot angestrichen, die ich als verdächtig erachte.«

»Du kennst sie alle?«, fragte Max.

»Nein, aber ich habe gehört, was man über sie redete.«

»Und wen verdächtigst du besonders?« Fede zog Schuhe und Socken aus und tauchte ihre Füße in den Gumpen.

Milagros starrte auf ihre rechte Wade, auf der sich der Teufel mit einem Engel duellierte. »Aurora. Heini war ihr vierter Ehemann. Seine Vorgänger sind alle gestorben. Meines Erachtens sind das zu viele Zufälle. Wie ich erfuhr, waren alle gut situiert. Aurora erbte ein Vermögen und wird es nach Heinis Tod wieder tun. Wenn ihre Tränen echt sind, fresse ich einen Besen.« Milagros seufzte. »Ich habe mich von ihr blenden lassen. In der Nacht konnte ich ein paar Worte mit ihr wechseln. Sie wirkte anfangs sehr gefasst, hat mir sogar Bilder gezeigt. Sie erzählte mir von ihrer Fotosession. Heini wollte unbedingt ein Hochzeitsfoto in den Bergen machen. Ein befreundeter Bauer hatte sie zum Gasthaus Bollenwees gefahren, mitsamt weißem Hochzeitskleid und High Heels. Heini, der die Wanderung vom Hohen Kasten über die Staubern zur Saxer Lücke gemacht hatte, erwartete sie beim Wegweiser auf tausendsechshundertzweiundsechzig Metern über Meer, hoch über dem Fählensee. Aurora musste zusammen mit der Fotografin zuerst fast zweihundert Meter hochkraxeln. Ihr Kleid und die Schuhe trug sie im Rucksack mit. Sorry«, enervierte sich Milagros, »aber da kommt einem doch die Galle hoch. Welche Braut macht diesen Unfug mit?« Sie reichte Max das Bild. »Zugegeben, das Foto ist gelungen. Heini und Aurora vor der Saxer Lücke, sie im Hochzeitskleid, er mit Frack und Fliege ... gestern trugen sie etwas anderes. Nun ja, das nötige Kleingeld scheinen sie gehabt zu haben.«

»Was sagt denn die Fotografin dazu?« Fede zog die Füße aus dem Wasser und ließ sie mangels eines Frotteetuches lufttrocknen.

»Mit der habe ich mich noch nicht unterhalten.«

»Was ist mit Auroras Eltern?« Für Max waren es kaum genügend Fakten, an denen er anknüpfen konnte. Alles schien noch vage, war bloß Spekulation. Was, wenn Manser tatsächlich ohne Fremdeinwirkung runtergestürzt war? Vielleicht hatte er ein Motiv. Hätte er einen Grund gehabt, sich das Leben zu nehmen? Wie oft hatte Max Männer und Frauen kennengelernt, die nach außen die Glückseligen mimten. Wenn man jedoch die Fassade durchbrach, stieß man auf zerrüttete Familien, auf tieftraurige Menschen, die mit ihrem Leben nicht klarkamen. Die Gesellschaft erwartete stets, dass es einem gut ging. Die Begrüßung »Wie geht es dir? Gut?« ließ eine negative Antwort gar nicht zu. Sie setzte eine positive Erwiderung voraus oder hemmte den Angesprochenen, seine wirklichen Gefühle preiszugeben.

»Francesca und Emanuele Antoniazzi kenne ich nicht genug«, sagte Milagros. »Ich weiß lediglich das, was an mich herangetragen wurde.«

Max beschäftigte etwas anderes. »Hat Manser einmal durchblicken lassen, krank zu sein?«

»Krank?« Milagros setzte ein gefrorenes Lächeln auf. »Der Kerl strotzte vor Gesundheit.«

Fede brachte sich ein. Sie hatte die Socken und Schuhe wieder angezogen. »So unbedeutend ist Max' Frage nicht. Manser könnte doch als letzten Akt der Liebe seine Aurora geheiratet haben, obwohl er wusste, dass er unheilbar krank ist. Er bringt sein Leben zu Ende, weil er seinen körperlich schlechten Zustand nicht thematisieren wollte. Er hatte Angst vor seinem kontinuierlichen Verfall. So wie du ihn mir beschreibst, Milagros, war er ein Narzisst.«

»Dann kennst du die Narzissten nicht, Federica«, fuhr Milagros ihr ins Wort.

»Ich schlage vor, dass wir strukturiert vorgehen«, sagte Max. »Wir sollten uns näher mit Auroras Eltern befassen. Wer, wenn nicht sie, könnte uns besser Auskunft über Heinrich Manser geben und über das Leben ihrer Tochter. Oder sie wissen um eine Freundin, die wir noch nicht kennen.«

»Das ist hier die Frage.« Fede strich sich ein paar Strähnen aus dem Gesicht. Der Wind hatte zugenommen, spielte mit dem Wasser und dem Laub, das sich von den Bäumen gelöst hatte. »Wen kennen wir überhaupt?«

»Niemanden richtig«, musste Milagros zugeben.

»Vielleicht verrennen wir uns in etwas.« Max erhob sich. »Wollen wir zurück?«

Keiner hatte etwas dagegen.

***

Die den Körper verlassende Seele brauchte die Nacht oder den Nebel, die Wolken oder Dunkelheit. Den hellen Tag empfand Aurora als Hohn, als würde der Sonntag sie belächeln, sie, die sich ihrer Tränen nicht mehr erwehren konnte.

Die Aufregung des gestrigen Nachmittags hatte über die Nacht angedauert und zog sich auch heute bis in den Abend hinein. Sie zwang sich, die Bilder der letzten Stunden in ihrem Geist zu manifestieren, Heinis Lebendigkeit, die von einer auf die andere Sekunde der Vergangenheit angehörte.

Er war vor ihr gegangen, hatte noch gelacht, als er sie auf

halbem Weg zurückließ. Niemand sonst war vorn gewesen. Oder sie hatte es nicht bemerkt. Viele Wanderer hatten sie überholt, ob sie zu der Hochzeitsgesellschaft gehörten, wusste sie nicht mit Bestimmtheit. Sie hatte die Namen gelesen und das Okay für die Einladungen gegeben – die Gesichter hatte sie sich nicht alle merken können, obwohl sie sich stets das Gegenteil einredete. Heini hatte wenige Freunde gehabt, die seien an einer Hand abzuzählen, hatte er gesagt. Und trotzdem hatte er so viele eingeladen, auch zur Buchpräsentation am Freitag, wo sich halb Appenzell ins Koma getrunken hatte. Auch zur Hochzeit waren Leute erschienen, die Heini zwar als »eng« bezeichnete, doch Aurora wusste, dass dem nicht so war. Wo es etwas zu holen gab, war man da, zeigte Präsenz, tat so, als gehörte man dazu. Seit Heinis Tod hatte sich niemand nur mit einem Wort nach ihrer Befindlichkeit erkundigt.

Mama und Papa saßen im Wohnzimmer, die Pizzeria würde in der nächsten Woche trotz allen Leids geöffnet bleiben. Keine Solidarität, obwohl der Schwiegersohn gestorben war. An gewisse Regeln müsse man sich halten. Es sei Hochsaison, und durch die Schließung an nur einem Tag würde viel Geld in der Kasse fehlen.

Mama und Papa hatten Heini als Schwiegersohn nie akzeptiert. Ältere Männer in Ehren, aber ein Rentner ging dann doch zu weit. Sie hatten ihr an den Kopf geworfen, diesmal übertrieben zu haben. Papa hatte die Bemerkung fallen lassen, sie ließe sich aus Kalkül mit den Alten ein, die Vergangenheit habe es gezeigt. Wie sie dort saßen, auf dem olivfarbenen Sofa, welches die besten Zeiten schon lange hinter sich hatte. Als Aurora ihnen eine neue Sitzgarnitur hatte kaufen wollen, lehnten sie vehement ab, als wäre ihr Geld schmutzig. Sie wollten sich von ihrer Tochter nicht beschenken lassen. Sie blieben ihren Prinzipien treu, nur das anzuschaffen, was sie selbst bezahlen konnten und selbst verdient hatten.

Natürlich hatte Aurora Heini verwünscht, als er sie an den Fählensee fahren ließ. Er hatte einem Bauern viel Geld für die bewilligte Fahrt bezahlt, auch dafür, sie und die Fotografin zum Foto-Point zu begleiten. Aurora hatte gewusst, wen sie heiraten würde. Sie hatte ihn gewollt und sich auf seine Eigenheiten eingelassen. Vielleicht hatte sie in Heini eine Vaterfigur gesehen wie in all seinen Vorgängern. Den Vater, den sie selbst nie erlebt hatte, weil beide Elternteile immer nur gearbeitet hatten. Jahraus, jahrein hatten sie ihr Restaurant betrieben, später die Pizzeria und parallel dazu ein Gästehaus geführt. Nein, sie konnte es ihnen nicht verübeln. Großen Erfolg hatten sie trotzdem nie erlangt, weil Maurizio, der Bruder, ihnen alles abverlangte. Maurizio, der sich geweigert hatte, Heini als seinen Schwager anzuerkennen. Maurizio, der der Hochzeit ferngeblieben war.

Aurora zog sich zurück in ihr altes Mädchenzimmer, das Mama über die Jahre so gelassen hatte. Mindestens ein Dutzend Puppen glotzten sie an. Sie weinte. Endlich lösten sich die Tränen. Sie saß auf dem Bett, vor ihr das weiße Hochzeitskleid, die hochhackigen Pumps. Heini hatte darauf bestanden, sie auf dem Berg anzuziehen, dort, wo im Sommer die Camper illegal ihr Zelt aufstellten, um dem magischen Ort nahe zu sein. Für sie war es ein metaphysischer Augenblick gewesen, etwas unerklärlich Energetisches. Aber erst später, als sie das Bild betrachtet hatte, war ihr die Kraft aufgefallen, welche auch das Foto ausstrahlte. Die gezackten, schroff aufragenden Felsen, die sich in den Himmel schraubten – die Kreuzberge. Dazwischen das Grün und die abfallenden Hänge, die sich in der Weite des Rheintals verloren. Das Brautpaar davor, die Wiedergabe des Glücks. Eine Metapher, die das Bild ausdrücken sollte, die Liebe, so stark wie die Sedimente unter dem Firmament. Heini hatte ihr Worte ins Ohr geflüstert, die sie niemals zuvor von einem Mann gehört hatte, Poesie, die er in seinem dritten Buch verewigt hatte: für Aurora.

Die letzten Stunden mit Heini zogen wie Filmsequenzen vor ihrem inneren Auge vorbei. Vor einem Jahr hatten sie sich kennengelernt. Heini war von einer Bergtour zurück, die er frühmorgens in Angriff genommen hatte. Aufstieg von der Schwägalp aus auf den Säntis, den Altmann und den Hundstein, hinunter zum Fählensee. Nach Bollenwees stieg er auf zur Saxer Lücke, Furgglenfirst, Rohrsattel, Kamor und Hoher Kasten und war nach zehneinhalb Stunden in Brülisau. Er musste gerannt sein. Aber so war er gewesen, ihr Heini, voller Energie und Lebenslust. Zu der Zeit hatte Aurora im Gasthaus Rössli als Aushilfe im Service gearbeitet. Der Männerchor Alpstein hatte einen Vereinsabend durchgeführt, als Heini dazukam. Er umgarnte Aurora, bezeichnete sie als seine Göttin und Muse und sang sogar ein Sololied für sie. Aurora nahm es anfänglich gelassen. Heini wollte witzig sein, der Alkohol tat sein Übriges, und der Männerchor heizte ihn zusätzlich an. Nachdem die Männer gegangen waren, buchte Heini ein Zimmer. Sie verbrachten die Nacht zusammen. Heini redete, und Aurora hörte ihm zu. Als der Morgen dämmerte, machte er ihr einen Heiratsantrag.

Aurora hatte es stets für sich behalten. Niemand wusste davon: Heini hatte keine sexuellen Bedürfnisse gehabt. Mit ihr zu schlafen stand nicht nur nicht im Vordergrund; er war dazu nicht in der Lage gewesen, aber es war ihm stets ein Anliegen, als potenter Mann angesehen zu werden. Die Anspielung auf Auroras Schwangerschaft an der Hochzeit war zwischen ihnen abgesprochen gewesen, um doofen Fragen auszuweichen.

Seine Befriedigung waren das Bergsteigen und Klettern gewesen. Bereits als Jugendlicher hatte er die Erfüllung unter dem Himmel gefunden. Aurora akzeptierte es. Um ihre körperlichen Sehnsüchte zu stillen, hatte sie andere Möglichkeiten. Sie erinnerte sich an Heinis Worte, er sei nun in einem Alter, in dem jeder Tag, den er lebte, ein Geschenk sei. Er hatte sich nie über eine Gebrechlichkeit beklagt, aber da er keine Nachkommen hatte, wolle er mit ihr, Aurora, den Rest seines irdischen Daseins verbringen. Nach seinem Tod wäre gut für sie gesorgt. Zum Beweis ließ er eine Woche später ein Testament zu ihren Gunsten notariell beglaubigen.

***

Ins Gasthaus Lehmen war Ruhe eingekehrt. Die Polizei gegangen, die Tische und Stühle waren wieder ordentlich hingestellt, und für das Abendessen war aufgedeckt. Auf der Terrasse saßen zurückgekehrte Wanderer vor Getränken und großen Eisbechern und erzählten einander von ihren Erlebnissen.

Die Wirtin hatte sich eine Schürze umgebunden und zupfte verblühte Blumen aus den Kistchen bei den Holzbalustraden, als Max mit seinen zwei Frauen eintraf. Milagros betrat kraftvoll die Terrasse, als gälte es, auf sich aufmerksam zu machen, Fede hatte ihre Schuhe wieder ausgezogen und lief barfuß über die Holzbohlen.

»So, Frau Inauen, da sind wir.« Milagros schlug einen Neunzig-Grad-Winkel ein und fuchtelte mit ihren Händen Richtung Max. »Das sind mein Sohn und seine Verlobte. Ich habe heute Morgen ein Zimmer für sie gebucht. Ich hoffe, es ist noch frei.«

Die Wirtin beendete ihre Arbeit, rieb ihre Hände an der Schürze ab und kam bedächtig auf die Gäste zu. »Selbstverständlich. Es ist bezugsbereit.« Sie wechselte den Blick zwischen Fede und Max. »Frau Hardegger und Herr von Wirth, nicht wahr?« Sie wartete eine Antwort nicht ab. »Darf ich Sie zu einem Willkommensdrink einladen? Kennen Sie den Manzoni Spritz?« Sie lächelte. »Den Meldeschein können Sie bei Gelegenheit ausfüllen.« Sie wandte sich an Milagros. »Schrecklich, was mit Heini Manser passiert ist.« Als erwartete sie eine Erwiderung, blieb sie mit hochgezogenen Augenbrauen stehen. »Er war manchmal hier. Er war ein Unikum. Wir werden ihn vermissen.«

»Haben Sie ihn gut gekannt?«, fragte Max. Er schätzte die Wirtin diplomatisch ein, doch glaubte er ihr anzusehen, dass ihr etwas auf der Zunge lag.

»Ich sage mal so: oberflächlich.«

Damit hatte er nicht gerechnet. Er ging davon aus, dass sich die Einheimischen gut kannten. »Und Ihr Mann?«

»Das müssten Sie ihn selbst fragen. Aber im Moment ist er in der Küche beschäftigt. Wir erwarten heute Abend viele Gäste.«

»Hat die Polizei etwas durchblicken lassen? Mir können Sie es erzählen. Ich bin Detektiv.« Max ließ nicht locker, obwohl Fede ihm bedeutete, sich zurückzunehmen.

Frau Inauen räusperte sich. Offenbar waren ihr die Fragen zuwider. »Sie meinen, ob es ein Unfall war?«

»Ja.«

Sie presste ihre Lippen aufeinander. »Ich kann Ihnen keine Auskunft geben. Auch wenn ich könnte, würde ich es nicht tun. Mein Sohn arbeitet bei der Polizei. Wenn Sie mehr erfahren wollen, dann wenden Sie sich bitte an ihn. Er kann entscheiden, was er sagen will oder darf und was nicht. Aber so wie ich ihn kenne, wird er schweigen.«

Fettnapf. »Sie werden Ihrem Sohn doch meinen Beruf nicht verraten.«

»In welchem Auftrag auch immer Sie hier sind, Sie können auf meine Verschwiegenheit zählen.« Sie zwinkerte Max zu. »Ehrenwort.«

»Dann lassen wir uns doch einen Tisch für heute Abend reservieren«, brachte Milagros sich ein. »Wenn möglich draußen.« Sie wandte sich an Fede. »Dir ist es doch recht so, oder?«

Max fragte sie nicht.

Frau Inauen überreichte ihm den Zimmerschlüssel. »Ihr Zimmer befindet sich im ersten Stock ganz hinten. Ich wünsche Ihnen einen angenehmen Aufenthalt.« Sie war im Begriff zu gehen, als sie doch noch einmal stehen blieb. »Ach, damit ich es nicht vergesse: Sie bleiben drei Nächte?«

Max sah Milagros an und fragte, damit nur sie es hörte: »Bist du sicher, dass wir den Fall verfolgen?«

»Selbstverständlich.«

SIEBEN

Ein Hahn krähte auf dem nahen Bauernhof und weckte Max auf. Zuerst glaubte er, auf dem Drachenried zu sein, dort, wo die einst vor dem Schredder geretteten Hähne um die Wette krächzten. Dieser krähte. Es war nur einer.

Schlaftrunken griff Max auf die linke Betthälfte, wo sich Fede auf dem Bauch liegend entfaltet hatte. Ihr rechtes Bein war angewinkelt, der eine Arm hing über den Rand, die Hand baumelte hinunter, mit der andern krallte sie sich an Max' Kopfkissen fest. Die offenen Haare fielen über ihre Schultern, schimmerten rot im erwachenden Tag. Die Tattoos auf ihrem Körper präsentierten ein Gesamtbild, in dessen Figuren man sich leicht verlieren konnte. Max stellte sich vor, wie Fedes Haut ohne diese Tätowierungen aussehen und wie sie sich im fortschreitenden Alter verändern würde. Er hatte sie nie anders gekannt. Fede war Fede. Sie hatte unbezahlbare innere Werte. Manchmal ertappte er sich dabei, wie er an seine Verflossenen dachte, an seine zahlreichen Bettgeschichten, bevor er Fede kennengelernt hatte.

An Masha getraute er keinen Gedanken zu verschwenden. Der Seitensprung mit ihr in Gstaad hätte ihm fast Fedes Vertrauen und ihre Liebe zu ihm gekostet. Mit Masha hatte er noch einmal etwas ausprobieren wollen, den Kitzel des Frischverliebtseins spüren. Letztlich aber wäre auch dieser Zauber vergangen, wie jeder Zauber vergeht, wenn er sich in Routine umwandelt. Heute, mit über vierzig, musste er sich festlegen. Die unbeschwerten Jahre gehörten der Vergangenheit an. Es galt, die Beziehung zu Fede zu stabilisieren. Er würde einen erneuten Versuch starten und um ihre Hand anhalten. Es war nicht sein Ziel, im Alter unverheiratet zu bleiben. Das vermochte er sich nicht vorzustellen, schon gar nicht den alternden Gigolo, wie dieser Manser einer gewesen war. Mit sechsundsechzig hatte er eine junge Frau ins Haus holen wollen, die vielleicht seine Pflegerin geworden wäre. Nun war der Schuss nach hinten losgegangen. Und wer war die große Gewinnerin? Aurora. Das machte sie verdächtig. Viermal sei sie verheiratet gewesen, hatte Milagros gesagt. Aber nie habe nur ansatzweise ein Verdacht bestanden, beim Ableben der Männer nachgeholfen zu haben. Wenn sie clever vorgegangen war, würde man ihr nichts nachweisen können. Gemäß Zeugen war sie nicht vor Ort gewesen, als Manser in die Tiefe stürzte. Sie hätte ihn vorab vergiften können. Er hatte einen Schwächeanfall bekommen, weil sich die Wirkung des Gifts verzögerte, oder er war im Delirium gestolpert. Max musste an die Resultate der Rechtsmedizin gelangen. Vielleicht sollte er sich mit dem jungen Inauen anfreunden. Oder Fede?

Max zeichnete die Flügel auf ihrem Rücken nach. Sie erwachte ob der Berührung.

»Guten Morgen.« Sie gähnte und streckte sich wie eine Katze. »Wie spät ist es?«

»Bald fünf.«

»Was ist denn mit dir los? Senile Bettflucht?« Sie tastete an seine Lenden. »Okay, ich nehme es zurück.« Sie drehte sich auf den Rücken, streckte ihre Arme aus und zog Max über sich. »Komm, wir wollen den Tag so beginnen, wie er geendet hat.«

Keine vier Stunden war es her.

»Nein.« Er stieß sie sanft von sich.

»Aber …«

»Du darfst dich nicht auf meine Körpersprache verlassen.«

»Das ist ja ganz was Neues. Müde?«

»Im Gegenteil. Ich grüble wegen Manser.«

»Es ist noch früh.«

»Am Morgen sind die Gedanken am klarsten.« Max wälzte sich aus dem Bett. »Zudem ist Zeit Geld.«

»Das sagt gerade der Richtige.« Über Fedes Stirn zog sich eine gefurchte Linie. »Milagros' Geld. Falls sie keinen Auftraggeber findet, bleibt alles an ihr hängen. Es kann ihr doch einfach egal sein. Aber nein, deine Frau Mama muss wieder überall die

Nase reinstecken. Was geht es sie an? Sie hatte jahrelang keinen Kontakt mehr zu Manser.«

»Enttäuscht?«

»Bloß erstaunt.«

»Weil ich den Auftrag angenommen habe?«

Fede setzte sich auf. »Eigentlich liegt der Entscheid an uns beiden. Aber lass gut sein. Ich bin ja mitgekommen.« Sie winkte ab. »Hast du Arbeit für mich? Soll ich jemanden hacken?«

»Wir müssen alles über Aurora erfahren. Sie scheint mir die Hauptakteurin zu sein.«

»Weil sie zum vierten Mal geheiratet hat?«

»Das ist doch verdächtig. Wer waren ihre Männer? Wie hatte sie diese kennengelernt? Woran sind sie gestorben?«

»Ihr letzter Mann hatte einen Herzinfarkt, hat Milagros mir erzählt. Ich habe ihn bereits gegoogelt. Ihm gehörte eine Schuhmanufaktur. Feinste italienische Schuhe. Nach seinem Tod ging alles an Aurora. Diese hatte sämtliche Läden, die daran angeschlossen waren, verkauft. Geschätztes Vermögen sechs Millionen Schweizer Franken.«

»Wie steht es um Mansers Hinterlassenschaft? Weißt du etwas darüber? Vielleicht hat er sich mit Aurora sanieren wollen, falls er bankrott war.«

»Diese Möglichkcit habe ich bislang nicht in Betracht gezogen. Aber ja, könnte durchaus sein.«

»Bei Mord geht es doch immer um Geld.«

»Auch um Liebe, um verschmähte Liebe, um Neid, Macht und Eifersucht.« Sie erhob sich. »Möchtest du meine Meinung wissen? Wir lassen uns mit diesem Fall auf etwas ein, obwohl wir nicht die geringste Ahnung haben, wie die Leute hier ticken. Max, wir befinden uns auf dem Land. Extremer, als wo wir wohnen. Ist dir aufgefallen, wie weit die Höfe voneinander entfernt sind? Da kocht jeder sein eigenes Süppchen. Auch wenn es nicht den Anschein macht, das Volk hier hält zusammen, wenn Gefahr von außen droht. Ich glaube, es ist schwierig, ihr Vertrauen zu gewinnen. Und darum geht es, wenn wir Erfolg haben wollen. Aurora gehört mittlerweile zu ihnen. Aber früher war das bestimmt nicht so. Ihre Eltern sind Secondos. Bei der Eröffnung der Pizzeria in Appenzell hat man ihnen Steine in den Weg gelegt.«

»Woher hast du das?« Max hatte sie in Verdacht, nachts nicht geschlafen zu haben. Sie hatte bestimmt vor dem Laptop gesessen.

»Ich habe mich schlaugemacht.«

»Als ich schlief?«

Sie schenkte ihm ein zärtliches Lächeln.

»Wusste ich es doch.« Max war auf dem Weg ins Badezimmer, als er sich noch einmal umdrehte. »Was hast du herausgefunden?«

»Dass es Aurora faustdick hinter den Ohren hat. Milagros wird nicht nachgeben. Somit steht für mich fest, den Antoniazzis einen Besuch abzustatten.«

»Heute?«

»Gleich um zehn Uhr. Gemäß ihrer Website haben sie am Montag geöffnet.«

***

Die Glocke des Wildkirchlis läutete, ein seltsamer Klang war es, zu modern. Laut und penetrant. Milagros stolperte auf den Abhang zu. Sie wollte sich am Geländer festhalten und bemerkte, da war keines mehr. Sie stürzte, und die Glocke verstummte nicht …

Schweißtriefend erwachte Milagros aus einem Alptraum. Auf der Kommode vibrierte und klingelte das Smartphone. Benommen griff sie danach, blinzelte. Die Nummer war ihr nicht bekannt. Acht Uhr fünfzehn. Eine Frechheit, sie um diese Zeit aus dem Bett zu läuten, zumal es am Abend spät geworden war. Milagros brauchte ihren Schönheitsschlaf. Ob er etwas nutzte, stand auf einem anderen Blatt. Genervt fuhr sie mit ihrem Finger über den Touchscreen und meldete sich schroffer als gewollt.

»Milagros?« Eine Frau.

»Ja.« Sie hustete die belegte Stimme weg.

»Milagros von Wirth?«

»Ja.«

»Also Milagros, mit der ich im Gasthaus Äscher kurz gesprochen habe?«

Langsam nervte die Unbekannte. Nie zuvor hatte sie ihren Namen so oft gehört wie in den letzten sieben Sekunden. »Wer sind Sie?«

»Wir sind per Du …«

»O…kay.«

»Ich bin's, Aurora.«

Der Groschen fiel. Kein Wunder, war Aurora so durch den Wind.

»Sorry, ich habe dich nicht gleich erkannt.«

»Schon gut. Hast du ein paar Minuten Zeit für mich?«

Milagros verschwieg ihr, dass Aurora gestern Abend Thema Nummer eins gewesen war. »Wie geht es dir?« Es war ihr dennoch ein Bedürfnis, sie nach ihrer Befindlichkeit zu fragen. Aurora hatte schließlich am Hochzeitstag ihren Mann verloren. Trotzdem musste sie sich zusammenreißen, um keine despektierliche Bemerkung zu machen. Ohne das Wissen über ihre Vergangenheit hätte sie mit ihr getrauert, aber unter den gegebenen Umständen fiel es ihr schwer.

»Die Polizei verdächtigt mich, meinen Mann umgebracht zu haben. Zurzeit kann sie mir nichts nachweisen, aber es ist nur eine Frage der Zeit, bis sie mich festnehmen.« Auroras Stimme versagte, und sie schluchzte heftig auf.

»Mit welcher Begründung denn?«, fragte Milagros scheinheilig.

»Sie kennen Heinis Testament. Er hat mir alles vermacht … und es ist nicht wenig. Milagros, du musst mir helfen, den wahren Mörder zu finden.«

»Ich verstehe nicht … die Polizei geht nun von Mord aus? Kein Unfall, wie bis gestern vermutet?«

»Ich weiß es doch auch nicht. Dieser Inauen war da, der Sohn des Wirtepaars. Er wollte sich zwar nicht konkret dazu äußern. Aber mir macht man nichts vor. Wenn die Staatsanwaltschaft ermittelt, sagt das doch alles.«

»Vielleicht will er sich bloß wichtigmachen … dieser Inauen. Du überreagierst.« Sie machte eine Sprechpause. »Gäbe es denn einen Grund, dich zu verdächtigen?«

»Ich wurde gesehen, wie ich am Freitagabend nach der Buchvernissage aus einer Wohnung kam.«

»Um Gottes willen, täglich treten Menschen vor die Haustür.« Milagros stellte es sich bildhaft vor. Aurora trat aus einem Haus, das nicht ihres war. Zufällig wurde sie dabei gesehen, fotografiert, vielleicht gefilmt? Klar, sie gehörte zur hiesigen Cervelat-Prominenz, nachdem sie Heini geheiratet hatte. Man verfolgte sie. Möglicherweise ergab sich eine spannende Geschichte, mit der man das Sommerloch der Print- und Digitalmedien füllen konnte.

»Aber nicht, wenn es sich bei der Wohnung um das Zuhause des …« Aurora hielt abrupt inne.

»Von wessen Wohnung sprichst du?«

»Von der Wohnung meines Langzeitfreundes.«

»Ja und?« Milagros überlegte. Plötzlich fiel es ihr wie Schuppen von den Augen. »Du hast einen Geliebten?« Ihre Gedanken waren also nicht aus der Luft gegriffen.

»Ich kenne ihn länger als Heini.« Ihre Ausrede wirkte plump.

»Etwas Ernstes?«

»Genügend ernst, um die Phantasie der Polizei zu beflügeln.«

Milagros setzte sich im Bett auf. Ihr Ermittlerinstinkt war geweckt. »Hast du es beendet?«

»Ja, sicher. Ich sagte ihm, es sei vorbei.«

Ein gehörnter Liebhaber, ging Milagros durch den Kopf. Er schwört Rache, folgt seinem Widersacher auf den Berg und stößt ihn bei erstbester Gelegenheit in den Tod. Auf einmal tat sich eine Reihe verschiedener Motive vor ihr auf. »Nenn mir seinen Namen.«

»Was?«

»Ich will seinen Namen.«

»Das kann ich nicht.«

»Falls ich dir helfen soll, muss ich seinen Namen kennen.« Milagros blieb beharrlich.

»Er hat mit Heinis Tod nichts zu tun.«

»Wie du willst.« Milagros erhob sich, schritt zum geöffneten Fenster und zog die rot-weiß karierten Vorhänge auf. Der noch blasse Himmel nahm allmählich eine klare blaue Farbe an. Die Baumwipfel im gegenüberliegenden Wald waren von zarten Goldtönen wie angemalt. Es roch nach Gras und klang nach Kuhglocken. Landidylle wie im Bilderbuch. »Kannst du ihm trauen?«

»Er hat mich in den schwierigsten Momenten meines Lebens getröstet. Er war da, als ich meine Ehemänner zu Grabe trug. Er half mir bei den Formalitäten, nahm mit mir die Termine beim Notar wahr.«

Logisch, dachte Milagros, vielleicht hatte er seine große Chance gewittert, selbst an viel Geld zu kommen.

»Er stand mir zur Seite, als ich verzweifelt war. Allein hätte ich es nicht geschafft.«

»Warum hast du ihn dann nicht geheiratet?«

Einen Moment lang war es still am anderen Ende der Leitung. Milagros brauchte nicht zu fragen, weshalb. Sie hatte Aurora schamlos gekränkt. Sie kannte die Frau keine achtundvierzig Stunden, und sie nahm sich das Recht heraus, sie mit ihrem Geschwafel zu brüskieren. Andererseits forderte die junge Witwe Hilfe an; sie musste mit Milagros' Art umgehen können.

»Sorry, geht mich nichts an.«

»Schon gut. Ich habe mit deinen nicht zimperlichen Umgangsformen rechnen müssen. Heini hatte mich gewarnt.«

»Ach, hat er das?« Milagros fragte sich, wie Heini dazu gekommen war. Gut möglich, dass er sich an ihre zynischen Bemerkungen erinnert hatte, derer sie sich auch früher gern bediente.

Aurora reagierte nicht darauf. »Du willst wissen, weshalb ich meinen langjährigen Freund nicht geheiratet habe? Erstens fordert er mich zu wenig heraus, zweitens ist er langweilig und drittens … ich liebe ihn nun mal nicht.«

Milagros seufzte. »Was erwartest du nun?«

»Ich habe gehört, du bist Detektivin. Ich möchte deine Hilfe.«

Milagros dementierte es nicht. Schuldbewusst sah sie sich im Zimmer um, um sich zu vergewissern, ob da nicht wer stand, der sie belauschen konnte. Sie schüttelte den Kopf wegen ihrer hirnrissigen Anwandlungen. »Du kannst dich auf mich verlassen. Mein Stundenansatz ist allerdings nicht günstig, zumal ich zwei weitere Personen zuziehen muss, um einen optimalen Erfolg zu erzielen.«

***

Von ihr aus gesehen wirkte der Landsgemeindeplatz wie der Ausschnitt aus einem Kinderbuch oder aus einem Gemälde mit naiver Malerei. Zuckerbäckerhäuser wie eingebettet in eine weiche, hügelige Landschaft, die mit dem Himmel verschmolz. Die Fassaden trugen die Farben Lindgrün, Hellblau, Rostrot und Gelb. Die mit Fensterreihen unterteilten Hauptfronten, die Sprossenfenster und farbigen Ornamente auf dem Holz verliehen dem Platz eine ganz besondere Harmonie. Am Rand des Platzes luden helle Sonnenschirme in Gartenrestaurants ein und spendeten den vielen Feriengästen etwas Schatten an diesem wiederum sonnigen und heißen Sommertag. Bis 1931 waren die Stirnseiten der Häuser grau und düster gewesen, bis der Künstler Johannes Hugentobler aus der Tristesse einen Farb- und Formenrausch gestaltet hatte. Heute waren sie nicht nur Sinnbild von Appenzell, sondern des ganzen Halbkantons.

Fede fand die Pizzeria in einem ockergelben Haus. »Da Emanuele«, stand auf einem Schild über dem Torbogen, auf dessen rechter Seite ein Steinbrunnen in die Wand eingelassen war. Wasser plätscherte aus einem geöffneten Löwenmaul, und Zierranken von Efeu kletterten die Dachrinne hoch. Rote Geranien in geflochtenen Körben schmückten nicht nur die Fenster, auch dienten sie als trennende Elemente im Bereich der Gartentische, zusammen mit weißen Oleandersträuchern. Gepflegt in jeder Hinsicht. Eine Innerrhoder-Fahne – der schwarze, aufrecht gehende Bär auf weißem Grund – wehte mit der italienischen Trikolore um die Wette. Die Flaggen vermittelten etwas Internationales, hauchten dem Dorf das Weltliche ein. Fede grinste vor sich hin. Das Wirtepaar hatte sich offensichtlich besonders Mühe gegeben, dem Ortsbild eine italienische Note zu verleihen. Ob das bei allen gut ankam, wusste sie nicht. Die Gasthäuser ringsherum boten traditionelle einheimische Küche an. Aber hier, zurückversetzt vom Landsgemeindeplatz, herrschte eine südländische Atmosphäre. Dazu trug auch die Stimme von Gianna Nannini bei, die unverhältnismäßig laut über den gedeckten Sitzplatz plärrte: »*Bello e impossibile …*« Fede hätte im Angesicht von Mansers Tod – immerhin war er der verstorbene Schwiegersohn – die Flaggen auf halbmast erwartet und wenn schon Gesang, etwas aus einer Oper von Giuseppe Verdi oder Umberto Giordano in Moll. Gäste saßen um runde und eckige Tische vor Cappuccino, Ristretto und Gelato.

Fede betrat den Innenraum über einen Windfang, dessen Wände mit eingerahmten Bildern ausgestattet waren. Das Sujet war überall dasselbe, aus verschiedenen Blickwinkeln und Distanzen: die gotisch-barocke Kirche der heiligen Maria von Monte Berico in Vicenza. Auf einer Holztruhe stand eine venezianische Vase mit Plastikblumen neben einem männlichen Tonkopf. Was außen licht und fröhlich wirkte, gestaltete sich im Innern wenig einladend, war Fedes subjektives Empfinden. Alles, was schwer und altertümlich daherkam, erweckte in ihr das pure Grauen. Die eingerahmten Konterfeis bekannter Persönlichkeiten bezeugten den Hang des Wirtepaares zu prominenten Gästen. Sie sonnten sich in deren Anwesenheit. Fede sah sich die Fotos näher an und erkannte auf einem Bild einen ehemaligen italienischen Ministerpräsidenten, gleich daneben eine bekannte Schauspielerin.

Fede betrat die Wirtsstube, an deren rechter Wand eine

Theke stand. Die Kaffeemaschine war neueren Datums, ein schwarz lackiertes Gerät mit vier Kolben, und die Kellnerin dahinter machte nicht den Anschein, auf Gäste inhouse vorbereitet zu sein. Sie ließ Fede eine Weile stehen und widmete sich dem Milchschaum, den sie mit Hingabe von einem Kännchen in die Kaffeetasse gegossen hatte. Sie stellte die Tasse auf einen Unterteller, gab Löffel und Zucker dazu und machte sich bereit, ein voll beladenes Tablett in den Garten zu tragen. Sie warf Fede einen nicht sehr freundlichen Blick zu, konnte sich aber zu einem unmotivierten »Guten Tag« durchringen.

Es war Montagmorgen, wo manch einer mit Anlaufschwierigkeiten zu kämpfen hatte.

Als hätte sie gemerkt, dass Fede ihretwegen hier war, kam eine Frau um die sechzig aus dem hinteren Teil der Wirtsstube. Francesca Antoniazzi. Fede kannte sie von einem Porträt im Internet. Mittelgroß, mit grau melierten Haaren, die sie zu einem Dutt hochgesteckt hatte, grüne, melancholische Augen und Tränensäcke, die angeboren schienen. Sie sah nicht danach aus, als hätte sie geweint. Sie war adrett gekleidet. Ein Sommerkleid in dezenten Rottönen unterstrich ihre gepflegte Erscheinung.

»Buongiorno.« Sie zeigte gleich zu Beginn ihre Ablehnung gegen die deutsche Sprache. *»Posso aiutarla?«* Ihr Blick blieb lange auf Fedes nackten Armen haften. *»Santo cielo!«*

Fede war es sich gewohnt, auf ihr Äußeres beschränkt zu werden. Ihre Tattoos riefen die unterschiedlichsten Reaktionen hervor. »Rockerbraut« war das Mildeste, was man ihr nachtrug. Sie überreichte ihr kommentarlos die Visitenkarte. Francesca Antoniazzi sah sie sich eingehend an, erweckte jedoch nicht den Eindruck, viel Interesse zu haben. Offensichtlich hatte sie ihre Meinung gefällt. Mit so einer wollte man nichts zu tun haben.

Fede nahm die Karte zurück. »Wie Sie sehen, bin ich Privatdetektivin. Ich wurde angeheuert, zum Tod von Heinrich Manser Nachforschungen anzustellen. Er ist der verstorbene Mann Ihrer Tochter Aurora. Mein herzliches Beileid.«

Schweigen.

»Gehe ich richtig in der Annahme, dass Sie die letzten drei Schwiegersöhne auch durch bedauerliche Ereignisse verloren haben?«

»Ich nix gut verstehen Deutsch.«

Natürlich nicht, wenn man die deutsche Sprache a priori nicht erlernen wollte. Oder war es bloß eine Ausrede, um kein Gespräch zu beginnen? »Ist Ihr Mann da?«

»In Kuche.«

Fede ahnte, wie unerwünscht sie war. Zeitlich war sie genauso ungünstig in die Pizzeria geplatzt. Am Vormittag wurde üblicherweise die Mise en Place vorbereitet und den frühen Mittagsgästen Menus serviert. Ein Teller Spaghetti zum Beispiel, jede Menge Kaffee und Gebäck. Fede schnaubte innerlich. Sie würde unerledigter Dinge abziehen müssen. Sie schluckte den Ärger über sich selbst runter, drehte sich auf dem Absatz um und war im Begriff zu gehen, als Signora Antoniazzi sie bat zu bleiben. »Ich rufen Mann.«

Fede sah ihr nach, wie sie hinter einer Schiebetür in der Küche verschwand. Wenig später betrat Emanuele Antoniazzi den Thekenbereich, unwesentlich älter als seine Frau, mit Doppelkinn und Schmerbauch, kleiner als Fede. Was immer ihm in den letzten Jahren Sorgen bereitet hatte, es zeichnete sich auf seinem Gesicht offen ab. Die dunklen Augen kaschierten einen gewissen Überdruss nicht. Die Lider hingen schlaff auf der Seite hinunter, und neben der Nase zogen sich Richtung Mund tiefe Linien, die nicht vom Lachen stammten.

Anders als seine Frau zeigte er Interesse, reichte sogar zum Gruß die Hand, was sich allerdings wie eine flüchtige, schweißfeuchte Berührung anfühlte. »Francesca sagte mir, Sie sind wegen Heinrich Manser hier. Kommen Sie.« Er winkte Fede zu einem runden Tisch am Fenster, ohne ihre Antwort abzuwarten. »Glauben Sie mir, ich weine ihm keine Träne nach.«

Puh! Machte sich der Wirt gerade Luft? Für Fede sicher ein Vorteil, eine Carte blanche für ihre Fragen. Sie setzte sich auf Geheiß hin auf eine Bank an der Wand, die bei jeder Bewegung ächzte und auch sonst unliebsame Geräusche von sich gab.

»Er war der Mann Ihrer Tochter. Und soviel ich weiß, war sie glücklich mit ihm.«

»Trotzdem war es unverantwortlich. Der Altersunterschied zwischen den beiden war enorm. Das hat sie nun davon. Ihre alten Männer sterben wie die Eintagsfliegen von ihr weg. Manser war nicht der Erste, der kurz nach der Hochzeit das Zeitliche segnete.«

Emanuele Antoniazzi sprach perfekt Deutsch. Den Grund erfuhr Fede in den nächsten fünf Minuten, als er über die Einwanderung seiner Eltern erzählte, die aus Vicenza stammten, und dass er in der Schweiz geboren sei. Seine Frau allerdings habe lange im Tessin gelebt, weshalb sie noch immer Mühe mit der deutschen Sprache bekundete. »Appenzellisch«, endete er, »war von vornherein kein Thema … für uns beide nicht.« Als er lachte, rutschten die Falten um seine Augen zur Seite. »Wir sind schon froh, unsere einheimischen Gäste zu verstehen. Aber wenn sie unter sich sind, habe auch ich Mühe mit ihrer Aussprache. Kennen Sie das Wort ›Flickflaude‹?«

»In Handarbeit bin ich eine Niete, vom Flicken habe ich keine Ahnung.« Fede sah unweigerlich eine Nähmaschine vor sich. Sie versuchte, ernst zu bleiben, obwohl ihr das Lachen im Rachen steckte.

Antoniazzi verschränkte die Arme über seiner Wampe. »Das ist ein Schmetterling.« Über sein Gesicht huschte ein Schatten, und er verzog den Mund, als hätte er einen Schalter gekippt. »Warum sind Sie wirklich hier?« Antoniazzi bat Monika, zwei Espresso an den Tisch zu bringen. Danach herrschte Schweigen. Von der Theke her vernahm man das zischende Geräusch der Kaffeemaschine.

»Ich würde gern erfahren, woran Auroras Ehemänner gestorben sind.«

Monika brachte die Espressi, musterte erst Fede, dann ihren Chef, bevor sie sich wieder davonmachte.

»Sie verdächtigen meine Tochter, mit deren Tod etwas zu tun zu haben?« Antoniazzi lehnte sich zurück. Als Fede nichts erwiderte, sagte er: »Man kann es nennen, wie man will. Glück,

Zufall, Kettenreaktion, eine Kumulation von allem … Altersschwäche. Meine Frau und ich haben während vieler schlafloser Nächte darüber sinniert. Vielleicht hat Gott unsere Gebete erhört. Die Typen waren uns nie geheuer. Aber für Aurora war es immer Liebe. *Mamma mia*, sie muss blind gewesen sein.« Antoniazzi trank den Espresso in einem Zug aus. »An den ersten Mann erinnere ich mich, als wär's gestern gewesen, als Aurora mit Tom daherkam. Sie war achtzehn, hatte auf ihre Volljährigkeit gewartet, als sie uns vor die vollendete Tatsache stellte, sich Hals über Kopf verliebt zu haben und dass die Hochzeitsglocken bald läuten würden. Zugegeben, Tom war ein bodenständiger Handwerker aus Herisau. Aber er war dreimal so alt wie Aurora, allerdings gut situiert. Er konnte meinem Mädchen eine gewisse Sicherheit bieten. Trotzdem war uns nie wohl. Als er ein halbes Jahr später an einem geplatzten Blinddarm starb, hielt sich unsere Trauer in Grenzen. Aurora erbte ein Vermögen von knapp einer halben Million Franken.«

»Wie hat sie auf Toms Tod reagiert?«

»Für sie ging eine Welt unter. Sie zog sich zurück, aß nichts mehr und verlor an Gewicht. Sie bereitete uns große Sorgen. Zwei lange Jahre war sie kaum ansprechbar. Sie arbeitete damals in unserem Betrieb … in der Zimmerreinigung, weil sie die Menschen scheute. Ich fand nie heraus, was in ihrem hübschen Köpfchen vorging. Aber ich machte mir berechtigterweise Sorgen. Sie, die einstige lebenslustige junge Frau, hatte komplett die Freude am Leben verloren. Ihr Hausarzt überwies sie zu einer Psychiaterin. Die verschriebenen Medikamente nahm Aurora nicht ein. Wir fanden die Pillen in ihrem Schrank. Als ich sie darauf ansprach, erklärte sie mir, warum sie die Chemie nicht einnehmen würde. Sie wolle sich nicht mit Substanzen vergiften, die einen Menschen veränderten. Das war ihre Ausrede.« Antoniazzi räusperte sich. »Dann kam ihr Bruder Maurizio aus den Staaten zurück, und er – in der Kurzversion – brachte sie wieder unter die Leute.«

»Aurora hat einen Bruder?« Fede war ein wenig perplex. »Von dem wusste ich nichts.«

»Von dem wissen die wenigsten. Maurizio ist ein, wie sagt man … ein *bambino terribile*, hat immer Blödsinn im Kopf.« Antoniazzi tippte sich an die Stirn. »Er ist nicht dumm, aber faul, dass es wehtut. Er hat das Arbeiten nicht erfunden. Als er Geld witterte, bettelte er bei Aurora um Almosen. Sie gab ihm ihr halbes Vermögen, ohne mit der Wimper zu zucken. Maurizio verschwand wieder, und Aurora verliebte sich neu.« Antoniazzi hüstelte wieder vor sich hin. »So sind sie, die jungen Leute. Alles muss schnell gehen. Verliebt, verlobt, verheiratet, verwitwet. Nach der zweiten Heirat verlor sie den Immobilienmakler Sebastian an einen Baum, der ihm zufällig auf den Rücken fiel.« Antoniazzi lächelte ob seiner zynischen Bemerkung, und Fede glaubte sogar, einen schadenfreudigen Unterton herauszuhören. »Er wurde nur zweiundfünfzig Jahre alt. Aurora erbte eine Liegenschaft in Urnäsch und zwei Millionen Schweizer Franken.«

»Kam Ihnen das nie verdächtig vor?«

»Damals nicht. Aber als sie mit fünfundzwanzig zum dritten Mal heiratete und ein Jahr später ihren Tito verlor, tauchten plötzlich Fragen auf. Auch der dritte Ehemann verfügte über ein ansehnliches Vermögen. Er brillierte mit verschiedenen Schuhgeschäften, mischte in der italienischen Modebranche mit und vermachte meiner Tochter ein fettes Erbe. Ja …« Antoniazzi schluckte leer. »Da kamen einstweilen komische Gedanken auf.«

Fede überlegte sich die nächste Frage. Sie durfte Antoniazzis Redefluss nicht unterbinden. Doch Diplomatie war nicht unbedingt ihre Stärke. Sie ließ ein paar Schweigesekunden verstreichen, in denen sie ihr Gegenüber kritisch betrachtete. Vor ihr saß ein Mann, der trotz seiner körperlichen Vernachlässigung einen ungebändigten Stolz wahrte. Ein Mann mit italienischen Wurzeln, der sich hier in Appenzell, möglicherweise unter widrigen Umständen, sein eigenes kleines Imperium aufgebaut hatte. Er hatte eine reiche Tochter, wenn Fede seinen Aussagen glauben durfte. Aber er schien von ihrem Vermögen nicht profitiert zu haben. Die Gaststube hätte einen neuen Anstrich nötig gehabt, das Interieur ersetzt werden müssen. »Welche Gedanken?«

»Bloß Gedanken.« Wieder bedrückte das Schweigen die Stimmung, als wollte Antoniazzi nicht damit herausrücken, was ihn wirklich umtrieb. »Wegen unserer Arbeit«, sagte er endlich, »hatten wir für unsere Kinder nie genug Zeit. Manchmal waren sie auf sich selbst gestellt. Für Aurora kein Problem, ihr Bruder dagegen konnte nicht damit umgehen. Er geriet auf die schiefe Bahn, um es gelinde auszudrücken. Er hatte tausend Ideen, aber ihm fehlte der Durchhaltewillen. Er geriet in dubiose Kreise und stellte uns eines Tages vor die vollendete Tatsache, nach Übersee auszuwandern. Wir verloren ihn aus den Augen ... was für italienische Verhältnisse eine Schande ist. Familie bedeutet uns alles. Als Aurora mit achtzehn heiratete, war für uns klar, auch sie verloren zu haben. Dann fragt man sich, ob der Weg mit der Pizzeria, dem Restaurant und dem Hotel der richtige gewesen ist. Auf Kosten der Arbeit ist uns der Bezug zum Leben abhandengekommen. Rückblickend hätte ich es aber nicht anders gemacht. Als Ausländer muss man das Doppelte arbeiten, um bestehen zu können und akzeptiert zu werden.« Er klang verbittert. »Trotz unserer Bemühungen ist es uns nie ganz gelungen, in Appenzell richtig Fuß zu fassen. Aber eine Alternative gibt es nicht.«

Vielleicht doch, dachte Fede. Mit Auroras Vermögen wäre es durchaus möglich, die Lebenssituation zu ändern. Spekulierte Antoniazzi darauf? Wollte er Gras über alles wachsen lassen, bevor er Aurora in seine Familie zurückholte? War am Ende alles eine abgekartete Sache, in die die ganze Sippschaft integriert war? Nirgends sonst als in der Gastronomie und Hotellerie lernte man so schnell, den Leuten etwas vorzugaukeln. Ein Restaurant war wie eine Bühne, die täglich neues Publikum empfing. Als Wirt versteckte Antoniazzi das wahre Gesicht hinter einer Vielzahl verschiedener Masken, war mal Clown, mal Entertainer, mal Psychologe, mal die Witzfigur oder der zuvorkommende Hausherr, welchen die Gäste sehen wollten. Er spielte die Rollen, die von ihm erwartet wurden, so lange, bis sie ihn selbst einholten. Und nach Feierabend legte er das Gewand des immer fröhlichen, gut gelaunten Gastgebers ab und versank in der Jauche, die mit jedem Tag mehr wurde, wegen der Sorgen um das Personal, ob die Löhne pünktlich ausbezahlt werden konnten, und der vielen Rechnungen, deren Bezahlung er nach hinten schob, bis die ersten und zweiten Mahnungen ins Haus flatterten, möglicherweise sogar Betreibungen. Er war dem steten Druck ausgesetzt, richtig zu kalkulieren und Prioritäten zu setzen. Nachts holte ihn die Realität ein. Er musste etwas ändern, sollte sein Betrieb weiterexistieren. Die Körperfülle zeigte, wie sehr er die Probleme in sich hineinfraß. Mal ein Bier da, einen Schnaps dort, eine Flasche Wein, ständiges Probieren und Abschmecken vor dem Kochherd, ohne jemals richtig zu essen. Aus Freude war Zwang geworden, eine Routine, die ihm heute zum Verhängnis geworden war. Würde er die Rolle nicht spielen, hätte er über den Winter ein leeres Haus.

Vielleicht lag sie falsch. Fede fragte sich aber, weshalb das Hochzeitsfestessen nicht in der Pizzeria stattgefunden hatte. Antoniazzi verfügte über den nötigen Platz. Nebst der Wirtsstube existierten zwei weitere Räume, und in den oberen Stockwerken gab es mindestens zwanzig heimelig eingerichtete Gästezimmer. Zudem pries er auf seiner Website Feiern jedweder Art an.

Hier hatte »Familie« offenbar nicht funktioniert.

»Ich bin vom Thema abgekommen. Was hatten Sie mich gefragt?« Antoniazzi schlug sich mit der rechten Hand an die Schläfe. »Ah, es ging um Aurora, ob ich ihr einen Mord zutrauen würde. Ist es das, was Sie mich fragen wollten?«

Fede hatte diese Frage nicht gestellt. Aber sie ließ Antoniazzi in dem Glauben.

»Wir hatten sie tatsächlich im Verdacht, sie könnte nachgeholfen haben. Andererseits schätzen wir unsere Tochter nicht so ein.« Er wirkte nachdenklich. »Nein, niemals.« Er sah auf seine Armbanduhr und erhob sich. »Die Pflicht ruft. Ich muss leider in die Küche.« Er hielt inne. »Möchten Sie mit uns zu

Mittag essen? Ich koche Tagliatelle an einer Champignonrahmsauce. Ist eine neue Spezialität des Hauses.«

So lange wollte Fede nicht warten. »Vielen Dank. Das ist sehr nett. Aber ich habe um zwölf bereits den nächsten Termin.« Das war nicht gelogen. Sie hatte sich mit Max und Milagros zu einer Besprechung verabredet. Sie verabschiedete sich von Antoniazzi, ging zum Ausgang und hätte beinahe die griesgrämige Monika umgestoßen, als diese im Begriff war, vom Gartenrestaurant in die Wirtsstube zu treten. Sie streifte bloß ihren Arm. Aber das reichte, um eine Tirade unflätiger Wörter in Kauf nehmen zu müssen.

»Passen Sie doch auf, Sie …«

»Entschuldigung«, sagte Fede und drehte sich auf dem Absatz um. Emanuele Antoniazzi, dachte sie, diesen Namen hatte sie in einer fernen Vergangenheit schon einmal gehört.

ACHT

Die Polizei schwieg sich über Mansers Tod aus. Das allgemeine Interesse um den verunglückten Bergsteiger hatte dagegen nicht abgenommen. Es wurde weiterspekuliert, zumal der Verdacht, es könnte sich um Mord handeln, die phantastischsten Blüten trieb.

Max war bei Landammann Klemenz Eugster vorstellig geworden. Dem Politiker lag viel daran, seine Person nicht in den Fokus der Öffentlichkeit zu stellen. Er hatte wie alle anderen Hochzeitsgäste der Polizei Rede und Antwort gestanden. Es war jedoch bei der einen Befragung am Seealpsee geblieben, was er telefonisch bestätigte.

Sein Haus lag außerhalb des Dorfes, in einem ruhigen Quartier, in der Nähe des Alters- und Pflegeheims und unterhalb eines schmalen Waldgürtels, durch den sich der Bleichenwäldlibach schlängelte. Max parkte seinen Mustang neben einem schwarzen SUV, stellte den Motor ab und stieg aus. Von einem Appenzellerhaus hatte Eugsters Anwesen wenig. Es war ausgestattet mit großflächigen Fensterfronten, die einen ungenierten Blick ins Innere provozierten, wären da nicht die feinmaschigen Vorhänge gewesen, welche die Neugierde ausbremsten. Max ging über eine breite Treppe, vorbei an einem Swimmingpool. Ein paar Sonnenliegen standen da wie zufällig, auf alt gemachte zusammenklappbare Stühle, bei deren Installieren man sich dauernd die Finger einklemmte. Max erinnerte sich an seine *Abuela*, die zwei solcher Möbel besessen hatte. Ihm entging nicht, wie sich der Vorhang am Fenster oberhalb des Eingangs bewegte, als er die Klingel drückte. Der Schatten am Fenster verschwand, und fast gleichzeitig ging die Tür auf.

»Ja?«

Mit einer solchen Erscheinung hatte Max nicht gerechnet. Vor ihm stand eine junge Frau. Über ihr gelb geblümtes Kleid hatte sie eine Halbschürze gebunden. In der Hand hielt sie einen Staubwedel, mit dem sie, ob absichtlich oder nicht, über den Türrahmen fuhr. Berufskrankheit, ging Max durch den Kopf. Er wies sich aus und nannte seinen Namen. »Ich habe mich mit Herrn Eugster verabredet.«

Als wollte sie ihn korrigieren, sagte sie: »Landammann Eugster kommt gleich. Bitte treten Sie ein.«

Ihn empfing ein luftiges Entree, das über zwei Etagen reichte und als krönendem Abschluss mit einem fünfarmigen Lüster aufwartete. Um ihn herum schwang eine mit Messinghandlauf versehene Wendeltreppe, auf der die imposante Gestalt des Landammanns fast bedächtig nach unten stieg. Wie der eigene Schatten eilte ihm der Ruf voraus, ein zu gutmütiger Zeitgenosse zu sein.

»Herr von Wirth, guten Tag.« Er ließ Max nicht zu Wort kommen. »Schreckliche Sache, was mit Heinrich Manser geschehen ist. Noch am Freitag hielt ich die Ansprache für seinen neu erschienenen Fotoband, und am Samstag gratulierte ich ihm zur Hochzeit am Äscher. Wie schnell das Schicksal zuschlagen kann, wurde uns wieder einmal mit aller Deutlichkeit vor Augen geführt. Mir tut seine junge Witwe leid. Man munkelt, sie sei schwanger.« Eugster stieß einen Seufzer aus, der sich wie ein Pfeifen anhörte. »Wenigstens werden seine Gene weiterexistieren. Aber deshalb sind Sie nicht hier, oder?«

»Haben Sie gewusst, dass Aurora bereits zum vierten Mal verheiratet war?«

»Nein, davon habe ich keine Kenntnis. Manser stellte uns seine Braut als Aurora Antoniazzi vor. Das war ihr lediger Name. Gehen wir in mein Büro?« Sein Erstaunen blieb aus.

Sein privater Arbeitsplatz lag gleich neben der Garderobe und war wie alles in diesem Haus von erstaunlicher Dimension. Schwere englische Möbel, die man hier zuletzt erwartet hätte. Nebst dem dunklen Sekretär, der bestimmt ein Vermögen gekostet hatte, waren ein Sitzungstisch und vier pedantisch angeordnete Lederlehnstühle ein Blickfang. An der Wand reichte ein Büchergestell bis fast unter die Decke und präsentierte mehrere Nachschlagwerke in alphabetischer Reihenfolge und nach Farbe und Alter millimetergenau eingeordnet, eine Enzyklopädie gewaltigen Ausmaßes, was den ersten Eindruck des Landammanns bestätigte. Hier war ein Mann, der es liebte, sich in Szene zu setzen. Das Gegenteil von dem, was Max über ihn erfahren hatte. Er mochte in der Öffentlichkeit eine gewisse Scheu an den Tag legen; hier in seinem Zuhause protzte er mit dem, was er besaß, als demonstrierte er gegenüber seiner Familie, wer hier der Meister war.

Max wurde aufgefordert, sich zu setzen. Er ließ sich auf einem bordeauxroten Veloursessel nieder, dessen britisches Understatement aus jeder Faser des Stoffes zu strömen schien.

»Mein einfaches Büro, wenn ich zu Hause arbeite«, sagte Eugster, mit Betonung auf »einfach«, was Max' Gedanken wegen der Untertreibung bestärkte. Er schritt zu einem Servierwagen in der Form einer historischen Weltkugel und klappte die nördliche Hemisphäre auf. Im Hohlraum erschienen drei Kristallflaschen mit unterschiedlich goldgelbem Inhalt und sechs schwere Gläser, mit denen man jemanden hätte erschlagen können. »Scotch, Brandy oder Gin?«

Der heimliche Genießer, dachte Max. »Nicht die passende Tageszeit. Danke, ich verzichte.«

»Ach, kommen Sie … Sie müssen den schottischen Whisky probieren. Hundertprozent Scotch. Das Destillat lagerte mehr als sieben Jahre in einem Fass in Schottland. Ich habe es aus erster Hand. Nichts gegen unseren Appenzeller Alpenbitter.« Er lachte. »Man kann ja beides mögen.« Er schenkte sich ein Glas bis zu einem Drittel ein. »Am liebsten trinke ich ihn sec. Prost.« Mit erhobenem Glas nahm er Max gegenüber Platz. »Wo sind wir stehen geblieben?« Er nahm einen Schluck und stellte danach das Glas auf einen Salontisch, der zu den beiden Sesseln passte. »Ach ja, Aurora soll also bereits viermal verheiratet gewesen sein. Ich kenne ihre Eltern gut, bin dort oft Gast. Sie machen die beste Pizza Napoli weit und breit. Ich mag Kapern, schwarze Oliven und Sardellen. Aber …«, er überlegte, »Aurora begegnete ich nie, und Thema war sie auch nicht.«

»Was verband Sie mit Heinrich Manser, dass er Sie und Ihre Frau zur Hochzeit eingeladen hat?«

Die Zeit, in der Eugster seine Antwort überlegte, dehnte sich. Er griff nach dem Glas und nahm einen weiteren Schluck. Die Uhr neben der Tür sah Max erst jetzt. Sie war integrierter Bestandteil auf der braunen Wand.

»Das war wirklich spontan«, sagte Eugster. »Ich nehme an als Dank für die Rede. Er überreichte mir die letzte Einladung. Ehrlich gesagt fand ich es etwas sonderbar. Ich meine …« Er schnalzte mit der Zunge, fuhr mit der Hand über den Mund, als wollte er den klebrigen Rückstand des Scotchs abwischen. »Es gab da mal einen Streit zwischen uns, als er meinte, mit meiner Frau anbandeln zu müssen. Zum Glück ist es beim Flirten geblieben. Aber man kannte ihn … er ließ nichts anbrennen.«

»Trotz allem gingen Sie hin?«

»Ich bin dafür, Probleme aus der Welt zu schaffen.«

Max zog die Brauen hoch.

Eugster bemerkte seinen Fehler von allein. »Nicht so, wie Sie meinen.« Er versteckte seine Verlegenheit hinter dem Glas und trank in kleinen Schlucken, was sich dahinzog.

Max brachte den Verdacht nicht los, dass er etwas zurückhielt. Als Regierungspräsident wusste er über seine Schäfchen sicher Bescheid, vor allem über eine prominente Person, wie Manser eine gewesen war. Eugster und Manser waren waschechte Appenzeller. Ihre Väter und Großväter hatten schon hier gelebt und gewirkt. Man kannte sich. Hier herrschte noch echte Zusammengehörigkeit. Und wehe dem, der aus der Reihe tanzte.

Als hätte Eugster Max' Gedanken gelesen, sagte er: »Wir sind nicht hinter dem Mond, auch wenn Tradition und Brauchtum gelebt werden. Wir unterscheiden uns von anderen Kantonen darin, dass das Leben in der Natur eingebettet ist, und wir halten an Werten fest, ohne den Bezug zum Neuen zu verlieren. Wir Innerrhoder sind ein tapferes Volk aus Schrot und Korn, und wir lassen uns nicht bevormunden.«

Max ahnte, worauf er anspielte. Als es vor vier Jahren wegen eines nationalen Ausnahmezustandes zu Restriktionen gekommen war, stellte sich der Halbkanton quer. Max schwieg geflissentlich. Auf keinen Fall wollte er sich deswegen mit Eugster auf eine Diskussion einlassen. Aber damals hatten Appenzell und der Alpstein einen wahren Touristenboom erlebt.

»Wie kann ich helfen?« Eugster blinzelte ihn an.

»Die Polizei hält sich zurück. Wie am Telefon mitgeteilt, bräuchte ich Einsicht in die Akten. Ich bin Detektiv, aber solange die polizeilichen Ermittlungen laufen, sind mir die Hände gebunden, obwohl …« Max pausierte. Er konnte unmöglich sagen, dass Milagros und Fede mit dem Sammeln von Informationen bereits begonnen hatten.

»Obwohl was?«

Achtung, er brauchte diplomatisches Geschick, musste deshalb höllisch aufpassen, was er sagte und was er besser für sich behielt. Am besten, er umschrieb sein Anliegen. »Ich muss mit der Polizei sprechen. Ich will wissen, was Sache ist. Die Erklärungen der Polizei bewegen sich zwischen Unfall und Mord. Es kann nicht sein, dass man Mansers geladene Hochzeitsgäste im Schockzustand ausharren lässt. Sie wollen Antworten. Es geht ihnen nahe.«

»Sie glauben, hier wird etwas vertuscht?«

»Auf jeden Fall hat die Polizei gestern ein dilettantisches Vorgehen an den Tag gelegt. Nachdem die Hochzeitsgäste am Seealpsee befragt worden waren, gab es eine erneute Befragung im Gasthaus Lehmen, mit Verlaub … vor aller Welt. Verfügt die hiesige Polizei über zu wenige Räume?«

»Das ist starker Tobak.« Eugster griff nach dem Glas und trank den Rest aus. »Sie nehmen den Mund ganz schön voll. Woher, sagten Sie, kommen Sie?«

»Tut mir leid.« Max wurde sich seiner Arroganz bewusst. »Ich wollte nicht, dass es so rüberkommt. Vielleicht könnten Sie trotzdem mit dem Polizeikommandanten sprechen und ihn um eine Aufklärung bitten.«

»Ich bin gut befreundet mit ihm. Wir sind aus demselben Holz geschnitzt, gingen sogar gemeinsam zur Schule. Lange ist es her.« Als überkäme ihn eine Sehnsucht nach der Vergangenheit, lehnte sich Eugster stöhnend zurück. Für einen kurzen Moment schloss er die Augen. Als er sie wieder geöffnet hatte, sagte er: »Warum sollte die Polizei einem Fremden Informationen geben, die ihn im Grunde nichts angehen? Warum sollte sie sich ausgerechnet bei Ihnen Hilfe holen?«

Max wurde nicht schlau aus ihm. Warum hatte er ihm für eine Audienz bei ihm zugesagt? Er hätte ihm auch am Telefon mitteilen können, dass er nicht erwünscht war.

Eugster wich ihm aus. Er war ein Mann, der sich offensichtlich nicht gern in die Karten schauen ließ. Schon gar nicht von einem dahergelaufenen Detektiv aus der Innerschweiz. Was hoffnungsvoll begonnen hatte, drohte mit Fortschreiten der Zeit in einer Abwärtsspirale zu enden. Auf Max' Druck reagierte der Landammann ungehalten, obwohl sein Anstand es nicht zuließ, die Nerven zu verlieren. Damit hätte er auch das Gesicht verloren. Nett, aber vehement bat er ihn, das Büro zu verlassen. »Ich muss mich für eine Sitzung vorbereiten und wäre froh, wenn wir unser Gespräch beenden könnten.«

Max ging ins Entree, wo er wahrscheinlich auf Frau Eugster traf. Ihrem Alter zu urteilen nach, musste sie die Ehefrau sein. Sie war gerade vom Einkaufen zurück. Max blieb stehen, grüßte freundlich. Im selben Augenblick spürte er Eugsters Hand auf den Schultern.

»Denken Sie nicht einmal im Traum daran«, flüsterte er ihm ins Ohr.

Keine Chance also, mit Frau Eugster zu sprechen, was Max liebend gern getan hätte, eine letzte Möglichkeit, in diesem Haus doch noch an ein paar Informationen zu gelangen. Er verließ das Glashaus und warf einen Blick zum Swimmingpool, in dem zwei Teenager planschten.

***

Sie trafen sich im Gasthaus Lehmen. Milagros hatte eine Platte mit Trockenfleisch und Alpkäse bestellt. Dazu wurden Brot und Wein serviert.

»Allmählich gewöhne ich mich an die hiesige Küche.« Wie zum Beweis, wie ernst es ihr war, hob sie das Weinglas, prostete Max und Fede zu und trank. »Wie habt ihr euren Vormittag verbracht?« Sie stellte das Glas auf den Tisch zurück und griff mit spitzen Fingern nach einer Essiggurke.

»Damit es klar ist«, sagte Max. »*Ich* sage, wie es läuft.« Er wechselte einen Blick mit Fede, die ihn verständnislos ansah. In seinem Innern rumorte es. Er wollte seine Schlappe nicht zugeben und für sich behalten, dass er sich beim Landammann zum Affen gemacht hatte. Was hatte er denn erwartet? Dass man ihn mit offenen Armen empfing, als hätte man seine Ankunft herbeigesehnt, auf seine Unterstützung gehofft? Der Schuss war nach hinten losgegangen, und Max ärgerte sich darüber. Er hatte das Bedürfnis, seiner Niederlage Luft zu machen. »Ich möchte nicht in die Bredouille geraten«, sagte er lauter als gewollt. »Es ist wichtig, dass wir unsere Ermittlungen unter dem Radar halten. Sollte die Polizei von unseren Handlungen erfahren, geraten wir in Bedrängnis. Das ist euch wohl klar.«

»Meinst du mich?« Milagros kaute wie schuldbewusst an der Gurke. »Oder warum starrst du mich so an? Immerhin hatte ich heute ein aufschlussreiches Gespräch mit Aurora.«

»Darauf kommen wir später zurück. Ich war bei Landammann Klemenz Eugster. Er war einer der Hochzeitsgäste, zusammen mit seiner Frau. Leider ist es mir nicht gelungen, ein kooperatives Gespräch mit ihm zu führen.«

»Nichts Neues«, entgegnete Milagros. »Er steht auf der Liste, die du von mir bekommen hast. Was ist mit dem?«

»Ich denke, ich habe einen Nerv getroffen. So gut, wie er behauptet, hat er sich nicht mit Manser vertragen. Aber er lobte ihn in den höchsten Tönen, was ihn schon deshalb verdächtig macht. Ich kann manchmal zwischen den Zeilen lesen …« Die Abfuhr wegen der Polizei verschwieg er noch immer.

Milagros drehte sich zu Fede um. »Das hat Maximilian von mir.« Sie nahm Brot aus dem Korb und brach ein Stück davon ab. »Kann ich erzählen, was ich von Aurora erfahren habe?«

»Möglicherweise das Gleiche wie ich«, sagte Fede.

»Und das wäre?«, fragte Milagros.

»Dass sie einen Bruder hat, der sie regelmäßig für Geld anpumpt. Er kehrt nach Appenzell zurück, wenn er pleite ist, und verschwindet mit vollen Taschen.« Fede bediente sich endlich von der Fleisch- und Käseplatte. Sie bestrich ein Stück Brot mit Butter und stapelte drei verschiedene Käsesorten darauf.

Milagros musterte sie kritisch. »Genauso ist es.« Sie nickte zu Max hinüber. »Er taucht immer an den Beerdigungen auf.«

»Vielleicht war er jeweils schon früher da«, spekulierte Fede. »Bei allem Respekt, aber die Familie Antoniazzi verschweigt uns auch etwas. Emanuele Antoniazzi sagte zwar, er und seine Frau seien mit der Männerwahl ihrer Tochter nicht zufrieden gewesen.«

»Logisch, es waren alles alte Säcke.«

»Milagros!« Fede entsetzte sich.

»Jaja, ich bin in Heinis Alter. Aber wir Frauen werden im Lebensherbst weiser, wogegen die Männer noch immer glauben, jedes Gör bespringen zu können und dass sie bei denen eine Chance hätten.«

»Rein biologisch gesehen, könnten sie es …« Max musste laut hinauslachen. »Wo sind deine Gedanken, Mutter? Manser hat es doch bewiesen: Aurora ist schwanger.«

Milagros verschluckte sich und musste husten. »So ein Blödsinn. Wer hat dir davon erzählt? Und bitte, nenn mich nicht Mutter.« Sie sah sich um, wohl in der Meinung, es hätte jemand gelauscht.

»Klemenz Eugster.«

»Das war ein PR-Gag an der Buchpräsentation«, sagte Fede.

»Wie hast du das wieder herausgefunden?«, wunderte sich Max.

»Es stand in der Zeitung.«

»Ich dachte, du liest keine Zeitung.«

»Doch, Milagros, ich lese sie quer. Alles, was wichtig ist, springt mich an.«

Milagros griff nach der Rotweinflasche, drehte sie in ihren Händen und besah sich den Inhalt. »Ach, was gäbe ich jetzt für eine gute Flasche Louis Roederer.« Sie zwinkerte Fede zu. »Hast du heimlich getrunken? Oder ist das bereits die zweite Flasche?«

»So werden wir nie auf einen grünen Zweig kommen«, beschwerte sich Max, obwohl ihm der bissige Humor zwischen den Frauen gefiel.

»Apropos Wein«, sagte Fede an Milagros gerichtet, »ich ziehe wie du den Champagner vor. Die Idee mit dem Burgunderglas stammte von mir, aber du hast sie dir zu eigen gemacht.«

Max entsann sich ihrer ersten Begegnung im »Pilatuskeller« in Hergiswil. Franco, sein Freund, hatte sie damals bedient, und als Fede den Champagner im Burgunderkelch serviert haben wollte, wusste Max: Diese Frau und keine andere würde er einmal heiraten. Sie hatte ihn verführt und war sang- und klanglos verschwunden, ohne eine Adresse zu hinterlassen. Der Zufall wollte es, dass er sie Tage später auf ihrem Bauernhof im Drachenried wiedergesehen hatte. Da hatte sie ihm eine völlig andere Seite an sich gezeigt: die der engagierten Bäuerin, die im Hinterzimmer Firmen hackte.

»Woran denkst du?« Fede streckte ihre Hände nach ihm aus und berührte ihn. »Du wirkst wie weggetreten.«

»An nichts.« Er würde ihre gemeinsame Geschichte nicht vor Milagros ausbreiten. Sie dachte noch immer, sie hätten sich via Datingportal kennengelernt. Sie hatte ihn einmal darauf angesprochen, und er hatte sie amüsiert in dem Glauben gelassen. Ihr Sohn hatte es nötig, seine Frauen im Internet zu suchen. Sie hatte es ihm nie verziehen, obwohl sie Fede längst in ihr Herz geschlossen hatte. Er würde sie bei Zeit und Gelegenheit aufklären, sicher spätestens an seinem Hochzeitstag. »Okay, was wissen wir bis heute?«

»Ist das eine ernst gemeinte Frage?« Milagros musterte ihn

skeptisch. »Oder kann ich davon ausgehen, dass du alles ins Lächerliche ziehst? Hast du überhaupt Lust, Heinis Todesursache aufzuklären, oder mache ich das im Alleingang?«

»Warum auf einmal so aggressiv?« Max stellte die Weinflasche außer Milagros' Griffweite. »Der tut dir offenbar nicht gut.«

»Sei nicht albern.« Milagros hob den rechten Zeigefinger. »Gut, wir haben ein paar Verdächtige, die wir uns näher ansehen müssen. Aurora rückte mit ein paar Namen heraus. Unter ihnen befindet sich auch Klemenz Eugster.«

»Nur ist sein Motiv geringfügig. Wegen einer vergangenen Geschichte, was seine Frau betrifft, setzt er doch nicht sein Amt aufs Spiel. Ging er denn zu Fuß zum Seealpsee?«

»Alle, die Heini folgten, sind verdächtig.« Milagros runzelte die Stirn. »Großbauer Frischknecht genauso wie Ronny Rohner und Kurt Schläpfer. Diese drei Männer habe ich kennengelernt. Mein Begleiter John Sturzenegger –«

»Du hattest einen Begleiter? Das ist ja ganz was Neues.« Max schmunzelte zu Fede hinüber. »Spielt er Alphorn? Ich meine, nach deinem verflossenen Cellisten würde es doch passen, *classic meets folk*.«

»Lass mal gut sein«, tadelte Fede und an Milagros gewandt: »John Sturzenegger schließt du also aus?«

»Das habe ich nicht gesagt. Eigentlich müsste ich ihn in den engeren Kreis der Verdächtigen ziehen. Er kam als Letzter vom Äscher beim Seealpsee an, war völlig durch den Wind, faselte davon, es sei ihm schwindlig gewesen. Also ein Alibi hat er nicht, wohl aber ein Motiv, das auch in der Vergangenheit liegt. Er war Metzgerlehrling, als Heini vor mehr als vierzig Jahren den Betrieb seines verstorbenen Vaters verkaufte. John musste seine Pläne über den Haufen werfen. Ich glaube, er hat sich nie wirklich davon erholt.«

»Aber das sind doch alles fragwürdige Argumente«, fand Max. »Über vierzig Jahre, fast ein halbes Jahrhundert. Himmel, kann jemand so nachtragend sein? Möglicherweise ist die Polizei wegen solcher Aussagen nicht weitergekommen. Und wir werden es auch nicht, wenn wir uns auf solche Berichte versteifen. Milagros, wem von den Hochzeitsgästen würdest du einen Mord zutrauen?«

»Eine sonderbare Frage. Ich kannte kaum jemanden. Jeder machte sich verdächtig, das sagte ich bereits.«

»Aus dem Bauch heraus.«

»Schwierig.«

»Ganz spontan.«

»Josef Frischknecht.«

NEUN

Das Haus mit dem Kreuzgiebel, das oberhalb von Appenzell vor ihm auftauchte, war zwar Anfang des letzten Jahrhunderts gebaut worden, hatte in den letzten zwei Dekaden aber eine komplette Renovation erfahren.

Max fuhr eine breit ausgebaute Straße hoch zu einem Tor, welches offen stand. Rechtsseitig war ein Schild angebracht mit dem Namen des Hofs: »Knechtenfluh«. Nicht sicher, ob es sich hierbei um einen nicht ganz originellen Zusammenhang mit »Frischknecht« handelte oder ob es eine Metapher für die Arbeiter auf den weitläufigen Feldern war, drosselte Max den Motor. Er erreichte einen Platz, auf dem er den Wagen parkte und ausstieg, ohne den Blick von dem viergeschossigen Gebäude abzuwenden. Er schritt auf eine rustikale, schwere Holztür zu, die mit einem Messingklopfer bestückt war, hob diesen an und ließ ihn dreimal hintereinander auf das Türblatt prallen.

Josef Frischknecht öffnete gleich selbst. Sein korpulenter, fast eins neunzig großer Körper füllte den gesamten Türrahmen aus. Max erschrak ob des Anblicks.

»Max von Wirth. Wir haben miteinander telefoniert.«

Frischknecht streckte seine rechte Pranke aus. »Sönd wöllkomm!« Seine Stimme tönte sonor und gehaltvoll, und wenn er lachte, entblößte er ein kräftiges Gebiss. »Komm rein.« Dass er ihn duzte, passte zum ersten Eindruck. Hier stand ein Macher, dem die halbe Welt gehörte.

Nicht die Welt, korrigierte sich Max, aber wahrscheinlich halb Appenzell. Er entschied, beim distanzierten »Sie« zu bleiben.

Die Eingangshalle hatte einen vom Stil her nicht definierbaren Charme, aber sie vermittelte dem Besucher, willkommen zu sein, und sie bot Platz für ein Sammelsurium verschiedener Kleinmöbel, Miniatur-Trotten, historischer Schlitten und

Rechen. Über einer mit Blumen bemalten Kommode thronte ein Hirschgeweih samt ausgestopftem Kopf, was in Max den Gedanken aufkommen ließ, Frischknecht sei im Herbst nebst seiner Tätigkeit als Bauer und Unternehmer als Jäger unterwegs.

Prompt kam er darauf zu sprechen. »Das ist ein Sechzehnender, ein schätzungsweise dreizehn Jahre alter Hirsch. Er brachte hundertfünfundfünfzig Kilogramm auf die Waage.«

»Wie schwer ist das Geweih?«, fragte Max und hoffte gleichzeitig, Frischknecht kam nicht auf die Idee, ihm sein ganzes Haus zu zeigen.

»Rund sechs Kilogramm. Ich schoss ihn vor etwa«, er kratzte sich am Kinn, »neun Jahren in der Nähe des Sämtisersees. Komm, wir setzen uns in die Küche.« Er packte Max am Arm und zog ihn durch das Entree zu einer Tür, die er mit dem Ellenbogen aufstieß. »Nimm Platz.« Er selbst hantierte mit der Kaffeemaschine und steckte eine Kapsel in die Öffnung. »Meine Frau ist auswärts in der Wursträucherei«, sagte er, als müsste er seine Handgriffe in der Küche erklären. »Es ist ein Hobby von ihr. Seit unsere fünf Kinder flügge sind, braucht sie neue Herausforderungen. Sie ist die geborene Bäuerin. Und unser Personal, das wir hier beschäftigen, ist irgendwo …«

Max sah sich ungeniert um. Die Küche musste der Lebensmittelpunkt der Familie sein. Dass hier nicht nur gekocht und gegessen, sondern auch ab und zu ein Mittagsschläfchen gemacht wurde, bezeugte die Couch neben dem Fenster. Die Kochlandschaft war riesig, in der Mitte des Raums stand eine Kochinsel, darüber hingen jedwede Kochutensilien zwischen gedörrten Gartenkräutern. Die Geschirrschränke reichten bis unter die Decke. Um den ausziehbaren Tisch herum standen zwölf Stühle.

Frischknecht öffnete den Kühlschrank, während Kaffee in die Tasse tröpfelte. Er entnahm ihm zwei Teller mit Fleischwaren, stellte diese neben den Herd, holte ein Vesperbrett aus einer Schublade und arrangierte darauf die Fleischstücke. Er brachte das Brett samt Kaffeetasse zum Tisch. »Magst du Schwartenmagen?« Ohne die Antwort abzuwarten, schob Frischknecht ihm das Brett zu. »Hier, bediene dich.« Er zeigte auf die helleren Stücke, die Mosaiken ähnelten. »Diese habe ich aus Kalbfleisch, die andern aus Schweinekopf hergestellt. Koste mal und sag mir, was dir besser schmeckt.«

Dazu gab es Kaffee mit Milch.

»Eine Appenzeller Spezialität?« Max nahm ein Stück und schob es sich in den Mund.

»Was? Der Schwartenmagen?«

Max sagte kauend: »Die Kombination mit Milchkaffee.«

»Familientradition.« Frischknecht lachte schallend. »Du bist wegen Manser da. Weshalb gerade bei mir?«

Themenwechsel. Für Max ging es zu schnell. Er griff nach dem Kännchen, goss Milch in den Kaffee und nahm einen Schluck. Er spülte mit dem lauwarmen Getränk die Fleischreste runter. »Ich weiß nicht, wie weit die Polizei mit den Ermittlungen ist, aber ich habe von privater Seite den Auftrag bekommen, die Hintergründe auszuleuchten.«

»Hintergründe?« Frischknecht setzte sich mit einer Kachel Kaffee an den Tisch. »Ausleuchten? Du suchst nach einem Motiv, sollte der arme Kerl tatsächlich einem Verbrechen zum Opfer gefallen sein. Man spricht von nichts anderem mehr. Jetzt führt die Spur zu mir. Nur vorab: Die Polizei war auch schon hier. Ich kann es ihr nicht verargen. Die macht ihren Job.« Er schnappte sich gleich mehrere Fleischstücke. »Und du?« Er schob sie sich zwischen die Zähne. »Schnüffelst du fremd?«

Max hatte mit dieser Bemerkung rechnen müssen, erwiderte aber nichts darauf. »Ich gehe näher auf das Opfer ein. Wenn ich das Opfer kenne, kann ich mir vielleicht auch ein Bild vom Täter machen.« Er räusperte sich. »Sie teilten Ihre Ansichten zum großen Teil nicht, oder …?«

»Wenn du mich auf den Streit nach der Landsgemeinde ansprichst, muss ich dir sogar recht geben. Wie kann ein Bergsteiger und Sportkletterer mir sagen, wie ich meinen Hof zu führen habe? Saarebizgi! Manser war in vielen Dingen Jahre zurück. Kein Kunststück, wenn er dauernd in den Felsen hing.

Die Berge sehen immer gleich aus. Appenzell hat sich aber über die Jahre gut entwickelt, steht den anderen Kantonen in nichts nach. Aber es gibt so Komiker, die wollen unsere Heimat auf dem Stand des 19., frühen 20. Jahrhunderts präsentieren, mit dem Geist des Ursprünglichen. Glaube mir, wir machen einen ziemlichen Spagat zwischen dem Altertümlichen und neuen Errungenschaften. Wir befinden uns im Spannungsfeld zwischen Historie und Modernität. Viele Firmen haben sich hier angesiedelt. In unseren Fabriken sind wir auf dem neusten technologischen Stand, denke man nur an die Produktionsstätte unseres Alpenbitters.« Frischknecht strich sich seine Fettfinger am Hosenbein ab. »Welche Bilder siehst du als Erstes, wenn du an Appenzell denkst?«

»Das, was das Internet preisgibt. Eine ländliche Gegend mit Streusiedlungen, romantische Bergseen, Appenzeller Käse, Scherenschnittkunst ...«

»Nicht zu vergessen das traditionelle Appenzellerhaus.« Frischknecht schob seinen Brustkorb nach vorn. »Das sagt doch alles. Das ist jedoch nur ein kleiner Teil vom Ganzen. Mein Haus ist auch ein typisches Appenzellerhaus. Herrgott Sakrament, wir sind genauso modern und innovativ wie alle andern. Nur der vielen Touristen wegen leben wir nicht im Mittelalter. Es reicht, wenn wir die Fremden mit den Alpabzügen beglücken. Die Rinder kehren von den Bergen ins Tal zurück. Die Fremden stehen am Wegrand und halten die Maulaffen feil. Was für ein Kabarett. Appenzell ist mit den Jahren eine Marke geworden, die sich notabene gut verkaufen lässt. Denk an die drei Sennen in der Werbung. Aber zum Deppen der Eidgenossenschaft lassen wir uns nicht machen. Ja«, schloss er, »ich hatte Streit mit Manser, weil er meinte, mich in die Schranken weisen zu müssen. Ich habe mein Vermögen selbst erwirtschaftet, im Gegensatz zu ihm, der das Glück hatte, ein großes Erbe anzutreten. Manser ist bei vielen angeeckt. Frag mal John Sturzenegger.«

Max ging nicht darauf ein. Milagros' Begleiter hatte er schon längst im Visier. Er war der Nächste, den er besuchen würde.

»Hatten Sie vor Mansers Hochzeit miteinander Frieden gemacht, dass er Sie zu seinem Fest eingeladen hat?«

»Die Einladung war an meine Frau adressiert. Sie meinte, ich solle mich ihr anschließen, es wäre eine Abwechslung, und gewiss würden wir Bekannte treffen und mit ihnen einen großartigen Tag verbringen. Bis zum Apéro auf dem Äscher war es so. Manser stand per se nicht im Vordergrund. Nicht dass du mich falsch verstehst, aber ich dachte, wenn ich hingehe, bestünde die Möglichkeit, mich mit ihm auszusöhnen. Ich hatte keine schlechten Absichten und schon gar nicht Mordgedanken.«

***

Sie stand plötzlich vor ihr wie ein Geist mit hängenden Armen und strähnigen Haaren. Ein Wesen aus einer anderen Welt, eine aus einem Sanatorium Entlaufene wie in einem Film. Sie riss den Mund weit auf, ohne einen Laut von sich zu geben. Der Lippenstift war verschmiert, und der Kajal bewegte sich vom unteren Augenrand Richtung Wangen. Sie sah fürchterlich aus, aber niemand schien sie zu beachten. Ein Zombie, und wäre Halloween gewesen, hätte Milagros mit einem Lächeln auf sie reagiert.

Aber es war Sommer, und die Sonne brannte auf die Schirme nieder. Das Klimpern von Messern und Gabeln auf Porzellan erklang, und Gläser wurden aneinandergestoßen. Man lachte und erzählte sich Anekdoten von der Wanderung am Tag zuvor.

»Meine Eltern sind tot.«

»Aurora?« Milagros sah in ein verstörtes und verweintes Gesicht. »Aurora, was ist passiert?«

»Ich erfuhr es erst heute Morgen früh, nachdem man mich aus dem Bett geklingelt hatte.« Sie schluchzte heftig. »Bevor ich schlafen ging, hatte ich eine Beruhigungspille geschluckt. Den Vorschlag, bei Mama und Papa zu übernachten, hatte ich abgelehnt … ach, hätte ich doch bloß …«

Milagros erhob sich von ihrem Platz an der Wand, wo sie

einen Manzoni Spritz getrunken hatte. Sie legte der völlig aufgelösten Aurora die Arme um die Schultern und zog sie an sich. »Weißt du, was du da sagst?«

»Ich verstehe es auch nicht.«

Milagros gelang es nicht, dies zu fassen. »Wann sind sie gestorben?« Die Frau musste in ihrer Trauer um Heini phantasieren. Und wie sie aussah.

»Gestern Montag, am Mittag. Am Sonntag war ich bei ihnen, ging jedoch wieder nach Hause. Ich wollte allein sein mit meinem Schmerz ...«

Milagros umfasste Auroras Kopf und zwang sie, ihr ins Gesicht zu sehen. »Aurora, sieh mich an ... sieh mich an!« Ihre Stimme kippte ins Laute. »Was ist geschehen?«

Die Leute auf der Terrasse vor dem Gasthaus Lehmen drehten alle ihre Köpfe.

Milagros fühlte sich überfordert. Warum gelangte man eigentlich immer an sie? Sie war weder eine Seelsorgerin noch eine Psychiaterin, und von flennenden Frauen hielt sie sich in der Regel fern. Sie vertrug es einfach nicht. Himmel, man konnte sich zusammenreißen. Als ihr Kaspar gestorben war, hatte sie ihren Gefühlen auch nicht freien Lauf lassen können. Im Gegenteil: Sie hatte die Starke sein und ihren Sohn trösten müssen. »Gehen wir in mein Zimmer. Dann erzählst du mir der Reihe nach, was passiert ist.« Sie dachte, Aurora veräpple sie oder irgendwo würde eine versteckte Kamera sein und jemand Schabernack mit ihr treiben. Sie reichte Aurora ein Taschentuch. »Beruhige dich und wisch dir die Tränen ab.«

Nein, dies lag ihr wirklich nicht. Rasch, damit nicht jemand auf die Idee kam, ihnen Hilfe anzubieten, schleppte Milagros Aurora bis zum Eingang und von dort über den Korridor zum Aufzug.

»Was ist denn hier los?« Ausgerechnet jetzt musste die Wirtin Frau Inauen ihren Weg kreuzen.

»Nichts Wichtiges.« Milagros erstickte weitere Fragen im Keim. Nachdem sich die Lifttür geöffnet hatte, schob sie Aurora in die Kabine, drückte den Knopf in die erste Etage und atmete aus, als sich die Tür schloss. Was machte man mit einer hysterischen Frau? »Beruhige dich erst einmal.« Sie nahm ein Taschentuch und wischte die schwarze Wimperntusche von Auroras Wangen. Fast hätte sie ihre eigene Spucke zu Hilfe genommen, besann sich jedoch im letzten Moment. Nun bin ich von allen guten Geistern verlassen, dachte sie. Ich stehe neben den Schuhen.

Sie schob das schmutzige Taschentuch in ihre Handtasche und wartete, bis sie oben angekommen waren. Sie ging voraus bis zu ihrer Zimmertür, schloss diese auf und betrat den Raum.

Die Reinigungsequipe war bereits hier gewesen. Auf dem Kopfkissen lag ein Appenzeller Biberli, nach dem Aurora griff. »Darf ich? Ich habe seit gestern nichts mehr gegessen.«

Sie wechselte ihre Launen, als zappte sie durch die Fernsehprogramme.

»Warum kommst du ausgerechnet zu mir?« Milagros setzte sich auf den Fauteuil neben dem Fenster und streckte die Beine von sich. Draußen spielte das Leben, und hier drin bahnte sich ein Drama an. Sie spürte es bis in die Fingerspitzen.

»Weil … weil Heini so von dir geschwärmt hat.« Wieder ein Schluchzen, das durch Mark und Bein ging.

»Hat er das?« Milagros vermochte es sich nicht vorzustellen. Wenn es so gewesen war, warum war er ihr am Samstag dann aus dem Weg gegangen? Oder noch schlimmer: Er hatte sie links liegen lassen. Zugegeben, sie hatte ihm einen Grund gegeben, dass er ihr in der Folge auswich. Milagros konnte sich keinen Reim darauf machen. Und ebenso wenig verstand sie Auroras Motivation, von Appenzell aus sieben Kilometer zum Gasthaus Lehmen zu fahren. »Bist du mit dem Auto hergekommen?«

»Mit dem Taxi«, sagte Aurora.

Klar, sie war ja eine reiche Witwe.

Waren ihre Eltern tatsächlich tot? »Wer hat Francesca und Emanuele gefunden?«

Aurora schälte das Lebkuchengebäck aus der Folie. Es schien, als hätte sie sich ein wenig gefasst. »Ihre Serviertochter.

Daraufhin hat sie die Polizei gerufen.« Sie ließ das Gebäck in ihrem Mund verschwinden.

»*Wo* hat sie sie gefunden?«

»Im Stübli neben dem Restaurant. Anscheinend hatten sie noch zusammen zu Mittag gegessen ...«

Milagros konnte sich kein Bild davon machen. »Hatten sie einen Herzinfarkt?« Trotzdem wäre das der Zufälle zu viel gewesen. Die Trauer um den Tod ihres Schwiegersohnes hatte sie gewiss nicht so arg gebeutelt, dass sie tot umfielen. Beide! Was sonst konnte die Ursache sein? Ein Stromschlag?

»Monika sagte, eine Frau sei kurz davor bei ihnen gewesen.«

»Monika?«

»Die Serviertochter.«

»Was soll das heißen?«

»Nach der Frau wird nun gesucht. Aber das weiß ich erst seit heute Morgen.«

Das seltsame Gefühl in ihrer Brust kam schleichend. Es breitete sich von oben nach unten aus, fühlte sich wie ein Schraubstock an, der ihre Körpermitte zudrückte. Milagros schnappte nach Luft. »Eine Frau?« Ein ganzer Film lief vor ihrem geistigen Auge ab: die Besprechung gestern, die Zuteilung der Tätigkeiten, Befragungen und Besuche im Umfeld des Toten.

»Monika sagte, sie habe sich lange mit meinem Vater unterhalten.«

»Weißt du, worum es bei diesem Gespräch ging?«

»Das wusste sie nicht.«

»Wie sah die Frau aus?« Noch hoffte Milagros, alles wäre ein großes Missverständnis.

»Sie habe auffallend viele Tattoos auf dem Körper ...«

***

Fede stand vor einem Haus mit einer hellen brettgetäfelten Fassade, einem Kreuzgiebel und einem traufseitig angebauten modernen Nebengebäude. Sie sah auf den Zettel, den Milagros ihr in die Hand gedrückt hatte. Ob sie hier richtig war? Romy und Ronny Rohner sollten gemäß Milagros hier abgestiegen sein, im Haus ihres Sohnes. Fede, noch aus der Puste vom schnellen Gehen und völlig verschwitzt, vergewisserte sich an der Klingel, ob sie sich nicht geirrt hatte. »Marlis und Daniel Rohner«. Sie läutete und stieß erleichtert Atem aus.

Milagros hatte sich geweigert, mit Rohners zu sprechen, da sie, wie sie behauptete, befangen sei. Fede vermutete andere Gründe. Sie hatte sich aber nicht auf eine Diskussion eingelassen. Sie hatte mit Max' Mutter keine Probleme, aber manchmal hätte sie sie am liebsten auf den Mond geschossen. Je älter sie wurde, umso komplizierter kam sie ihr vor. Ihre Überschwänglichkeit war manchmal nicht zum Aushalten. Max' Vorsatz, etwas auf Distanz zu Milagros zu gehen, war mit einem einzigen Anruf im Boden versickert. Max war auf dem besten Weg, sich ihr wieder zu unterjochen. Und so wie Fede die Situation einschätzte, war es Milagros' Ziel, ihn auch in Zukunft in ihrer Nähe zu halten und zu kontrollieren. Eine Zeit lang hatte sie sich zurückgenommen und sich nicht andauernd in Dinge eingemischt, die sie nichts angingen. Der Wind hatte mit der Ankunft in Appenzell wieder gedreht. Max dachte zwar, er würde die Vorgehensweise der Privatermittlungen bestimmen, aber Milagros zog die Fäden und er merkte es nicht.

Max war frühmorgens zu Josef Frischknecht aufgebrochen und würde schon bald zurück sein. Milagros wartete im Gasthaus Lehmen auf sie, wo sie sich vor dem Mittag verabredet hatten.

Die Tür ging auf. Zwei Mädchen, schätzungsweise im Kindergartenalter, hüpften über die Schwelle. Ihre blonden Zöpfe flogen durch die Luft. Die hellen Shirts hätten eine Wäsche nötig gehabt. Um ihren Mund zeichneten sich Spuren von roten Kirschen ab.

»Hallo, wer seid ihr denn?«

»Eva und Lea«, sagten sie synchron, als hätten sie es vorher untereinander abgesprochen.

Zwillinge, dachte Fede. Sie sahen sich ähnlich, aber nicht

so, dass sie mit ihrer Unverwechselbarkeit hätten Schabernack treiben können. »Sind Mami und Papi da?«

»Nein, die sind weg«, sagte eines der Mädchen, während es mit seinen Händen die Fruchtfarbe im Gesicht verrieb.

»Ihr seid ganz allein?« Fede versuchte, einen Blick ins Haus zu erhaschen. In einer Großstadt hätte man kaum zwei Mädchen allein ihrem Schicksal überlassen. Auf dem Land war es wahrscheinlich nicht mal ein Thema. Hier schien alles auf Gottvertrauen aufgebaut zu sein. Offene Fenster, einladende Türen. Man spürte, hier brauchte man keine Angst zu haben.

»Wir sind nicht allein«, sagte das andere Mädchen. »Gromi und Opa sind da.«

»Aha, und wo sind Gromi und Opa?«

»Hier bin ich.« Romy Rohner baute sich unter dem Türrahmen auf, halb lachend, halb verwundert.

Milagros hatte sie Fede beschrieben. Sie wich jedoch wesentlich von der Beschreibung ab. Graue, kurze Haare, rundliche Postur und Brillenträgerin. Schätzungsweise siebzig, gutmütiger Ausdruck und gekleidet wie jemand, der in der Küche zu tun hatte. Die Flecken auf ihrer Schürze hatten die gleiche Farbe wie die verschmierten Münder der Mädchen.

»Federica Hardegger. Ich bin Detektivin und im Auftrag einer Privatperson hier. Ich würde Ihnen gern zum Tod von Heinrich Manser ein paar Fragen stellen. Ist Ihr Mann auch da?«

»Er nimmt gerade das Blech mit dem Kirschenkuchen aus dem Ofen.«

»Oh, das riecht hier so gut.« Fede streckte ihre rechte Hand zum Gruß aus. »Tut mir leid, wenn ich Sie störe.«

»Kein Problem. Kommen Sie rein.« Romy Rohner erwiderte den Gruß, trat zur Seite und ließ Fede passieren. »Im Moment können wir keine großen Ausflüge machen. Wir beaufsichtigen die Kinder unseres Sohnes. Die beiden Buben schlafen. Sie sind erst drei Jahre und vier Monate alt. Die Zwillinge haben Sie bereits kennengelernt. Sie sind Wirbelwinde, wie's im Bilderbuch steht. Gehen Sie voraus in die Küche, immer dem Duft nach.«

Fede ließ es sich nicht zweimal sagen und hoffte, sie würde von dem Kuchen etwas bekommen, wenn sie lange genug bei den Rohners blieb. Die Küche gestaltete sich als ein Mix aus Holz, Stein und Glas, überaus modern, was Fede nicht erwartet hatte. Rohner drehte ihr den Rücken zu, während er damit beschäftigt war, ein weiteres Blech in den Ofen zu schieben. Als er sich zu Fede umwandte, konnte sie einen Blick auf die Wähe werfen, welche hinter dem Glas voll ausgeleuchtet ihr das Wasser im Mund zusammenlaufen ließ. Den fertig gebackenen dampfenden Kirschenkuchen hatte er auf die Ablage daneben gestellt.

»Wir haben Besuch?« Kurze graue Haare, Brille, denselben heiteren Ausdruck auf dem Gesicht wie seine Frau.

Eine Symbiose, dachte Fede, über die Jahre angeglichen. Eine Einheit eines Ehepaars, welches das ganze Leben zusammen verbracht, Freud und Leid geteilt hatte. Zwei Rentner, die glücklich waren. Stolze Eltern und Großeltern, und wenn sie die nächsten zwanzig Jahre im Schuss blieben, würden sie sogar Urgroßeltern sein. Sie würden in einem Generationenhaus wie diesem leben und zufrieden sein bis an ihr Lebensende. Fede lächelte. Hier herrschte eine herzliche Atmosphäre, wobei im Moment ganz bestimmt der feine Geruch des Kuchens dazu beitrug. Sie liebäugelte mit dem Kuchen, beherrschte sich aber, sodass es nicht auffiel.

»Darf ich fragen, weshalb Sie hier sind?«

»Wegen Heini«, kam Romy Rohner Fede zuvor. »Sie ist Privatdetektivin und hat einen Auftrag.« Sie wandte sich an Fede. »Hat Aurora Manser Sie damit beauftragt?«

Fede seufzte. »Das kann ich leider nicht sagen.«

»Schlimme Sache.« Rohner zog einen Stuhl unter dem Küchentisch hervor, lud Fede ein, sich ebenfalls zu setzen. »Wer hätte gedacht, Heinis Hochzeitsessen würde zum Leichenmahl.« Er schluckte ergriffen. »Wir haben der Polizei alles erzählt, was sie wissen wollte. Man ging von einem Unfall aus. Aber plötzlich ist nichts mehr klar. Ein Hin und Her ist das.«

Fede nickte. »Stimmt, da scheiden sich die Geister.«

»Arbeiten Sie mit dem Staatsanwalt zusammen?«, wollte Rohner wissen und wies mit dem Kinn auf eine Karaffe, die auf dem Tisch bereitstand. »Mögen Sie Holundersirup?«

Fede setzte sich, nachdem sie einen Teddybären, eine Puppe ohne Augen und ohne Kleider sowie eine Kinderteigrolle vom Stuhl auf den Tisch gelegt hatte. »Erstens nein, zweitens ja bitte.« Sie lächelte und hoffte, Rohner würde ihr auch ein Stück Kuchen anbieten. »Holunder soll schweißtreibend sein. In diesem Hitzesommer ist er bestimmt das Tüpfelchen auf dem i.«

»Sie sagen es.« Rohner legte zwei Kochhandschuhe ab, nahm drei Gläser von der Tischmitte und bediente sich der Karaffe. Den Kuchen erwähnte er mit keinem Wort. Er schenkte ein. »Ich gehe davon aus, Sie beschuldigen uns nicht wegen Manser.«

»Hätte ich denn einen Grund?«

»Als die Polizei uns befragte, hatten wir keine Chance, uns zu rechtfertigen.«

»Wofür hätten Sie sich denn rechtfertigen müssen?«, fragte Fede.

»Das weiß ich jetzt nicht mehr so genau«, wich Rohner aus. »Wir wissen nicht einmal, ob sie uns zu den Verdächtigen zählt oder ob wir aus dem Schneider sind. Die Bullen geben sich bedeckt, man weiß wirklich nicht, woran man bei denen ist. Aber wenn ich mich unter den anderen Hochzeitsgästen so umhöre, ist jeder verdächtig. Niemand kann sich vorstellen, dass Manser mir nichts, dir nichts in den Abgrund gestürzt ist, außer er wäre betrunken gewesen … selbst dann …«

»Vielleicht hatte seine Stunde geschlagen.« Fede griff nach dem gefüllten Glas.

»Die Hälfte der Gäste war mit Manser im Streit.«

»Und trotzdem folgten sie der Einladung?« Fede trank einen Schluck, überrascht ob des milden Geschmacks mit dem süßen Abgang. »Ist das nicht seltsam?«

»Sie können es nennen, wie Sie wollen. Im Grunde werden hier in Appenzell die Feste gefeiert, wie sie fallen. Wir sind ein fröhliches Volk.«

Natürlich machte er Ausflüchte. Milagros hatte sie gewarnt. In der kurzen Zeit, in der Milagros die Rohners kennengelernt hatte, hatte sie auch deren Charakter analysiert. Fede musste sich vor ihr verneigen. Milagros war scharfsinnig, was das Gespür für Menschen betraf. Fede schrieb es ihrer Lebenserfahrung und Beobachtungsgabe zu. Über die Rohners hatte sie sich dahingehend geäußert, sie seien neugierig und einnehmend. Sie hätten schlecht über Manser geredet, was ausschlaggebend für ihren Zorn ihm gegenüber war, hätten sie nicht verraten. Aber Milagros habe eine klare Aversion gespürt, sie hätten ihn verunglimpft und als Wirrkopf bezeichnet, weil er sich im »hohen« Alter auf die Ehe mit Aurora einließ. Eine sonderbare Gesellschaft, ging Fede durch den Kopf. Vielleicht war es der pure Neid auf Manser gewesen, der Romy und Ronny Rohner gegen Manser aufgebracht hatte. Ob dies für einen Mord reichte? Gut möglich, dass Eifersucht im Spiel gewesen war. Manser hatte sich bis zu seinem sechsundsechzigsten Lebensjahr gegen eine Familie entschieden. Ihm war vieles erspart geblieben – die Sorgen um die Kinder, mit denen Eltern von deren Geburt an konfrontiert sind, ein permanenter Druck, als Ehepartner bestehen zu müssen, die Angst, ob das Geld für alles reichen würde. Wer allein lebte und sich weder auf Kinder noch auf eine feste Bindung einließ, war praktisch in jeder Hinsicht frei, konnte reisen, ohne groß zu planen, und war von niemandes Befindlichkeiten abhängig. Fede konnte den Verstorbenen verstehen. Sie war genauso ein Freigeist, wie er es gewesen war, nicht bereit, sich zu binden. Im fortgeschrittenen Alter war Manser auf den Geschmack gekommen, doch noch zu heiraten, nachdem er sein Leben in Freiheit ausgekostet hatte.

»Wie war das eigentlich mit Manser und Ihnen?« Fede richtete sich an Romy Rohner, die sich zu ihnen an den Tisch setzte. »Seit wann kannten Sie sich?« Sie sah zu Rohner.

»Seit der Schulzeit«, sagte Romy Rohner. »Mein Mann und ich gingen in die dritte Sekundarklasse, als Heini die fünfte Primarschule besuchte. Wir hatten alle den gleichen Schulweg.

Wir wohnten in Höfen, die keine zweihundert Meter voneinander entfernt lagen. Heini war schon damals ein Schlitzohr und uns in vielen Dingen voraus. Er konnte gut klettern und verbrachte im Sommer jedes Wochenende auf der Alp bei seinem Großvater. Im Betrieb seines Vaters lernte er schon früh, wie man die Sauen schlachtete, sie ausnahm und zerlegte, auch Rinder und Kälber. Ich glaube jedoch, sein Vater hat ihn dazu gezwungen. Heini war ihr einziges Kind, wurde von Anfang an auf Selbstständigkeit gedrillt, weil man davon ausging, er würde einmal den Betrieb übernehmen. Vielleicht war dies der Grund, weshalb Heini in die Berge flüchtete und, als seine Eltern tot waren, die Großmetzgerei loswerden wollte. Im Grunde war er ein Zartbesaiteter. Klug wurden wir nie aus ihm.«

»Aber Sie mochten ihn nicht«, sagte Fede, sich ihrer Provokation bewusst.

»Mögen oder nicht«, erwiderte Rohner. »Ihm fiel alles zu im Leben, während andere für ihren Lohn hart arbeiten mussten.«

»Er hat Schweine geschlachtet.« Fede betrachtete das halb leere Glas.

»Das war eine Episode«, rechtfertigte sich Rohner. »In der Schule hat er es nicht weitergebracht als bis zum neunten Schuljahr. Keine Ausbildung. Seine Schule war das Klettern. Er besuchte Kurse, bot später selbst welche an. Damit hatte er sich keine goldene Nase verdient, aber nach seines Vaters Tod mit der großen Kelle angerührt.«

»Das wurmt, nicht wahr?«

»Was wollen Sie damit sagen?« Romy Rohner wischte mit dem Ärmel eine Brotkrume vom Tisch.

Rohner stützte die Ellenbogen ab und kam mit dem Oberkörper gefährlich nahe an Fede heran. »Natürlich hat es uns genervt. Heinis und meine Eltern waren gut befreundet. Mansers hatten sich oft bei ihnen beklagt, sie wüssten nicht, womit sie ihren Buben zur Vernunft bringen könnten. Als sie hintereinander im Abstand von nur einer Woche starben, machten sich meine Eltern verständlicherweise Sorgen.«

»Vielleicht hat er seine eigenen Eltern umgebracht, um an ihr

Erbe zu kommen.« Romy Rohner hatte ihren Blick gesenkt. »Der war doch krank im Kopf.«

Und trotzdem waren sie seiner Einladung gefolgt, hatten von Mansers Großzügigkeit profitiert und sich nicht einmal geschämt. Fede richtete sich auf einen länger dauernden Aufenthalt bei den Rohners ein. Wenn sie genug bohrte, würde bestimmt viel mehr ans Tageslicht kommen als angenommen. Ihr Smartphone klingelte und beendete vorerst das Gespräch.

»Sie entschuldigen mich.« Sie erhob sich, wandte sich ab und nahm das Smartphone aus der Umhängetasche. Sie erkannte Max' Nummer. »Wo brennt's?«

»Fede. Wir haben ein Problem.«

ZEHN

Als Fede im Gasthaus Lehmen eintraf, saßen Max und Milagros vor einer Flasche Mineralwasser. Nach Besäufnis war beiden nicht zumute, schon gar nicht Milagros, die sich wider Erwarten in Sachen Alkohol zurückhielt. Max hätte sich das andere Extrem besser vorstellen können, nach allem, was sie ihm erzählt hatte.

»Hallo.« Fede hatte ihre roten Haare zu einem Pferdeschwanz zusammengebunden, auf ihrer Stirn perlten Schweißtropfen. Sie setzte sich und fuhr mit der Hand über das Gesicht.

»Hast du ein Taxi genommen, oder bist du den ganzen Weg bis hierher gerannt?« Max bemühte sich, unbeschwert zu klingen.

»Autostopp.« Fede lächelte gequält. »Ein Traktorfahrer nahm mich mit, ein Junge, kaum sechzehn. Er lud mich zweihundert Meter unterhalb des Gasthauses ab. Die Kerlchen auf dem Land haben es in sich, arbeiten in der Landwirtschaft, während ihre Kollegen aus den Städten faulenzen oder Ferien in Florida verbringen.« Sie musterte Milagros. »Weshalb starrst du mich so an? Hat es etwas mit dem Problem auf sich, welches Max angetönt hat? Am Telefon wollte er es mir nicht sagen.«

Max zog es vor, die Sache offen und sachlich anzusprechen. Milagros hatte es von Aurora erfahren und ihre Interpretationen angebracht. Mit möglichst viel Drama. »Die Polizei sucht dich.«

»Wie bitte, was?« Fede war überrascht. »Falsch geparkt habe ich nicht. Mein Auto steht zu Hause, und deinen Mustang darf ich nicht fahren. Was also habe ich verbrochen?« Sie griff sich wiederholt an den Kopf. »Ach ja, vielleicht hat man mich beim Rennen geblitzt.«

Hatte sie keine Ahnung? »Wie war das gestern, als du bei Auroras Eltern vorstellig wurdest?« Max reichte ihr sein Wasserglas über den Tisch.

»Wie bitte?« Fede verstand die Frage nicht.
»Ihre Serviceangestellte hat die beiden tot aufgefunden.«
Fede erstarrte. »Was, was, sorry … was sagst du da?«
»Die Antoniazzis sind tot.«
»Nein, das kann nicht sein.« Fede war kreideweiß geworden. »Tot? Warum tot? Wer sagt das?«
»Aurora war heute Morgen hier. Kurz nachdem du die Pizzeria verlassen hast, hat man sie gefunden«, fuhr Milagros fort. »Es werde nach einer Frau gefahndet, die viele Tattoos habe. Ich kenne keine andere Frau als dich, die sich mit diesen Zeichnungen verunstaltet.«
»Milagros!« Max glaubte nicht, was er hörte. Ob Milagros sich gerade Luft verschaffte und etwas aussprach, was sie längst hatte tun wollen? Werde mal jemand klug aus den Frauen.
»Willst du damit sagen, ich hätte etwas mit dem Tod des Ehepaares zu tun?« Fede wechselte Blicke mit Max und Milagros. »Sorry, ich verstehe das nicht. Als ich von Emanuele Antoniazzi wegging, erfreute er sich bester Gesundheit.«
»Deine Meinung dürfte nicht gefragt sein«, stichelte Milagros.
Max fand nicht einmal ansatzweise eine Erklärung, weshalb sie sich gegenüber Fede so angriffig benahm. »Fiel dir etwas an ihm auf, bevor du ihn verlassen hast?«
»Er lud mich zum Mittagessen ein.« Fede runzelte die Stirn. »Das geht nicht in meinen Schädel.«
»Es ist besser, du meldest dich bei der Polizei«, sagte Milagros.
»Nenne mir *einen* Grund, weshalb ich das tun sollte.« Fede überlegte. »Es muss mich jemand angezeigt haben. Ich kann mir in etwa vorstellen, wer.«
»Wer?« Max hatte ein ungutes Gefühl. Er hätte auf seinen Instinkt hören und sich nicht in die Angelegenheit »Manser« einmischen sollen. Er hatte sich von Milagros um den Finger wickeln lassen wie so oft in der Vergangenheit.
»In der Pizzeria gibt es eine Angestellte, die das Arbeiten nicht erfunden und mir einen ziemlich unsympathischen Ein-

druck hinterlassen hat. Null Bock auf gar nichts. Sie behandelte mich, als wäre ich Luft. Ja, und die Hellste ist sie auch nicht. Sie muss wohl etwas durcheinandergebracht haben. Als ich mich von Antoniazzi verabschiedete, bezeichnete sie mich als ›Obertätowierte‹. Wenn sich jemand gegenüber einer Fremden so äußert, müssen Emotionen im Spiel sein … unterste Schublade, versteht sich.«

»Vielleicht hat sie das Wirtepaar selbst umgebracht«, mutmaßte Max. »Was wissen wir, welche Motive dahinterstecken. Für sie warst du vielleicht zur richtigen Zeit am richtigen Ort.«

»Bleib auf dem Boden, Max.« Fede stieß heftig Atem aus. »Verflixte Hühnerkacke. Das darf doch nicht wahr sein.«

»Trotzdem solltest du dich bei der Polizei melden.« Milagros ließ nicht locker. »Und ganz ehrlich, ich habe kein Verlangen, mich in so etwas hineinziehen zu lassen. Ich habe einen Ruf zu verlieren.«

Max hatte die Nase gestrichen voll. Auf Milagros' Bitte hin hatten er und Fede sich mit einer Sache konfrontiert, die sie nicht gesucht hatten. »Mutter!« Er nannte sie nur in Ausnahmefällen so. Gerade herrschte eine solche Situation, und er schämte sich für sie. Sie hatte keinen Grund, Fede dermaßen zu brüskieren. Er wandte sich an Fede. »Weißt du was? Ich glaube, es ist besser, wir checken aus. Wir vertun hier nur unsere Zeit.«

»Maximilian! Untersteh dich. Das kannst du nicht tun. Aber Fede kann sich nicht vor der Welt verstecken. Sie muss sich melden, ansonsten wird es nur schlimmer. Warum muss ich das einem Anwalt sagen?«

»Ehemaligen«, korrigierte Max gekränkt. Immer wieder musste Milagros ihn auf seinen früheren Beruf ansprechen. Je mehr sie es zum Thema machte, umso mehr zweifelte Max an seinem Weg, den er seit Vaters Tod eingeschlagen hatte. Manchmal dachte er darüber nach, was wohl aus ihm und seinem Leben geworden wäre, hätte er sich zum Beispiel als Anwalt selbstständig gemacht. Dann relativierte er. Möglicherweise hätte er Fede nicht kennengelernt. Vielleicht wäre er aber verheiratet und hätte Kinder, und seine Mutter wäre eine glückliche *Abuela*. Auf jeden Fall hätte er sehr viel mehr Geld und würde nicht jeden Rappen zweimal umdrehen müssen, bevor er ihn ausgab. Privatdetektiv, als würde es nicht schon genug solcher Humoristen geben, die glaubten, mit ein wenig Recherche und Observierungen könnte man viel verdienen. Im Grunde war es eine mühsame Angelegenheit, die bedingte, allein und im Versteckten zu arbeiten. Max hatte sich mit Sorgerechtsstreit, Stalking, untreuen Ehepartnern, Nachbarschaftsstreitigkeiten sowie Vandalismus herumgeschlagen, nicht das, was zu einer befriedigenden Tätigkeit beitrug. Er würde zeitnah über die Bücher gehen müssen. Eine Alternative wäre der Verkauf seiner Wohnung in Hergiswil gewesen. Das hätte ihm ein wenig Luft nach oben verschafft. Fedes Vorschlag, er könne zu ihr ziehen und quasi wie Christian als WG-Mitbewohner zum allgemeinen Wohl beitragen, war er skeptisch gegenübergestanden. Mit einem Mann unter dem gleichen Dach zu leben fiel ihm nicht im Traum ein, und Fede würde sich hüten, ihren langjährigen Freund aus dem Haus zu jagen. So gesehen zeigte sie viel Herz, auch wenn er das nicht immer spürte.

»Lass uns wandern gehen«, schlug Fede vor. Augenscheinlich wollte sie von der sich anbahnenden unangenehmen Diskussion ablenken.

»Wandern?« Milagros verschluckte sich. Ein Husten schüttelte sie durch. Nur langsam erholte sie sich davon. »Ich rate dir noch einmal, dich bei der Polizei zu melden.«

Fede dagegen fand, etwas Zeit verstreichen zu lassen. »Vielleicht ist alles bloß ein Missverständnis, und Aurora hat sich etwas zusammengereimt. In ihrem Zustand kann man es ihr nicht einmal verübeln.«

»Ja, warum nicht«, sagte Max. »Gehen wir wandern. Fede und ich wollten sowieso den Alpstein erkunden.« Im Moment sah er keine andere Lösung, als dem Unglaublichen auszuweichen.

Milagros blickte auf ihre Armbanduhr. »Aber es ist bereits halb eins.«

»Eine gute Zeit und Gelegenheit, dich aufs Ohr zu hauen.«

Max hatte das Bedürfnis, es ihr heimzuzahlen. Er wandte sich an Fede. »Glaubst du, du schaffst es, dir in den nächsten zehn Minuten die Bergschuhe anzuziehen?«

Für Max war es eine Genugtuung, als sich Fedes Gesicht aufhellte.

»Ja klar. Was hast du vor?«

»Wir fahren auf den Hohen Kasten.«

»Dann komme ich mit«, sagte Milagros.

»Nein, auf keinen Fall. Wir werden zum Fählensee wandern. Das ist zu weit für dich. Zudem möchte ich mit Fede allein sein. Wenn du willst, dass wir den Fall weiterverfolgen, hältst du jetzt einfach deinen Mund.«

Es war zu erwarten gewesen, dass Milagros sich beleidigt zeigte. »Kennst du dich denn dort oben aus?«

»Nein.«

***

Der Bahnbegleiter entlarvte sich als lustiger Kerl. Während der achtminütigen Fahrt zwischen Tal- und Bergstation erzählte er im Appenzeller Dialekt Anekdoten über seine Heimat, erklärte den Touristen die Wandermöglichkeiten und in welchen Alphütten und Bergrestaurants man sich verpflegen konnte.

Er wies auf die rechte Seite, über ein Hochplateau. »Dort drüben sehen Sie den Äscher. Der Abstieg zum Seealpsee ist nicht ungefährlich. Erst vor drei Tagen gab es wieder einen tödlichen Unfall. Der Alpstein wird von vielen Leuten unterschätzt. Gehen Sie mit Bedacht. Oder auf die Alp Sigel. Die Bergbahn können Sie selbst bedienen. Achtung bei Gewittern, da könnte die Gondel plötzlich stehen bleiben. Schauen Sie, dass unten jemand ist, der sie wieder in Bewegung setzt …«

Schallendes Gelächter. Max stimmte mit ein. Fede hatte ihn selten zuvor so lachen gesehen. Der Abstand von Milagros tat ihm offenbar gut.

Das Drehrestaurant auf 1794 Metern Höhe bot eine Dreihundertsechzig-Grad-Sicht, gemäß Prospekt, über den Bodensee bis nach Bayern und den höchsten Bergen im Allgäu, vom Vorarlberger Rheintal bis zu den Gipfeln Tirols und zum Fürstentum Liechtenstein, von den Schweizer Alpen über das Mittelland bis zum Jura und dem Elsass sowie zum Grand Ballon in Frankreich und zum Monte di Zocca in Italien.

Fede buckelte einen der Rucksäcke, die sie spontan von der Wirtin bekommen hatten, und führte Max aufs Geratewohl zum westlichsten Punkt des Alpengartens. Links lag das flache Rheintal, rechts davon stiegen die schrägen Wände des Furgglenfirsts an. Wie ein begrünter Rücken wand sich der Fels oberhalb des Sämtisersees Richtung Staubernkanzel und Saxer Lücke.

»Fast zu schön, um wahr zu sein.« Max blieb vor Ergriffenheit stehen. »Es fühlt sich fast so an, als flöge man mit einem Segler darüber hinweg.« Kurz legte sich ein nachdenklicher Schatten auf sein Gesicht.

Fede ahnte, woran er dachte. Als sein Vater noch gelebt hatte, war er mit ihm im Segelflugzeug über die Alpen geflogen. Er hatte zwar nie viele Worte darüber verloren, aber die Erlebnisse mit Kaspar von Wirth schienen nach wie vor präsent zu sein.

»Wirklich beeindruckend.« Fede selbst konnte sich an der landschaftlichen Schönheit kaum sattsehen. Blau, Grün und Grau bildeten eine harmonische Farbenkombination, was beruhigend auf sie wirkte. »Wohin möchtest du wandern?«

Max zeigte hinunter ins Hochtal, in dem der Sämtisersee wie ein leuchtendes Juwel lag, eingebettet zwischen Heierli Nadel und dem bewaldeten Ausläufer der Alp Sigel. »Es ist zum Teil eine Gratwanderung mit Auf- und Abstiegen. Siehst du den Gipfel links, den höchsten der Gebirgskette? Das muss der Hintere Hüser sein. Wir werden ihn passieren und wenn wir weitergehen, die Saxer Lücke erreichen. Von dort gibt es den Abstieg zum Fählensee. Den See kann man von hier aus noch nicht sehen.«

»Scheint eine beachtliche Distanz zu sein. Hast du dich darauf vorbereitet?«

»Nicht groß, aber bei allem Respekt, ich musste die Flucht

vor Milagros ergreifen. Hätte ich einen einfachen Wanderweg gewählt, hätten wir sie am Hals.« Max lachte gekünstelt. »Soll sie doch allein ermitteln, wenn sie so darauf brennt.«

»Du bist nicht nett zu deiner Mutter.«

»Stimmt, aber wenn ich mich ihr nicht widersetze, geht das auch in Zukunft so weiter wie bis anhin. Du weißt selbst, was für ein Reibeisen sie zuweilen sein kann.«

Ob hinter seiner Aussage eine Absicht steckte, fand Fede nicht heraus. »Trotzdem …« Seit sie in Appenzell waren, zeigte sich Max von seiner unangenehmsten Seite. Mit nichts war er zufrieden und hatte immer etwas zu bemängeln.

Max hob nur die Schultern.

Sie kehrten zurück zur Bergstation, wo sich der Start der ausgeschilderten Wanderwege befand.

Fede blieb davor stehen. »Was sagtest du, wohin wir gehen?«

»Zum Fählensee.«

»Und wo steht ›Fählensee‹?«

Max wies auf die vierte Tafel von oben. »Nach Bollenwees.«

»Drei Stunden, fünfzig Minuten?« Fede vergaß, den Mund zu schließen. »Wir müssen auch noch zurück.«

»Wir werden das sicher in einer kürzeren Zeit schaffen.«

»Na ja«, foppte Fede. »Ich schon, aber wie sieht es mit deiner Kondition aus?« Sie musterte Max schmunzelnd. »Ich kenne dich nicht von dieser spontanen Seite. Du bist ein Mensch, der akribisch plant.«

»Wir schaffen das, zudem bin ich nicht festgefahren.« Er grinste vor sich hin und begann mit dem ersten steilen Abstieg zum Kastensattel, mit Blick hinunter zum Bodensee. Wanderer kamen ihnen entgegen, die von Brülisau aus auf den Hohen Kasten wollten, zwei Frauen mit Hund.

Bei der nächsten Ausschilderung blieb Fede stehen. »Von hier aus dauert es immer noch drei Stunden fünfunddreißig.« Sie traute der Sache nicht.

Max ging voraus, einen schmalen Weg entlang. Links erhoben sich die Felswände des Hohen Kastens, über welche sich die Seile der Luftseilbahn spannten. Die Perspektive wechselte mit jedem Schritt. Rechts im Bild erkannte man den weißen Gipfel des Säntis.

Max wandte sich nach Fede um. »Habe ich dir zu viel versprochen?«

»Schau lieber, wo du hintrittst. Du hast gehört, was der Bahnbegleiter gesagt hat.«

»Gefällt es dir?« Max lenkte ab, trippelte beflügelt rückwärts vor ihr her.

»Was für eine Frage. Aber …«, Fede musste tief durchatmen, »… warum wolltest du mit mir allein sein? Wir hätten dies auch in unserem Zimmer tun können.«

»Dann hätten wir nicht genügend Distanz zu Milagros.« Max blieb abrupt stehen. »Willst du die Wahrheit erfahren?«

»Unbedingt.« Fede fühlte sich beschwingt. Das mochte an der guten Luft liegen. Oder an der Höhe, wo jedwede Probleme zu schrumpfen schienen. Es war, als würde nichts anderes existieren als der Moment.

»Was, wenn an der Sache Antoniazzi etwas dran ist? Wenn tatsächlich nach dir gefahndet wird?«

»Das meinst du nicht im Ernst.« Fede musste lachen. »Bist du mit mir auf der Flucht?«

»Machst du dir keine Gedanken über deren Tod?«

»Natürlich mache ich mir Gedanken. Es ist ein Schock. Erst noch habe ich mit Antoniazzi gesprochen. Jetzt sollen er und seine Frau tot sein. Es klingt alles so unwirklich. Aber was kann ich ändern?« Sie merkte zu spät, wie kalt das rüberkam, und sie versuchte, es zu beschwichtigen. »Sollte die Polizei mich aufgreifen, weil ein Fahndungsbild von mir im Umlauf ist, ist es früh genug, wenn ich mich melde. Hat sich bis jetzt jemand nach mir umgedreht? Warum sollte ich mich von einer Bekloppten verrückt machen lassen? Zudem … in Milagros' Gegenwart hat es anders getönt.«

»Das Ehepaar ist tot, das ist Fakt. Vielleicht ist ihr Tod ein Ablenkungsmanöver von den Ermittlungen im Todesfall Manser.«

»Du, sag mal, tut dir die Höhenluft nicht gut?«

Max wandte sich beleidigt von ihr ab und ging weiter. Bis zum nächsten Abstieg sprachen sie kein Wort mehr miteinander. Fede konzentrierte sich auf den Weg, der an den schmalsten Stellen durch einen Kettenhandlauf gesichert war. Der Sämtisersee lag direkt unter ihnen, von einer schwindelerregenden Wegführung aus gesehen viele Höhenmeter tiefer.

In der zweiten Stunde, die sie unterwegs waren, unterhielten sie sich über das, was die Flora und Fauna ihnen vor Augen führte: die Margeriten im saftigen Gras, den Steinadler, der lautlos über den Felsenkamm schwebte. Max behauptete, Steinböcke zu sehen, wogegen Fede es einer Sinnestäuschung zuschrieb. »Das sind Ziegen.«

»Unglaublich, diese Felsen«, schwärmte Max. »Wenn man bloß wüsste, wie alles entstanden ist.«

»Weißt du, dass diese Strecke zwischen dem Hohen Kasten und der Bollenwees ein geologischer Wanderweg ist?«

»Ich dachte, du wüsstest nicht, wo wir uns befinden«, flachste Max, nachdem er es unterlassen hatte, auf seine Meinung zu pochen, was die Steinböcke betraf.

»Während du dir dein Wanderoutfit zusammengesucht hast, habe ich mich ein wenig über die Gegend klug gemacht.« Fede stieß ihn sichtbar vor den Kopf und genoss es.

»Ach, sieh an.« Mehr brachte er nicht heraus.

»Während der Gebirgsbildung werden Gesteinsschichten oft zerrissen und den Bruchflächen entlang gegeneinander versetzt. Solche Brüche, auch Verwerfungen genannt, treten unterschiedlich auf. Verschieben sich die Schichten über der Bruchfläche nach oben, spricht man von einer Überschiebung. Bei einer Abschiebung hingegen werden sie nach unten versetzt.«

»Fede mit ihrem fotografischen Gedächtnis.« Ihm blieben noch immer die Wörter im Hals stecken, und er wusste nicht, was er auf ihre Erklärungen hätte erwidern sollen.

»Es war vor langer Zeit, in der die Gebirgskette hier entstanden ist, wie wir sie heute sehen«, fuhr Fede fort. »Vor einhundertzwanzig Millionen Jahren bildeten sich Sedimente und

Gestein, zwischen fünfundvierzig und dreißig Millionen Jahren die Berge. Vor fünfzehn Millionen Jahren begannen die Verwitterung und die Erosion, die bis heute andauern.«

»Und was sagt uns das?«

»Wir haben verlernt, groß zu denken. Uns selbst sollten wir nicht so wichtig nehmen. Wir sind nichts im Angesicht der Erdgeschichte. Beeinflussen können wir nichts bis wenig, aber dankbar sein, das Privileg genießen zu dürfen, heute zu leben.«

Sie gingen schweigend weiter. Max verglich Fedes Erläuterungen mit den Verwerfungen, die vor ihnen emporwuchsen, die schroffen kalkweißen Felstürme vor dem tiefblauen Himmel.

Bevor sie die Staubern erreichten, stieg der Weg noch einmal steil an, führte über Stock und Stein, wand sich kurvig hinauf bis zu einem Aussichtspunkt, der den Blick auf senkrecht abfallende Felswände hinunter ins Rheintal gleiten ließ. Ein Schritt zu weit nach außen hätte verheerende Folgen gehabt.

»Machen wir eine Rast?« Max legte seinen Rucksack ab.

Fede wischte sich Schweiß von der Stirn. »Gibst du schon auf?« Es war ungewohnt, Max in kurzen Hosen und einem Hemd mit Edelweißen zu sehen, er, der nie genug stylish daherkommen konnte. Ein warmes Gefühl durchflutete sie, und sie stellte sich vor, wie Max in ihrem Stall zu Hause die Kühe melkte und den Mist auf dem Feld verzettelte. »Möchtest du mir etwas mitteilen?«

»Allerdings.« Er setzte sich auf den Strunk einer verkrüppelten Bergföhre und wischte eine Ameise weg, die über seine Wade krabbelte. »Ich überlege mir gerade, dass ich in den Alpstein fahren musste, um endlich das loszuwerden, was ich dir schon lange mitteilen wollte.«

»Das klingt geheimnisvoll.« Geheuer war Fede jedoch nicht. Was, wenn Max ihr heute und hier einen Heiratsantrag machte? Sie hatte ihn mehrmals unterschwellig abblitzen lassen, seine Chance vermasselt, um ihre Hand anzuhalten. Fede hoffte, er würde diesen alten Zopf bei ihr nicht anwenden. Sie konnte sich nicht vorstellen, Ehefrau zu sein. Sie liebte ihn, aber der Schritt in diese endgültige Zweisamkeit war ihr zu viel. Was, wenn mit den Jahren ihre Wege eine andere Richtung einschlagen würden? Sie hatte ihre Eltern erlebt. Was romantisch begonnen hatte, endete im Desaster. Vater war für sie kaum da gewesen und sie allein. Fede würde eher mit der Abwesenheit des Partners leben können als damit, dass er andauernd in ihrer Nähe wäre. Max war ein Mann, der eine enge Beziehung brauchte. Er hatte sich jahrelang an seine Mutter geklammert, er würde es in Zukunft bei Fede tun. Wenn er sich von Milagros distanzierte, hieß das nichts anderes, als dass er für Fede frei sein wollte. Männer mit einer solch starken Bindung zur Mutter wünschten sich wahrscheinlich eine Partnerin, welche die gleichen oder ähnliche Ideale vertrat.

»Du schweigst?« Er sah sie von unten her an, während er die Trinkflasche aufschraubte.

»Ich genieße die Aussicht.« Das war nicht gelogen. Fede hatte die Sonne im Rücken, die gebrochen durch die Tannenzweige schien. Das warme Licht breitete sich auf dem Boden vor ihr aus. Es roch würzig nach trockenem Moos, Kräutern und heruntergefallenen Nadeln. »Was erwartet mich? Dass du dir überlegt hast, deinen alten Beruf wieder aufzunehmen?«

Max runzelte die Stirn. Offenbar hatte er diese Erwiderung nicht von ihr hören wollen. »Du weißt, es ist nicht einfach. Ich habe das Anwaltspatent verloren, ich müsste es wiedererlangen. Klar habe ich mir Gedanken über die Zukunft der Detektei gemacht. Wie du ja auch.« Diesmal ließ er sie nicht zu Wort kommen. »Es ist anders eingetroffen, als ich es mir vorstellte. Die wenigen ergiebigen Fälle können wir an einer Hand abzählen. Ich habe es satt, Däumchen zu drehen, bis sich lohnende Aufträge eintreffen. Ich bin schlicht unterfordert.«

Fede stutzte. Hatte er mit ihr tatsächlich *darüber* sprechen wollen? Nun ja, wenn sie schon einmal beim Thema waren, musste sie dagegenstemmen. »Das kommt dir reichlich spät in den Sinn. Wann haben wir die Detektei gegründet?«

»Vor sechs Jahren, aber wir stehen nirgends. Links und

rechts von uns schießen Detekteien wie Spargeln aus dem Boden.«

Fede grinste ob dieses Vergleichs.

»Das ist Konkurrenz, die man sich nicht wünscht.«

Fede konnte mit Max' Äußerung nichts anfangen. »Warum auf einmal so pessimistisch? Konkurrenz belebt das Geschäft.« Sie stöhnte innerlich auf. »Vielleicht sollten wir die Strategie ändern«, ließ sie, ohne zu überlegen, die Bemerkung fallen.

»Genau darüber wollte ich mit dir reden.«

Einen Moment lang war Fede sprachlos. Damit hatte sie nicht gerechnet. Einerseits war sie beruhigt, kam Max nicht auf eine Heirat zu sprechen, andererseits hätte sie an diesem erhabenen Ort etwas Schöneres erwartet als eine Diskussion über ihre Agentur. »Was stellst du dir vor?«

»Ich dachte, wir würden zusammenarbeiten. Das war bei der Gründung auch so vorgesehen. Ich habe aber nicht damit gerechnet, dass du den Schwerpunkt deiner Arbeit noch immer auf die IT-Firma in Freienbach legst. Zusätzlich mit dem Bauernhof im Drachenried bist du ausgelastet. Ich verstehe es ja. Aber mit dieser Zersplitterung werden wir es nie schaffen, nur ansatzweise in die schwarzen Zahlen zu kommen. Fede, es ist auch deine Firma. Darum verstehe ich nicht, warum du nur halbherzig dabei bist. Es scheint, als würdest du einerseits unsere Arbeit und unsere Beziehung im Allgemeinen nicht ernst nehmen.«

Harte Worte. Sie passten nicht zur Stimmung, und Fede hatte Max in Verdacht, er möge ihr das Glück nicht gönnen, das Glück, heute hier zu sein und nichts zu denken. Natürlich hatte sie sich Gedanken über ihre Detektei gemacht, auch darüber, dass sie mehr dazu hätte beitragen können als bloß ein paar Hackerangriffe auf die zu beschattenden Personen. Vielleicht hätten sie Akquise betreiben oder sich bei Firmen, die Detektive suchten, anstellen lassen sollen. Ja, sie hätten mehr dafür tun können, als auf Kundschaft zu warten. Zudem bewegte sich Fede im Graubereich, was, wenn sie ehrlich mit sich war, so nicht stimmte. Wenn sie aufflog, müsste sie für ihr Tun

Verantwortung übernehmen. Dann würde sie auch den Job in Freienbach verlieren. Eine Alternative sah sie im Moment nicht. Mit ihrem Einkommen hatte sie bislang gut leben können. Sie hatte die Hälfte des Startkapitals in die GmbH investiert. Alles, was sie mit der Detektei verdiente, legte sie auf die Seite, im Gegensatz zu Max, der mit dem wenigen, das er hatte, verschwenderisch umging. Für ihn war Geld wichtiger als für sie. Auch wenn er es abstritt, er besaß unbestritten Milagros' Gene. Fede reichte es, wenn sie ihre Steuern, die Miete für den Hof und Futter für ihre Tiere bezahlen konnte. Chrigi bewirtschaftete einen Garten mit Gemüse, ein paar Obstbäume lieferten Früchte und die Hennen Eier. Verhungern müsste sie nicht. Und auf ihre Leidenschaft, die Tätowierungen, würde sie verzichten können, zumal es kaum mehr einen Flecken Haut gab, der nicht gestochen war. Max hatte sich, mit wenigen Ausnahmen, noch nie darüber beschwert. Wenn er ihre Macken akzeptierte, zeigte es, wie sehr er sie liebte. Nach den Hintergründen, weshalb sie sich tätowieren ließ, hatte er sie noch nie gefragt. Aus Angst vor der Antwort? Fede sah sich als Gesamtkunstwerk. Unterschwellig war es die Furcht vor Berührung, so weit hatte sie ihr Wesen selbst analysiert. Wer sie berührte, kam nicht darum herum, ihre vielfältigen Sujets auf dem Körper zu betrachten. Sie waren eine Art Schutzschild, obwohl sie nichts lieber getan hätte, als nackt durch die Welt zu gehen. Mit den Tattoos hatte sie sich eine zweite Haut geschaffen, die sie allerdings bei Überdruss nicht einfach von sich streifen konnte.

»Was denkst du?« Max riss sie aus ihren Gedanken. Er erwartete eine Antwort, die sie ihm so nicht geben konnte.

»Vielleicht sollten wir über die Bücher. Ich muss mich auch an der Nase nehmen. Ich habe mich in den letzten Jahren zu wenig angestrengt, um an rentable Mandate heranzukommen. Ich bin sicher, diese liegen auf der Straße. Aber lass uns über etwas anderes sprechen. Genießen wir den Augenblick, denn aus ihm besteht das Leben.«

»Ich wollte, ich könnte so unbeschwert in den Tag hineinleben wie du.«

Fede schwieg. Max, dachte sie. Er gehörte ihr nicht allein. Da war stets ein Schatten, der ihn verfolgte, auch wenn er sich bemühte, diesen abzuschütteln. Und da war die Geschichte mit dem Seitensprung, den sie ihm nicht nachtrug, aber nicht vergessen konnte.

Das Knattern eines Hubschraubers durchbrach die Stille. Zeit zum Aufbrechen. Sie hatten noch einen langen Weg vor sich.

Hinter dem Gasthaus Stauberen stieg der Pfad noch einmal an und erfuhr den Höhepunkt an einer schmalen Stelle, die zum Klettern animierte. Fede kraxelte über das Gestein und warf einen Blick zurück auf den Hohen Kasten. Er schien so weit weg und bewies, welche Strecke sie bereits zurückgelegt hatten. Noch waren sie nicht am Ziel. Der Abstieg war für ihr Empfinden mühsam und steinig. Sie erreichten eine mit Seilen gesicherte Stelle, von der aus man senkrecht hinuntersah. Jemanden zu kreuzen, der in die entgegengesetzte Richtung unterwegs war, gestaltete sich schwierig. Es ging weiter über schroffes Gelände, nirgends war es hier eben. Jeder Schritt erforderte Konzentration. Der Weg zur Saxer Lücke zog sich in die Länge. Aber immer wieder wurden sie mit einer betörenden Aussicht belohnt. Die Pflanzenwelt zeigte sich von ihrer üppigsten Seite, und in den nördlichen Hängen des Säntis lag Schnee wie eine letzte Erinnerung an die kalte Jahreszeit.

ELF

Milagros hatte eine Weile gebraucht, um das Ausmaß von Auroras Schicksal zu begreifen. Nachdem Max und Fede sie ausgeblendet hatten, hatte sie Aurora angerufen und sie gefragt, ob sie in der Pizzeria vorbeikommen könne. Sie wollte sich selbst die Räumlichkeiten ansehen und noch einmal ein paar Worte mit Aurora wechseln, die innerhalb weniger Stunden nicht nur ihren Mann, sondern auch ihre Eltern verloren hatte. Auch wenn Milagros es sich nicht eingestehen wollte, Aurora war ihr ans Herz gewachsen, trotz des Verdachts, sie könnte mit den Ereignissen etwas zu tun haben. Sie war eine Frau, die die Misere geradezu anzog. In Milagros' Augen bemitleidenswert. Was nützten Schönheit und Anmut, wenn das Leben die Karten für einen schlecht mischte?

Milagros ließ sich von einem Taxi nach Appenzell bringen. Sie stieg in der Nähe des Landsgemeindeplatzes aus und bezahlte den Chauffeur durchs geöffnete Fenster. Auf der Fahrt hatte sie kaum ein Wort mit ihm gesprochen. Sie hatte das Bedürfnis, ihren Gedanken nachzuhängen, und wieder einmal war sie in einer Melancholie versunken, was sie so nicht von sich kannte. Nun brannten ein paar Fragen auf ihrer Zunge. »Sie kennen sich doch gut aus in Appenzell, nicht wahr?«

Der Mann zählte das Geld, steckte es in sein Portemonnaie und zwinkerte ihr zu. An seinem rechten Ohr glänzte ein goldener Ohrring. »Ich bin hier aufgewachsen, war kurz zwei Jahre weg. Aber, wer hier geboren wurde, kommt früher oder später wieder zurück, und wenn es nur für ein paar Wochen ist, in denen er hier die Ferien verbringt. Ich bin wieder ansässig geworden. Klar kenne ich Land und Leute. Falls Sie einmal einen Reisebegleiter suchen, man kann mich ungeniert buchen.«

Eine einstudierte Floskel. Milagros schenkte ihm ein Lächeln. »Dann kannten Sie sicher auch Francesca und Emanuele Antoniazzi.«

»Klar, ihnen gehörte die Pizzeria. Sie wurden gestern tot im kleinen Saal aufgefunden.«

Das wusste er also auch schon. Die Rauchzeichen mussten gut funktioniert haben. Entdeckte Milagros gerade eine Informationsquelle?

»Können Sie sich einen Reim darauf machen, weshalb sie gestorben sind?«

»Man sagt, sie seien ermordet worden.«

»Ermordet?« Milagros tat so, als hörte sie dies zum ersten Mal. »Doppelmord?«

»Ganz übel.«

»Wurden sie erschossen?«

»Man erzählt herum, sie seien vergiftet worden.«

Wenn dem so war, konnte nur eine Frau dahinterstecken. Fede? Unmöglich. Welchen Grund hätte sie gehabt, das Ehepaar zu töten? Ganz ausschließen wollte Milagros es dennoch nicht. Max' Freundin umrankten so viele Geheimnisse. Dass sie spontan und ohne zu protestieren, wie sie das sonst gern tat, nach Appenzell gefahren war, war an und für sich verdächtig. Und: Man hatte sie vor der Tatzeit in der Pizzeria gesehen. Aber auch Aurora kam in Frage. Hatte sie sich an ihren Eltern gerächt, weil diese ihren Mann umgebracht hatten? Milagros schüttelte den Kopf wegen ihrer wirren Gedanken. Bleib sachlich, schalt sie sich. Fede konnte es unmöglich gewesen sein.

Der Taxichauffeur bekam per Funk eine Bestellung. »Sorry, aber die Arbeit ruft. Wenn die Städter da sind, habe ich kaum eine Verschnaufpause.«

»Noch eine letzte Frage: Weiß man, wer sie umgebracht hat?«

»Ja, eine Tätowierte.«

Fragte man Zeugen nach einem Unfall, wie zum Beispiel der flüchtige Fahrer ausgesehen habe, vermochten die meisten keine brauchbare Beschreibung abzugeben. Doch wenn sich etwas ungewöhnlich gestaltete, waren sich alle einig. Tattoos, wie Federica sie trug, waren nicht alltäglich. Daran erinnerte man sich. Federica war in der Pizzeria gewesen. Sie behauptete, die Wirtsleute hätten da noch gelebt. Wer musste Federica dermaßen hassen, dass er sie als Täterin denunzierte? Oder noch besser: Wer schützte sich selbst mit dieser Aussage?

Milagros machte sich auf den Weg zum Landsgemeindeplatz. Sie suchte die Pizzeria und entdeckte sie etwas zurückversetzt in einem Haus mit ockergelber Fassade und Geranien und glaubte einen Moment, in Italien zu sein. Anstelle eines einladenden Gartenrestaurants fand sie jedoch ein geschlossenes Lokal vor sowie Flatterbänder vor dem Eingang. Unheimlich war das. Allein bei der Vorstellung, dass im Restaurant zwei Todesopfer gefunden worden waren, überkam Milagros das eiskalte Grauen. Dieses Haus war dem Untergang geweiht. So vielen Toten in einer Familie ging bestimmt ein Fluch voraus.

»Milagros.« Aurora schwebte ihr wie eine schwarze Elfe entgegen. Auf einmal war sie da. Sie sah blass und kränklich aus, was ihre dunkle Bekleidung unterstrich. Die Geschehnisse der letzten Tage hatten untrügliche Spuren auf ihrem Gesicht hinterlassen. »Danke, dass du gekommen bist. Ich brauche deine Unterstützung. Ich weiß nicht, wie es weitergehen soll.«

»Stehst du noch immer unter Verdacht?« Milagros führte sie zu einer Sitzbank in der Nähe des Brunnens. »Oder übertreibst du?«

»Heinis Tod wird gerade vom Tod meiner Eltern überschattet. Nun heißt es wieder, Heini sei gestolpert … Keine Ahnung, was ich glauben soll und darf.«

»Lass mich raten, man verdächtigt dich jetzt, deine Eltern umgebracht zu haben.«

»Logisch, dass Familienangehörige im Kreis der Verdächtigen sind. Wenn man unsere Geschichte kennt, kann ich es der Polizei nicht einmal verübeln.«

Milagros sah hinüber auf den Landsgemeindeplatz, wo eine Gruppe Neugieriger diskutierte. Offensichtlich war die Pizzeria ihr Thema, die zwei Frauen, die davorsaßen – Milagros und Aurora. »Welche Geschichte?«

»Hat Heini nie etwas davon erwähnt?«

»Wann? Ich sprach ein einziges Mal mit ihm, während des Apéros auf dem Äscher.«

»Über meinen Bruder hat er nicht gesprochen?«

»Nein.« Milagros tat so, als wüsste sie von nichts.

»Maurizio wurde von meinen Eltern stets ignoriert, nachdem er seinen eigenen Weg eingeschlagen hatte. Er ist Schauspieler.«

»Schauspieler.« Das war neu.

»Deswegen ging er nach Hollywood, mit einem Rucksack voller Ambitionen und viel Euphorie. Das sind eigentlich die besten Voraussetzungen, um im Leben weiterzukommen.«

»Aber er prallte ab.«

»Du sagst es. Hollywood ist eine Fabrik. Niemand wartet auf dich. Man muss hart dafür arbeiten und sich auf die richtigen Leute einlassen. Manchmal muss man im wahrsten Sinne des Wortes die Hosen herunterlassen.«

»Das ist nicht nur in Hollywood so.«

»Meinst du?« Aurora sah sie erstaunt an.

Milagros vergaß, wie jung Aurora war und dass sie kaum viel Erfahrung mit den dreckigen Seiten des Lebens haben konnte. Schleierhaft war ihr die plötzliche Gelassenheit, die Aurora an den Tag legte. Ob sie die Trauer um den Verlust ihres Ehemannes und ihrer Eltern wegsteckte? Oder war es der Schock, der ihren Schmerz betäubte?

»Müssen wir hier sitzen bleiben?« Milagros verabscheute es, den penetranten Blicken der Gaffer ausgesetzt zu sein. »Oder können wir ins Haus gehen?«

»Leider nein. Solange das Restaurant versiegelt ist, dürfen wir nicht rein.«

»Und wie steht es mit den Hotelgästen?«

»Diese wurden alle ausquartiert. Man hat versucht, sie anderweitig unterzubringen. Einige haben sich entschlossen, nach Hause zu fahren, nachdem sie gehört hatten, was passiert war. Ihre Alibis wurden jedoch überprüft.«

Milagros erhob sich und suchte nach einem alternativen

Platz rund um das Haus, wo sie ungestört wären. »Können wir uns wenigstens in den Pavillon dort setzen?« Sie wies auf eine mit Rosenranken überwachsene Rondelle.

»Ach die …« Aurora lächelte ein wenig. »Dort hatten wir als Kinder schon gespielt, mein Bruder und ich. Wenn unsere Eltern im Restaurant zu tun hatten, verkrochen wir uns in unser geheimes Nest. Heute wird es als ›*Romanticismo per due*‹ angepriesen. Es wird jedoch selten gebucht. Ich glaube, der Mensch hat verlernt, romantisch zu sein.« Aurora sah in den Himmel, als träte sie mit ihrem verstorbenen Heini in Kontakt. Und tatsächlich nannte sie seinen Namen. »Heini war anders. Ich weiß, man sah ihn kaum so, wie er in Wirklichkeit war. Aber mir hat er bewiesen, dass in ihm eine romantische Ader steckte. Unter uns gesagt, Heini war …« Aurora stockte.

»Ja?« Milagros sah sie erwartungsvoll an.

»Heini hatte ein Problem mit der Sexualität. Aber er war der geborene Romantiker. Wer seiner zukünftigen Frau ein ganzes Fotobuch widmet, ist doch von Liebe erfüllt, nicht wahr?« Eine kaum sichtbare Träne hatte sich aus ihrem linken Auge gelöst, und sie schaute zu Milagros auf, als erwartete sie von ihr eine Bestätigung.

Milagros sah das anders. Von Romantik zwischen Heini und Aurora konnte ihres Erachtens kaum die Rede sein, eher von einer pragmatischen Liebe, wenn sie den Altersunterschied berücksichtigte. Heini war ein Egozentriker gewesen. Schon früher hatte er sich oft am Nutzen orientiert und die Vor- und Nachteile abgewogen. Ob er sich mit den Jahren verändert hatte, konnte Milagros nicht beurteilen. Sie griff nach Auroras Hand und zog sie von der Sitzbank auf. »Komm, lass uns zum Pavillon gehen. Erzähl mir, wie du Heini kennengelernt hast.«

Aurora folgte ihr durch den Garten. Im Schatten dichter Laubbäume entflohen sie den Menschen vor der Abgrenzung zum Landsgemeindeplatz. Sie setzten sich auf eine mit Rüschenkissen geschmückte Rundbank. Auf dem gedeckten Bistrotisch stand eine Art Vogelhaus. Über ihm wanden sich weiße Rosen über ein konisch zulaufendes Metalldach und verströmten einen zarten Duft.

»Wir hatten uns kaum kennengelernt, machte Heini mir einen Heiratsantrag.« Aurora zog ihre Augenbrauen hoch, als würde sie es selbst nicht begreifen, worauf sie sich mit Heini eingelassen hatte und wie mutig sie gewesen war, sich einem damals wildfremden Mann anzuvertrauen. »In derselben Woche zog ich zu ihm in sein wunderschönes Bauernhaus. Er hatte es von seinen Eltern geerbt und nach seinem Geschmack umgebaut und eingerichtet.«

»Du hast dich in ein gemachtes Nest gesetzt?«

»Ja und? Ich sehnte mich nach Ruhe. Diese hatte ich. Während Heini in den Bergen unterwegs war, genoss ich das Leben auf meine Weise. Ich war glücklich.«

»Wie kam dies bei deinen Eltern an?«

»Nicht gut. Aber sie fanden keinen meiner Ehemänner großartig. Als meine Männer kurz nach der Heirat starben, hatten sie mich im Verdacht, nachgeholfen zu haben.«

»Hast du das?« Milagros war sich ihrer Provokation bewusst. Ihr kam es suspekt vor. Der vierte Ehemann in Folge war tot. Entweder hatte sich Aurora tatsächlich etwas zuschulden kommen lassen, oder es war Schicksal. Milagros glaubte nicht an Letzteres und wollte Ersteres nicht ausschließen. Möglicherweise hatte sie es mit einer perfiden Frau zu tun, die ihr wahres Gesicht gekonnt zu verstecken vermochte.

»Glaube mir, ich war nie von so schlechten Gedanken erfüllt. Aber ich glaubte stets ans Glück.«

»Das dir im wahrsten Sinn des Wortes hold war mit dieser Ausbeute.«

»Du sprichst mich auf die Erbschaften an?« Aurora griff seufzend nach dem Vogelhaus. »Geld bedeutete mir nie viel. Ich unterstützte meinen Bruder. Ein beträchtlicher Betrag von meinem Vermögen floss auf sein Konto. Ich hatte mich schon früher um ihn gekümmert, wenn unsere Eltern keine Zeit für uns fanden. Noch heute fühle ich mich ihm gegenüber verpflichtet.«

»Und er nutzt es aus.« Milagros' Blick folgte einer Wespe, die nervös um eine Rosenblüte flog. »Befindet sich dein Bruder im Land?«

»Ich weiß es nicht. Gut möglich, dass er bald bei mir auftauchen wird.«

»Du hast keinen Kontakt zu ihm?«

»Ich halte ihn mir vom Hals.«

Das war nicht die Antwort, die Milagros erwartet hatte. »Du widersprichst dir selbst.«

»Ich fühle mich ihm gegenüber verpflichtet, von Liebe war nie die Rede.«

»Setzt er dich unter Druck?« Milagros' detektivischer Spürsinn war endgültig erwacht. »Hat er dich in der Hand?«

»Nein.« Aurora schloss ihre Augen.

»Könnte er hinter Heinis Tod stecken? Hinter dem Ableben deiner Ehemänner?«

»Nein. Wie kommst du darauf? Tom starb an einem geplatzten Blinddarm, Sebastian wurde von einem Baum erschlagen, und Tito wurde ein Herzinfarkt zum Verhängnis. Es ist niemandes Verschulden. Ich nenne es Vorbestimmung. Aber das mit Heini ...« Sie schluchzte auf. »Ich verstehe nicht, wie ein erfahrener Bergsteiger einfach runterstürzen kann.«

Das war die Gretchenfrage, die sich Milagros schon oft gestellt hatte. »Wer hätte einen Grund gehabt, ihn zu töten?«

Aurora zögerte. »Heini war stets darum bemüht, Freunde zu finden. Bei ihm brauchte es nicht viel, bis er jemanden als seinen Freund bezeichnete. Aber er hatte keine echten Freunde. Als es darum ging, die Hochzeit zu planen und Gäste einzuladen, saßen wir stundenlang vor einem weißen Papier. Von meiner Seite kam mit Ausnahme meiner Eltern niemand. Meine Verwandten leben in Italien. Ihnen war der Anfahrweg zu lang und zu umständlich. Zudem war es meine vierte Hochzeit. Ich wurde nicht mehr ernst genommen, und meine Freundinnen haben sich endgültig von mir distanziert. Man nennt mich noch heute die *Vedova Nera*.« Aurora setzte ein gefrorenes Lächeln auf. »Nein, ich rede von Heinis Hochzeitsgästen. Es sollte eine

Riesenparty werden ...« Aurora zog hörbar Luft ein. »Heini hatte eine zündende Idee. Er schlug vor, seine Widersacher einzuladen und diejenigen, bei denen er wusste, wie sehr sie ihn verabscheuten.«

»Ein gewagtes Unterfangen.« Milagros spürte einen Stich in ihrer Brust. Hatte Heini sie auch als Feindin angesehen? Der Grund war ihr nicht bekannt. Deshalb ging sie davon aus, als Lückenbüßerin eingeladen worden zu sein. Eine seltsame Art, die Gästeliste zusammenzustellen.

»Ich verurteilte dies von Anfang an, weil ich mir nicht vorstellen konnte, jemand von den genannten Personen würde der Einladung folgen. Ich hatte mich getäuscht. Es begann bereits am Freitag nach der zivilen Trauung. Die Buchpräsentation für seinen Fotoband zog jedwede Leute an. Dabei hatte Heini Mühe gehabt, das Buch zu veröffentlichen. Der Verlag wollte Geld von ihm. Heini hat tief in die Tasche greifen müssen, auch für die Inszenierung seiner Buchvorstellung. Er hat alles geplant. Er hat sogar für ein Entgelt Leute kommen lassen, die für Applaus sorgten. Ja, und beim Wildkirchli sollten alle seine Feinde Zeuge seiner Heirat mit mir werden, als hätte er beweisen müssen, in seinem Alter endlich eine Frau gefunden zu haben, die zu ihm passt. Vielleicht sah er es als krönenden Abschluss seines bewegten Lebens.«

»Alle seine Feinde ...« Milagros überlegte. »Und diese kamen in Scharen.«

»Ich hatte mich gewundert, aber sie kamen alle.«

***

Das also war die Saxer Lücke, die auf den sozialen Plattformen ebenso gegenwärtig war wie der Äscher. Unterhalb der Kreuzberge, schroff aufragenden Felsentürmen gleich, präsentierte sich ihnen ein Einschnitt in der Landschaft, der den Blick ins Rheintal öffnete und gleichzeitig die Grenze zum Kanton Sankt Gallen bildete.

Max blieb schwer atmend stehen. Er konnte gut nachfühlen, wie es Manser ergangen war, als er sich und seine Braut an diesem magischen Punkt hatte ablichten lassen. Es war ein Moment für die Ewigkeit. Doch was hatte er jetzt davon? War ihm seine Ideologie zum Verhängnis geworden? War er zu enthusiastisch gewesen? Max sah hinunter auf die Seite der Bollenwees, die tief unter ihnen lag, am nördlichen Ende des Fählensees.

»Das ist der Sax-Schwende-Bruch«, wusste Fede zu berichten. »Verursacht durch eine tektonische Störung, die den Alpstein in zwei Teile zerbrach. Aufgrund dieses Bruchs wurde der östliche Teil des Gebirges gegenüber dem westlichen Teil stärker nach Norden verschoben.«

»Das wandelnde Lexikon.« Max musste ob Fedes Eifer schmunzeln. Sie hatte zu allem eine Erklärung parat. »Kannst du nicht einfach nur schauen und genießen?«

»Aber das tue ich doch. Mich interessiert es eben. Beachte die Verteilung der Waldflächen und den Verlauf der einzelnen Bergkämme. Unglaublich, mit welcher Wucht diese Dinge verschoben wurden.«

»Das dauerte Abermillionen Jahre. Der Moment zählt.« Max zog Fede an sich. Jetzt wäre der passende Augenblick gewesen, um ihre Hand anzuhalten. Aber der Ring lag zu Hause in seinem Safe. Er hatte ihn damals in Engelberg gekauft, in der Meinung, ihn möglichst zeitnah an Fedes Finger stecken zu können. Immer wieder war etwas dazwischengekommen. Er fasste sich ein Herz. Er würde vor ihr niederknien. Alle Frauen wollten, dass man vor ihnen in die Knie ging. Doch kein Wort kam über seine Lippen. Einmal mehr zweifelte er, ob sie ihm nicht doch einen Korb geben und er dann lächerlich dastehen würde. »Okay, wir gehen runter zum See.« Bergwärts kommende Wanderer verdarben ihm die Lust an einem Heiratsantrag. Auf Publikum konnte er verzichten.

Fede willigte ein. Sie hob einen Stein auf. »Den nehme ich mit nach Hause, meinen ganz persönlichen Alpstein.« Sie ging voraus, leichtfüßig, geradezu schnell, als zöge sie der Fählensee magisch an.

Max geriet einige Male außer Atem, einmal hätte er fast das Gleichgewicht verloren. Die Strecke zwischen der Saxer Lücke und der Bollenwees verlangte ihm an Wachsamkeit alles ab. Er war beileibe nicht der geborene Berggänger, und die schwindelerregenden Höhen machten ihm zu schaffen. Hatte er sich zu Beginn der Strecke einigermaßen im Griff gehabt, änderte sich die Situation, je länger sie unterwegs waren. Er hatte sich zu viel zugetraut, wollte es jedoch gegenüber Fede nicht zugeben.

Das Berggasthaus Bollenwees schmiegte sich ins sanfte Grün satter Wiesen und prächtiger Fichten. Der Blick über den Fählensee reichte bis zur Fählenalp, dem Fählenschafberg und zum Freiheittürm.

Fede schwang sich auf einen Stein, krempelte die Hosenbeine auf Kniehöhe und zog die Bergschuhe aus.

Max setzte sich und zog Fede an seine Seite. Er küsste sie.

Fede stieß ihn sanft von sich, was ihn etwas irritierte. »Meine Mutter hat mir Bilder geschickt«, sagte sie.

»Deine Mutter?« Er erinnerte sich an die Leinwände in der Küche, als er Fede auf dem Drachenried abgeholt hatte. Er hatte ihnen keine Beachtung geschenkt und vermutet, sie gehörten Christian. Fede hatte nie viele Worte über ihre Mutter verloren, und Max hatte nie das Bedürfnis verspürt, sie über sie auszuhorchen. Ein Fehler, dachte er.

Fede nickte nachdenklich. »Vielleicht hätte ich mich besser um sie kümmern sollen.«

»Was meinst du damit?«

»Es ist bloß ein Gefühl. Aber ich glaube, sie hat mit Portugal abgeschlossen. Es könnte sein, dass sie bald in die Schweiz zurückkehrt.« Fede tätschelte seine Wangen. »Aber lass uns ein andermal darüber sprechen.«

Max musste kurz eingedöst sein, als ein Tumult ihn aus den Träumen weckte. Verwundert sah er Richtung Gasthaus. Zwei dunkel gekleidete Männer kamen auf ihn zu. Und sie taten es mit jener Entschlossenheit, die keinen Zweifel aufkommen ließ: Sie kamen seinetwegen. Max juckte vom Stein auf, derweil Fede dem Geschehen mit der Gelassenheit entgegensah, um die er sie beneidete.

Polizei! Ausgerechnet in dieser Idylle. Die Szene lief wie ein Film vor ihm ab. Etwas musste geschehen sein. Mit Milagros? Max holte sein Smartphone aus der Außentasche des Rucksacks. Vielleicht hatte Milagros ihn gesucht, und er hatte es nicht bemerkt. War er zu heftig mit ihr gewesen? Ein Anruf war nicht ersichtlich.

»Federica Hardegger?« Einer der Männer wies sich aus. »Ich bin Wachtmeister Stefan Inauen, das ist mein Kollege Korporal Schmid.«

Fede sandte zuerst Max, dann Inauen einen erstaunten Blick zu. »Die bin ich. Was ist der Grund, weshalb Sie hier sind und zu mir wollen?«

Max fragte sich, wie man sie gefunden hatte, und wunderte sich gleichzeitig über Fedes Ruhe.

»Wir müssen Sie bitten, mit uns zu kommen. Wir haben eine schriftliche Vorladung.« Er reichte ihr ein A4-Blatt. »Sie stehen unter Mordverdacht.«

Fedes Gesichtsfarbe veränderte sich von einer rosigen Frische in ein fahles Weiß. »Ha … Das muss ein Irrtum sein.«

»Wenn Sie uns ohne Aufsehen folgen, können wir dies unspektakulär tun«, sagte Schmid. »Ansonsten führen wir Sie in Handschellen ab. Ich appelliere an Ihre Vernunft.«

»Das ist unbegründete Freiheitsberaubung.«

Max stöhnte innerlich auf. Diese Kampfansage wäre nicht nötig gewesen.

»Wie Sie wollen. Wir nehmen Sie fest aufgrund folgender Anschuldigung: Sie werden verdächtigt, Francesca und Emanuele Antoniazzi gestern Mittag in ihrer Pizzeria getötet zu haben.« Wie eine Litanei verkündete er ihr die Rechte.

Fede schwieg. Max verdankte es ihr innerlich.

»Haben Sie das verstanden?«, wiederholte Inauen.

»Ja.« Fede warf Max einen zerknirschten Blick zu.

Schmid stellte sich mit herausgestreckter Brust so vor sie hin, dass man seine Pistole am Gurthalfter sah. Er steckte die hervorgeholten Handschellen wieder ein. »Nach Ihnen.« Er stieß Fede vor sich hin.

Sie schüttelte ihn ab, indem sie ihre Ellenbogen durch die Luft schwang. »Darf ich mir wenigstens die Schuhe anziehen?«

Schmid starrte zu Inauen hinüber. Dieser nickte.

Fede bückte sich, sammelte die Schuhe ein, die sie euphorisch abgestreift und auf den Boden geworfen hatte. Sie sah Max unvermittelt an, als wollte sie ihm ein Zeichen geben.

»Denk nicht dran«, schalt Max sie leise. »Es würde alles nur verschlimmern.« Trotzdem befürchtete er, Fede würde Reißaus nehmen. Das, was hier gerade ablief, würde sie nicht einfach hinnehmen.

Max kamen Milagros' Worte in den Sinn, Fede solle sich bei der Polizei melden. Fede selbst war nie direkt mit der Tat konfrontiert worden, und das, was man im Dorf kolportierte, durfte man nicht für bare Münze nehmen. Die Frage blieb, aus welchen Beweggründen die Polizei eine Festnahme in Erwägung zog. Gab es denn Beweise? Und warum hätte ausgerechnet Fede ein Ehepaar umbringen sollen, das sie nie zuvor gesehen hatte? Die Polizei tappte wahrscheinlich im Dunkeln. Ein Sündenbock musste her, der Beweis dafür, dass man nach Verdächtigen fahndete. Es gab jemand, der Fede zur Tatzeit gesehen hatte. Was es mit der ominösen Zeugin auf sich hatte, war ein Rätsel. Max berührte Fedes linken Arm. »Keine Panik. Es kommt alles gut.«

Ihr Blick drückte das Gegenteil aus.

***

Nach dem Gespräch mit Aurora erreichte Milagros ein Anruf von Maximilian. Sie saß im Garten vor dem Gasthaus Lehmen, vor ihr ein Manzoni Spritz, dessen Farbe zu den Blumen in den Kistchen am Geländer passte. Sie war sich nicht schlüssig, ob sie ihren Sohn jetzt sprechen wollte. Er hatte sie abserviert, das trug sie ihm nach. Seine Art akzeptierte sie nicht. Sie wollte ihn zappeln lassen und ignorierte das Klingeln, indem sie es auf lautlos stellte. Mit spitzen Fingern hangelte sie Johannis- und Brombeeren aus dem Trinkglas und ließ sie im Mund verschwinden. Sie schmeckten süß und sauer zugleich. Auroras Geschichte gab ihr zu denken. Heinis Leben musste eine einzige Katastrophe gewesen sein, wenn sie ihr glauben wollte. Auf der Suche nach Anerkennung hatte er sich bis zum Äußersten gewagt, immer mit dem Tod im Rücken. Mit Hilfe seines Vermögens hatte er sich »Freunde« erkauft, obwohl er mit diesen permanent auf Kriegsfuß gestanden hatte. War ihm alles zu viel geworden? Hatten der überstürzte Heiratsantrag und die innert Jahresfrist durchgeführte Trauung zu seinem Plan gehört? Durfte Milagros Heini eine solche Inszenierung zutrauen? War sein Absturz die letzte Aufführung auf der Bühne eines einsamen Lebens gewesen? Hatte seine Berühmtheit nicht gereicht? Viele Fragen und nicht *eine* befriedigende Antwort. Zumindest war das Honorar geklärt. Aurora wollte alles übernehmen. Eine Anzahlung im mittleren vierstelligen Bereich, bei Erfolg die Aufwendungen plus Bonus. Max würde Augen machen.

Wieder Gedanken an Heini. Federica hatte in ihm einen Narzissten gesehen, nach dem wenigen, was sie über ihn herausgefunden hatte.

Ihr Smartphone blinkte, ein erneuter Anruf von Maximilian. Vielleicht hatte er genug vom Wandern. Geschah ihm recht. Sie war im Begriff, nach dem Gerät zu greifen, überlegte es sich jedoch anders. Ein wenig Strafe musste sein, nur so würde er sich seines unmöglichen Benehmens bewusst. Andererseits: War sie zu hart mit ihm? Sie orderte einen neuen Manzoni Spritz. Sie fühlte sich in der Stimmung, dem Klischee der betrunkenen Alten entgegenzuwirken. Seit sie in Weissbad war, hatte sie sich mit Alkohol zurückgehalten. Wenn Max wüsste, wie oft sie sich Champagner genehmigte, um ihre Einsamkeit zu ertränken. Natürlich war das nicht die Lösung. Oder vielleicht eine vorübergehende. Sie grinste vor sich hin. Sie war durchwegs in der Lage, einen neuen Mann in ihr Zuhause am Brienzersee zu holen. Schließlich konnte sie ihm einiges bieten, vorausgesetzt, er wollte es. Ein junger Typ, wie Ralph einer war, würde nicht mehr in Frage kommen. Aber so einer wie John zum Beispiel. Der Mann gefiel ihr, ein bisschen verrückt mit verqueren Ansichten, großzügig im Denken, mit einem frohen Gemüt und nicht allzu großen Ansprüchen, aber einer Schulter zum Kuscheln. Möglicherweise war er reisefreudig wie sie. Er würde sie begleiten und an jeder Ecke ein Foto von ihr machen. Alles, was mit John zu tun hatte, gab Milagros ein gutes Gefühl.

Wieder blinkte das Smartphone. Und wieder war es Maximilians Nummer.

Milagros fuhr mit dem linken Daumen über den Touchscreen. »Maximilian, was für eine Freude.« Sie war sich ihres Zynismus bewusst.

»Die muss groß sein, wenn du mich dreimal anrufen lässt.«

Milagros schluckte seine Bemerkung runter. »Ich war beschäftigt. Zudem hättest du eine Nachricht auf Band sprechen können.«

»Ich weiß doch, wie selten du diese abhörst.«

»Was ist los? Du bist ganz außer Atem? Befindest du dich etwa auf dem Weg zum Säntis?«

»Man hat Fede festgenommen.«

Obwohl Milagros es geahnt hatte, fuhr es ihr in alle Knochen. »Um Gottes willen. Aber ich hatte euch gewarnt. Sie hätte sich melden sollen.«

»Ich sehe nicht ein, weshalb.«

Klar nahm Maximilian seine Freundin in Schutz, umso mehr, wenn er sie bald heiraten würde. Na ja, andererseits gab es viele Mütter mit schönen und intelligenten Töchtern, dachte Milagros. Seit sie Aurora kennengelernt hatte, geisterten die abstrusesten Ideen in ihrem Kopf herum.

»Sie haben sie auf der Bollenwees abgeholt und nach Appenzell gefahren. Ich durfte nicht mit. Bis ich in Brülisau bin, dauert es sicher zweieinhalb Stunden. Nach Weissbad kann ich einen Bus ordern.«

»Was heißt das im Klartext? Ich soll um eine Bewilligung für den Weg nach Bollenwees anfragen und dich mit einem Taxi abholen lassen?«

»Mach dir keine Umstände. Ich habe das Auto in Brülisau abgestellt.«

Milagros wog ab. Einerseits durfte sie Maximilian nicht im Regen stehen lassen, andererseits sollte er spüren, dass sie sich von ihm nicht alles gefallen ließ. Bis anhin hatte sie ihm und Federica die sich lohnenden Fälle zugehalten. Ein bisschen Dankbarkeit hätte sie schon erwartet. Dagegen sprach der aktuelle Fall, der als solcher nicht klar festgelegt worden war. Milagros hatte Maximilian beinahe gezwungen, nach Appenzell zu fahren, obwohl sie zu der Zeit keinen konkreten Auftrag gehabt hatte. Im Gegenteil, alles war auf ihrem Mist gewachsen, und sie hatte Federica, wenn sie ehrlich mit sich war, in diese vermaledeite Situation gebracht. Einiges lief gerade schief. Und Milagros fühlte sich schuldig. Trotzdem hatte sie keine Handhabe, Maximilian mit einem Privatauto abholen zu lassen. Zudem war es zu umständlich. »Es bleibt dir nichts anderes übrig, als zu Fuß nach Brülisau zurückzukehren. Das hält dich in Form.«

ZWÖLF

Fede sah aus dem Fenster hinauf zu den Gratwegen, die sie gegangen waren. Alles war dem Gesetz der Vergänglichkeit unterworfen. Dort oben hatte sie versucht, den Ist-Zustand einzufrieren. Er war ihr entschlüpft. Bloß die Erinnerung war geblieben, und wenn sie die Lider schloss, kam etwas von dem Glück zurück, welches sie dennoch nicht zu fassen vermochte. Glück, dachte sie, ist wie ein Augenblick, ist nicht greifbar, ist surreal. Es flattert weg wie ein Schmetterling, kaum hat er dich berührt. Wer behauptete, andauernd glücklich zu sein, hatte wahres Glück noch nie erlebt. Wenn sie deprimiert oder traurig war, schlüpfte sie in ihren Kokon und ließ sich zurücktragen in den Moment. Sie seufzte.

Draußen zogen die satten Sommerfarben an ihr vorbei. Sie sah die Hornkühe auf den Wiesen, die von der Sonne schwarz versengten Alphütten und von Büschen überwachsene Gesteinsbrocken.

Im Innern nahm sie das monotone Summen des Elektrofahrzeugs wahr, das Knistern des Funks, über den die Polizisten Meldungen entgegennahmen. Bislang hatten sie kein Wort miteinander gesprochen.

Fede war schweigsam eingestiegen. Widerstand war zwecklos. Es gab eine Denunziantin, Fede ahnte, von wem die Rede war. Sie würde sich weiterhin ruhig verhalten. Aber hinter ihrer Stirn arbeitete es, als wäre das Hirn daran, die Logik an dieser Ungeheuerlichkeit herauszufinden und die komplexen Informationen zu speichern. Fede hatte gelernt, alles war erklärbar. Nichts geschah ohne Grund. Bis sie Appenzell erreichten, wäre das, was sie zu ihrer Verteidigung sagen würde, akribisch zurechtgelegt.

Sie fuhren den Sämtisersee entlang, der zwischen den sanft gewundenen Waldabschnitten und am Fuß des Hohen Kastens lag.

Nach dem Plattenbödeli erfuhr die schmale Waldstraße ein Gefälle, das nicht enden wollte. Trotzdem war der Weg bevölkert, von auf- und absteigenden Wanderern, als hätten sie den Kick im Steilen gesucht.

Auf dem Parkplatz vor der Kasten-Seilbahn glänzte Max' Mustang im Abendlicht. Der Polizeiwagen passierte Brülisau und in der Folge die endlos lange Verbindung bis zum Bahnhof Steinegg, wo die Straße aus Wasserauen und die Straße von Appenzell aufeinandertrafen.

Inauen fuhr über die Entlastungsstraße zur Kantonspolizei Appenzell Innerrhoden.

Fede rührte sich kaum. Sie harrte der Dinge, während sie an die hellblaue Fassade sah. Ein unspektakuläres Gebäude, welches im Entstehungsjahr modern gewesen war, heute aber nur den Schatten dieser Glanzzeit trug. Ein Haus mit drei Giebeln zur Front, hinter die Fede nicht die erbaulichsten Energien projizierte. Ein erstes Gefühl, vielleicht ein berechtigtes. Bald würde sie durch das Tor dort fahren wie viele vor ihr, unter denen es die wahren Täter gegeben hatte oder zu Unrecht Verurteilte. Sie hatten sich in der gleichen Situation befunden wie Fede. Sahen Alpträume so aus?

Schmid bat sie auszusteigen. Ihre Blicke trafen sich. Er hatte blaue Augen wie die Farbe des Fählensees. Sein Haar war kurz, und am rechten Ohrläppchen entdeckte Fede ein winziges Loch, das er sich hatte stechen lassen. Ein echter Appenzeller, hatte man ihr einmal gesagt, trage einen schlangenförmigen goldenen Ohrring. Doch dieser existierte nicht.

Inauen führte sie zum Eingang. Fede ließ es geschehen. Noch bei der Bollenwees hatte man ihr ein Schreiben gereicht, das sie nicht wirklich gelesen hatte. Sie hatte sich auf Inauens Worte verlassen. Die Vorladung zu einer Vernehmung war es. Erst jetzt wurde ein Rechtsvertreter zum Thema.

»Ich verzichte auf einen Anwalt.« Fede erntete einen fragenden Blick ihres Gegenübers.

»Sind Sie sicher?«

»Ich bin unschuldig, was immer Sie mir anhängen wollen.

Ich habe ein reines Gewissen, und ich wüsste nicht, wie ein Anwalt mir helfen könnte. Noch einmal: Ich verzichte. Aber ich bestehe darauf, Einsicht in die Ermittlungsakte zu nehmen, damit ich den Sachverhalt und die Beweislage prüfen kann.«

Inauen hielt ihrem Blick stand. »Selbstverständlich dürfen Sie Einsicht nehmen.« Er wandte sich ab und besprach etwas mit einer jungen Frau, wahrscheinlich die Sekretärin, die Fede daraufhin in ein einfaches Zimmer im dritten Stock führte. Es roch dezent nach Schweiß und wirkte steril. Ein Tisch und vier Stühle bildeten das Inventar. Fede setzte sich. Der Augenschein durchs Fenster prallte an einem Nachbarsgebäude ab. Vielleicht hätte sie doch einen Rechtsvertreter zuziehen sollen. Im Gegensatz zu ihr wusste er, wie die Mühlen der Justiz mahlten. Jemand brachte ihr ein Plastikmäppchen, legte es vor ihr auf den Tisch. »Das ist die Ermittlungsakte. Nehmen Sie sich Zeit. Sie können noch immer entscheiden, ob Sie nicht doch einen Anwalt zuziehen möchten.«

Die Antwort blieb ihr im Hals stecken. Fede zog drei mit Computer geschriebene A4-Blätter aus dem Mäppchen. Bevor sie sie durchlesen konnte, ging abermals die Tür auf, und eine Frau betrat den Raum.

Behände kam sie auf Fede zu, hob die Hand zum Gruß und stellte sich vor. »Ich bin Oberleutnant Benita Alder und werde die erste Anhörung vornehmen. Man hat mir mitgeteilt, Sie verzichten auf eine Rechtsvertretung. Ist das richtig?« Sie nahm ihr gegenüber Platz und legte ein Smartphone sowie einen Laptop ab. »Ich werde unser Gespräch aufnehmen.«

Fede zweifelte plötzlich wegen ihres spontanen Entschlusses, sich allein auf eine Vernehmung einzulassen, und sie bedauerte es, Max nicht in ihrer Nähe zu haben. Sie nickte, musterte die Frau, die sie auf Mitte dreißig schätzte, und fand ihre Art sympathisch. Unvorstellbar, dass dieses zarte Wesen gegen Renitente vorzugehen vermochte. Doch der Schein trog.

»Sie verzichten?«

»Ja.« Fede überlegte, was sie sagen durfte und was nicht. »Was wird mir konkret vorgeworfen? Sorry, aber ich hatte keine Zeit, die Akte zu studieren, und die Verhaftung kam überraschend.«

»Alles der Reihe nach. Aber ich korrigiere Sie. Sie wurden nicht verhaftet, sondern wegen eines Anfangsverdachts gegen Sie festgenommen.« Alder bedachte sie mit einem Pokerface. »Ich muss zuerst Ihre Personalien aufnehmen.« Nebst der Tonaufnahme setzte sie den Laptop in Betrieb.

Fede gab bereitwillig Auskunft. Als sie die Frage nach ihrem Beruf beantwortete, entdeckte sie ein erstes Zucken auf Alders Alabastergesicht. Offenbar hatte die Polizistin nicht damit gerechnet, vor einer Bäuerin, Ethical Hackerin und Detektivin zu sitzen.

»Detektivin, sagten Sie?« Alles andere schien sie auszublenden.

»Ja. Ich war aufgrund eines Auftrags …« Stopp! Keine voreiligen Rechtfertigungen. Fede kniff den Mund zusammen. Es war ein Fehler, ohne Anwalt hier zu sein. Sie musste höllisch aufpassen mit dem, was sie verlautbarte.

Alder schien es zu übergehen. »Halten Sie sich ferienhalber oder beruflich in Appenzell auf?«

Da war sie schon, die erste Fangfrage.

»Mit Verlaub«, sagte Fede, »ich würde gern erfahren, weshalb ich hier bin.«

Alder vermochte ihre Überraschung nicht zu verbergen. »Ich denke, dies wurde Ihnen bei Ihrer Festnahme bereits erklärt. Aber ich wiederhole es gern für Sie.«

Hörte Fede nicht einen überheblichen Unterton daraus? »Ja bitte, die lange Version.«

Schweigen.

Fede wich dem Blick der Polizistin nicht aus.

Diese räusperte sich. »Am Montag, 15. Juli, um zwölf Uhr zwanzig wurde in der Pizzeria ›Da Emanuele‹ am Landsgemeindeplatz in Appenzell das Ehepaar Francesca und Emanuele Antoniazzi tot in der Wirtsstube neben der Küche aufgefunden. Gemäß ersten Erkenntnissen wurden sie vergiftet. Eine Zeugin sagte aus, dass sie zur fast gleichen Zeit eine Frau aus dem Raum habe kommen sehen, welche unübersehbare Ganzkörper-Tattoos getragen habe. Zudem beschrieb sie die Verdächtige, sie habe rote Haare und schwarze Augen gehabt.« Alder machte eine Sprechpause. »Zweifellos trifft das Signalement auf Sie zu, Frau Hardegger.«

Fede ging in sich. Sie hatte das Recht, die Aussage zu verweigern. Andererseits musste sie da jetzt durch. Sie hatte sich entschieden. Schlimmer konnte es nicht werden. Es war unangenehm genug, diesen schönen Sommerabend bei der Polizei zu verbringen, anstatt bei einem Glas Rotwein auf der Terrasse beim Gasthaus Lehmen zu sitzen und den Himmel zu betrachten, wie er allmählich die Farbe verlor und in Dunkelheit tauchte.

»Warum hätte ich jemanden vergiften sollen?«

»Die Frage lautet, was hatten Sie bei Antoniazzis zu suchen?«

Fede überlegte. »Zum Beispiel hätte ich dort zu Mittag essen können.« Sie erinnerte sich, Antoniazzi hatte sie zum Essen eingeladen. Hätte sie diese Einladung bloß angenommen, dann wären er und seine Frau noch am Leben.

»Laut Zeugin hatten Sie offensichtlich das Gespräch gesucht. Von einer Konsumation war nicht die Rede. Ich frage Sie noch einmal: Was war der Grund, weshalb Sie das Ehepaar Antoniazzi besuchten?«

Das war nichts anderes als eine fiese Taktik. Alder wollte sie in die Enge treiben. Fede beschloss, bei der Wahrheit zu bleiben, auch wenn sie unangenehme Folgen für Milagros und Max nach sich zöge. Andererseits war Schweigen in der jetzigen Situation Gold.

»Ich verweigere die Aussage.«

Alder hob ihre Augenbrauen. »Gut, das ist Ihr Recht. Aber Sie werden die Nacht bei uns verbringen müssen.«

***

Nach gut zwei Stunden temporeichem Fußmarsch erreichte Max Brülisau, wo er sein Auto abgestellt hatte. Der letzte Abschnitt zwischen Plattenbödeli und Pfannenstiel führte dem Brüelbach entlang. Er hatte Max alles abverlangt, und er spürte es in den Knien. Er öffnete die Tür und setzte sich hinters Lenkrad, froh darüber, hatte er es bis hierher geschafft. Unterwegs hatte er mehrmals versucht, Fede zu erreichen. Falls sie die Möglichkeit hatte, ihn anzurufen, würde sie es tun, redete er sich ein. Bislang hatte Max vergebens gehofft. Er sandte ein Stoßgebet zum Himmel, sie möge sich beherrschen und nicht etwas ausplaudern, was ihr schaden könnte. Obwohl er sie als überlegt einschätzte, kannte er auch ihre temperamentvolle Seite.

Vier Tote, eine Schwerverletzte und eine Verdächtige, das war die Bilanz der Hochzeit beim Wildkirchli. Wäre Milagros nicht eingeladen gewesen, hätte Max die Zeilen in den Medien vielleicht gelesen, aber nichts dabei empfunden. So aber stand er mittendrin. Und das Allerschlimmste daran war die Tatsache, Fede galt als Hauptverdächtige in zwei Todesfällen. Keine Ahnung, wie sie es hatte anstellen können, in den Fokus der Polizei zu rücken. Sie hatte weder Manser noch Auroras Eltern gekannt. Max ging nicht davon aus, sie könnte ihm etwas verschwiegen haben. Mit Appenzell und Umgebung hatte Fede bis anhin nichts zu tun gehabt. Außer es existierte etwas in ihrer Vergangenheit, von dem Max nichts wusste. Je länger er sich mit dem Gedanken befasste, umso rätselhafter erschien er ihm.

Milagros hatte nach dem letzten Telefonat noch zweimal angerufen und ihn für ein Dinner beim Gasthaus Lehmen überreden wollen, als Wiedergutmachung, weil sie ihn nicht hatte abholen lassen. Max hatte weder Lust auf Essen noch auf Milagros' Unterhaltung. Solange er nicht erfuhr, was mit Fede passierte, musste er die Ablenkung anderswo suchen. Er beschloss, nach Gonten zu fahren, an die Adresse von John Sturzenegger.

Sturzenegger wohnte direkt hinter dem Boutique-Hotel Bären, einem vierhundertjährigen Traditionshaus. Links stand die Kirche, rechts das »Roothuus«, das Zentrum für Appenzeller und Toggenburger Volksmusik.

Die Wohnung lag in einem gelben Haus mit braunem Anbau, in dem sich früher ein Stall befunden haben musste. Noch zeugten verschiedene Requisiten wie Heugabeln, Sensen, ein Handwagen und Ochsengeschirr von einer längst vergangenen Epoche. Max fand Sturzeneggers Namensschild an der ehemaligen Stalltür und suchte vergebens nach einer Klingel. Er klopfte mit der Faust aufs wurmstichige Türblatt.

Es dauerte eine geraume Zeit, bis die Tür aufging. Max holte bereits zum zweiten Mal mit der Hand aus und hätte dem Mann fast ins Gesicht geschlagen.

»Ja?« Eine gewöhnungsbedürftige Figur, eine Mischung zwischen einem Guru und einem Bankangestellten nach Feierabend im Hausdress.

»John Sturzenegger?«

»Wer will das wissen?« Der Typ stützte sich am Türbalken ab. Über seinem weißen Shirt baumelte eine Kette, die besser zu einer Wahrsagerin gepasst hätte.

Max bemerkte den Glimmstängel, den er vor ihm zu verbergen versuchte. Eine normale Zigarette war das nicht, und der Geruch, der von ihm ausging, erinnerte an brennendes Heu mit einer bitteren Note.

»Max von Wirth, Detektiv.«

»Ach, was für ein Zufall. Kommen Sie rein.« Sturzenegger drehte sich um und ging voraus in einen niedrig gebauten Raum, in dem man mit viel Phantasie ein Wohnzimmer erkannte. Die Holzwände schienen neu zu sein, die Möbel waren zusammengewürfelt wie Fundstücke aus einem Brockenhaus. Ein blaues Plüschsofa, zwei identisch gleiche Sessel in Hellgrün, ein Glastisch aus Mosaik. Neben einem Bauernbuffet verdeckte eine mannshohe Pflanze undefinierbarer Herkunft eine Figur.

Dass diese echt war, bemerkte Max nach dem zweiten Hinschauen. »Milagros!« Ihm blieben die Wörter im Hals stecken. »Warum … bist du hier?«

Milagros trat aus dem Schatten. »Ich recherchiere.«

Max entging nicht, wie sie mit Sturzenegger Blicke tauschte.

»Und du hast ein schlechtes Gewissen, oder weshalb versteckst du dich vor mir?«

Milagros schwankte ein wenig, stützte sich am Sofa ab und peilte einen der grünen Sessel an. Auf ihrem Gesicht haftete ein Grinsen.

»Du kiffst?« Max' Kinnlade sackte nach unten. Milagros sorgte immer wieder für Überraschungen, aber dass sie auf Hippie machte, dies ging zu weit. Die hochkultivierte Dame, die sich gern in der Upperclass bewegte und von sich behauptete, den Knigge zusammen mit dem ersten Löffel Karottenbrei sich einverleibt zu haben, fiel aus dem Rahmen, was widersprüchlicher nicht hätte sein können. Milagros konsumierte Stoff mit erregender oder lähmender Wirkung und sah es offenbar als normal an. Würde man den Inhalt ihrer Louis-Vuitton-Tasche kippen, kämen nicht bloß Lippenstift und Puderdose zum Vorschein, sondern ein Schächtelchen mit Gras und ein Lager an Queen-Size-Papers. Unter anderen Umständen hätte Max laut gelacht. Seine sechsundsechzigjährige Mutter führte sich auf, als gehörte sie der 68er-Generation an, die mit bunten Gewändern, langen Haaren und Anti-Kriegs-Demonstrationen gegen die Spießigkeit ihrer Eltern rebelliert hatten. Max vermochte sich jedoch nicht vorzustellen, sie könnte als Zehnjährige auf Spaniens Straßen mit ihresgleichen um die Hausecken gezogen sein, auch wenn sie behauptete, frühreif gewesen zu sein.

Milagros ließ sich stöhnend auf den Sessel fallen. »Darf ich vorstellen?« Ihr Lächeln verschwand nicht, und ihre Augen glanzten vor Glückseligkeit. »Das ist John. Seit wir uns begegnet sind, ist uns bewusst, wir haben die gleiche Wellenlänge. John ist Fotograf, ehm … Influencer. Mit seinen Fotos erreicht er mittlerweile die ganze Welt. Er prägt die sozialen Medien wie kein anderer, und er hat schon über fünf Millionen Follower.«

»Seit wann interessierst du dich für soziale Medien?«, fragte Max laut und sich, warum sie sich auf einen wie Sturzenegger einließ. War das ihre Taktik? Hatte sie ihn in Verdacht, mit Mansers Tod etwas zu tun zu haben? Anders ließ sich ihre Verwandlung nicht erklären. Hatte sie sich am Ende in Sturzenegger verliebt? Von der äußeren Erscheinung einmal abgesehen, war er allenfalls ein feiner Kerl, der Milagros hofierte. Wenn ihr jemand seine ungeteilte Aufmerksamkeit schenkte, hatte er die Chance, von ihr ins Herz geschlossen zu werden. Altersmäßig würden sie gut zusammenpassen, Max schätzte ihn um die sechzig, aber der Unterschied zwischen ihren Lebensstilen war frappant und würde niemals eine Grundlage für eine Beziehung sein. Max schüttelte den Kopf. Es ging ihn nichts an, was immer seine Mutter in ihrem Lebensherbst zu unternehmen gedachte. Andererseits, wenn er sich so umsah, konnte Sturzenegger ein Erbschleicher sein. Wie immer Max es drehte und wendete, das schale Gefühl blieb, Milagros würde sich in etwas verrennen, das sie später bereute.

»Was nicht ist, kann werden, mein lieber Maximilian. Und wenn du glaubst, John könnte etwas mit Heinis Ableben … du weißt schon … nein, er leidet an Höhenangst. Deshalb kam er als Letzter am Seealpsee an.«

Das war also bereits ausdiskutiert. Höhenangst, dachte Max. Möglicherweise hatte er Manser eingeholt und sich aus Furcht an ihn geklammert, worauf Manser stolperte und fiel. Solange Max den Abstieg vom Äscher nicht kannte, wüsste er nicht, wie gefährlich es dort war.

»Etwas zu trinken?« Sturzenegger riss ihn aus seinen Gedanken. »Ich kann Ihnen ein ›Quöllfrisch‹ oder eine ›Bschorle‹ anbieten.« Er grinste. »Oder das Spezialbier ›Hanfblüte‹, wenn wir schon beim Thema sind.« Als wollte er Max herausfordern, nahm er einen tiefen Zug von seinem Joint.

»Ich glaube, wir müssen reden.« Max blieb in der Nähe des Mosaiktisches stehen. »Wahrscheinlich hat Ihnen meine Mutter bereits erklärt, dass ich eine Detektei im Kanton Nidwalden führe. Ich habe den Auftrag bekommen, die Ursache des Todes von Heinrich Manser zu klären.«

»Weil die Polizei schlampt.« Sturzenegger verdrehte die Augen.

»Das habe ich nicht gesagt.« Max wunderte sich über Milagros' Schweigen. Sie schien wie weggetreten. Ob die Worte bei ihr ankamen, bezweifelte er. »Woran erinnern Sie sich, bevor sich Manser auf den Weg machte?«

»Ich bin John.« Sturzenegger streckte seine freie Hand aus. »Duzen wir uns.«

Dass er nicht erwähnte, er würde jetzt zur Familie gehören, rechnete er ihm hoch an. »Okay, Max. Hatte Manser getrunken?«

»Jeder hatte getrunken.«

»Wann und mit wem bist du losgegangen?«

»Relativ früh. Unterwegs wurde ich von einigen überholt. Ob sie zur Hochzeitsgesellschaft gehörten, kann ich nicht mit Bestimmtheit sagen.«

»Aber du hast dich *nach* Manser auf den Weg begeben?«

»Wenn ich das wüsste ... ja, ich glaube schon. Heini gab immer den Ton an, sagte, wo's langgeht. Ihm ausgerechnet an seinem Hochzeitstag die Show zu stehlen lag nicht drin. Aber ich weiß, ich war einer der Ersten, und ich war allein. Alkohol und der Äscher-Abstieg vertragen sich nicht. Ich musste mich auf den Weg konzentrieren. Selbst Small Talk wäre zu viel Ablenkung gewesen.«

»Milagros sagte mir, du bist unten angekommen, als man Manser bereits geborgen hatte.«

»Ja, das stimmt ... aber ich habe gesehen, wo er hinuntergestürzt war.«

»Ach ...« Max sah zu Milagros, die allmählich ins Nirwana abtauchte. Himmel, wie konnte sie sich dermaßen gehen lassen. »Aber fallen gesehen hast du ihn nicht?«

»Nein, ich habe auch keine verdächtige Person beobachtet. Wie gesagt, ich musste mich auf den Weg konzentrieren. Aber ich fragte mich, weshalb Heini ausgerechnet an dieser Stelle gestürzt war. Ein anderer hätte überlebt ... manchmal braucht es jedoch nicht viel. Man fällt auf den Kopf oder schlägt den Kopf an einem Stein auf. In seinem Alter sind Genickbrüche nicht selten. Weiß man schon, woran er gestorben ist?«

»An einem schweren Schädel-Hirn-Trauma«, sagte Milagros wie aus dem Kanonenrohr. »Mit begleitender Hirnblutung.«

»Hat Aurora dir davon erzählt?«, fragte Max.

»Ja, hat sie.« Milagros' Kopf sank nach hinten, und sie schloss die Augen. Auf weitere Fragen reagierte sie nicht mehr.

Max hätte seine Mutter am liebsten durchgeschüttelt. Langsam machte er sich Sorgen um sie. Er atmete aus und wandte sich wieder an Sturzenegger. »Ich muss so bald als möglich zum Äscher. Ich möchte die Absturzstelle sehen und wo man Manser gefunden hat. Begleitest du mich, John?« Max traute ihm nicht. Er war sich sicher, Sturzenegger wusste mehr, als er zugab.

Draußen brach die Nacht herein. Sturzenegger knipste eine Lampe an. Sie warf warmes Licht auf den Mosaiktisch und ließ ihn glitzern.

***

Jede Hoffnung wurde zerschlagen, als sich die Tür hinter ihr schloss. Fedes Blick ging zu Boden, als sie begriff, wo sie sich befand. Sie würde aus diesem Traum erwachen und sich fragen, welchen Streich ihr Gehirn ihr gerade gespielt hatte. Der Aufenthalt in diesem kleinen Raum war Wirklichkeit, auch wenn ihr im Moment alles surreal vorkam. Die eierschalenfarbenen Wände, das schmale, mit Gitterstäben versehene Fenster, das Lavabo und die Kloschüssel hinter dem Vorhang, die Sparlampe an der Decke. Man hatte ihr den Rucksack und mit ihm ihr Smartphone abgenommen, nachdem sie einen einzigen Anruf hatte tätigen können. Jeder weitere Kontakt nach draußen war untersagt.

Sie war nicht allein. Auf einer der zwei Pritschen hinter einem schulterhohen Regal saß eine junge Frau, zusammengesunken und mit angezogenen Knien. Ein Durchschnittsgesicht, braunes, kinnlanges Haar, schlanker Körper, woraus sich nichts schließen ließ. Fedes Phantasie fuhr Achterbahn. Sie hatte von Untersuchungsgefängnissen gehört, wo man zwei und mehr Personen in ein Verlies zwängte, weil es an Platz mangelte. Hatte man Pech, wurde man mit einem Mörder zusammengeführt.

Niemand hatte ihr mitgeteilt, sie müsse die Zelle mit einer anderen Insassin teilen. Doch Fede fühlte sich der Frau körperlich überlegen. Die Flucht nach vorn. Reden, damit man eine Erklärung bekam.

Sie ging auf die Frau zu. »Hi, ich bin Fede. Das ist die Abkürzung von Federica.«

Die Frau sah sie skeptisch an, als schätzte sie ab, ob sie ihr trauen durfte. »Ich heiße Jennifer. Freunde nennen mich Jenny.« Kurz legte sich ein Lächeln um ihren schmalen Mund. »Dass Hotels in dieser Jahreszeit ausgebucht sind, kann ich verstehen, aber solche Krückenzimmer wie dieses … Man sollte meinen, es gäbe nur Kriminelle. Bist du eine Kriminelle?« Jenny starrte auf die Tattoos. »Ah, ich verstehe, die urteilen nach dem Aussehen. Kenne ich.« Unaufgefordert streckte sie die Zunge heraus, die auf der vorderen Hälfte gepierct war. »Ich habe zudem ein Bauchnabelpiercing und eines auf … na, du weißt sicher, wo.«

»Auf den Schamlippen?« Fede stützte sich am Regal ab.

»Du sagst es.«

»Dort schaut wohl nicht jedermann hin.«

»Aber fällt schon auf, wenn man sich nackt vor einen Polizisten stellen muss.«

»Du übertreibst.« Fede hatte sich nicht vor jemandem ausziehen müssen. »Bist du schon lange da?«

Jenny kicherte. »Vierundzwanzig Stunden. Noch einmal so lange, dann müssen sie mich wieder laufen lassen. Niemand kann mir nachweisen, dass ich eine Gefahr für die Allgemeinheit bin. Ich vertrete meine faktenbasierte Meinung, das kann doch wohl nicht verboten sein.«

»Was wirft man dir vor?«

»Ich habe eine Aussage gemacht, die gewissen Leuten im Dorf nicht in den Kram passt.«

»Eine?«

»Wiederholt.« Sie grinste. »Mehrere.«

»Eine Rebellin also.«

»So kann man es auch nennen.« Jenny wurde zutraulich. Ihr

Blick blieb ernst. »Es ist schrecklich, wie wir verarscht werden. Das geht seit Jahren so. Ganz schlimm finde ich, wie die Leute den Massenmedien auf den Leim kriechen. Die werden doch von denen da oben bezahlt, damit sie Unwahrheiten verbreiten.«

»Von denen da oben? Von wem denn?«

»Ja, von denen halt, die das Sagen haben.«

»Kannst du es beweisen?«

Jenny formte ihren Mund zu einem Strich. »Man muss nur den gesunden Menschenverstand walten lassen. Aber heute denkt niemand mehr über den Horizont und schon gar nicht groß. Alles nur wegen der Bequemlichkeit. Die Gesellschaft verblödet. Darauf baut man auf.«

»Wer baut darauf auf?« Fede gab sich schwer von Begriff. Sie hatte schnell gemerkt, Jenny gehörte zu jener Gruppe von Zeitgenossen, die man Fanatiker nannte. Ihre Haltung, der Ausdruck auf ihrem Gesicht, der starre Blick. Da existierte eine geballte Ladung Überzeugung. Ob sie gerechtfertigt war oder nicht, war Nebensache.

»Schau mich nicht so an. Ich halte dich für intelligent … und jetzt hör mir mal gut zu.« Sie wich offensichtlich aus. »Ich bin eine ungemütliche Figur, weil ich Ereignisse in Frage stelle.«

»Zum Beispiel?«

»Den Witz mit der Klimaerwärmung.«

Fede hob die Augenbrauen. »Witz? In den letzten Jahren ist die Temperatur stetig gestiegen, auch bei uns in der Schweiz und besonders in höheren Lagen. Dass die Gletscher schmelzen, ist ein Fakt.«

»Warst du schon einmal im Museum beim Wildkirchli?«

»Nein.«

»Dort wird alles genau beschrieben, auch wie sich die Gletscher bilden und zurückziehen. Aber man spricht von CO_2-Reduktionen. Weißt du, dass unsere Pflanzen CO_2 brauchen, um zu gedeihen? Würde man auf null reduzieren, was kaum möglich ist, geben wir den lebenswichtigen Bäumen, Sträuchern und Blumen den Todesstoß, was unweigerlich das Ende des Homo sapiens sein wird.«

»Nun hast du dagegen appelliert.«

»Ich bin mit Vorträgen unterwegs.«

»Über den CO_2-Ausstoß?«

»Nur am Rand. Nein, das, worauf ich anspreche und wofür ich die Leute sensibilisieren möchte, ist viel größer. Ich habe Astrophysik studiert.«

»Wirklich?«

»Ich bin älter, als ich aussehe.«

»Chapeau. Das ist ein langer Weg.« Stand Fede vor einer Hochstaplerin?

»Ich habe das Studium nicht beendet.«

Fede setzte sich endlich. Vergessen war der Grund, weshalb sie hier war. Diese Jenny gefiel ihr, auch wenn sie den Mund gar voll nahm. Aber sie hatte einen Auftrag, und den nahm sie ernst. »Ich bin ganz Ohr.«

»Es sind nicht die Treibhausgase, die unsere Erde kontinuierlich erwärmen.« Jenny machte eine Sprechpause. Sie streckte ihre Beine und massierte sich den Nacken. Offenbar wartete sie auf Fedes Fragen.

»Was ist es dann?«

»Die Sonne. Irgendeinmal wird die Sonne die Erde verschlingen. Das, was wir heute erleben, ist bloß der Anfang einer feurigen Apokalypse. Die Erde wird in die sterbende Sonne stürzen.«

»Oder in die ewige Nacht.« Fede konnte Jennys These nicht so stehen lassen. »Das tönt dramatisch.«

Jenny schluckte schwer. »Die Energiequelle der Sonne ist nicht unbegrenzt. Sie wird sich auflösen, indem sie heißer wird. Sie wird ihre Leuchtkraft verstärken. Das spüren wir schon heute. Mein Vater sagte, früher sei es auch bei schönstem Sommerwetter nie so heiß gewesen wie heute. Verschwindet die Sonne hinter den Wolken, wird es … auch im Sommer, so richtig kalt. Das geschieht, weil uns die Wolken vor dem glühenden Himmelskörper abschirmen. Wir stehen am Anfang vom Ende und regen uns über den CO_2-Ausstoß auf. Wir glauben, das Klima verändern zu können, obwohl alles auf ein Ziel zusteuert, auf das Finale für das Leben.«

»Und weil du diese Meinung laut geäußert hattest, nahm man dich fest.«

»Es ist ein Verbrechen, gegen den Strom zu schwimmen. Man macht uns mundtot. Die Mainstream-Medien manipulieren uns. Wir glauben, in einer demokratischen Schweiz zu leben. Das ist vorbei. Mit einer Abstimmungsquote von unter dreißig Prozent haben wir die Demokratie längst zu Grabe getragen. Und neutral? Auch das ist Historie.« Jenny seufzte resigniert. »Ich bin auf jemanden losgegangen und habe ihn krankenhausreif geschlagen … Nun glotz nicht so. Das war ein Reflex. Aber hier mag es nichts leiden. Sobald sich jemand in der Öffentlichkeit unflätig benimmt, wird er von der Straße geholt. Appenzell will für die Touristen glänzen.« Jenny rollte ihre gepiercte Zunge über die Lippen.

»Du hast jemanden zusammengeschlagen«, insistierte Fede. »Das ist ein Delikt.«

Jenny ging nicht darauf ein. Im Gegenteil, sie lenkte von sich ab. »Warum hat man dich eingebuchtet?«

Fede überlegte. Wenn sie ihre Geschichte erzählte, würde sie Jenny damit schocken. Wegen Mordes unter Verdacht zu stehen war ein anderes Kaliber als eine Schlägerei mit einem Verletzten, ging aber, wenn sie es genau nahm, in die gleiche Richtung. Die junge Frau, fast noch ein Mädchen, hatte nicht nur rebellische Züge, sie war kriminell. Nicht ohne Grund saß sie in Untersuchungshaft. »Ich war zur falschen Zeit am falschen Ort. Das ist mir zum Verhängnis geworden.«

DREIZEHN

Die Atmosphäre im Gasthaus Lehmen war von besonderer Art. Das Kuhglockengeläute klang anheimelnd, der Morgenwind bauschte in sanftem Säuseln die Vorhänge, und aus der Wirtsstube klimperte es leise, wenn Porzellan und Besteck sich berührten.

Nach einer durchwachten Nacht verließ Max sein Zimmer. Noch am Abend hatte er versucht, Fede zu erreichen. Die Polizei hatte ihm keine Auskunft erteilt. Die Frage, ob er verwandt mit ihr sei, hatte er negiert und damit den Freipass für Auskünfte unterbunden. Er müsse sich gedulden. Sobald alles geklärt sei, könne er im besten Fall seine Freundin wiedersehen. Max hatte sich entschlossen, einem ehemaligen Kollegen aus Zürich das Mandat zu übergeben. Gleichzeitig hatte er den Aufenthalt im »Lehmen« auf unbestimmte Zeit verlängert.

Der Morgen war noch jung, als Max auf die Terrasse trat. Im einfallenden ersten Sonnenlicht tanzte ein Schwarm Mücken. Max ging zu seinem Mustang, legte Rucksack und Bergschuhe auf den Beifahrersitz und setzte sich ans Lenkrad. Milagros, die ihn unbedingt begleiten wollte, hatte er gebeten, im Gasthaus zu bleiben. Noch schlief sie, nach dem gestrigen Abend kein Wunder. Max startete den Motor und fuhr nach Weissbad hinunter. Auf den Feldern verzettelten die Bauern das gemähte Gras.

Max folgte der Schwendetalstraße bis zum großen Parkplatz in Wasserauen. Er war nicht der Erste, der nach oben wollte. Wanderer waren unterwegs zum Katzensteig, wo der Aufstieg durch den Wald zum Seealpsee begann.

Sturzenegger fuhr zu, rasant mit dröhnendem Motor. Er parkte seinen Wagen, einen hellblauen VW Käfer aus den fünfziger Jahren, den er wie seine Möbel aus dem letzten Jahrhundert gerettet hatte. Sturzenegger hatte eindeutig ein Faible für Altes. Er trumpfte heute mit einer knielangen Hose und einem geblümten Hemd auf. Seine Haare hatte er unter einer Schirmmütze versteckt, und im Rucksack trug er Wanderstöcke. »Guten Morgen.« Er gähnte ausgiebig, nuschelte etwas von »zu viel gekifft« und winkte ab.

Max klopfte ihm auf die Schulter, lachte ihm ins Gesicht, in das nicht nur die Spuren des Alters gemeißelt waren.

Gemeinsam gingen sie zur Talstation der Ebenalpbahn, wo sich bereits eine Schlange gebildet hatte. Der Drang, die Gipfel zu stürmen, war längst beim Fußvolk angekommen.

Oben wehte ein laues Lüftchen und trug Glockengebimmel über die Wiesen.

»Was für eine fabelhafte Welt.« Max schnallte sich den Rucksack um. »Rauf oder runter?«

»Viele Wege führen nach Rom oder zum Seealpsee … oder in den Tod.« Sturzenegger streckte seinen rechten Arm Richtung Südwest aus. »Der Gipfel dort, das ist der Schäfler. Auf seiner Hinterseite beginnt der Abstieg zum Mesmer, schmal, steil, und wenn dich jemand kreuzt, musst du beten. Von dort gelangt man auch zum Seealpsee. Aber wir nehmen den Weg durch die Bärenhöhle über den Äscher. Deshalb sind wir hier, oder?« Sturzenegger griff nach den Wanderstöcken und stellte sie auf die benötigte Länge ein.

Er lächelte. »Das Wetter könnte umschlagen.« Er wies zu den Gipfeln, um die Wolkenschlieren tanzten.

Max erwiderte nichts darauf. Er litt unter den Nachwehen der gestrigen Wanderung, hatte Muskelkater am Gesäß und an der rechten Ferse eine Blase, die er nach dem Aufstehen mit Pflaster abgedeckt hatte. Wandern war nicht seine Leidenschaft, auch wenn er den gestrigen Tag als einen der schönsten in seinem Leben bezeichnete. Er hatte den Alpstein nicht näher gekannt und hatte sich ein bisschen in ihn verliebt. Aber wenn schon in der freien Natur, zog er das Radfahren allem anderen vor. Dennoch folgte er Sturzenegger motiviert. Milagros hatte von der Höhle geschwärmt, von der Kühle an diesem mystischen Ort, den faszinierenden Gewölben und dem Echo, das einmalig sei. Aber das lag wohl an ihrer neuen Bekanntschaft. Sturzenegger musste sie tief beeindruckt haben. Max hatte sie in der Nacht kaum mehr von Gonten weggebracht. Sie war so was von zugedröhnt gewesen. Sie bei Sturzenegger bleiben zu lassen, daran hatte er nicht im Traum gedacht, obwohl Sturzenegger ihr den Vorschlag unterbreitet hatte.

Über ihre Köpfe rauschte die rote Gondel hinweg, bevor sie den Einstieg in die Höhle erreichten. Sturzenegger wusste viel zu erzählen, von den Menschen, die früher hier Zuflucht gefunden hatten, den Eremiten, die ansässig geworden waren, von den Berggängern Ende des vorletzten Jahrhunderts, die sich an der Höhle erfreuten, und von deren Ausbau und der Erweiterung der Zugänge.

Beim talseitigen Zugang fiel Licht ein und zeichnete linker Hand die schwarzen Konturen einer Blockhütte gegen das Helle ab.

»Dort wird eine kleine Ausstellung präsentiert«, sagte Sturzenegger. »Sie erzählt die Geschichte des Alpsteins. An ihrem Standort befand sich früher die ›Wirtschaft zum Wildkirchli‹. Die Behauptung, der Äscher sei das erste Restaurant auf dieser Höhe gewesen, muss ich korrigieren. Meine Großmutter hat das erste Gasthaus gut gekannt. Ich habe ein Foto davon, sie in ihrer Tracht …« Sturzenegger versank ins Grübeln.

Sie passierten den Ausgang und gelangten auf den Pfad, der den Fels entlang zur Kapelle führte. Sollte Max bei den Stufen einen Zwischentritt oder einen Ausfallschritt machen?

Wenige Meter weiter unten erreichten sie die Kapelle Sankt Michael, die zweite Höhle mit den Kirchenbänken und dem roten Turm. Hier also hatten Manser und Aurora geheiratet. Ein mutiges Unterfangen, die Gäste auf fast tausendfünfhundert Meter einzuladen, in zum Teil unwegsames Gelände. Manser hatte vielleicht nicht mit so vielen Leuten gerechnet. Max stützte sich bei der Balustrade ab. Er wandte sich an Sturzenegger, der mit Verzug neben ihm eintraf. »Erinnerst du dich an einen Zwischenfall während der Messe?«

»Zwischenfall?« Er schüttelte den Kopf und strich eine

Haarsträhne aus dem Gesicht. »Ich erinnere mich bloß ans lange Sitzen und dass es mir nicht allein so erging, dass der Hintern wehtat. Als die Messe fertig war, gingen der Pfarrer und seine Messdiener voraus zum Gasthaus Äscher. Heini und Aurora folgten ihnen, dahinter ihre Eltern, dann der Rest der geladenen Gäste. Die Stimmung war schon da sehr ausgelassen. Beim Äscher erwarteten uns der Wirt und sein Personal. Wir verteilten uns drinnen und auf der Terrasse, verköstigten und betranken uns. Alle waren fröhlich, und als das Appenzeller-Streichmusik-Quartett musizierte …«, Sturzenegger kratzte sich am Kinn, »den Namen habe ich vergessen, verstand man das eigene Wort nicht mehr. Heini hielt kurz eine Ansprache und erklärte uns das Programm. Nichts machte den Anschein, dass sich eine Tragödie anbahnen würde.«

Max stieß sich von der Balustrade ab. Er ging den Fels entlang und sah endlich, wovon die halbe Welt schwärmte: das Gasthaus Äscher. Die Zeit hier drehte rückwärts. Max glaubte, vor der Kulisse eines Films zu stehen, der Anfang der zwanziger Jahre gedreht worden war. Nichts entsprach der heutigen Zeit, mit Ausnahme der Wandervögel in ihrer bunten Funktionsbekleidung.

Sturzenegger wies nach unten. »Siehst du den Seealpsee? Und dort hinten, das sind der Altmann und der Lisengrat. Ich war schon Hunderte Male hier oben. Aber je älter ich werde, umso schwerer fällt mir der Abstieg. Unter uns gesagt, ich habe mit der Höhenangst zu kämpfen.«

»Großartig, dass du mich gleichwohl begleitest.« Max schritt auf das Holzhaus zu. Er sah nach oben, wo es sich an den steil aufragenden Fels schmiegte. Ein wahres Kunstwerk für die damalige Zeit, in der es gebaut worden war. Braune, von der Sonne gebeizte Schindeln und von Wind und Wetter verfärbte Fensterläden vermittelten dem Haus einen besonderen Charme.

»Das hier ist keine richtige Höhle. Sie reicht nicht so krass in den Berg wie die drei oberen Felsgrotten. Außerhalb des Haupthauses gibt es zusätzliche Räume, die wiederum in den Fels integriert sind. Willst du hier etwas trinken?«

»Und essen.«

Sie legten die erste Pause ein, die länger dauerte, als sie es sich vorgenommen hatten. Sie sprachen wenig miteinander, aber das lag an Max, der keine Lust auf Small Talk hatte.

Später balancierte Sturzenegger mit seinen Wanderstöcken bis zum Wegweiser, wo sich der Pfad gabelte. Der eine ging Richtung Zisler, der andere Richtung Seealpsee.

Max wies auf eine Tafel. »Kinder an der Leine führen? Ist das nicht übertrieben?«

»Du wirst schon sehen, das hat einen Grund. Auf geht's.« Sturzenegger schritt voran. »Die heiklen Stellen befinden sich im Wald.«

Max folgte ihm auf Schrittlänge. Der Weg führte zuerst ein Stück über eine Wiese, die sanft abfiel. Max fühlte sich beschwingt. So schlimm konnte es nicht sein.

Beim Eintritt in den Wald änderte sich das Licht, und ein Schatten legte sich über den Weg. Nur ab und zu funkelten die Sonnenstrahlen durch die Baumkronen und irrlichterten auf dem Boden.

»Ab jetzt musst du vorsichtig sein«, sagte Sturzenegger. »Es handelt sich um einen rot-weiß markierten Bergwanderweg mit dem Schwierigkeitsgrad T2/T3, der eine Höhendifferenz von dreihundertzwanzig Metern aufweist. Also noch einmal: Vorsicht ist die Mutter der Porzellankiste.«

Ja, dachte Max, wenn man mit einem Angsthasen unterwegs war. Doch die Tücken lagen in den unsichtbaren Dingen, das merkte er schnell. Die quer liegenden Gesteinsbrocken verhinderten ein zügiges Vorwärtskommen, die aus dem Boden ragenden Wurzeln und manuell eingefügten Eisentritte erschwerten den Abstieg, dennoch war es nicht so riskant, wie Sturzenegger es beschrieben hatte. Er musste traumatisiert sein. Trotz der Wanderstöcke hielt er sich an den bergseitig angebrachten Seilen fest und kam dadurch kaum vorwärts. Max sah ihm an, wie er kämpfte. Und sie befanden sich erst am Anfang. Wenn jemand so unsicher unterwegs war wie Sturzenegger, provozierte er von vornherein einen Fehltritt.

»Entspanne dich«, rief Max ihm hinterher. Was, wenn Sturzenegger in seiner Beklemmung stürzte? »Oder willst du eine Pause machen?«

Sturzenegger blieb stehen, offensichtlich froh über Max' Vorschlag. »Sorry, ich weiß, ich benehme mich wie ein Anfänger. Es war vielleicht ein Fehler, nach nur vier Tagen wieder hierherzukommen. Ein gebranntes Kind scheut das Feuer.«

»Falls du dich unwohl fühlst, können wir umkehren.«

»Nein, nein, passt schon. Lass uns langsam gehen.«

Was hatte Sturzenegger vor? Max nahm ihm den ängstlichen Zug nicht mehr ab. Je länger er darüber nachdachte, umso seltsamer fand er dessen Benehmen. Milagros' neuer Freund war nicht der, für den er sich ausgab. Musste Max Vorsicht walten lassen? War Sturzenegger am Ende gefährlicher als der Abstieg zum Seealpsee?

***

»Frau Hardegger, Ihr Anwalt ist jetzt da.« Neben der geöffneten Tür stand eine Polizistin und winkte sie an ihre Seite.

Fede löste sich vom Lavabo, vor dem sie ihre Morgentoilette unter strenger Beobachtung ihrer Zimmergenossin verrichtet hatte. Sie strich sich über Shirt und Hose, die sie gern gegen frische Kleider eingetauscht hätte, und ging auf die Tür zu. Ein Anwalt, ging ihr durch den Kopf. Vielleicht nicht die schlechteste Option. Sie hatte Max in Verdacht. Max würde sie nie im Stich lassen. Eine Welle von Zärtlichkeit überkam sie. Trotz der ausweglosen Lage schöpfte sie wieder Hoffnung. In der vergangenen Nacht hatte sie kaum ein Auge zugetan. Jenny hatte sie mit ihren Theorien vollgequatscht und die Zukunft der Erde schwarzgemalt. Und als sie endlich eingeschlafen war, haderte Fede mit ihrem eigenen Schicksal. Hätte sie bloß nicht, wäre sie nur … Sie konnte das Rad nicht zurückdrehen, höchstens aus den Fehlern lernen. Es war ein Versehen gewesen, zurück zu Antoniazzi gegangen zu sein, nachdem sie sich bereits von ihm verabschiedet gehabt hatte.

Im Korridor, von dem weitere Türen abgingen, duftete es nach Kaffee. Immerhin etwas, das an Alltag erinnerte. Die Polizistin begleitete Fede schweigend über eine Treppe ein Stockwerk tiefer. Zwei Männer in Polizeiuniform kamen ihnen entgegen. Sie führten ein angeregtes Gespräch. Auf Fedes Höhe hielten sie inne und warfen ihr überraschte Blicke zu.

Der Anwalt erwartete sie im Sitzungsraum. Hinter Fede ging die Tür zu. Sie blieb stehen.

»Federica Hardegger?« Er wartete ihre Antwort nicht ab. »Mein Name ist Emil Ruf. Ihr Partner Max von Wirth hat mich gebeten, Sie in der Angelegenheit Antoniazzi zu vertreten.«

Also doch. Fede schloss die Augen. »Ja, wir sind zusammen.«

»Und führen ein Detektivbüro in Hergiswil, ist das richtig?«

Max hatte es ihm sicher bereits gesagt. »Korrekt.«

»Wollen wir uns setzen?« Flüchtig schien er ihre Arme zu mustern.

Fede sah kurz zu den Fenstern, vor denen sich der blaue Himmel wie auf einer Postkarte abzeichnete. Sie zog einen Stuhl unter dem Tisch hervor, setzte sich, ohne Ruf aus den Augen zu lassen. Er war schätzungsweise im gleichen Alter wie Max, hatte etwas längere Haare, die er mit Gel nach hinten gekämmt hatte, hellbraun, und seine grauen Augen bildeten einen faszinierenden Kontrast zu seinem dunklen Teint.

Ruf legte ein Dossier auf den Tisch.

Fede deutete darauf. »Ist das die Anklageschrift?«

»Ja. Soviel mir bekannt ist, hatten Sie keine Zeit, sie zu lesen.«

Man konnte dem auch so sagen. Fede senkte beschämt die Augenlider. »Es gibt Dinge, die möchte man ausblenden.«

Ruf schob ihr ein A4-Blatt zu. »Ich brauche eine Unterschrift von Ihnen. Erklären Sie sich mit meiner Anwesenheit und Rechtsvertretung einverstanden?«

»Wenn ich mich weigere, sähe es nicht gut aus für mich, nicht wahr?«

Ruf schenkte ihr ein Lächeln, was eine Reihe weißer Zähne zum Vorschein brachte. Er wusste sicher um seine Wirkung.

Fede ließ es kalt. Sie zog den Wisch näher, las quer und setzte ihre Signatur. »Vielleicht erklären Sie mir, was man mir konkret vorwirft.«

Ruf blätterte in seinen Dokumenten. »Sie werden beschuldigt, am Montag, 15. Juli, zwischen zwölf und zwölf Uhr zwanzig Francesca und Emanuele Antoniazzi getötet zu haben.«

Fede spürte, wie sich ein Kloß im Hals bemerkbar machte. »Das ist eine massive Anschuldigung.«

»Leider gibt es eine Zeugin, die Sie unmittelbar vor Auffinden der verstorbenen Wirtsleute gesehen hat, wie Sie die Pizzeria fluchtartig verlassen haben.«

»Definieren Sie fluchtartig.«

Ruf sah sie mit hochgezogenen Augenbrauen an.

»Sorry, aber mir wird gerade ein Doppelmord in die Schuhe geschoben. Haben Sie meinen Leumund geprüft? Der ist tadellos.«

»Es gibt immer ein erstes Mal.«

»Und Sie wollen meine Rechte vertreten?«

»Das war provokativ, entschuldigen Sie.« Ruf sah weg. »Erzählen Sie mir, was genau an diesem Montag geschehen ist. Und weshalb Sie Herrn und Frau Antoniazzi besuchten.«

»Max hat Ihnen sicher erzählt, dass wir im Todesfall Heinrich Manser ermitteln.«

»Parallel zur Polizei.«

Fede kniff die Lippen aufeinander. Wenn es so weiterging mit dem geschniegelten Männeken, konnte sie für nichts garantieren. Sie schluckte mit dem Kloß den Ärger runter. »Wir haben den Auftrag von Aurora Manser erhalten. Sie ist die Tochter des Ehepaares Antoniazzi. Sie hat sich dahingehend geäußert, ihre Eltern hätten die Heirat mit dem um einige Jahre älteren Mann nicht goutiert. Bevor wir mit den Ermittlungen beginnen, suchen wir das Gespräch mit den involvierten Leuten. Wenn Sie mir nicht glauben, können Sie gern die Liste der Hochzeitsgäste einsehen, die in Frage kommen, Manser in den Tod gestoßen zu haben. Während Max anderweitig unterwegs war, sprach ich mit Emanuele Antoniazzi.«

»Seine Frau war auch dabei?«

»Nicht während unserer Unterredung. Ich hatte sie vorher kurz getroffen, sie rief nach ihrem Mann ... und beim Abschied sah ich sie noch einmal. Da waren beide bei bester Gesundheit ...«

Ruf musste ihr Zögern bemerkt haben. »Aber?«

»Okay, bei bester Gesundheit ist übertrieben. Frau Antoniazzi klagte über Bauchweh, und sie sagte, ihr sei schlecht. Ich wollte nicht Zeuge davon sein, falls sie sich über den Teller ... Sie wissen schon. Also habe ich mich endgültig verabschiedet.«

»Sie haben sich also ein zweites Mal von Emanuele Antoniazzi verabschiedet?«

»Das war der größte Fehler. Wäre ich bloß gleich gegangen ... oder hätte ich mich auf seine Einladung, mit ihnen zu essen, eingelassen.«

»Er hat Sie zum Essen eingeladen?«

»Ich habe es ausgeschlagen, weil ich mich mit Max verabredet hatte.«

»Was war der Grund, weshalb Sie zu Antoniazzi zurückgingen?«

»Privater Natur.«

»Wie bitte?«

»Ich korrigiere. Ich hatte mal mit ihm zu tun. Es war dieser klitzekleine Augenblick, in dem ich mich erinnerte. Damals hatte ich einen Hundertprozent-Job bei einer IT-Firma in Freienbach. Ich bekam den Auftrag, einen Gastronomiebetrieb in Appenzell zu hacken ... Ethical Hacking, wenn Sie verstehen, was ich meine. Alles legal. Es gab diverse Lücken im Betriebssystem seines Computers. Um zu beweisen, wie schlecht es darum stand, ging ich quasi durch die Hintertür in seinen Rechner. Später verkaufte die IT-Firma ihm eine teure Software, damit die Mängel behoben wurden ...«

»Was Antoniazzi nicht besonders glücklich gemacht hat, nehme ich an.«

»Im Gegenteil: Er war sehr zufrieden. Er besuchte uns in der

Firma am Zürichsee und wollte mich unbedingt zu einem Essen einladen. Aber dazu kam es nicht, weil ich damals mit Arbeit überlastet war. Das wollte ich ihm mitteilen.« Fede konnte ein Seufzen nicht unterdrücken. »Nun werde ich angeklagt, ihn und seine Frau ermordet zu haben, weil man eine Verbindung sieht und ich einmal mit ihm Kontakt hatte. Das ist irgendwo gespeichert. Zu gegebener Zeit wird es hervorgeholt und als Indiz ausgewertet. Dabei bin ich selbst schuld. Ich bin für eine schärfere Kontrolle von allem, was sich rund um den Globus bewegt. Ich befürworte Kameras an öffentlichen Gebäuden, in Autoeinstellhallen und in einsamen Gegenden, ich bin für Ganzkörper-Scans an Flug- und Schiffshäfen und Videoüberwachungen in Bahnen, auch wenn das gegen den Persönlichkeitsschutz verstößt. Wie sagt man so schön? Wer andern eine Grube gräbt, fällt selbst hinein.«

Ruf hatte eine geraume Zeit vorher damit begonnen, Notizen zu machen. »Das nennt man eher: Wie man in den Wald ruft, kommt es zurück.«

»Was in etwa dasselbe ist.« Fede hatte kein Bedürfnis zu lachen. »Welche Möglichkeit habe ich, um meine Unschuld zu beweisen?«

»Indem man den wahren Täter findet. Aber ich werde aufgrund Ihrer makellosen Vergangenheit eine entsprechende Verteidigungsschrift respektive eine schriftliche Stellungnahme aufsetzen. Natürlich hat die Staatsanwaltschaft eine Verdunkelungsgefahr in Erwägung gezogen. Das ist auch der Grund, weshalb man eine Untersuchungshaft angeordnet hat. Ich muss dem Gericht das Gegenteil beweisen und den Richter bitten, eine Kaution für Ihre sofortige Freilassung zu genehmigen, was bei diesem Tatbestand schwierig sein wird. Wir können es trotzdem versuchen.«

»Milagros.«

»Wie bitte?«

»Hat Milagros von Wirth eine Bürgschaft für mich hinterlegt?«

»Sie ist bereit, eine solche zu übernehmen. Die Höhe wird

vom Richter festgelegt. Aber noch einmal: Ich sehe eher schwarz.«

***

Sie hatten die Hälfte der Strecke bewältigt. Sturzenegger versicherte, den heikelsten Teil noch nicht hinter sich zu haben. Wenig später wies er auf eine Stelle am Wegrand, wo jemand ein Kreuz mit dem Bild von Heinrich Manser angebracht hatte. Daneben standen zwei Grablichter und in einer PET-Flasche ein Strauß aus Wiesenblumen.

»Allem Anschein nach hat Heini nicht nur Feinde gehabt«, sagte Max.

»Gut möglich, dass der Äscherwirt die Gedenkstätte errichtet hat. Ich glaube, er mochte Heini.«

»Kein Wunder bei diesem Auftrag.« Max sah nach oben. »Ist das die Absturzstelle?«

»Von hier ist er den Hang hinuntergefallen.«

»Und das hast du gesehen?«

»Ich habe mir die Stelle gemerkt, wo man ihn geborgen hatte.«

»Also weiter unten.«

»Der Weg führt nicht direkt daran vorbei. Die Rettungsmannschaft hat ihn unter prekären Umständen aus dem Gelände geholt. Aber es gibt nur diese Möglichkeit, dass er von hier aus abgerutscht oder gestürzt ist.«

»Hm …« Max ließ den Blick über den Abhang schweifen. »Von diesem Platz aus muss Manser sehr blöd gefallen sein, um sich tödliche Verletzungen zuzuziehen. Sollte er gestolpert sein, hätte er sich bestimmt auffangen können, außer er wurde in einem Überraschungsmoment mit Gewalt hinuntergestoßen, von jemandem, der sich hier gut auskennt. Wohin führt der Pfad dort vorne?« Max zeigte auf zertretenes Gras und eine Gruppe von Bergföhren, in deren Dickicht sich mit viel Phantasie eine Art Steg abzeichnete. »Vielleicht sollten wir dort einmal nachsehen.«

»Du meinst, jemand hatte sich dort versteckt und auf Heini gewartet?« Sturzenegger nahm seine Schirmmütze ab und rieb sich mit einem Taschentuch Schweiß von der Stirn. »Die Polizei hat das sicher bereits kontrolliert.«

»Die Kriminaltechniker? Was, wenn nicht? Ich sehe nirgends Absperrbänder.« Max schlug den Weg Richtung Bergföhren ein. »Ich will mich selbst davon überzeugen, ob ich nicht doch etwas finde.«

»Das würde ich unterlassen. Es ist zu gefährlich.« Sturzenegger sah zerknirscht zu Boden.

Max streifte den Rucksack vom Rücken und legte ihn ab. Er schwitzte, sein Hemd war am Rücken feucht. »Wenn ich nicht nachsehe, werden wir es nie erfahren. Was, wenn die Polizei ihren Auftrag nicht ernst genommen hat?«

»Das ist Bullshit. Noch einmal: Du solltest nicht vom Hauptweg abweichen. Das, was man nicht sieht, ist brandgefährlich, glaube mir.«

Max wandte sich frontal zu Sturzenegger um. »Du verschweigst mir doch etwas. Warum lässt du mich nicht einfach meine Arbeit tun? Ich bin alt genug, um die Risiken einzuschätzen. Zu bemuttern brauchst du mich nicht. Es reicht, wenn Milagros es tut. Hat sie dir geraten, ein Auge auf mich zu werfen? Es würde mich nicht wundern.«

»Täusche ich mich, oder bist du zum ersten Mal im Alpstein?« Sturzeneggers Stimme hatte einen schärferen Klang angenommen. Offenbar ließ er sich Max' verbalen Angriff nicht gefallen. »Wegen Typen wie dir passieren immer wieder Unfälle. Du glaubst, hierherkommen zu können und dich gleich auszukennen.«

»Manser war ein erfahrener Bergsteiger, und trotzdem fiel er in den Tod. Ich wette, wir finden etwas, wenn wir richtig suchen, einen Beweis, dass man ihn umgebracht hat.«

»Du findest vielleicht etwas. Ich selbst halte mich da raus. Es ist deine Verantwortung.«

»Du willst mich bloß einschüchtern.« Max verstand seinen Begleiter nicht. War er tatsächlich nur mitgekommen, um ihm

Gesellschaft zu leisten? Er entschied spontan: »Du wartest da. Ich bin gleich wieder zurück.«

»Max, bitte, sei vernünftig.« Sturzenegger fuchtelte mit seinen Stöcken, schien verzweifelt zu sein.

Alles nur Theater.

Max ließ ihn stehen. Er nahm den Rucksack wieder auf, schnallte ihn sich um und betrat den Pfad abseits des markierten Bergwegs. Er musste sich des Gestrüpps erwehren, der verholzten Stauden, die sich um die Wurzeln schlangen und bis auf Brusthöhe reichten. Unter Max' Füßen knisterte und knackte es. Die Trockenheit der letzten Wochen hatte dem Waldboden arg zugesetzt.

Max kam auf den ersten hundert Metern gut voran, wenn auch langsam. Er musste sich über das Gelände kämpfen. Trotz seiner profilierten Wanderschuhe rutschte er ab und konnte sich im letzten Moment an einem Stamm festhalten. Inzwischen waren seine Arme zerkratzt. Sein Kopf ließ es jedoch nicht zu, umzukehren. Schwer atmend ging er weiter und merkte, wie der Pfad, der eigentlich keiner war, anstieg. Obwohl er versuchte, die Marschrichtung zu halten, spürte er die schwindende Orientierung. Sturzenegger hatte nicht übertrieben. Das Gelände hier war eine Zumutung. Max sah auf den Boden, hoffte, im Durcheinander an Hölzern, Gräsern und Steinen etwas zu finden, was darauf hinwies, hier könnte jemand durchgekommen sein oder Manser aufgelauert haben. Verrannte er sich in etwas?

Endlich gelangte er auf eine offene, wenngleich steile Fläche. Zu seinen Füßen wand sich der Wald Richtung Seealpsee, vor ihm ragte eine Felswand senkrecht auf. Max machte eine Verschnaufpause und holte sein Smartphone aus dem Rucksack. Er musste Sturzenegger benachrichtigen, auch wenn er keinen Anlass dafür sah.

Der Akku war leer. Wie hatte das geschehen können? Die Sonne stand hoch am Himmel. Die Hitze flimmerte gnadenlos durch einen milchigen Dunst hernieder. Max nahm die Trinkflasche hervor, schraubte den Deckel ab und trank in gierigen

Schlucken. Dabei bemerkte er, zu wenig Wasser mitgenommen zu haben. Er musste haushälterisch damit umgehen. Allmählich zeichnete sich ab, er würde länger unterwegs sein. Er hatte kein Zeitgefühl, und die Distanz zum Punkt, wo er Sturzenegger zurückgelassen hatte, konnte er sich nicht vorstellen. Er ließ seinen Blick über die Gesteinsflanken schweifen, in der Hoffnung, dort oben jemanden zu entdecken. Das Gefühl, allein zu sein, nahm ihm den Atem. Was, wenn er den Pfad zurück zu Sturzenegger nicht mehr fand?

Himmel, es war heiterheller Nachmittag. Ärgerlich, dass hier kein Weg war, keine Markierung, nichts. Max packte Flasche und Smartphone ein und überlegte, ob er weiter nach oben steigen oder versuchen wollte, die Richtung nach unten einzuschlagen, aus der er gekommen war. Der Abstieg ohne Sicherung war ihm zu riskant. Er würde rückwärts auf allen vieren gehen müssen. Ein Fehltritt, und er wäre weg. Seine Kondition ließ zu wünschen übrig, und langsam machte sich etwas Ähnliches wie Respekt vor dem Berg bemerkbar. Es war doch keine gute Idee gewesen, ohne Ortskenntnisse den Hauptweg zu verlassen. Falls Manser in den Tod gestoßen worden war, konnte der Täter ihm einfach gefolgt sein. Warum war Max auf die absurde Idee gekommen, er hätte hier auf ihn gewartet? Versteckt auf einem Terrain, auf dem er sich selbst in Gefahr brachte?

Sollte er um Hilfe rufen, oder machte er sich lächerlich damit? Einen Versuch war es wert. Vielleicht würde Sturzenegger ihn hören und Verstärkung anfordern. Mit dessen persönlicher Hilfe konnte Max nicht rechnen. Wahrscheinlich stand er noch immer an derselben Stelle.

Im Moment richtete sich alles gegen ihn. Fede hatte auf dem Polizeiposten übernachtet, Milagros hatte den Bezug zum normalen Leben verloren, kiffte, und Sturzenegger entpuppte sich als Waschlappen. Max dachte nach. Wäre er bloß nicht nach Appenzell gereist. Wenn er hier heil rauskam, würde er Ferien am Mittelmeer buchen. Schon früher hatte er sich schwer mit Bergen getan. Er liebte die Weite, das Meer, die endlosen

Strände. Berge, fand er, prägten und formten den Menschen anders, machten ihn engstirnig. Das Flachland erweiterte den Horizont, ließ ihn großzügig denken.

Die Berge, dachte Max, wiesen aber den Weg zum Himmel, bedeuteten Freiheit und Grenzerfahrungen, waren Herausforderung und Rückbesinnung, machten demütig und letztendlich dankbar.

Er hatte die Wahl. Runter ins Verderben oder hinauf. Gewiss gab es dem Fels entlang einen Weg. Soweit Max sich erinnerte, hatte der Wegweiser unterhalb des Äschers Richtung Zisler gezeigt. Ob die Felstürme über ihm zum Zisler gehörten? Gab es dort einen Klettersteig? Hätte er bloß eine Wanderkarte mitgenommen, er hatte sich vollkommen auf Sturzenegger verlassen.

Max schwitzte. Die Hitze hatte den Höhepunkt erreicht, die Luftfeuchtigkeit nahm zu, die Sonne war barbarisch mit ihm, eine regenbogenfarbene Korona hatte sich um ihre Scheibe gebildet. Im Steilhang holte Max die Getränkeflasche erneut aus dem Rucksack, schraubte sie auf und trank sie aus. Er steckte die leere Flasche zurück, atmete tief ein und kraxelte weiter. Wenn er jetzt aufgab, war er verloren. Seine Oberschenkel spannten, das Pflaster an der Ferse hatte sich gelöst. Der Schuh schabte an der verletzten Stelle. Ein normales Gehen war nicht mehr möglich. Max fehlte die Ausdauer. Er kam sich vor, als eierte er planlos in der Gegend herum. Eine Alternative existierte nicht. Er musste hoch und vermied es, nach unten zu schauen. Die Felsen kamen allmählich näher.

Dann sah er sie. Eine Gruppe von Kletterern hielt sich in der einen Bergwand auf. Sie befanden sich zu weit weg, um Max' Rufe zu hören. Zudem kam ein starker Wind auf.

VIERZEHN

Milagros sah besorgt zum Schäfler. Innerhalb von Sekunden hatten sich bedrohliche Wolken um die pyramidenförmigen Gipfel gelegt. Der Wind frischte auf.

Die Wirtin kam mit einem Tablett voller Getränke auf die Terrasse. »Nanu?« Ihr Blick blieb erstaunt am Himmel hängen. »Dass es so schnell gehen würde, damit habe ich nicht gerechnet.« Sie rief ihre Serviceangestellte zu sich. »Ich glaube, wir sollten die Kissen ins Trockene bringen und die Sonnenschirme zuklappen.«

»Frau Inauen?« Milagros machte auf sich aufmerksam. »Hat der Wetterbericht Regen gemeldet?«

»Ich glaube nicht. Aber das Wetter im Alpstein kann manchmal unberechenbar sein. Vor allem die Föhnstürme darf man nicht unterschätzen.« Sie hob den Kopf. »Heute ist wohl ein Gewitter im Anzug. Vielleicht sollten Sie sich ins Restaurant zurückziehen, wenn Sie nicht nass werden wollen.«

»Mein Sohn ist vom Äscher unterwegs zum Seealpsee. Muss ich Angst um ihn haben?«

»Sollte er sich noch im Gelände befinden, kann es einstweilen etwas ungemütlich werden. Aber ich gehe davon aus, Ihr Sohn hat einen Regenschutz eingepackt.«

»Da bin ich mir nicht sicher. Er gibt sich manchmal so unbeschwert und ist kein Berggänger.« Milagros beobachtete eine Gruppe Radfahrer, die vor ihren Getränken saßen, die Frau Inauen aufgetischt hatte. Sie schienen den Wetterumbruch nicht zu beachten.

Milagros hatte verschlafen. Nach dem Besuch bei John hatte Max sie in ihr Zimmer gebracht und sie samt Kleidern aufs Bett gelegt. Sie erinnerte sich, wie er ihr eine gute Nacht gewünscht hatte, an alles andere nicht mehr. Das Housekeeping hatte sie aufgeweckt, auf einmal waren zwei Frauen neben ihr gestanden und hatten wegen der Störung um Entschuldigung gebeten.

Milagros hatte das Frühstück mit dem Mittagessen verbunden. Später hatte John sie angerufen und ihr mitgeteilt, er und Max befänden sich auf dem Abstieg. Er hatte merkwürdig geklungen, aber das schrieb sie seinen Nachwehen zu … Sie hätte niemals diesen Joint probieren sollen. Trotzdem durchströmte sie ein warmes Gefühl der Zuneigung, wenn sie an »ihren Hippie« dachte. John brachte ihr etwas von der Unbeschwertheit zurück, die sie seit Jahren vermisste. Sie hatten sich sogar geküsst.

Milagros riss die Augen auf. Sie hatten sich tatsächlich geküsst. Aber das verdankte sie dem aphrodisierenden Rausch. Niemals würde sie sich vor John ausziehen. Um Gottes willen, nein. Es war verwerflich, nur einen Gedanken daran zu verschwenden.

Ein fernes Donnern lenkte sie von ihrer Schwelgerei ab. Der Wind hatte an Stärke zugenommen, die ersten Blitze rissen die aufgewühlten Wolken auf.

Von Fede hatte sie nichts mehr gehört. Ob die Kaution fruchtete, wusste sie nicht. Emil Ruf, der Anwalt, hatte sie bislang nicht kontaktiert. Milagros würde sich weiter gedulden müssen.

Sie hätte sich gern mit der Wirtin unterhalten, von Frau zu Frau, auch wenn sie um Jahre jünger war als Milagros. Sie hoffte, Frau Inauen würde etwas über ihren Sohn Stefan verlautbaren und wie weit er und seine Kollegen mit der Polizeiarbeit waren. Bestimmt wurde am Familientisch über aktuelle Fälle gesprochen.

»Frau Inauen, können wir miteinander reden?« Schlimmer konnte es nicht werden. Milagros fühlte sich schlecht. Sie warf sich selbst vor, wie ungünstig ihr Entscheid gewesen war, Heinis Einladung zu folgen. Sie hätte so vieles verhindern können – Fedes Festnahme, Max' gefährliche Wanderung. Heini wäre eine Erinnerung geblieben, von seinem Tod hätte sie nie erfahren.

Andererseits hätte sie John nicht kennengelernt. Seinetwegen kreisten Flugzeuge in ihrem Bauch, die Gedanken an ihn brachten ihr Herz zum Wallen, ausgelöst durch diesen Kuss, der mehr als das gewesen war. Ihre Zungen hatten sich gefunden. Es hatte ein Gefühl in ihr ausgelöst, welches sie längst vergessen hatte, einen süßen Kitzel, der sich von der Mitte des Bauches in alle Richtungen ausdehnte.

John. Sie hatte ihn nicht mehr erreicht, obwohl sie mehrmals auf seinem Handy angerufen hatte. Max hatte sein Smartphone abgestellt.

»Ja bitte? Sie haben mich gerufen?« Frau Inauen lächelte sie an.

»Darf ich Sie zu einem Kaffee einladen?«, fragte Milagros. Ihr Kopf surrte immer noch wie eine Bienenwabe. Sie schwor sich, in Zukunft die Finger von dem Zeugs zu lassen.

Wider Erwarten willigte Frau Inauen ein und schlug vor, sich in die Arvenstube zu setzen. »Dort sind wir ungestört.« Ahnte sie, Milagros könnte ihr kritische Fragen stellen?

Die Serviceangestellte brachte Kaffee. Dazu servierte sie hausgemachten Heidelbeerkuchen.

Milagros sah skeptisch auf den Teller.

»Der geht aufs Haus«, sagte Frau Inauen.

»Danke, das ist sehr nett. Ich sollte allerdings auf meine Linie achten.« Sonst hätte John wirklich einen Grund, sie als »füllig« zu bezeichnen. Wenn schon. Fettpölsterchen hatten eine straffende Wirkung.

»Sie sind in den Ferien. Da sind Süßigkeiten erlaubt.«

»Also gut.« Milagros griff nach der Gabel, brach ein Stück des Kuchens ab und schob es in den Mund. Sie kam nicht umhin, ein Kompliment auszusprechen.

»Was möchten Sie mit mir bereden?«

»Es geht um Heini … Heinrich Manser. Er war in Appenzell eine Koryphäe im Bergsteigen und Klettern.« Milagros erzählte von ihrer Freundschaft, als Kaspar noch gelebt hatte, von den unbeschwerten Tagen, wenn er nach seinen Reisen bei ihnen einkehrte, von ihrem letzten Treffen nach langer Zeit in Bern und der spontanen Einladung. »Ich habe ihn in guter Erinnerung. Aber anscheinend ist er bei den Leuten mit seiner

Art ziemlich angeeckt. Sie kannten ihn doch auch, davon gehe ich mal aus. Wie war er in Ihren Augen?«

Frau Inauen senkte den Blick. »Es ist nicht meine Art, über andere zu sprechen, schon gar nicht, wenn sie nicht mehr unter uns sind.«

»Dafür habe ich Verständnis. Aber sehen Sie, ich war als Hochzeitsgast hier und bin es jetzt als trauernde Detektivin. Die ganze Angelegenheit geht mir nah.«

Frau Inauen verzog den Mund. »Ich habe davon gehört.«

»Was?«

»Dass Sie als Detektiv-Trio ermitteln.«

»Von wem?«

»Über die Quelle kann ich nichts sagen, aber bei uns kommt früher oder später alles ans Licht.«

»Diesen Eindruck habe ich nicht. Ihr Innerrhoder wahrt so manches Geheimnis.«

»Das ist richtig. Aber nur gegen außen.« Frau Inauen hob die Tasse. »Heini war ein Sonderling. Aber das ist er erst im Alter geworden. Früher war er anders.« Sie nahm einen Schluck Kaffee. »Meine Eltern zum Beispiel erinnern sich gut an ihn. Er war ein Draufgänger, kannte weder Gefahren, noch hatte er Skrupel, seine Mitmenschen in Bedrängnis zu bringen. Er nahm alles auf die leichte Schulter, obwohl er weiß Gott oft in brenzlige Situationen geriet. Er war ein fröhlicher Mensch, sah immer nur das Gute. Wie kann man so jemandem böse sein?« Sie stellte die Tasse auf den Unterteller zurück.

»Was meinen Sie damit?«

»Tja, er hat mit seiner Art auch vielen Leuten Leid zugefügt. Vor allem in jungen Jahren. Da kannte er gar nichts. Mein Vater sagt, er war begabt in dem, was er tat. Viele wollten so sein wie er und eiferten ihm nach. Manchmal nahm er sie mit auf seine Bergtouren und forderte sie heraus. Im Gegensatz zu Heini hatten diese jungen Menschen kaum Erfahrung, verließen sich vertrauensvoll auf ihn.«

»Könnten Sie das konkretisieren?«

»Sie müssten meinen Vater fragen.«

Milagros ging in sich. Wem würde es nützen, wenn sie alte Geschichten auffrischte? Andererseits hatte sie Aurora versprochen, den Tod ihres Mannes aufzuklären.

»Sie wohnen am Brienzersee?« Frau Inauen wollte offensichtlich vom Thema Manser ablenken.

»Seit rund vier Jahren.«

»Gefällt es Ihnen?«

»Früher hatte ich ein Appartement auf dem Bürgenstock«, wich Milagros aus. »Dann hatte ich die Idee, etwas Schönes und Luxuriöses gegen die Einsamkeit einzutauschen. Die Überbauung am Brienzersee ist überrissen teuer, die Häuser stehen so nahe beieinander, man sieht dem Nachbarn ins Schlafzimmer.« Sie musste lächeln. »Nur gibt es keine Nachbarn. Das Quartier wirkt wie eine Geisterstadt. Wenn ich etwas Geeignetes finde, werde ich ausziehen. Man munkelt bereits, die Wohnungen würden an den Bund für Flüchtlingsunterkünfte verkauft. Na ja, bis es so weit ist, bin ich weg.«

»Kommen Sie doch nach Appenzell.« Frau Inauen erhob sich und ging zum Ausschank im Raum nebenan. Sie kam mit einem Schreibblock zurück.

Milagros wusste nicht, ob ihr die Wirtin die Adresse eines Immobilienmaklers aushändigen wollte. »Das müsste ich mir allerdings gut überlegen.«

Frau Inauen griff nach einem Kugelschreiber und notierte etwas. »Ich schreibe die Anschrift meines Vaters auf. Sollten Sie wegen Heini noch mehr Fragen haben, so ist er sicher die bessere Adresse als ich. Er wohnt auf der Meglisalp. Die liegt oberhalb des Seealpsees am Fuße des Säntis.«

»Und wie komme ich zur Meglisalp?«

»Von Wasserauen gehen Sie über das Hüttentobel aufwärts. Sie durchwandern das Hogsberer Wäldli und gelangen auf den Schrennenweg. Die Aussicht auf den Seealpsee ist phänomenal.«

»Wo im Alpstein genießt man keine Aussicht? Aber überall ist es so verflixt steil.«

»Sie haben recht. Um im Alpstein unterwegs zu sein, braucht

man eine gute Kondition.« Frau Inauen schmunzelte. »Sie gehen weiter über die Stockegg und Kreuzböhl und erreichen das Berggasthaus Meglisalp. Mein Vater wohnt in der Nähe der Bergkapelle.«

»Puh, sehe ich so aus, als könnte ich diese Tour mit links bewältigen?« Milagros fuhr mit den Händen ins Gesicht. »Gibt es eine Alternative? Eine Bahn?«

»Die Meglisalp ist nur zu Fuß erreichbar.«

»Und wie gelangen die Lebensmittel auf die Alp?«

»Stellen Sie sich vor, das gesamte Baumaterial für die Alpsiedlung unterhalb des Säntis wurde einst von Wasserauen aus über den Schrennenweg auf die Meglisalp getragen, von kräftigen Männern und Maultieren. Nach 1952 installierte man eine Windenseilbahn, 1999 eine sogenannte Einseilpendelbahn. Es ist eine tägliche Herausforderung, die Alp mit Gütern und Trinkwasser zu versorgen und gleichzeitig Abwasser- und Abfallentsorgung ins Tal zu verschieben. Oft fliegen auch Helikopter hoch.«

»Eine Einseilpendelbahn?« Milagros verstand nur das. »Von wo aus fährt die?«

»Vergessen Sie es. Die ist nicht für Menschen zugelassen.«

»Kann ich Ihren Vater anrufen?«

»Er hat kein Telefon.«

Gab's denn so etwas? »Besteht die Möglichkeit, ihn nach Weissbad einzuladen?«

»Ihn bringen im Sommer keine zehn Pferde von der Alp.«

»Ein Eigenbrötler also.« Milagros schämte sich ihrer Aussage wegen. »Tut mir leid, das meinte ich nicht so. Er hat sicher seine Gründe.«

»Er hat sich für ein Leben, wie er es führt, entschieden. Er kommt gut zurecht. Er ist neunundsechzig und ist zufrieden mit dem, was er tut und hat.«

Milagros suchte noch immer nach einer Lösung, wie sie auf dem schnellsten Weg auf die Alp kommen würde. »Es gibt doch diese Helikopterrundflüge.«

»Ja, über den gesamten Alpstein.«

»Könnte ich einen solchen Flug buchen?«

»Gewiss, aber wie wollen Sie auf die Meglisalp gelangen? Die machen keinen Zwischenstopp.«

»Die Rega? Die fliegt doch hier andauernd rum.«

»Für Transporte von Verletzten.«

»Hm …« Milagros dachte nach. »Ich kann den Preis bezahlen. Bitte, Frau Inauen, organisieren Sie mir für morgen einen Flug mit der Rega oder sonst einer Maschine.«

***

Es regnete. Urplötzlich hatte der schwarze Himmel seinen Schlund geöffnet, Blitze fuhren im Zickzack durch die Wolken. Der Boden bebte beim Donnern. Es hallte furchtbar zwischen den Felsen. Nicht nur Max war wegen des Gewitters in Bedrängnis gekommen, auch die Seilschaft über ihm. Bis die unten war, musste sie klatschnass sein.

Max erreichte den Platz unterhalb des Felses, da waren die Kletterer bereits weg. Immerhin hatte er die Möglichkeit, dem Weg zu folgen, auf dem sie gegangen waren. Dieser müsste nach Adam Riese beim Äscher enden.

Inzwischen troff Max vor Nässe. Einen Regenschutz hatte er nicht eingepackt. Der Wind ließ ihn zittern. Es hatte merklich abgekühlt. Er vermochte nicht abzuwägen, ob er den Weg zum Äscher schaffte und wie lange er unterwegs sein würde. Wieder grapschte er nach dem Smartphone. Der Akku war noch immer leer. Wie hatte er auch denken können, er würde sich von allein aufladen.

Wo mochte Sturzenegger sein? Max hoffte, er habe sich jemandem angeschlossen und sei zum Seealpsee gegangen. Er lehnte sich gegen die senkrechte Felswand. Wenn er nach oben sah, erkannte er eingeschlagene Haken zur Befestigung der Karabiner. Max ließ seinen Blick über die wolkenverhangene Gegend schweifen. Die Farben hatten sich abrupt verändert, die grünen Böschungen glichen schlammigen Hängen, über die das Wasser rauschte.

Anstatt runterzugehen, musste Max die ganze Zeit aufgestiegen sein, aus der puren Angst, abzustürzen. Gefühlsmäßig befand er sich knapp unter der Ebenalp. Wie hatte er auch so nachlässig sein können mit der Ausrüstung? Er, der immer alles im Voraus plante.

Anstatt den Pfad Richtung Äscher zu nehmen, entschied er, Schutz bei dem Fels zu suchen. Abstruse Gedanken verhinderten eine Beurteilung der Lage. Panik machte sich breit. Er, der Selbstsichere, hatte plötzlich Angst. Er malte sich die schrecklichsten Szenarien aus. Vor Erschöpfung würde er abstürzen. Auch wenn man nach ihm suchen würde, er bliebe verschollen. Er hatte den letzten Nussriegel aus seinem Rucksack gegessen, ein wenig Tee blieb in der zweiten Flasche. Ansonsten hatte er noch Kaugummi dabei. Er stellte sich ein semi gebratenes Rindssteak vor, und ihm lief das Wasser im Mund zusammen. Das war Selbstkasteiung. Was am Tag zuvor voller Glückseligkeit begonnen hatte, endete schleichend wie ein Alptraum.

Ein Geräusch über seinem Kopf ließ ihn aufhorchen. Der Donner konnte es nicht sein, das Gewitter war weitergezogen. Es hatte Wind und Regen zurückgelassen, eine schlechte Sicht, im Westen riss der Himmel jedoch allmählich auf. Erste Sonnenstrahlen kämpften sich durch die Wolken.

Über ihm hatte sich ein Felsstück gelöst, das donnernd über den Abhang fiel, aufschlug und erst durch die Bäume am Waldrand gebremst wurde. Es folgte ein zweiter Steinschlag, hinterher prasselte Schutt. Max verbarg sein Gesicht in den Händen, drückte seinen Körper flach an die Felswand. Wäre der Bergrutsch Minuten vorher niedergegangen, hätte er Max im offenen Gelände getroffen. Großer Gott! Er durfte nicht daran denken. Spielte der Berg mit ihm?

Max wartete. Nun war klar, der Weg Richtung Äscher war zu exponiert. Er musste einen Unterstand suchen, wo er allenfalls die Nacht verbringen konnte oder die Zeit, bis das Unwetter ganz vorbei war. Das Gewitter hatte die Wanderer von den Wegen gefegt. Sie hatten Zuflucht in den Berggasthäusern gesucht. Wer schon unten war, konnte von Glück reden. Max tastete sich der Felswand entlang und hoffte, über ihm hätte sich bereits alles gelöst, was locker gewesen war.

Er musste sich eine geraume Zeit seitlich fortbewegt haben. Der Himmel hatte aufgeklart und die letzten Wolken weggeweht. Eine andere Wand tauchte vor ihm auf, zerklüftet und verkarstet. Aus den Spalten wuchsen Gras und Bergföhren. Max hangelte sich an einem Baumstamm hoch. Er erreichte ein Plateau. Den Eingang zu einer Höhle. Sie erstreckte sich senkrecht in die Höhe. Vorsichtig tastete er sich den feuchten Wänden entlang. Von irgendwoher hörte er Wasser fließen, ein Wasserfall?

Hatte Max eine weitere Höhle in der Nähe des Äschers gefunden? Gab es hier noch andere Höhlen? Je tiefer sich Max ins Innere zwängte, umso kühler wurde es. Das Licht schwand. Es reichte knapp aus, um sich nach einem geeigneten Platz zum Liegen umzusehen. Obwohl er dies als letzte Option in Betracht zog, er würde vielleicht hier übernachten müssen.

***

John erreichte die Kreuzung der beiden Wege, die vom Seealpsee und vom Äscher zusammenführten. Unterwegs hatte ihn das Gewitter überrascht. Dank guter Ausrüstung hatte er den letzten Abschnitt einigermaßen trocken überwunden. Noch vorsichtiger als sonst war er unterwegs, stets mit dem schlechten Gewissen, Max seinem Schicksal überlassen zu haben. Doch der war selbst schuld. Warum hatte er sich gegen ihn gerichtet und seinen gut gemeinten Ratschlag in den Wind geschlagen? John überlegte, wie er sich Milagros gegenüber rechtfertigen konnte. Noch hatte er den steilen Abstieg nach Wasserauen vor sich, die teils asphaltierte und teils gekieste Straße. Tief unten hörte er den Schwendibach rauschen, seine Zuläufe, die während des Unwetters angeschwollen waren. Es hörte sich gespenstisch an.

Mehrmals hatte John das Smartphone zur Hand genommen, wiederholt Max' Nummer gewählt. Jedes Mal hatte sich der

Anrufbeantworter eingeschaltet, mit der Ansage, der Angerufene sei momentan nicht erreichbar. Max hatte nicht zurückgerufen. Dafür hatte Milagros versucht, ihn zu erreichen. Als John den ersten Teil der Strecke bewältigt hatte, setzte er sich auf eine Bank am Wegrand und tippte Milagros' Nummer ein. Er musste sie über Max' Verbleib informieren. Wohl war ihm nicht. Er hatte sich ihm geradezu aufgedrängt, und nun ließ er ihn hängen.

Milagros nahm nach dem zweiten Klingelton ab. »John. Endlich. Wo seid ihr?« Sie klang aufgeregt.

»Das Unwetter hat uns überrascht.«

»Dachte ich mir. Die schweren Wolken haben sich über dem Schäfler aufgetürmt und sich über Weissbad entladen. Wir haben hier ziemlich was mitgekriegt ... Und bei Maximilian ist bestimmt der Akku des Handys leer. Ich kenne ihn doch.«

»Ja ... das wird es wohl sein.« John musste schwer schlucken und sich wiederholt räuspern.

»John? Ist alles in Ordnung?« Milagros jetzt lauter.

»Ich bin auf dem Weg nach Wasserauen.«

»Ist Maximilian nicht bei dir?« Ihre Stimme hatte einen höheren Ton angeschlagen.

»Er kommt nach.«

»Wie, er kommt nach?« In Bälde würde sie ihn anschreien.

»Ich habe ihn auf halbem Weg aus den Augen verloren.« Nicht gut, dachte er, gar nicht gut. »Du weißt, ich habe ein Problem mit der Höhe. Ich bin langsam unterwegs.«

»Gerade sagtest du, Maximilian komme nach. Eigentlich müsste er dir voraus sein ... oder du verschweigst mir etwas.« Hatte sie ihn ertappt?

»Kann sein, dass er bereits in Wasserauen ist. Wir haben dort unsere Autos.« John wusste, das war ein Wunschdenken.

»Er kennt sich überhaupt nicht aus im Alpstein.« War abzusehen gewesen, dass sie ihm das jetzt vorwarf. »Sag mir, was los ist.«

Gegen ihre Mutterinstinkte kam John nicht an. »Er folgte einer Spur und muss vom Weg abgekommen sein.«

»Das ist … verdammt noch mal nicht dein Ernst.« Kaum ausgesprochen, bat sie für diesen verbalen Ausrutscher um Entschuldigung.

Nicht ladylike, dachte er. Doch ihr Inneres war aufgewühlt, die Emotionen bewegten sich am Anschlag. Trotzdem wollte John dies nicht auf sich beruhen lassen. »Er ist kein Kind mehr, also renk dich wieder ein, Milagros.«

»Er hätte mich längst angerufen. Er muss ahnen, dass ich mich um ihn sorge. Aber er hat sich nicht gemeldet. Vielleicht liegt sein Handy irgendwo zerschellt in einer Geröllhalde und Maximilian daneben. Oh mein Gott, wir müssen den Rettungsdienst benachrichtigen, solange es hell ist.«

***

Die Sonnenstrahlen erreichten den Eingang zur Höhle wie der Kegel eines Scheinwerfers, durch die Föhren abgedämpft. Max hatte sich dazu entschlossen, nicht länger hierzubleiben, sondern über den Weg zum Äscher zu gehen. Die feuchtkalte Atmosphäre im Felsinnern behagte ihm nicht. Mit der Sonne war die Wärme zurückgekehrt. Er hatte sich bis auf die Unterhose ausgezogen und die nassen Kleider an den Rucksack gehängt. Bis er den Äscher erreichte, würden sie trocken sein. Ein Sonnenbad am Alpstein. Er musste über sich selbst schmunzeln. Keiner würde es ihm abnehmen, dass er halb nackt am Zisler gewesen war.

Noch saß ihm der Felssturz in den Knochen. Vorsichtig sah er nach oben, wo sich die Steine gelöst hatten. Wer im Alpstein unterwegs war, musste damit rechnen, von einem Abgang überrascht zu werden. Der Fels war in Bewegung. Während oder nach einem Gewitter war die Gefahr am größten. Oder im Frühling, wenn sich der Schnee von den Hängen löste und Geröll mit sich riss. Was hatte Fede gesagt? Man befinde sich im Erosionszeitalter? Nicht nur die Ebenen, auch die Berge verwitterten. Max hoffte, dieser Prozess würde auf sich warten lassen. Er hatte noch nicht vor zu sterben.

Der Pfad zog sich endlos in die Länge. Wenigstens war er ausgeschildert. Max konnte wählen, entweder Richtung Wildkirchli oder zur Ebenalp. Er schlug den kürzeren Weg ein, der ihn noch einmal in ein unwegsames Gelände führte. Die letzten Sonnenstrahlen küssten die Gebirgskette gegenüber und tauchten die Gipfel in ein rötlich goldenes Licht. Der Himmel war klar, als hätte es das Unwetter nie gegeben. Die blaue Stunde brach an und mit ihr eine tiefe Dankbarkeit, das hier überlebt zu haben.

Max grinste über seine Anwandlungen. Wie hatte er sich so kindisch benehmen können? Es gab immer eine Lösung. Eine schwierige Situation mobilisierte oft ungeahnte Kräfte. Er nahm den restlichen Abschnitt unter die Füße. Aufwärts fühlte er sich sicherer.

Kurz vor der Ebenalp zog er seine in der Zwischenzeit getrockneten Kleider wieder an. Er erreichte die Bergstation.

Der Mann bei der Ticketausgabe sah ihn verwundert an. »Sind Sie zufällig Maximilian von Wirth?«

Max nickte überrascht.

»Die Beschreibung stimmt.« Der Mann schenkte ihm ein Lächeln. »Ihre Frau Mama hat Sie gesucht.«

Max wäre am liebsten im Boden versunken.

FÜNFZEHN

»Maurizio!« Aurora machte einen Schritt vorwärts und fiel ihrem Bruder direkt in die Arme. Sie vermochte nicht, ihre Tränen zurückzuhalten. Sie schossen wie Sturzbäche aus ihren Augen. »Hast du's vernommen?«, stammelte sie unter Schluchzen.

»Deshalb bin ich da.« Maurizio löste ihre Arme, die sie um ihn geschlungen hatte. »Es tut mir leid, mein Kleines.«

»Mama und Papa … ich verstehe das nicht.«

»Ich weiß. Aber ich habe in mich gehört, und da ist nichts, keine Regung, *niente*.«

Aurora bat ihn, ins Haus zu treten. Sie wollte es ihn nicht anmerken lassen, wie enttäuscht und geschockt sie von seiner Reaktion war. Sie hatten ihre Eltern verloren, und er zeigte seine kalte Schulter. Sie führte ihn ins Wohnzimmer.

Er sah sich um. »Das alles gehört jetzt dir? Sorry, mein Beileid, wegen deines Mannes.« Keine Regung auf seinem Gesicht. »Coole Hütte. Wirst du hier wohnen bleiben?«

»Ich wüsste nicht, warum ich ausziehen sollte.« Aurora wischte sich mit einem Taschentuch die Augen trocken und wies zu einem hellbraunen Sofa. Sie hatte Zeit, Maurizio zu beobachten, während er sich setzte. Er hatte die weichen Züge ihrer Mama und den sturen Charakter ihres Papas. Leider hatte er Papas Arbeitseifer nicht geerbt, war auch mit zweiunddreißig noch immer ein Luftikus, der glaubte, das Glück falle ihm in den Schoss. Er war unbestritten ein schöner Mann, mit tiefschwarzen Augen und schwarzen, dichten Haaren, die er auf Kragenlänge trug. Das Einzige, was ihm wichtig war, war sein gutes Aussehen. Der Grund, weshalb er es in Hollywood hatte versuchen wollen. Zu mehr als ein paar Statistenrollen in billigen Streifen hatte er es jedoch nicht gebracht. »Warum warst du nicht an meiner Hochzeit?«

»Ganz ehrlich?« Maurizio fuhr sich mit den Händen durchs Haar. »Ich dachte mir, ich komme besser zum Begräbnis, wenn ich mir deine Vergangenheit in Erinnerung rufe. *Porca miseria!* Das darf doch nicht wahr sein. Ich befürchtete immer, du würdest zum vierten Mal Witwe, und nun ist es passiert. Entweder hast du kein gutes Händchen für Männer, oder ein Fluch legt sich über sie, sobald du sie heiratest. Oder …«, er sah sie skeptisch an, »du eliminierst sie, nachdem sie dich zum Zivilstandsamt geführt haben. Man könnte ja meinen –«

»Maurizio! Was für verwerfliche Gedanken.« Jemand anderer hätte ihm in einer solchen Situation eines über den Schädel gezogen. Aurora dagegen versuchte, ihren Bruder zu verstehen.

»Nun, mein liebes Schwesterchen, kannst du so viel Geld ausgeben, wie du besitzt, oder brauchst du Hilfe? Ich wüsste jemanden, der dich gern darin unterstützen würde.« Er lachte spitzbübisch.

Ihr fehlten die Worte.

»Was geschieht mit dem Ristorante, der Pizzeria und dem Hotel?«

»Ich weiß nicht, ob Mama und Papa ein Testament gemacht haben. Der Notar wird uns bestimmt zu sich bestellen, wenn es so weit ist. Vielleicht haben sie alles an mich überschrieben, nachdem du die Jahre über immer nur gefordert hast. Wenn nicht, werden wir die Gaststätten gemeinsam übernehmen. Ich fühle mich dem Personal gegenüber verpflichtet, ihnen weiterhin den Arbeitsplatz zu sichern. Und du könntest dich zum ersten Mal nützlich zeigen. Es braucht immer Leute für die Reinigung. Ich könnte dir in einem Crashkurs beibringen, wie man putzt.«

»Sorry, das ist nicht mein Ding, und das weißt du. In mir fließt Künstlerblut. Was soll ich mit einem Hotel? Entweder wir verkaufen alles, oder du zahlst mir meinen Anteil aus. Und sollten die Alten mich aus einem Grund nur auf den Pflichtteil gesetzt haben, werde ich das Testament anfechten.«

Aurora brauchte eine Weile, um das Gehörte zu verkraften. Wie konnte ihr Bruder so herzlos sein? Warum erkundigte er sich nicht über die Umstände, die zum Tod ihrer Eltern geführt hatten? »Ich habe dich noch nie im Stich gelassen, Maurizio.

Aber langsam fällt es auf: Du tauchst immer dann auf, wenn eine Beerdigung im engsten Familienkreis ansteht.« Sie überlegte, dass das einfach kein Zufall sein konnte. »Seit wann bist du in Appenzell?«

»Seit gestern.«

»Das nehme ich dir nicht ab. Man hat dich bereits vor einer Woche gesehen.«

»*Che cazzo!* Wer sagt das?«

»Das spielt hier keine Rolle.« Dass sie bluffte, wollte sie nicht zugeben. »Warst du am letzten Samstag auf dem Abstieg vom Äscher zum Seealpsee?« Maurizio hätte alle Motive der Welt gehabt. An erster Stelle standen seine Geldgier und die Tatsache, dass Aurora Geld als nicht so wichtig empfand. Lieber hätte sie eine glückliche Zeit mit ihren Lebenspartnern verbracht, als sie zu beerben. Wieder stiegen Tränen auf.

»Ach so, daher weht der Wind. Du glaubst, ich hätte deinen Heini in den Tod gestoßen. Ich muss dich enttäuschen, ich habe mir an deinen Typen noch nie die Hände schmutzig gemacht.«

»Aber ihr Geld hast du mit offenen Armen entgegengenommen.«

»Du hast es mir geschenkt, schon vergessen, Schwesterchen?« Seine Stimme wurde sanft. »Es klingt hart, ich weiß. Ich kann's nicht ändern. Ich habe meine Sprache nicht im Griff, aber ich meine es nie wirklich so, wie es rüberkommt. Das Leben hat mich nicht vor Hässlichem verschont. Unsere Eltern haben mir nichts mit auf den Weg gegeben außer dem Ratschlag, man müsse kämpfen. Ich bin nicht mit so viel Intelligenz gesegnet wie du. Ich mache aus dem, was ich kann, das Beste. Aber wir sind Familie –«

»Habe ich dir das in den letzten Jahren nicht gezeigt?«

»Ich danke dir dafür.« Maurizio legte die Handflächen gegeneinander. »Ich brauche Geld. Wenn du mir vorab ein paar Riesen auf mein Konto überweisen könntest, bist du mich wieder los.«

Aurora bemerkte, wie Maurizios Blick an ihr vorbei Richtung Wohnzimmertür abschweifte. Sie wandte sich zu der Tür um. »Filippo!« Sie hatte ihn ausdrücklich gebeten, im Schlafzimmer zu bleiben, sollte ihr Bruder aufkreuzen. Die beiden Männer kannten sich nicht. Aurora hatte bei ihrem Bruder nie ein Wort über Filippo verloren.

»Filippo?« Maurizios Augen wurden groß wie Wagenräder. »Ist das bereits der nächste Kandidat? Das geht nun wohl in eine positivere Richtung. Die Typen werden jünger.« Er stützte die Hände in die Seite, machte auf Macho.

»Filippo ist ein Freund. Ich kenne ihn schon lange.«

»Rein platonische Liebe also.« Maurizio genoss es offensichtlich, Aurora in die Enge zu treiben. »Ich wette, unter dem Frottiertuch trägt er nichts.«

»Was beweist das schon?« Aurora suchte nach einer Ausrede. »Er hat hier übernachtet. Ich brauche im Moment viel Trost. Niemand sonst kann ihn mir bieten.«

»Ab jetzt bin ich für dich da, Schwesterchen. Schick ihn zum Teufel.«

***

Maximilian war wohlbehalten im Gasthaus Lehmen angekommen. Er hatte bis spät in die Nacht hinein von seinem Abenteuer erzählt, auch davon, er würde die Berge mit anderen Augen sehen. Dass John an seiner Misere keine Schuld trug, beruhigte Milagros. Ihn zu sehen, dazu hatte sie jedoch keine Lust verspürt. Die Erinnerung an ihn löste einen wohligen Reiz aus, von dem sie zehrte wie ein Fräulein aus der Belle Époque. Romantisches Geplänkel, dachte sie, durchwegs zufrieden mit sich selbst. Sie genoss die Schmetterlinge im Bauch, wenn sie an John dachte.

Natürlich ahnte sie, Maximilian könnte ihr nicht alles erzählt haben, was sich über dem Seealpsee tatsächlich zugetragen hatte. Sie hatte nicht darauf bestanden, es zu erfahren. Hauptsache, Maximilian war zurück, und sie konnte sich ihrem eigenen Vorhaben widmen. In weiser Voraussicht hatte sie verschiedene

Bahnstationen angerufen, Maximilian als vermisst bezeichnet und Handyfotos mit seinem Porträt geschickt.

Heute war sie um neun von einem Taxi abgeholt und nach Wasserauen gefahren worden, wo ein roter Hubschrauber mit laufendem Motor auf sie wartete. Eine behelmte Frau führte sie zum Startplatz. Milagros ging geduckt über die Wiese und ärgerte sich über den Abwind der Rotoren, der ihre Frisur durcheinanderbrachte. Der Luftdruck fegte sie fast vom Feld. Die Frau half ihr, in den Hubschrauber zu steigen, Milagros gebärdete sich umständlich. Der Pilot winkte ihr kurz zu. Milagros wurde mit Becken- und Schultergurt angeschnallt. Über ihre Ohren stülpte man einen Helm mit Gehörschutz, der sich als Kopfhörer herausstellte. Der Lärm wäre sonst nicht zum Aushalten gewesen.

Milagros war zeit ihres Lebens geflogen, mit großen und mit kleinen Maschinen, sowohl mit Jumbos als auch mit Wasserflugzeugen. Nach dem Tod ihres Mannes hatte sie, im Gegensatz zu Maximilian, die Flugangst gut überwunden. In einem Hubschrauber war sie nie zuvor unterwegs gewesen. Heute war Premiere. Umso aufgeregter war Milagros. Ihr Herz pochte gegen die Rippen.

Der Pilot begrüßte sie über das Mikrofon. »Willkommen an Bord. Mein Name ist Mike, und ich habe den Auftrag, Sie zur Meglisalp zu fliegen. Falls Sie vorab einen Abstecher über den Alpstein wünschen, heben Sie Ihre Hand.«

Milagros hörte ein Knistern. »Was hat er gesagt?« Sie starrte ihre Sitznachbarin an.

Diese wandte sich an den Piloten, und er wiederholte seine Ansage.

»Warum nicht?« Milagros gab das Zeichen für ein Okay. »Ich bin dabei.«

Die Rotoren drehten schneller. Das Geknatter übertrug sich auf die Kabine, ein Zittern ging durch den Rumpf. Trotz des Lärmschutzes war es laut. Milagros musste sich konzentrieren, damit sie den Piloten verstand. Ihr Puls war sicher auf hundertachtzig. Wie aufregend, dachte sie und knetete ihre Fingerknöchel. Wenn John sie sehen könnte.

»In ein paar Sekunden heben wir ab«, informierte Mike. »Die Umdrehung der Rotorblätter beträgt zurzeit sechshundertsechzig pro Minute. Sie erzeugen den Auftrieb und beschleunigen die Luft von oben nach unten.«

Als hätte Milagros etwas damit anfangen können.

Der Hubschrauber löste sich vom Boden, bewegte sich zuerst nach hinten und drehte seitlich weg. Er gewann schnell an Höhe. Wasserauen schrumpfte zum Spielzeugdorf.

»Rechter Hand sehen wir das Wildkirchli mit dem Äscher«, informierte der Co-Pilot. Während sich sein Kollege auf den Flug und die Armaturen konzentrierte, berichtete er über die Flugroute. »Sieht nach einer Völkerwanderung aus.«

Von oben gesehen veränderte sich die Perspektive. Unterhalb der Ebenalp schmiegten sich die Höhlen und das Gasthaus in einem lang gezogenen Einschnitt an die senkrechten Felsen. Die Wanderer bildeten wie bunte Ameisen eine Linie von oben nach unten, von Ost nach West. Dort unten war sie gegangen, den Pfad entlang, den Abgrund vor Augen. Von Weitem sah alles riskanter aus, als es in Wirklichkeit war.

Sie flogen über die Ebenalp. Unter ihnen grasten Kühe, machten sich Paraglider bereit für den Abflug und stiegen Wanderer zum Gipfel auf. Weiter ging es zum Schäfler und zum Altenalptürm. Zur Linken schimmerte der Seealpsee kobaltblau, die Alphütten klebten wie Schächtelchen an den Hängen. Was für eine Welt! Mike drehte ab zum Altmann und zog über die Krete zum Hundstein und über den Fählensee zur Roslenalp.

»Unter uns sieht man die Saxer Lücke«, erklärte der Co-Pilot. »Die Kreuzberge sind bei den Kletterern sehr begehrt.«

Milagros konnte Maximilian und Federica nachfühlen, wie sie die Wanderung zur Saxer Lücke erlebt hatten. Was sie aus der Vogelperspektive sah, hatten sie hautnah erlebt. Ach, wäre sie doch nur besser zu Fuß unterwegs.

Über den Grat entlang des Furgglenfirsts ging es weiter mit einer einmaligen Aussicht ins Rheintal. Sie erreichten den Hohen Kasten mit dem Drehrestaurant und dem Sendeturm der Swisscom. Mike drehte ab und zog in die entgegengesetzte Richtung. Unter ihnen schimmerte der Sämtisersee im Sonnenlicht, gegenüber und oberhalb eines Waldgürtels lagen die grünen Hänge der Alp Sigel.

Jetzt noch klassische Musik, dachte Milagros, die das Geknatter übertönte, und der Flug wäre perfekt.

Sie überflogen die Marwees sowie die Ageteplatte und die Wagenlücke mit ihrem schroffen Gebirgskamm und näherten sich dem Säntis, dem höchsten Gipfel des Alpsteins. An seinen östlichen Flanken lagen ewiger Schnee und blaues Gletschereis in einem seltsam glitzernden Licht. Mike umrundete den Gipfel. Milagros genoss eine Dreihundertsechzig-Grad-Sicht und beobachtete die Seilbahn auf dem Weg zur Schwägalp.

»Dort unten befindet sich das Quellgebiet der Thur«, sagte der Co-Pilot. »Vom Ursprung der Säntisthur bis zur Einmündung in den Rhein durchfließt sie eine Gesamtlänge von rund hundertfünfunddreißig Kilometern.«

Eine Landung war nicht vorgesehen. Mike kreiste über der Bergstation und zog hinunter zum Berggasthaus »Alter Säntis«, das an exponierter Stelle eine sagenhafte Weitsicht bot.

»Zufrieden, Frau von Wirth?« Mike drehte sich zu ihr um.

Milagros hob den Daumen.

»Ich fliege nun Richtung Meglisalp. Dort werde ich Sie absetzen. Frau Inauen hat uns mitgeteilt, Sie würden mit uns zurückfliegen, ist das richtig?«

»Um Gottes willen, ja.« Sie hob abermals den Daumen und nickte heftig, um kein Missverständnis aufkommen zu lassen.

Sie hätte den Moment gern angehalten. Den Alpstein von oben zu sehen fühlte sich beglückend an. Hier oben, unter dem blauen Himmel und über den eindrücklichen Felsen, Baumgruppen und Wiesen, existierte nichts als die unbegrenzte Freiheit. Sie musste plötzlich an John denken und bedauerte es, ihn nicht mitgenommen zu haben. Er hätte sich bestimmt gefreut.

***

Max wartete vor dem Gebäude der Kantonspolizei. Vor einer halben Stunde hatte Fede ihn angerufen und ihn gebeten, er möge sie in Appenzell abholen.

»Ich bin frei.«

Der Satz klang in Max nach. Was der Grund für Fedes Freilassung war, hatte sie ihm nicht mitgeteilt. Mit Emil Ruf hatte er keinen Kontakt mehr gehabt, und Milagros befand sich auf dem Weg zur Meglisalp.

Ein beschrifteter Polizeiwagen fuhr durch das Tor. Dahinter erkannte er Fede, noch immer in der Wanderkluft. Sie kam schnurgerade auf ihn zu.

»Danke, Max. Es ist ein gutes Gefühl, dich zu sehen.« Sie umarmte ihn und wollte ihn nicht mehr loslassen.

»Haben sie dich gut behandelt?« Max drückte sie fest an sich.

»Ich weiß nicht, wie es in anderen Haftanstalten aussieht, aber hier war es den Umständen entsprechend …« Sie suchte offenbar nach dem richtigen Wort. »… nett. Ich hatte eine interessante Mitinsassin. Es war mir nie langweilig.«

»Hat der Richter die Kaution genehmigt?«

»War nicht nötig. Ich glaube, der pathologische Bericht von der Rechtsmedizin ist heute Morgen eingetroffen. Ich wurde von jedwedem Verdacht befreit. Ich bin unschuldig.«

»Ich habe nie nur eine Sekunde daran gezweifelt. Aber ich habe eine Ahnung von den Abläufen bei einem konkreten Verdacht. Weiß man, wer die Antoniazzis umgebracht hat?«

»Das wüsste vielleicht dein Anwaltsfreund. Danke, dass du ihn zu mir bestellt hast. Allein wäre es schwierig gewesen.«

»Dazu hast du mich.«

»Bist du in der Zwischenzeit mit Manser weitergekommen?«

»Es gibt viele Indizien, aber keine Beweise.« Auf dem Weg zu seinem Wagen erzählte Max vom gestrigen Abstieg zum Seealpsee, wie er diesem John etwas hatte beweisen wollen und der Schuss leider nach hinten losgegangen sei. Dass Milagros nach ihm gefahndet hatte, verschwieg er und vergaß die Blamage vor dem Bahnangestellten. Er erzählte vom Bergsturz und wie er zur Höhle gekommen war.

»Du hast eine weitere Höhle gefunden, und du wolltest darin übernachten?« Fede lachte ihn aus. Auf den Steinschlag ging sie nicht ein. »Du beschreibst die Gegend hier, als würde sie sich über Hunderte von Kilometern ausdehnen.«

»Ich war ein Volltrottel. Aber steh du mal senkrecht ohne Sicherung an einem Abhang. Da kommen einstweilen seltsame Gedanken auf.« Max zückte den Schlüssel und schloss den Mustang auf. Er öffnete Fede die Tür.

Sie kommentierte es, war abzusehen gewesen. »Ich war zwar im Knast, aber keine vierzig Jahre. Du kannst mich behandeln wie zuvor. Ich bin nicht verrostet.« Sie schwang ein Bein ins Wageninnere. »Wo ist Milagros?«

»Sie hat sich wieder einmal etwas in den Kopf gesetzt und befindet sich nun auf dem Weg zur Meglisalp.«

»Ist das nicht eine weite Strecke?«

»Sie hat einen Helikopter gebucht und lässt sich auf die Alp fliegen. Du kennst sie ja. Was sie dort macht, hat sie mir nicht verraten, bloß, dass sie einer wichtigen Spur folge.«

Fede setzte sich, und Max ging vornherum zur Fahrerseite. Kaum hatte er sich hinter dem Lenkrad niedergelassen, klingelte sein Smartphone. »Das ist Emil.« Er stellte es auf laut.

»Hi, Max. Ich hoffe, du hast deine Freundin Federica inzwischen bei der Polizei abgeholt.«

»Sie sitzt neben mir im Auto.«

»Leider habe ich sie nicht mehr gesehen. Ihre Entlassung ging zügig voran. Ich bin echt froh. Frau Hardegger?«

»Guten Tag, Herr Ruf. Ich hatte mich nach Ihnen erkundigt. Man sagte mir, Sie seien unauffindbar, sonst hätte ich auf Sie gewartet.«

»Hauptsache, das Problem hat sich für Sie gelöst.«

»Vielen Dank. Sie haben noch was gut bei mir.«

»Er kriegt sein Anwaltshonorar.« Max musste schmunzeln und wandte sich an Ruf. »Kennst du den Grund für Fedes Freilassung?«

»Ich durfte den Bericht des Gerichtsmediziners im Fall Antoniazzi lesen.«

»Und?«

»Gemäß Autopsie starben sie an den Folgen eines Leberversagens.«

»Also doch durch Vergiften«, sagte Max.

»Richtig, durch den Amanita phalloides.«

»Der grüne Knollenblätterpilz«, sagte Fede.

Max sah, wie blass sie geworden war. »Stimmt etwas nicht?« Er sprach mit Ruf. »Emil, ich rufe dich zurück. Lass mir ein paar Minuten.« Er beendete den Anruf. »Fede? Was ist los?«

»Du weißt, was das bedeutet.« Sie schnappte nach Luft. »Dass ich haarscharf am Tod vorbeigeschrammt bin. Emanuele Antoniazzi wollte mich zum Mittagessen einladen, zu Tagliatelle mit Champignonrahmsauce. Oft werden Champignons mit Knollenblätterpilzen verwechselt.«

»Aber er war doch ein Profi. Wie konnte das geschehen?«

»Das ist wohl die Aufgabe der Polizei, das herauszufinden.«

Max entging nicht, wie Fedes Hände leicht zitterten.

»Ich habe es mir noch überlegt. Der Duft war angenehm, und Hunger hatte ich auch.«

»Ich frage mich, weshalb die Angestellten nicht davon gegessen haben.«

»Möglicherweise hatte er die Menge nur für zwei Personen berechnet. Antoniazzi sagte, es sei eine neue Spezialität, also muss er erst noch an ihr getüftelt haben und wollte meine Meinung dazu.«

Max sah sie ernst an. »Du bist dem Tod knapp entkommen. Stell dir vor, du hättest die Einladung angenommen, dann würdest du jetzt nicht hier sitzen.«

»Max, komm runter. Ich bin da. Es ist nichts passiert.«

Er konnte es nicht nachvollziehen, wie gelassen sie auf einmal damit umging. »Wir sollten das feiern.«

»Sei nicht kindisch. Ich glaube, wir haben eine Menge Arbeit vor uns. Widmen wir uns dem Fall Manser und verwenden wir unsere Energien darauf. Der Champagner ›läuft‹ uns nicht davon.«

***

Kurz nachdem Milagros den Hubschrauber verlassen und sich von der Crew verabschiedet hatte, fiel ihr der exponierte Fels direkt über der Alp auf, der sich wie ein Einfamilienhaus in Schräglage auftürmte. »Potz Donner, wenn der runterkommt.«

»Was hast du gesagt?« Ein Wildfremder sprach sie an. Aufgrund seiner Mundart musste er einer von hier sein. Er trug olivgrüne Hosen, hatte eine Pfeife im Mund und die siebzig überschritten.

Milagros zeigte nach oben zur Agateplatte. Wenn sie richtiglag, musste es diese sein, der flache Buckel, der Richtung Säntis anstieg.

»Ach der.« Der Fremde lachte. »Der Fels ist seit Jahr und Tag dort oben. Solange wir die bösen Geister nicht beschwören, bleibt er auch dort, gell. Sollte er dennoch runterkommen, haben wir Pech gehabt. Keine Angst, heute und morgen wird das nicht der Fall sein. Früher kam hier öfter mal was runter. Schau dir nur die Steine in der Landschaft an.« Er musterte sie interessiert. »Ich habe gesehen, du bist mit dem Helikopter angeflogen, gell. Ja, ja, die reichen Unterländer können sich alles erlauben.« Er verzog seinen Mund zu einer grimmigen Grimasse. »Ich nehme an, du bist in einer wichtigen Mission unterwegs?«

Milagros verargte es dem Mann nicht. Sie an seiner Stelle hätte sich auch aufgeregt, wenn diese Bergidylle von knatternden Libellen gestört wurde. Sie suchte in ihrer Gurttasche nach der Adresse, die ihr Frau Inauen mitgegeben hatte. Sie fand den Zettel und faltete ihn auseinander. »Ich muss zu Remigius Fässler. Er soll hier leben.« Sie las: »Im Haus elf neben der Kirche.«

»Remigi? Was willst du von dem?«

»Ich brauche eine Auskunft.«

»Also«, der Mann kratzte sich am Hinterkopf, »hast du ein Gebrechen, oder was?«

Was ging es ihn an? Milagros überlegte, ob sie gesundheitliche Probleme hatte, kam aber auf keine bedenklichen Leiden, abgesehen davon hatte sie ein wenig Herzschmerz. Über dessen Ursprung ließ sich streiten. »Ich bin putzmunter.«

»Ha, ha, so siehst du aus.«

Meinte er das ernst, oder machte er sich lustig über sie? »Darf ich erfahren, weshalb Sie mich dies fragen?«

»Hier sagen wir einander Du.« Als er lachte, entblößte er ein havariertes Gebiss, bei dem mindestens zwei Zähne fehlten. »Wir befinden uns über tausend Meter über Meer, gell. Ich bin Franz.« Er machte Anstalten, sie am Arm zu nehmen, überlegte es sich jedoch anders. »Komm, ich führe dich zu ihm.«

»Sie ... du hast mir meine Frage noch nicht beantwortet.« Milagros schaute über die mit Felsbrocken überdeckte Ebene. Das Gasthaus Meglisalp lag eingebettet in die saftigen Alpenwiesen und trotzdem markant am Fuß einer Geröllhalde unterhalb des Lisengrats. Die Kapelle stand unweit einiger Alphütten, inmitten weidender Kühe. Seit der Hubschrauber mit brüllenden Rotoren weggeflogen war, hörte man die Kuhglocken bimmeln.

»Was hast du gesagt?«

»Ich möchte wissen, weshalb du mich nach meiner Gesundheit fragst.«

»Weil Remigi ein Gebetsheiler ist.«

»Ein Geistheiler? Oder ist das nicht dasselbe?« Vielleicht war das der Grund, weshalb Frau Inauens Vater hier wohnte, weil er offenbar hier auch wirkte.

»Jechtesgott! Geistheiler oder Gebetsheiler oder Hellseher. Auf jeden Fall hat er die Gabe dafür. Heilen ist in Appenzell Innerrhoden eine über Generationen überlieferte Tradition. Nicht weitersagen, gell, ich habe bereits zu viel verraten. Er macht keine Werbung, der Alte. Darum gehe ich ihm manchmal zur Hand. Und verlangen tut er auch nichts. Er macht das für ein ›Vergöllt's Gott‹. Aber wenn du ihm trotzdem ein paar

Franken dalässt, wird er es schätzen. Er muss auch von etwas leben, gell.«

»Er soll mich nicht heilen. Ich brauche lediglich eine Auskunft über jemanden, den er gut gekannt hat.«

»Aha, über einen Toten, gell. Ja, diese kann er auch beschwören. Ich hatte mal ein Gespräch mit meiner Mutter selig … durch Remigi.«

»Ist dir die Mutter erschienen?«

Franz lachte. »Remigi hat mit ihrem Geist Kontakt aufgenommen. Ich habe Fragen gestellt, und sie hat sie mir durch ihn beantwortet.«

Was für ein Humbug, dachte Milagros. Trotzdem … Sollte nur ein Quäntchen Wahrheit daran sein, war sie bei Remigius Fässler an der richtigen Adresse. Vielleicht gelang es ihm, sich an Heinis Geistwelt anzudocken. Einen Versuch war es sicher wert. Beschwingt folgte sie Franz Richtung Kapelle.

»Ist sie nicht schön, unsere Kapelle? Sie wurde 1905 errichtet. Ihr Name ist ›Maria zum Schnee‹.« Franz grinste. »Sie heißt auch im Sommer so. Während der Alpzeit feiern wir jeden Sonntagnachmittag um zwei Uhr eine heilige Messe.«

»Und warum hat man die Alp nicht durch eine Bahn erschlossen?« Milagros dachte an den horrenden Preis, den sie für den Transport mit dem Hubschrauber hatte bezahlen müssen.

»Es gab Pläne für den Bau einer Zahnradbahn von Wasserauen aus zur Meglisalp. Ein Ingenieur erhielt um 1897 eine Konzession des Bundes, sogar für eine Luftseilbahn zum Säntis.«

»Von hier aus?«, fragte Milagros.

»Ja, beim Berg-Endbahnhof der Zahnradbahn. Aufgrund von Finanzierungsschwierigkeiten konnten aber beide Bahnen nicht realisiert werden. Zum Glück, die Alp wäre sonst komplett überlaufen. Die Meglisalp muss man sich verdienen. Wer jedoch den Weg hierher schafft, dem bietet sich ein paradiesischer Flecken Erde.« Franz ließ die Sätze nachwirken. »Zwischen 1933 und 1935 baute man dann die Luftseilbahn Schwägalp-Säntis.«

»Und niemand kümmert sich um einen nachhaltigen Personentransport bis hierher, heute, wo bald jeder Gipfel und jede Alp mit einer Bahn erschlossen ist. Schaut man ins Südtirol –«

»Stopp! Den Alpstein kann man nicht mit den Dolomiten vergleichen.« Franz ereiferte sich. »Unsere Gegend ist Kraft und Ruhe, und das soll auch so bleiben.« Er schniefte. »1937 tauchten noch einmal Ideen für einen Personenlift auf, was jedoch verständlicherweise im Sand verlief.«

Sie erreichten die Kapelle. Sie war ganz aus Stein gebaut und stand auf einer Sockelmauer. Der linksseitig angebrachte Turm endete in einem Giebeldach. Zwischen der Kapelle und den schiefergrauen Felsen im Hintergrund entstand eine wohltuende Harmonie. Die Findlinge im Gras, die Ziegen am Hang, wenige Wanderer unterwegs, vielleicht ein Geheimtipp: die Meglisalp.

»Frau Inauen, die Tochter von Remigius Fässler, sagt, es gäbe zwischen der Seealp und der Meglisalp eine Pendelbahn für den Materialtransport.«

»Natürlich, sonst müsste man die Ware noch immer mit den Maultieren hochbringen.« Franz lehnte an die Kapellenmauer und verschränkte die Arme. »Die einseilige Luftseilbahn dient in erster Linie dem Warentransport. Immerhin überwindet sie auf einer Länge von über siebenhundert Metern eine Höhe von dreihundertfünfundvierzig Metern. Aber …«

»Aber?«

»Es werden auch Personen transportiert.«

»Das ist nicht wahr.« Milagros ärgerte sich. Warum hatte sie sich nicht besser informiert und vorbereitet?

»Nicht Touristen wie du.« Franz lachte. »Nein, sie ist nur für den Werksverkehr zugelassen, für Frauen und Männer, die auf der Alp arbeiten. Komm, wir statten Maria einen Besuch ab.« Franz löste sich von der Mauer und ging über die Treppe zu einem Vorhof, in den die Sonnenstrahlen nicht reichten. Er drückte den Griff der schweren Holztür nieder.

»Ich würde gern zu Remigius Fässler gehen.« Milagros ahnte, sie würde Franz nicht so schnell loswerden. Sie war eine willkommene Abwechslung für ihn. Aber sie war nicht hier, um Gotteshäuser von innen anzusehen.

»Keine Eile. Wer auf der Alp lebt, rechnet nicht in Stunden, schon gar nicht in Minuten und Sekunden.« Franz öffnete die Tür. Sie erzeugte ein leises Knarren.

Nur widerwillig ließ sich Milagros überreden. Sie hatte nicht alle Zeit der Welt. Sie sah auf die Uhr. In einer Stunde wollte Mike sie abholen.

Franz beobachtete sie: »Do get's etz e ke Bere!«

Kühle Luft schlug ihnen entgegen. Das Innere der Kapelle gestaltete sich von ergreifender Schlichtheit. Links und rechts hellbraune Gebetsbänke, der Weg zum liturgischen Raum war mit einem Teppich ausgelegt. Der Flügelaltar mit dem Tabernakel und dem Gnadenbild der Maria dominierte den Bereich unterhalb der Holzkuppel. Durch zwei Bogenfenster fiel Licht.

»Habe ich zu viel versprochen?« Franz bekreuzigte sich. »Das Marienbild entstand nach einem Vorbild von Rom.«

Milagros, selbst erzkatholisch aufgewachsen, drängte zum Gehen. Die Kapelle in Ehren, aber Gottes Schöpfung erfuhr sie in der freien Natur stärker.

Franz nuschelte etwas vor sich hin, wandte sich vom Altar ab und ging nach draußen. »Das ist wieder einmal typisch«, sagte er, kaum hatte er die Tür hinter sich zugezogen. »Immer dieses Gehetze. Wir sollten uns für die Gnadenmutter mehr Zeit nehmen. Sie beschützt uns vor Ungemach, vor Bergstürzen, heftigen Unwettern … und vor seltsamen Touristen.« Er konnte sich darauf ein Lachen nicht verkneifen, als er in Milagros' Gesicht sah. »Geduld ist wohl keine deiner Tugenden.«

»Meinst du mich?«

»Die Städter haben alle dasselbe Problem. Aber«, Franz richtete den Zeigefinger gegen sie, »ist man in kleinen Dingen nicht geduldig, bringt man die großen Vorhaben zum Scheitern. Die Anekdote könnte von mir stammen, hat jedoch Konfuzius gesagt.« Franz schritt um die Kapelle herum. »Siehst du die Hütte? Dort wohnt Remigi.«

Von Weitem kaum ersichtlich, schmiegte sich die Alphütte

rückseitig an einen gewaltigen Gesteinsbrocken und rechts in die Erhebung überwachsenen Gerölls. Ein fünf mal fünf Meter großes Häuschen, gebaut mit behauenen Steinen und mit Mörtel gekittet, hinterließ den ersten Eindruck, ein Schafunterstand zu sein. Es verfügte talseitig über eine einfache Holztür und zwei Fenster daneben, unter dem Giebel über eine weitere, durch Jalousien verschlossene Luke.

»Die Nummer elf«, sagte Franz und klopfte mit der Faust auf das Türblatt.

»Wohnt er das ganze Jahr hier?«

»Im Winter geht er ins Tal. Hier oben gibt's noch richtig viel Schnee. Vor allem im Frühling während der Schneeschmelze donnern Lawinen zu Tal. Oft verschütten sie ganze Alphütten.«

Die Tür wurde geöffnet, und ein weißhaariges Männchen erschien, kaum größer als Milagros, dünn und mit erstaunlich wachem Blick. Als er Franz sah, erhellte sich sein Gesicht. »Lange nicht mehr gesehen. Guten Tag, Franz. Wen bringst du mit?«

»Das ist …« Franz drehte sich zu ihr um.

»Milagros«, sagte sie.

»Mit spanischer Provenienz.« Fässler schenkte ihr ein Lächeln.

Woran hatte er es gemerkt? Konnte er wirklich hellsehen? »Ich lebe seit mehr als fünfundvierzig Jahren in der Schweiz.« Milagros reichte ihm die Hand. »Ihre Tochter hat Sie mir empfohlen.«

»Soso, die Lehmen-Wirtin. Kommt rein. Ich bin Remigi, du kannst mich duzen.«

»Natürlich, danke, habe ich ganz vergessen. Wir sind hier auf über tausend Meter.«

»Auf über tausendfünfhundert.« Fässler führte sie in eine Art Wohnküche, die in ihrer Einfachheit heimelig wirkte. Einen Kochherd gab es nicht, an seiner Stelle stand ein Ofen mit zwei gusseisernen Platten. Geheizt wurde mit Holz und Briketts.

Fässler bat seine Gäste, sich auf der Eckbank niederzulassen.

Milagros setzte sich zögernd. Ihr war es nicht recht, Franz bei ihrem Gespräch zugegen zu haben. Sie tauschte einen Blick mit Fässler. Dieser schlug Franz vor, nach seinen Schafen zu sehen.

Er konnte tatsächlich hellsehen. Milagros lief ein Schauer über den Rücken. Wenn sie Fässler ins Gesicht sah, erkannte sie viel Ähnlichkeit mit Frau Inauen. Sie hatten beide dieselbe sympathische Ausstrahlung, die gleichen blauen Augen, auch wenn Fässlers Iriden mit dem Alter vermutlich trüber geworden waren.

»Darf ich dir etwas zu trinken anbieten?«

»Nein danke, mach dir keine Umstände.« Milagros winkte ab und sah sich um. Neben dem Ofen ging eine schmale Treppe aufwärts, wahrscheinlich in die Schlafkammer unter dem Dach. An den drei fensterlosen Wänden hingen Scherenschnitte hinter Glas und in einfachen Holzrahmen – ein Alpabzug, eine Gebirgskette mit Kühen und Sennen im Vordergrund, eine Alphütte mit Tannen, eine Gruppe von Trachtenleuten.

»Wie kann ich helfen?«, fragte Fässler.

Hoppla, eigentlich müsste er in sie hineinsehen können. »Du hast sicher von Heini Mansers Tod gehört.«

Fässler zog seine buschigen Augenbrauen hoch. »Ich lese weder Zeitungen, noch sehe ich fern, und ein Radio gibt es bei mir nicht. Alles, was ich wissen muss, ist hier drin.« Er klopfte nicht an die Stirn, sondern auf seine schmale Brust. »Franz hat es mir mitgeteilt. Heini war hier sehr bekannt. Stieg er von der Schwägalp aus auf den Säntis, kehrte er über die Meglisalp zurück. Er besuchte mich, sooft er konnte.«

»Ich war an seiner Hochzeit eingeladen, obwohl wir uns seit Jahren nicht mehr gesehen hatten.«

»Außer unter den Lauben in Bern.« Fässler lächelte.

Milagros schluckte leer. Dieser Remigius war unheimlich.

»Heini hat mir davon erzählt. Letzte Woche war es, als er mich zum letzten Mal besuchte. Er berichtete mir über die Frau seines besten Freundes aus Hergiswil bei Nidwalden. Milagros hat er sie genannt. Das kannst nur du sein.«

Okay: Es schien, als würde sich alles klären. »Hat er auch von der bevorstehenden Hochzeit gesprochen?«

»Er wollte einen Rat von mir.«

»Warum?«

»Er hatte nicht viele Freunde, aber viele Neider. Diese suchten immer einen Grund, um mit ihm zu streiten. Zugegeben, Heini war kein einfacher Mensch, oft stieß er die Leute mit seinem makabren Humor und seinen bissigen Provokationen vor den Kopf, aber er hatte das Herz am rechten Fleck. Ich riet ihm, seine ›Feinde‹ zum Fest einzuladen, um zu beweisen, wie großzügig er denkt.«

»Die Hochzeit wurde ihm zum Verhängnis respektive die Wanderung zum Seealpsee.« Milagros ließ ihr Gegenüber nicht aus den Augen.

Fässler hielt ihrem Blick stand. »Die Lebenszeit läuft für jeden einmal ab. Ich hätte mir für Heini keinen schöneren Tod vorstellen können als auf dem Weg in seinen geliebten Bergen. Gott ist groß.«

»Er hinterlässt eine junge Witwe.«

»Aurora, die Göttin der Morgenröte, eine bildschöne Frau, leider vom Schicksal verfolgt.«

»Sie hat nicht nur ihren Mann, auch ihre Eltern verloren«, sagte Milagros, ohne es zu wollen.

Wenn Fässler überrascht war, ließ er es sich nicht anmerken. »Ich weiß.«

Selbstverständlich. Wahrscheinlich waren ihm die Antoniazzis vor ihrem Ableben erschienen.

»Weißt du auch, wer sie getötet hat?«

»Emanuele ging gern in die Wälder. Er brachte oft Dinge auf den Teller, die er in der Natur gefunden hatte. Walderdbeeren, Bärlauch, Holunder, diverse Kräuter. Aus Tannenspitzen machte er Honig. Einmal hat man ihn beim Wildern erwischt.«

»Was willst du damit andeuten?«

»Seit Mai haben wir sehr trockenes und warmes Wetter. Aber auch ergiebige Niederschläge. In diesem Klima gedeihen die Knollenblätterpilze am besten. Emanuele muss sie wohl mit den Champignons verwechselt haben, die man erst im August ernten kann.«

Milagros runzelte die Stirn. Bluffer, dachte sie. Federica saß bei der Polizei in Appenzell fest. Wenn Fässler die Gabe gehabt hätte, die Dinge zu sehen, wäre ihr Name gefallen. Sie wollte nicht darauf zu sprechen kommen. Sie war wegen Heini hier. Sie stieß Luft aus. »Du glaubst also, Heini ist von allein vom Weg abgekommen und runtergestürzt.«

»Die Polizei sollte sich auf Heinis Vergangenheit konzentrieren.«

»Ja, das dachte ich mir. Aber wo beginnt diese und wo endet sie? Zudem unternimmt die Polizei nichts in dieser Hinsicht.«

»Das ist eine mutige Behauptung.«

»Entschuldigung, das war nur so dahingesagt. In der Vergangenheit also …« Milagros erhob sich, holte ihr Portemonnaie aus der Gurttasche und legte ein paar Geldscheine auf den Tisch. »Vergelt's Gott.«

SECHZEHN

Als Max und Fede beim Gasthaus Lehmen ankamen, hielt sich John Sturzenegger auf der Terrasse auf. Er saß allein auf der Bank vor einem Tisch und starrte in einen Eisbecher.

»Was will denn der schon wieder?« Max blieb zögernd stehen.

»Vielleicht wartet er auf Milagros.« Fede berührte seinen Arm, was er als eine zärtliche Geste empfand. »Ich werde aufs Zimmer gehen und duschen. Sehen wir uns hier?« Sie wies auf die aufgedeckten Tische unter den Sonnenschirmen.

»Bringst du den Laptop mit? Ich habe mir letzte Nacht ein paar Notizen gemacht. Ich würde sie gern mit dir durchsehen.«

»Gibt es neue Verdächtige?«

»Die üblichen.« Max drehte den Kopf zu Sturzenegger um. »Er wird uns dabei helfen. Ich muss ihn bloß zum Reden bringen. Gestern ist es mir nicht gelungen. Er war zu sehr damit beschäftigt, seine Angst in den Griff zu bekommen. Aber er verschweigt etwas, was uns weiterbringen könnte.«

»Oh, habt ihr gestern Freundschaft geschlossen?«

»Der Kerl ist mir suspekt. Milagros will natürlich nichts auf ihn kommen lassen. Sie hat sich bestimmt in ihn verknallt. Sie haben zusammen gekifft. Wenn sie sich zu so etwas verleiten lässt, hat es ihr den Ärmel reingezogen. Wetten, dass sie ihren sechsundsechzigsten Geburtstag zum Anlass nimmt, ihren Lebenswandel zu ändern? Eine Marihuana-Party im Alpstein würde ihr ähnlichsehen.«

Fede blieb stehen. »Ich würde sie sofort unterstützen und mitmachen.« Sie schürzte ihre Lippen. »Du siehst immer nur das Negative. Erinnerst du dich an Ralph? Du hast ihn ihr richtiggehend vergrault.«

»Quatsch, er hat sie von allein verlassen, nachdem sie ja unbedingt diese Weltreise mit ihm machen wollte.«

»Gönne ihr doch ein bisschen Glück.«

»Sie trägt Scheuklappen.«

»Sie ist verliebt. Lass ihr doch die Freude. Ich finde John ganz okay.«

»Sie ist eine Dame von Welt und lässt sich mit einem Hippie ein.« Max konnte es so nicht stehen lassen. »Schau ihn dir an.« Max neigte seinen Kopf Richtung Sturzenegger, der von dem Gespräch nichts mitbekam. Er löffelte versonnen Eis, pickte zwischendurch Nüsse aus dem Glas und legte diese auf den Tellerrand. Wusste der Teufel, woran er gerade dachte. »Milagros hat meinen Vater geliebt. An ihrer Perlenhochzeit haben sie ihr Ehegelübde erneuert und sich wieder ewige Treue geschworen.«

»Bis dass der Tod sie scheidet.« Fede hob ihre Augenbrauen. »Max, sei nicht albern. Was ist in dich gefahren? Diese Züge kenne ich nicht an dir. Du wolltest dich doch aus Milagros' Fuchtel befreien. Dann fang endlich damit an. Sie lebt ihr Leben, und du lebst deines. John tut ihr gut. Wenn sie zusammenkommen, bedeutet es, sie findet weniger Gelegenheit, dir auf den Geist zu gehen.« Fede nahm seinen Kopf in die Hände und drehte ihn zu ihr um. »Oder willst du das etwa gar nicht?«

»Und wenn er der Mörder ist?«

Fede zog ihn zum Lift. »Wie kommst du auf diese absurde Idee?«

Max erzählte ihr noch einmal vom Abstieg zum Seealpsee, wie hilflos Sturzenegger sich angestellt und trotzdem genau gewusst hatte, von welcher Stelle aus Manser in den Tod gestürzt war. Er habe ihm verbieten wollen, auf den Pfad hinter den Föhren zu gehen – aus Furcht, er könnte ein Beweisstück finden? »Hast du ihn genauer unter die Lupe genommen? Die Motive lassen sich in vergangenen Geschichten finden. Ich vermute, da existiert viel mehr als die Sache mit der verlorenen Lehrstelle. Weißt du was? Du gehst dich frisch machen, und ich fühle John auf den Zahn. Er ist mir noch eine Erklärung schuldig, weshalb er gestern ohne mich nach Hause gefahren ist.«

»Gehe es nett an.«

»Versprochen.«

Fede ging über die Treppe nach oben. Max kehrte auf die

Terrasse zurück. Die Serviceangestellte kreuzte seinen Weg. Noch beim Vorbeigehen bestellte er ein »Quöllfrisch«.

»Hi.« Er zog einen Stuhl unter dem Tisch hervor und schwang sich Sturzenegger gegenüber auf den Stuhl mit dem Kissen. »Du gestattest?«

»Bitte.« Er sah überallhin, nur nicht in Max' Gesicht.

»Wegen gestern.« Max wartete, bis sich Sturzenegger bemühte, ihn anzusehen. Bevor er ihn angriff, musste er ihm den Wind aus den Segeln nehmen. »Ich bitte in aller Form um Entschuldigung.«

»Du hast mir einen gehörigen Schrecken eingejagt. Bist du dir dessen bewusst? Ich versuchte, dich telefonisch zu erreichen, aber du nahmst nicht ab.«

»Der Akku war leer.«

»Dann kam das Unwetter, und von dir fehlte jede Spur.«

»Ich bin heil zurückgekehrt. Das zählt.« Max unterließ es, Sturzenegger seine eigenen Ängste zu gestehen. Im Moment des Gewitters hatte er gedacht, es sei zu Ende, was er aber erst heute Morgen realisierte. Er hatte sich die prekäre Situation am Zisler wiederholt durch den Kopf gehen lassen.

Sturzenegger schniefte. »Mit mehr Glück als Verstand.«

Die Serviceangestellte brachte das Bier. Die Gespräche brachen augenblicklich ab. Erst als sie sich vom Tisch entfernte, sagte Max: »Warum hast du eine solche Panik?«

»Was für eine Panik?«

»Es kann nicht sein, dass ein guter Bergsteiger wie du, was sich übrigens überall rumspricht, im Alter plötzlich Angst vor einem Abstieg hat. Was war der Auslöser für dieses Trauma?«

Sturzenegger lehnte sich an die Wand des Gasthauses. Den halb leeren Eisbecher schob er zur Tischmitte. Es schien, als wäre ihm der Appetit vergangen. »Man wird gebrechlicher im Alter.« Er setzte ein künstliches Lächeln auf. »Es quietscht und kracht in den Gelenken.«

Das vermochte Max nachzuvollziehen, wenn er an Milagros dachte. Sie beschwerte sich oft über Schmerzen in den Beinen, die sie vor zwei, drei Jahren noch nicht hatte. Sturzenegger jedoch war agil, hatte kein Gramm Fett auf den Rippen. Er war trainiert, was man auch an seinen muskulösen Oberarmen und an den Beinen sah. Entweder kletterte er noch immer, oder er machte seine Klimmzüge in den Boulderhallen.

»Das nehme ich dir nicht ab«, sagte Max. »Ich glaube auch nicht, dass du Schwindelanfälle während der Wanderungen hast. Ich habe dich beobachtet. Als du sicher warst, ich würde nicht gucken, gingst du aufrechter und sorgloser im Gelände.«

»Tatsächlich versuchte ich, mich vor dir nicht zu blamieren. Mal zaudere ich mehr, mal weniger. Oft kommt mir der Kopf in die Quere. Aber das kennst du sicher. Wenn man zu viel denkt, blockiert das.« Er bedeckte sein Gesicht mit beiden Händen. »Ich hatte ein Erlebnis, welches mich prägte und das meine Panik auslöste.«

»Möchtest du darüber sprechen?«

»Wenn du mir garantierst, es Milagros nicht zu sagen.«

»Max?« Fede erschien beim Zugang zum Gasthaus. Sie trug ein knielanges hellgrünes Sommerkleid, welches ihre Tattoos nur teilweise bedeckte. Die Gäste schenkten ihr ungeteilte Aufmerksamkeit. Ausholenden Schrittes kam sie zum Tisch und legte den Laptop ab. »John, schön, dich zu sehen.« Sie brachte ihm den Schmus, war zu erwarten gewesen. Verdächtiger hätte es jedoch nicht tönen können. Sturzenegger musste davon ausgehen, man wolle etwas von ihm.

Max hätte sich die Haare raufen können. Endlich hätte er Sturzenegger so weit gehabt, dass er redete.

Fede schwang sich auf den Stuhl neben Max und griff nach dem Bierglas. »Sorry, ich bin durstig.«

»Du kannst dir etwas bestellen.« Max hob verärgert den Deckel des Laptops an. »Wir waren gerade an einer wichtigen Sache, John und ich.«

»Okay … nun bin ich reingeplatzt.« Sie sah Sturzenegger kritisch an. »Tut mir leid. Es interessiert mich auch … Worum geht's?« Sie ließ ihren Blick zwischen Max und Sturzenegger hin- und herschweifen. »Willst du uns endlich über dein Verhältnis zu Manser informieren, John?«

Falsche Bemerkung. Max legte seine Hand auf Fedes Arm. »Er war gerade dabei, über die Ursache seiner Angstzustände zu berichten.« Max befürchtete, er könnte Sturzenegger damit in die Enge treiben und alles, was so gut begonnen hatte, würde wie ein Kartenhaus zusammenfallen.

»Klärt ihr mich auf?« Fede winkte der Serviceangestellten zu und bestellte eine Apfelschorle.

Sturzenegger griff nach dem Löffel im Eisbecher und schob ihn von einer in die andere Hand. »Vor vier Jahren stürzte die siebenjährige Tochter meiner Freundin auf dem Weg vom Äscher zum Seealpsee ab. Ich befand mich direkt hinter ihnen, als das Unglück geschah. Ich sah, wie Laure stolperte und zwischen den talseitigen Gebüschen verschwand. Noch immer höre ich ihre Schreie, von Laure und von ihrer Mutter. Während der Vater wie paralysiert stehen blieb, versuchte ich, bei der Absturzstelle hinunterzuklettern.«

»Moment«, unterbrach Fede ihn. »*Deine* Freundin?«

Sturzenegger sah sie verständnislos an.

»Du warst mit deiner Freundin, ihrem Mann und dem Kind gemeinsam unterwegs?«

»*Eine* Freundin ... ich habe mich falsch ausgedrückt. Da war nie etwas zwischen uns. Wir haben uns einfach gut verstanden.«

Fede hob die Hände, als weise sie ihre Zwischenbemerkung von sich. »Sorry, dann wäre das geklärt.«

»Ist das wichtig?« Max verstand ihr Intermezzo nicht, und Sturzenegger hatte offenbar Mühe, den Faden wieder aufzunehmen.

Es vergingen ein paar Sekunden, in denen geschwiegen wurde. Etwas Unausgesprochenes lag in der Luft. Vielleicht rührte es daher, dass sie zu viel auf Gerüchte gaben. Handfeste Beweise existierten nicht, man baute auf Vermutungen auf und kam deswegen nicht vom Fleck. Der Fall Manser gestaltete sich schwierig, allzu oft verloren sie sich ins Uferlose. Jetzt war Sturzeneggers Trauma wichtiger als Mansers Absturz. Und doch glaubte Max einen Zusammenhang zwischen Sturzeneggers momentaner Verfassung und dem Unglück am Hochzeitstag zu sehen.

Endlich rang sich Sturzenegger dazu durch, weiterzusprechen. »Ich wusste, dass ich mich damit selbst in große Gefahr brachte. Aber die Schreie der Mutter, die Unfähigkeit des Vaters waren wie ein Antrieb. Ich wollte helfen. Es kamen dann noch zwei Wanderer, die per Zufall ein Seil bei sich hatten. Inzwischen wurde die Bergrettung gerufen. Aber bis diese vor Ort war, konnte es dauern. Ich ließ mich zehn Meter abseilen –«

»Das hätten doch auch die zwei Wanderer tun können«, unterbrach Fede, »wenn sie schon ein Seil dabeihatten. Diese waren sicher geübter darin.«

Worauf wollte Fede hinaus? Grundlos stellte sie keine solchen Fragen.

»Damals war ich ohne Angst unterwegs, war ein guter Berggänger und Kletterer. Zudem kennt Laure mich. Ich war ihr, im Gegensatz zu den Männern, nicht fremd.« Sturzenegger fuhr unbeirrt fort: »Ich sah das Kind, welches das Bewusstsein verloren hatte. Ich weiß nicht, was ich dachte, aber ich wollte Laure bergen … Über mir schrie die Mutter. Es war herzzerreißend. Ich sah nur rot … Dabei hatte ich einmal gelernt, man solle Schwerverletzte den Profis überlassen. Es war dieser Griff, der alles nur noch schlimmer machte. Ich wollte doch bloß helfen. Wer hätte sich im Moment der Bergung vorstellen können, Laure hätte einen Rückenwirbel verletzt. Doch nicht ein Kind von sieben Jahren. Hätte ich Laure liegen gelassen, könnte sie heute noch gehen. Ich hätte bei ihr bleiben und sie im Gelände sichern sollen. Aber nein, ich bestand darauf, sie hochzuziehen. Seit diesem Unfall sitzt sie im Rollstuhl. Seit über drei Jahren geht sie in Therapie, anstatt mit ihren Freundinnen zu spielen. Meine Freundin … Bekannte gibt mir die Schuld. Ihr Mann hat sie verlassen, konnte mit der Tragödie nicht umgehen.« Sturzenegger schluckte schwer, der Adamsapfel glitt auf und ab. »Da war das Mädchen, ich hätte ihm das Leid ersparen können und habe versagt. Laure … es tut mir so leid.«

Eine Zeit lang herrschte Schweigen.

»Das war Schicksal.« Fede fand als Erste die Worte. Sie griff über den Tisch und berührte Sturzeneggers Hände. »Du hast sie gerettet. Es ist das, was zählt. Zudem war es eine Kettenreaktion unglücklicher Umstände.«

Dieser senkte den Blick. »Es sind Bilder, die mich verfolgen … nicht nur die von Laure. Ich sehe meine Bekannte vor mir, ihre Augen, das Entsetzen, ihre Anschuldigungen. Wenn ich zum Seealpsee hinuntersteige, verfolgen mich diese Dinge.«

»Warum gehst du noch immer diesen Weg, wenn du genau weißt, wie schlecht er dir tut?«, fragte Fede.

»Weil ich hoffe, damit diese innere Blockade zu überwinden.«

Ein Märtyrer, dachte Max. Hoffentlich kam Milagros bald von ihm los. Oder er musste ihr sagen, auf wen sie sich da eingelassen hatte.

»Danke für dein Vertrauen«, sagte Fede. »Vielleicht solltest du dir Hilfe holen.«

Max startete den Laptop. Ihm wurde das Ganze zu ungemütlich. Wenn Fede begann Ratschläge zu erteilen, endete es selten gut. Eigentlich passte es nicht zu ihr. So viel Mitgefühl zeigte sie sonst nie, weil sie grundsätzlich niemanden zu nahe an sich heranließ. »Ich habe hier ein paar Namen notiert.« Max wandte sich an Sturzenegger. »Ich möchte mit deiner Hilfe die Motive zuteilen, die relevant sind. Ich will herausfinden, ob materielle oder emotionale Beweggründe im Mittelpunkt stehen. Wer profitiert von Mansers Tod, bei wem hatte er eine Rechnung offen, war Rache im Spiel? Neid. Gab es Ereignisse in der Vergangenheit, in die er involviert war? In sechsundsechzig Jahren kann sich schön was zusammenläppern. Um auf den Samstag zurückzukommen, ist dir etwas aufgefallen, was außergewöhnlich war? Hatte Manser Streit?« Max erinnerte sich an Milagros' Bemerkung, Sturzenegger habe die ganze Zeit fotografiert. »Hast du eventuell etwas Wichtiges auf deiner Kamera und deinem Handy festgehalten, dessen du dir nicht bewusst bist?«

»Die Fotos.« Sturzenegger griff sich an den Kopf. »Während der Messe und dem Apéro habe ich nicht fotografiert. Aber die Fotografin war da. Sie hat, nehme ich mal an, einige Fotos gemacht.«

»Wurden auch Videos gedreht?«, fragte Fede.

»Ich gehe davon aus, die Polizei hat das bereits überprüft«, sagte Max. »Kennst du sie mit Namen?«

»Malea oder so.« Sturzenegger grübelte. »Sie war mit ihrem Handlanger da. Ich erinnere mich. Sie hat ganz bestimmt während der Messe fotografiert. Da war sie allein.«

»Kannst du sie ausfindig machen?«

»Selbstverständlich.«

Fede zückte ihr Smartphone. »Aurora kann uns sicher weiterhelfen. Ich rufe sie an.«

***

Der Rückflug mit dem Hubschrauber gestaltete sich als ein wunderbarer Abschluss ihres Ausflugs auf die Meglisalp. Noch einmal sah Milagros das Alpsteingebiet aus der Sicht eines Vogels, und Wehmut überkam sie. Sie machte ein paar Fotos, war sich aber sicher, niemals würde ein Bild die Wirklichkeit wiedergeben, schon gar nicht die Emotionen. Wenn sie später die Erinnerungen betrachtete, würde es sie traurig stimmen. Alles ging vorüber, blieb als Souvenir zurück, das mit den Monaten und Jahren verblasste. Milagros dachte an ihr Appartement am Brienzersee und die Zeit, die sie Tag für Tag verspielt und verloren hatte. Keine Höhepunkte mehr, eher ein einsames Dahinvegetieren, ein verzweifeltes Bemühen um Akzeptanz in einem Freundeskreis, in dem das Sterben bereits begonnen hatte. Zwei Frauen, kaum älter als sie, waren an Krebs erkrankt und innert Jahresfrist gestorben. Ein guter Freund war mit nicht einmal siebzig von dieser Welt gegangen, und ein Arzt aus Interlaken, den sie gut kannte, hatte sich das Leben genommen, weil er unheilbar krank gewesen war.

Sie sah John vor sich, im bunten Hemd, mit der Muschelkette und seinem Pferdeschwanz, seiner Begeisterung, als er vom Tandemflug mit dem Paraglider berichtet hatte. Er hatte Humor, gab sich manchmal oberflächlich, und trotzdem empfand er gefühlsmäßig tief, er konnte fröhlich, aber auch traurig sein.

Wollte sie sich auf ihn einlassen? Mit ihm zusammenziehen? Ihre Zärtlichkeiten müssten sie wiederholen, um ihnen Bestand zu geben. Auch die schönsten Gedanken versickerten einmal. Warum das Glück nicht packen, wenn es zu ihren Füßen lag, und die Träume wahr werden lassen?

Der Hubschrauber setzte auf, das Geräusch der Rotoren erstarb. »Wir sind da«, sagte die Frau neben ihr. »Ich hoffe, Sie beehren uns wieder einmal auf einem Rundflug über den Alpstein.«

Milagros verabschiedete sich von Mike und dem Co-Piloten, schnallte sich ab und gab den Helm zurück. Auf wackeligen Beinen betrat sie den Boden. Das bestellte Taxi wartete bereits. Sie beeilte sich nicht, drehte sich im Gegenteil um die eigene Achse, fühlte sich leicht und unbekümmert, sah der Gondel auf dem Weg zur Ebenalp nach, dem sich verkleinernden Punkt im steilen Gelände, legte den Kopf in den Nacken und betrachtete den Himmel, ein Flugzeug, welches das Sonnenlicht reflektierte.

Man erwartete sie beim Gasthaus Lehmen. Maximilian und Federica hatten sie bereits entdeckt. Milagros bezahlte und verließ den Wagen. Sie betrat die Terrasse und sah direkt in ein lachendes Gesicht. John.

Sie hatte nicht mit ihm gerechnet. Umso erfreuter war sie, ihn hier zu treffen. Sie grüßte in die Runde und blieb stehen. »Ihr arbeitet?«

»Komm, setz dich zu uns.« Federica wies auf die Zeit auf ihrem Smartphone. »In einer Viertelstunde wird Malea Graf zu uns kommen.«

»Vielleicht erinnerst du dich an die Fotografin am Hochzeitstag«, sagte John. Er vermittelte ihr einen etwas verlegenen Eindruck.

Milagros lächelte in sich. Gut möglich, dass er sich über sie beide Gedanken gemacht hatte. Wie er sie ansah, viel zu lange, um den Blick als unbedeutend abzutun. In seinen Augen brannte eine Sehnsucht.

Vergiss es, schalt sie sich. Ich bin zu alt dafür.

Ihr Herz sagte etwas anderes.

Maximilian vertiefte sich in die Bilder, die er von Johns Smartphone und dem USB-Stick auf sein Gerät geladen hatte. Milagros sah sich mit sich selbst konfrontiert. Auf jedem dritten Foto entdeckte sie sich in verschiedenen Posen. Fast wurde es ihr peinlich. Was mussten Maximilian und Federica über sie denken? Doch diese Phase hatten sie hinter sich. Es galt, verdächtige Personen zu eruieren. Die Liste neben dem Laptop bewies, wie weit sie schon gekommen waren.

Milagros setzte sich. »Das ist doch …« Ihr fiel der Name nicht ein.

»Kurt Schläpfer«, sagte John. »Er hat am Freitag vor der Hochzeit seine Frau verloren. Sie war es, die auf dem Weg zum Seealpsee runterfiel, zusammen mit ihrer Freundin, die verletzt im Koma liegt. Für Lydia kam jede Hilfe zu spät.«

»Er war an der Messe?«

»Ich habe ihn nur kurz gesehen. Beim Apéro habe ich ihn aus den Augen verloren.«

»Ist man nach dem unmittelbaren Tod seiner Frau nicht mit etwas anderem beschäftigt, als Mansers Einladung zu folgen?«, fragte Federica.

»So viel mir bekannt ist«, entgegnete John, »waren Kurt und Lydia nicht mehr zusammen. Wie ich Heini kannte, dachte er sicher, er könne sie wieder zusammenbringen, wenn er sie gemeinsam einlädt.«

»Dieser Manser kommt mir je länger, desto skurriler vor«, bemerkte Maximilian. »Es sieht danach aus, als hätte er auf Biegen und Brechen seine Gäste zum Wildkirchli gebracht, sogar seine Feinde.«

John wurde sichtbar abgelenkt. »Oh, da sind Malea und … Aurora.« Er wies zum Parkplatz. »Wer hat Aurora eingeladen?«

»Ich.« Federica erhob sich. »Sie ist noch immer die Schlüsselfigur. Auch wenn sie uns engagiert hat. Ihre Taktik, um von sich abzulenken. Vergessen wir nicht, sie ist jetzt steinreich.«

»Mit den Tantiemen seiner Bücher?« John grinste vor sich hin. »Ich glaube nicht, dass Heini so viel Geld hatte. Er gab den Zaster gern aus. Das gehörte auch zu seinen Bemühungen, möglichst viele Freunde«, er malte Gänsefüßchen in die Luft, »zu erkaufen.«

Federica kam mit der Fotografin und Aurora zurück zum Tisch. »Bitte, setzt euch. Milagros kennt ihr bereits.«

Malea reichte ihr die Hand zum Gruß. »Ich erinnere mich. Sie trugen doch dieses edle Dirndl.« Sie nahm neben John Platz.

Milagros' Herz setzte kurz aus. Malea war um die fünfundzwanzig, schlank und hatte eine tolle Ausstrahlung. Offenbar gefiel sie auch John, denn er himmelte sie geradezu an.

»Wo kann ich konkret helfen? Fede sagte mir, es gehe um meine Fotos. Ich kam noch nicht dazu, sie zu sortieren und zu bearbeiten.« Sie entnahm ihrer Handtasche einen USB-Stick und reichte ihn Maximilian.

»Das ist gut so«, sagte dieser. »Je mehr Material wir zum Anschauen haben, umso besser.« Er steckte den Stick seitlich ins Gerät. Der Zip-Ordner ging auf. Maximilian öffnete ihn, worauf gefühlt Tausende von komprimierten Fotos den Bildschirm fluteten.

»Bis wir die alle durchgesehen haben, dauert es Stunden«, befürchtete Milagros und war dafür, eine Platte mit Naschereien zu organisieren. Sie winkte die Kellnerin an den Tisch und gab die Bestellung auf.

Niemand hatte etwas dagegen einzuwenden.

Aurora rückte näher an Maximilians Seite und wischte verstohlen eine Träne aus ihrem Gesicht. »Heini.« Sie wies auf eines der Bilder. »Es kommt mir vor, als wäre er noch unter uns.«

Maximilian hatte offenbar Bedenken. »Ist es okay für dich, wenn du die Fotos ansichst?«

»Wenn es zur Ergreifung des Täters führt, auf jeden Fall.« Ihre Augen drückten etwas anderes aus. Sie schluchzte auf. »Entschuldigung.«

»Du brauchst dich nicht zu entschuldigen«, sagte Federica. »Wenn du dich nicht in der Lage fühlst, uns zu helfen, verstehen wir es.«

»Schon gut.«

Während Maximilian nach unten scrollte, bat er John an seine Seite. »Vier Augen sehen besser. Wer zum Beispiel ist das?«

Milagros hatte den Bildschirm nicht im Blick. Sie konzentrierte sich auf Johns Reaktionen.

»Das ist Klemenz Eugster mit seiner Frau Christa. Neben ihnen sitzen Josef Frischknecht und seine Frau Annemie.«

»Und der da? Er scheint in ein angeregtes Gespräch mit Frischknecht vertieft zu sein.«

John kniff die Augen zusammen. »Hm … den kenne ich nicht mit Namen.«

Maximilian wandte sich an Aurora. »Kennst du ihn?«

»Nein.«

John holte eine Brille aus seiner Umhängetasche, setzte sie auf die Nase und beugte sich über die Tastatur.

Er ist Brillenträger, sinnierte Milagros, und er hat mir nichts davon gesagt.

»Keine Ahnung, wie er heißt. Aber er ging auch zu Fuß zum Seealpsee. Er war es, der mich ansprach, als ich eine Panikattacke hatte.«

»Gibt es noch mehr Bilder von ihm?«, fragte Aurora.

»Hier, das könnte er wieder sein … dunkle Hosen, graues Hemd. Ja, ich erinnere mich. Das ist er.« John ereiferte sich.

»Wer?«, fragte Federica.

»Den Namen kenne ich nicht, unscheinbarer Typ. Ich schätze ihn um die sechzig.«

Federica fragte: »Sagt dir die Person etwas, Aurora?«

Sie nahm die Liste zur Hand, fuhr mit ihrem Zeigefinger über die untereinanderstehenden Namen und sah alle akribisch durch. »Keine Ahnung, wer das ist. Ich kann mir keinen Reim darauf machen. Zwei Drittel der Gäste waren mir nicht bekannt.«

»Wir müssen Frischknecht sprechen«, schlug Maximilian vor.

SIEBZEHN

Max fand Frischknecht im Stall. Er war daran, seine Kühe zum Melkkarussell zu führen. »Darf ich stören?« Ein süßlich schwerer Geruch nach Milch und Gras umhüllte ihn.

Frischknecht schenkte ihm seine Aufmerksamkeit, während er seine Tiere vorantrieb. »Ah, unser Hercule Poirot. Warum so scheu? Was führt dich zu mir?«

»Komme ich ungelegen?« Max wies auf die Kühe, die hintereinander zu den Melkrobotern staksten, als wüssten sie, wohin sie gehörten.

»Da staunst du, was? Von Amira bis Zisi wissen alle, wo ihr Platz ist. Kühe sind fast so schlau wie Hunde und mindestens so intelligent wie Pferde. Sie können zum Beispiel den Hebel einer Tränke betätigen, und wenn eine Kuh einen Schlag am Elektrozaun bekommt, meiden ihre Artgenossen in der Herde den Zaun. Sie lernen durch Beobachten.« Frischknecht bediente das Melkgeschirr. Seine Handgriffe waren schnell und sicher. »Gibt es etwas, das wir noch nicht besprochen haben?«

Neben Max ging ein Tor auf, und ein halbes Dutzend junger Männer betrat den Stall.

»Lass dich von denen nicht ablenken. Sie wohnen auf meinem Hof. Sie sind im Rahmen eines Integrationsprogramms bei mir. Ich bringe ihnen bei, wie man auf einem Bauerngroßbetrieb arbeitet, Gras mähen, Heu einbringen, die Handhabung von Heulage und Silage, Kuhpflege und so weiter. Gleich wirst du Zeuge einer …«, er lachte schallend, »Massenandockung an die Melkmaschinen. Sobald die Kühe hier gemolken sind, kommen die nächsten. Das muss schnell und effizient gehen. Zeit ist Geld.« Er nickte in Richtung der Männer. »Sie sind lernwillig, machen das schon ordentlich. Aber du kannst dir ja etwa vorstellen, dass meine Idee nicht bei allen gut ankommt. Es brauchte viel Überzeugungskraft, bis ich meine Pläne durchsetzen konnte und ich die Bewilligung bekam, die Flüchtlinge zu beschäftigen. Man jammert über eine aus dem Ruder laufende Zuwanderung und gleichzeitig über Arbeitskräftemangel. Ich jammere nicht, ich agiere.«

Frischknecht beendete den Monolog mit einem Räuspern. »Im Frühling habe ich mit dem Projekt begonnen. Wir haben auch zwei Frauen aus Eritrea hier. Sie arbeiten im Haushalt.«

Max glaubte ihm nicht alles, was er sagte. Er kannte Betriebe, welche Flüchtlinge beschäftigten und dafür von der Gemeinde oder dem Kanton bezahlt wurden. Frischknecht ging es um nichts anderes als um billige Arbeitskräfte, für die er erst noch entschädigt wurde. Etwas anderes traute Max ihm nicht zu.

Frischknecht beaufsichtigte seine Angestellten eine Weile und wandte sich dann ganz Max zu. »Geht's noch immer um Manser?«

Max holte ein ausgedrucktes Foto aus der Hosentasche und reichte es ihm. »Auf dem Bild sieht man Sie mit einem Mann sprechen, von dem wir nicht wissen, wer er ist. Nicht einmal Aurora Manser kennt ihn.«

Frischknecht ließ das Foto in seiner rechten Pranke verschwinden. »Das war während der Messe, ich erinnere mich. Was wir gesprochen haben, fällt mir allerdings nicht ein.«

»Es genügt, wenn Sie mir seinen Namen nennen.«

»Was ist mit dem? Ist er ein Verdächtiger?«

»Das weiß ich nicht.« Mehr wollte Max nicht dazu sagen. Frischknecht war zusammen mit dem Fremden eingetroffen, also musste er ihn näher kennen. Max beobachtete Frischknecht, wie er das Bild in den Händen drehte und auch auf der Rückseite nachsah, als würde er dort eine Antwort lesen können.

Beim Melkkarussell klapperte das Geschirr. Max vernahm das zischende Geräusch des Vakuumsystems, das die Milch aus den Eutern sog. Die jungen Männer waren in ihre Arbeit vertieft. Ihren Gesichtern nach zu urteilen, machte es ihnen Spaß. Ja, dachte Max, dort, wo sie herkamen, molk man die Kühe und Ziegen von Hand. Er hoffte, sie hatten bei Frischknecht eine gute Unterkunft und wurden nicht ausgenutzt. Aber genau das bezweifelte er.

Frischknecht schüttelte den Kopf. »Tut mir leid, ich kann dir nicht weiterhelfen.«

»Kennt ihn vielleicht Ihre Frau?«

»Sie ist nicht da. Wenn ich das Bild behalten kann, werde ich es ihr zeigen, sobald sie von der Räucherei zurück ist.«

»Sie ist nicht da?« Max wunderte sich ein wenig. »Wer erteilt den Flüchtlingsfrauen Unterricht?«

»Meine Schwägerin.« Frischknecht lachte. »Wir sind eine Familie. Aber Paula war nicht an Mansers Hochzeit.«

***

Klemenz Eugster war Max von Wirth eine Antwort schuldig, obwohl er ihm nichts versprochen hatte. Er hatte mit dem Kommandanten der Kantonspolizei geredet, nicht aus freundschaftlicher Gefälligkeit, sondern weil er als Landammann wissen wollte, was in seinen Bezirken vor sich ging, und es ihn selbst interessiert hatte, wie weit man mit den Ermittlungen war. Appenzell Innerrhoden gehörte zu den friedlichsten Kantonen der Schweiz. Noch vor zwei Jahren hatte er sich bei der Häufigkeit der Straftaten in der Statistik im untersten Bereich bewegt.

Klemenz wählte von Wirths Nummer. Er war im Verzug, hätte ihn schon früher anrufen können. Der Kommandant hatte jedoch ein Gespräch mit dem Privatdetektiv verweigert. Klemenz hatte nicht weitergebohrt. Die Absage war begründet. Man brauchte keine fremden Besserwisser. Aber es galt, diesen Detektiv zu stoppen.

»Max von Wirth.«

»Klemenz Eugster, Sie erinnern sich, der Landammann.« Bei einem Einheimischen hätte es die Erwähnung des Ranges nicht gebraucht. Man kannte ihn, auch seine Stimme. Sein Name war in aller Munde. Die Popularität, die er in Appenzell genoss, war ihm manchmal unangenehm.

»Herr Eugster.«

»Es ging leider nicht früher«, schummelte er. »Ich habe mit der Polizei gesprochen.«

Am anderen Ende der Leitung blieb es ruhig.

»Herr von Wirth? Sie beauftragten mich, ein Gespräch mit dem Polizeikommandanten zu organisieren. Es ging um Heinrich Manser.«

»Ja natürlich«, kam es zögernd zurück. »Entschuldigen Sie bitte. Ich war abgelenkt. Haben Sie gute Nachrichten?«

Klemenz sah den Mann vor sich. Groß, dunkelhaarig, mit bronzenem Teint und Augen, die im Kontrast zur Gesichtsfarbe wie Smaragde leuchteten. Keiner von hier, er hatte fremdländisches Blut in sich. Halb Schweizer, halb Spanier. »Ein persönliches Gespräch konnte ich leider nicht in die Wege leiten. Aber ich kann Ihnen mitteilen, der Fall ›Heinrich Manser‹ wurde geschlossen. Die Polizei geht nach eingehenden Recherchen von einem bedauerlichen Unfall aus, was auch vonseiten der Rechtsmedizin bestätigt wurde. Herr Manser hatte über zwei Promille Alkohol im Blut, als man ihn barg.«

Von Wirth schwieg.

»Vielleicht haben Sie etwas anderes erwartet. Ich kann Ihnen leider auch nicht mehr dazu sagen.«

»Ihre Informationen überraschen mich«, sagte von Wirth nach langem Überlegen. »Aber ich muss das akzeptieren.« Er räusperte sich, als würde ihm noch etwas auf der Zunge liegen. »Hat sich die Polizei zum Tod von Mansers Schwiegereltern geäußert?«

Klemenz hatte damit gerechnet, von Wirth würde sich nicht zufriedengeben. Die Hartnäckigkeit lag ihm in den Genen. Der Fall war noch nicht ganz abgeschlossen. Zurzeit prüfte man, ob Emanuele Antoniazzi die Giftpilze selbst gesammelt hatte. Nachdem man Federica Hardegger auf freien Fuß gesetzt hatte, waren die Verdachtsmomente auf Fremdeinwirkung vorerst vom Tisch. »Dazu kann ich aktuell nichts sagen.« Klemenz brachte das Gefühl nicht los, von Wirth könnte weiterermitteln. »Ich hoffe, Sie genießen unsere schöne Gegend ohne Hintergedanken. Für unsere Polizei lege ich die Hand ins Feuer.« Er schluckte leer. Die letzte Bemerkung hätte er sein lassen können. Klemenz musste sich nicht rechtfertigen. Was hatte dieser von Wirth überhaupt hier zu suchen? Warum glaubte er, sich in etwas einmischen zu müssen, von dem er keine Ahnung hatte? Weder die politische Obrigkeit noch die Polizei brauchte diesen dahergelaufenen Schnüffler. Klemenz hatte sich in der Zwischenzeit über ihn informiert. Früher sei er Anwalt gewesen, hatte aus irgendeinem Grund sein Patent verloren. Nun versuchte er sich als Spitzel, als hätte Appenzell nicht genug ausgebildete Ermittler. Er empfand für den Mann aus dem Kanton Nidwalden nichts anderes als Abscheu. Fertig mit den netten Worten. Klemenz musste den Anruf beenden, bevor er seinen Anstand verlor. Und er würde, davon war er überzeugt, an all seine Freunde ein Rundschreiben machen, damit sie keine unnötigen Informationen auf unbequeme Fragen des Detektivs herausgaben.

***

Durch die geöffneten Fenster drangen die Geräusche eines heranfahrenden Autos, das Knirschen der Kieselsteine, der aufheulende Motor, bevor er erstarb, das Zuschlagen der Tür. Malea lächelte. Das konnte nur ihre Freundin Michelle sein. Wenn vielerorts und unter jungen Leuten bereits Elektroautos gefahren wurden, Michelle war ihrem Subaru Justy, Jahrgang 1984, treu geblieben, der alten und dennoch funktionstüchtigen Karre, die ihres Erachtens bereits zu den Oldtimern zählte. Sie war vor allem laut. Das lag am verrosteten und zerlöcherten Auspuff, den Michelle nicht zu reparieren gedachte, solange die Ordnungshüter nichts dagegen einzuwenden hatten. »Er tönt lauter, als er schnell fährt«, sagte sie jeweils zu ihrer Verteidigung. »Er brummt wie ein Traktor, aber unter denen fällt er nicht auf. Vielleicht drückt man deswegen ein Auge zu.« Michelle hatte den Justy nach ihrer Fahrprüfung aus ihrem eigenen Ersparten gekauft. Nicht einmal fünftausend Franken habe sie hingeblättert. Er war nicht geleast. Michelle, wie sie leibte und lebte. Fünfundzwanzig und seit einem Jahr freischaffende Journalistin beim »Appenzeller Volksfreund«. Malea und sie waren Freundinnen seit der Schulzeit. Sie hatten zusammen die Hausaufgaben gemacht, waren gemeinsam wandern gegangen, hatten ihrem gleichen Hobby, dem Kochen, gefrönt und einander beim ersten Liebeskummer getröstet. Mit zwanzig hatten sie sich entschieden, Appenzell treu zu bleiben.

Malea winkte Michelle vom Fenster aus zu. »Kommst du gleich nach oben? Ich habe noch Rhabarberkuchen. Mutter hat ihn gestern vorbeigebracht.« Malea sah ihr nach, wie sie auf den Eingang zuschritt. Ihre Freundin, gut genährt, mit roten Wangen, selbstbewusst im Auftreten, obwohl sie alles andere als eine Schönheit war. Viele bezeichneten sie als pummelig. Aber in ihr steckten wahre Größe und ein edler Charakter. Noch nie hatte Malea sie schlecht gelaunt erlebt.

Michelle betrat die Wohnung, ohne zu klopfen. Sie war hier genauso zu Hause wie bei ihren Eltern, die neuerlich in Oberegg wohnten. Malea umarmte sie. »Ich danke dir für dein Kommen.«

»Ich hab Ferien.«

»Die du wie üblich in der Heimat verbringst.«

»Warum in die Ferne schweifen? Die Schönheit der Natur liegt so nah.« Michelle ging zügigen Schrittes in die Küche. Sie setzte sich und betrachtete die Wähe unter der Glashaube. »Du, die sieht gut aus, aber ich habe erst gefrühstückt. Heute tue ich mich schwer damit, in die Gänge zu kommen. Das liegt daran, dass mein Gehirn auf ›Ferien‹ umgeschaltet hat. Ich hoffe, du hast etwas für mich, was mich fordert.«

»Wir könnten uns einen schönen Nachmittag machen.« Malea setzte sich ihrer Freundin gegenüber. »Aber im Gegensatz zu dir schwimme ich in der Arbeit.«

»Die Fotos von Mansers Hochzeit?«

»Genau. Die erste Serie habe ich fertig bearbeitet. Das Fotobuch steht in den Startlöchern. Die zivile Hochzeit, das Fotoshooting bei der Saxer Lücke … Herrgott, war das anstrengend. Dass der alte Sack mit seiner Braut nicht zu Fuß auf den Säntis stieg, ist ein Wunder. Aurora, die Arme, hat das voll mitgemacht. Ich verstehe die Frau nicht, die sich von ihrem Mann dermaßen ausnutzen ließ. Dieser Manser! Das war nichts anderes als eine Selbstinszenierung. Nicht einmal in der Hochzeitswoche konnte er das Bergsteigen lassen. Es ging ihm wahrscheinlich nie um Aurora. *Whatever*. Jetzt ist sie ihn früher los, als sie es sich hatte vorstellen können.«

»Du hast den Kerl nie gemocht, stimmt's?«

»Ich gebe zu, er war mir nie sympathisch. Wie kann sich ein so alter Kerl so in den Mittelpunkt stellen, als würde sich die Erde um ihn drehen? Ich habe großen Respekt vor älteren Menschen, aber nicht vor so einer Witzfigur, wie Manser eine war.«

»Bei was kann ich dir helfen?« Michelle war schon immer die Diplomatischere gewesen. Wenn sie glaubte, nicht auf eine Bemerkung eingehen zu müssen, quittierte sie dies mit einem Achselzucken.

»Ich habe gestern einen Detektiv kennengelernt.«

»Ziehen dich jetzt die Spione an?« Niemand konnte so herzlich lachen wie Michelle. »Der Spion, der mich liebte. Treibt sich James Bond im Alpstein herum?«

»Nein, nicht das, was du meinst. Er ist steinalt, schon über vierzig und hat eine Freundin. Die müsstest du sehen, sieht aus wie ein wandelndes Kunstwerk.«

»Warum? Ist sie in den Farbtopf gefallen? Voll-Make-up im Hochsommer? Oder nicht die hellste Birne im Kronleuchter?«

»Ihr Körper ist eine einzige Landschaft von Tattoos. So etwas Schräges habe ich noch nie gesehen. Die ist schlimmer als Lucky Diamond Rich.«

»Kann nicht sein. Bei Rich sieht man vor lauter Tattoos die Tattoos nicht mehr. Seine Haut ist nur noch grau, igitt.«

»Egal, sie heißt Fede. Man muss sie mögen. Die Frau ist klug.«

»Okay, und was hat sie mit deinem Anliegen zu tun?«

Malea holte aus. »Der ›Volksfreund‹ hat über Heinrich

Manser geschrieben, über seinen Unfall am Äscher, über den Verdacht, es könnte Mord sein.«

»Am Samstag begannen meine Ferien. Was meine Kollegen recherchiert haben, entzieht sich meiner Kenntnis.«

»Dieser Absturz hat dich sicher interessiert, zumal Manser alles andere als ein Unbekannter war. Du hast mir einmal erzählt, man müsse immer am Draht bleiben, wolle man eine gute Journalistin sein. Du hast dir doch auch Gedanken darüber gemacht. Zuerst Lydia Schläpfer, dann Manser und zuletzt das Wirtepaar Antoniazzi. Vier Tote innerhalb Wochenfrist. Sie waren alle miteinander verbandelt, zumindest was die Beziehung zu Manser betrifft.«

»Bei Lydia Schläpfer war der Fall schnell klar. Der Abstieg von der Meglisalp über den Unterstrich zum Seealpsee ist nicht ungefährlich. Sorry, die Lady war über siebzig.«

»Was heißt das schon? Meine Großmutter ist bald achtzig und geht diesen Weg im Sommer jede Woche einmal.«

»Deine Großmutter ist eine Ausnahme. Hell im Kopf und körperlich fit.« Michelle lachte. »Noch einmal: Lydia Schläpfer ist aus eigenem Verschulden runtergestürzt. Ihre Freundin aus Sankt Gallen war mit ihr unterwegs. Sie liegt noch immer im Koma und hätte mehr Grund, jemanden anzuzeigen, falls sie denn wieder erwacht. Es ist doch wohl nicht das, was du mit mir besprechen möchtest. So, wie ich dich kenne, machst du immer meilenweite Umwege, um auf den Kern deines Anliegens zu kommen.«

Niemand konnte die Dinge so schön beschreiben wie Michelle. Aber man konnte sie nicht täuschen. »Du hast doch sicher Zugriff zum Zeitungsarchiv«, sagte Malea.

»Selbstverständlich. Manchmal findet man Parallelen zu aktuellen Begebenheiten, oft sieht man sich mit ähnlichen Ereignissen konfrontiert. Es sind jedoch nicht bloß die Zeitungsarchive, derer man sich bedient, auch das Archiv bei der Polizei kann hilfreich sein.«

»Das steht dir offen?«

»Was, das Polizeiarchiv?«

»Ja, das meine ich.«

»Um da ranzukommen, muss ich einen Antrag stellen.« Michelle rückte ihren Körper in eine andere Position. »Das Verhältnis zwischen der Polizei und der Presse fällt unter die Rubrik Hassliebe. Die Polizei informiert minimalistisch, vor allem, wenn es um außergewöhnliche Todesfälle mit unbekanntem Hintergrund und Ursprung geht. Für uns Journalisten bedeutet es Knochenarbeit, an Informationen zu kommen. An den einberufenen Pressekonferenzen wird gerade so viel gesagt, damit laufende Ermittlungen nicht gestört werden. Unser Berufsstand ist von vornherein neugierig, und viele, die bei der Zeitung arbeiten, spekulieren oder stellen ihre Fragen über Umwege, das heißt, man recherchiert bei den Nachbarn, den Arbeitskollegen und hofft, dort auf Antworten zu stoßen. Ein Top-Berichterstatter gibt sich nie zufrieden. Er gräbt dort, wo andere nur an der Oberfläche kratzen. Aber, guter Journalismus ist teuer.«

»Kannst du mir einen Gefallen tun?«

»Ach Liebes, wenn du mich mit diesem Blick anhimmelst, kann ich fast nicht Nein sagen.« Sie liebäugelte mit dem Rhabarberkuchen. »Ich glaube, ich nehme jetzt doch ein Stück.«

»Ich werfe dir auch wieder einmal einen Stein in den Garten.« Malea zwinkerte ihrer Freundin zu. In der Vergangenheit hatte sie Michelle oft begleitet, wenn es darum ging, ein gutes Bild mitzubringen. Michelle war eine wunderbare Texterin. Aber wenn es ums Fotografieren ging, zeigte sie ihre unbegabte Seite. Malea konnte es nicht nachvollziehen. Michelle vermochte bildhaft zu schreiben, aber Bilder zu knipsen lag ihr definitiv nicht. Zusammen hätten sie ein Power-Couple abgegeben. Eine dauerhafte Zusammenarbeit scheiterte an den Spargründen der Zeitung, die sich eine Berufsfotografin nicht leisten konnte. Malea verdiente ihren Lebensunterhalt nicht nur mit Hochzeitsbildern, sondern zunehmend auch als Werbefotografin für technische Firmen. Hier sah sie Potenzial – eine kalte Materie in ein Kunstwerk zu verwandeln, was letztlich starke Emotionen bei der Kundschaft hervorrufen sollte.

Michelle hob die Glashaube. Malea holte Teller und Gabeln und schnitt zwei Stücke von dem Kuchen ab. »Schau mal im Archiv nach, was du über Heinrich Manser findest.«

»Er hatte Jahrgang 1958, oder?« Michelle ließ ein Stück Wähe zwischen ihren Lippen verschwinden. »Hm, du kannst deiner Mutter sagen, falls sie überschüssige Zeit hat, wäre ich Abnehmerin ihrer Kreationen.«

»Da wird sie sich freuen. 1958, korrekt.« Malea ahnte, das Stöbern im Zeitungsarchiv würde nicht ganz leicht sein. »Ich gehe davon aus, es ist noch nicht alles digitalisiert.«

Michelle kicherte. »Null Ahnung. Aber ich kann es versuchen. Wie lange habe ich Zeit?«

»Einen Tag.«

»Dachte ich es mir.«

»Ist es machbar?«

»Sagte ich doch.« Michelle wies auf den Kuchen. »Hast du auch noch Schlagrahm?«

Malea holte welchen aus dem Kühlschrank.

»Du wolltest mir noch etwas über Fede sagen.« Michelle bedeckte den Kuchen mit Rahm.

»Sie war in Untersuchungshaft, hat sie mir selbst erzählt. Aufgrund des Verdachts, Auroras Eltern vergiftet zu haben. Vielleicht wäre das ein nächstes Thema, apropos Sommerloch oder so.« Malea konnte sich ein Grinsen nicht verkneifen, als sie in Michelles mit Rahm verkleckertes Gesicht sah.

***

Max saß auf der Terrasse, als ihn ein unbekannter Anruf erreichte. Er meldete sich umgehend.

»Annemie Frischknecht. Guten Tag, Herr von Wirth. Mein Mann sagte mir, Sie hätten mich gesucht.«

»Frau Frischknecht, danke für den Rückruf. Dann hat Ihr Mann auch gesagt, worum es geht?«

»Ja. Sie suchen den Namen eines Mannes, der während der Hochzeitsmesse neben uns gesessen hat.«

»Richtig. Kennen Sie seinen Namen, oder wissen Sie, wer er ist?«

»Ich erinnere mich nicht, dass er seinen Namen preisgegeben hat. Und nein, ich weiß nicht, wer er ist.«

»Worüber haben Sie mit ihm gesprochen? Auf dem Foto, welches ich bei Ihrem Mann gelassen habe, scheinen Sie in ein angeregtes Gespräch vertieft zu sein.«

»Das ist … ja … das sieht nach etwas Intensivem aus. Hm … wenn ich das wüsste. Gut möglich, dass wir uns über klassische Musik unterhalten haben, über die Pianistin und den Cellisten.« Annemie Frischknecht machte eine Kunstpause. »Sie trugen zu einer wunderschönen Atmosphäre bei.«

Max glaubte ihr nicht. Die Hochzeit lag keine Woche zurück. Da musste man sich doch an jemanden erinnern, der unmittelbar neben einem in der Bank gesessen hatte. »Fällt Ihnen vielleicht ein, ob mit diesem Mann etwas nicht stimmte?«

»Was hätte denn nicht stimmen sollen?« Offenbar war sie über Max' Frage überrascht. »Wie meinen Sie das?«

»War er geistig klar?«

Sie lachte. »Sie meinen, ob er ballaballa war? Das kann ich nicht beurteilen. Noch einmal: Ich kannte den Mann nicht. Nach der Messe habe ich ihn aus den Augen verloren, was kein Wunder ist bei dieser Menge an Leuten. Neben der Hochzeitsgesellschaft tummelten sich mehrere hundert Touristen beim Äscher. Ich wette, sie haben beim Ausschank zugegriffen und sich beim großzügigen Apéro verköstigt.«

Max überlegte, ob er Frau Frischknecht auf ihre Freundschaft zum Opfer ansprechen sollte. Mansers Einladung war an sie gerichtet gewesen. Er überwand seine Bedenken. »Darf ich Sie etwas Persönliches fragen?«

»Ja bitte.«

»Wie war Ihr Verhältnis zu Heinrich Manser?«

»Er hat mir nie etwas zuleide getan.«

»Aber Ihrem Mann schon.«

»Ich kann mich dazu insofern äußern, dass beide Alphatiere sind … respektive waren. Wenn zwei Leithammel aufeinandertreffen, geht das selten gut aus. Zwei Hitzköpfe, wie's im Buch steht. Wenn Sie jedoch glauben, Josef hätte etwas mit Mansers Tod zu tun, täuschen Sie sich. Die Polizei hat den Verdacht auf Mord dementiert. Keine Ahnung, weshalb Sie so erpicht darauf sind, den Unfall als Verbrechen zu sehen. Darauf hinaus läuft doch Ihre Verbissenheit. Ich gebe Ihnen einen guten Rat: Brechen Sie Ihren Aufenthalt in Weissbad ab und fahren Sie nach Hause, dorthin, wo Sie herkommen. Oder gehen Sie wandern, damit Sie auf andere Gedanken kommen.«

Max hörte konsterniert das Freizeichen. Allem Anschein nach hatte sich seine Schnüffelei bereits überall herumgesprochen, und möglicherweise war er in ein Wespennest getreten. Entweder wurzelte Mansers Tod tatsächlich in einem Unfall, oder die Appenzeller steckten unter einer Decke. Sie wussten es, aber schwiegen. Max haderte. Milagros hatte ihn mit ihrem Verdacht kirre gemacht, und er war ihr voll auf den Leim gekrochen. Andererseits hatte Milagros den Auftrag offiziell von Aurora bekommen und Max und Fede quasi als ihre Helfer präsentiert. Er konnte es drehen und wenden, wie er wollte, er kam auf keinen Nenner. Die Idee, seine Sachen zu packen und nach Hergiswil zurückzukehren, war nicht abwegig. Was wollte er hier? Sich vor aller Welt blamieren? Auf wen durfte er zählen? Jedermann richtete sich gegen ihn. Und er kam einfach nicht zurecht mit den Leuten, mit denen er zu tun hatte.

Er schob sein Smartphone in die Hosentasche, wütend über sein fehlendes Einfühlungsvermögen. Vielleicht lag es an ihm, dass er die Kurve nicht kriegte. Milagros und Fede waren ihm Meilen voraus. Sie zeigten Empathie gegenüber dem Naturvölkchen. Sie waren, im Gegensatz zu Max, mit den Menschen hier warm geworden. Milagros sprach bereits davon, ihre Wohnung am Brienzersee zu verkaufen und nach Appenzell zu ziehen. Seiner Meinung nach handelte sie unüberlegt, was sie später sicher bereuen würde. Ihre Sinne waren vernebelt. Ausgerechnet wegen eines alternden Hippies, der Space Cookies zum Frühstück aß und sich am Abend einen Joint genehmigte. Max musste das alles zuerst verdauen. Er bestellte einen Amicero, angereichert mit Säntis Gin, und ließ sich das erfrischende alkoholische Getränk schmecken. Allmählich beruhigte er sich. Nach dem zweiten Glas sah er die Farben heller und das dritte katapultierte ihn in eine traumwandlerische Sphäre.

Als Fede eintraf, war er mehr als angeheitert.

Sie schnüffelte. »Was ist denn mit dir los?« Sie betrachtete das Glas mit dem letzten Rest. »Ärger?«

»Wären wir bloß nie hierhergefahren.« Max musste sich zusammenreißen, um nicht zu lallen. »Ich hatte soeben ein Gespräch mit Annemie Frischknecht, aber mehr als eine Abfuhr habe ich nicht bekommen. Sie behauptet, den Mann auf dem Foto nicht zu kennen.«

»Dafür habe ich gute Nachrichten.« Fede setzte sich. »Malea, die Fotografin, hat mit einer Freundin Kontakt aufgenommen, die als freie Berichterstatterin bei der hiesigen Lokalzeitung arbeitet. Sie hat Einblick ins Zeitungsarchiv. Wenn alles gut läuft, werden wir binnen vierundzwanzig Stunden im Besitz von Material sein, das uns Mansers Vergangenheit näherbringt.«

Max hob mühsam die Augenbrauen. Sein Kopf drehte sich, ihm schwindelte, und die Terrasse vor ihm bewegte sich wie ein Karussell. »Ich bin dafür, dass wir abreisen. Das bringt doch alles nichts. Wenn die Polizei einen Fall als gelöst zu den Akten legt, hat sie ihren Grund. Nur weil Milagros daran zweifelt, heißt es noch lange nicht, dass wir den Zirkus mitmachen müssen.«

»Versuche zuerst, dich auszunüchtern. Es bringt nichts, wenn du dich dermaßen gehen lässt. Ich habe für heute Abend einen Tisch in Appenzell reserviert. Wir sollten uns ungeniert unter das Volk mischen. Es ist an der Zeit, den Leuten hier zu zeigen, dass wir in guter Absicht unterwegs sind. Milagros, Aurora, Malea und ihre Freundin Michelle werden auch anwesend sein.«

***

Milagros stand vor der Tür, nicht sicher, ob sie anklopfen sollte. Vor einer halben Stunde hatte sie sich dazu entschlossen, nach Gonten zu fahren. Sie hatte ein Taxi bestellt und sich bis fast vor Johns Haus chauffieren lassen. Jetzt bibberte sie wie ein liebestrunkener Teenager, hatte feuchte Hände, und ihr Herz klopfte bis zum Hals. Ihre Gefühle wankten zwischen der Euphorie zu bleiben und dem unterschwelligen Wunsch, wieder zu gehen.

Was tat sie hier? Milagros sah sich um. Das Haus mit dem Stallanbau beherbergte vier Mieteinheiten, wobei John für sich den größten Wohnteil beanspruchte. Im Gegensatz zum gelben Wohnhaus, welches man mit hübschen blauen Ornamenten verziert hatte, war der ehemalige Stall mit einem dunklen Braun bemalt. Vier neue Fenster waren im Nachhinein angebracht worden, die einzige Zeile, die Licht ins Innere fluten ließ. Das Anwesen wirkte schäbig. Man hatte seit seiner Entstehung Anfang des letzten Jahrhunderts mit Ausnahme des Stalls kaum etwas investiert, doch die üppig bepflanzten Blumenkisten mit den leuchtend roten Geranien und weißen Petunien verliehen dem verwitterten Haus eine charmante Note. Shabby-Chic, durchfuhr es Milagros. Nicht ihr Stil, aber hier passte er hin. Sie selbst kam sich auf einmal wie ein Fremdkörper vor.

Wollte sie in Zukunft ihre edlen Röcke, Hosen und Jacken, die High Heels und teuren Markentaschen gegen ländliche Kleider eintauschen? Oder welche Falle würde sie machen, wenn sie morgens aus dem einstigen Stall trat und geschminkt zum Briefkasten ging? Wenn sie anstelle flacher Latschen die schicken Schuhe mit Acht-Zentimeter-Absatz trug und somit ihre neuen Nachbarn in eine Schockstarre versetzen würde? Könnte sie, sollte aus ihr und John je etwas werden, ihre Gewohnheiten ablegen? War sie bereit, Kompromisse einzugehen?

Milagros schritt über den Weg zurück zur Hauptstraße, wo sie das Taxi verlassen hatte. Sie schaute das Appenzellerhaus aus dieser Perspektive an, ließ es auf sich wirken, neutral, ohne Gedanken an John. Sie stellte sich vor, wie sie die langen Winterabende zur Abwechslung im Gasthaus Bären verbringen würde, während sie hiesige Volksmusik hörte. Sie, die klassische Musik allen anderen Stilen vorzog. Würde sie dann das Tanzbein schwingen und mitsingen? War sie bereit, ihr Leben völlig umzukrempeln und etwas Neues zu beginnen?

Je länger Milagros darüber nachdachte, umso mehr verunsicherte es sie. Kam dazu, dass sie so gut wie nichts über John wusste. Zu Beginn ihrer privaten Ermittlungen im Fall Manser hatte sie ihn zu den Verdächtigen gezählt. Umgarnte er sie, um von sich abzulenken? War das vielleicht seine Taktik?

Milagros spazierte zur Kirche, derweil sie links und rechts die Straße rauf- und runtersah. Alles hier war ländlich, eine übertriebene Idylle, die sich ihr aufzwang. Würde sie hier bis ans Ende ihrer Tage wohnen, die einheimische Bevölkerung sie akzeptieren und sie sich integrieren können? Viele Fragen, die es abzuwägen galt. Sie war frei, hatte wenige bis keine Verpflichtungen, konnte ihren Lebensmittelpunkt wählen. Aber wollte sie wirklich nach Gonten oder Appenzell ziehen?

Ein junges Paar mit Kinderwagen grüßte sie. Das waren keine Touristen. Milagros stöhnte. Wann hatte man sie in Interlaken das letzte Mal beachtet? Hier zog man den Hut vor ihr, als wäre es die selbstverständlichste Sache der Welt.

Sie schätzte die Anonymität. Seit sie die sechzig überschritten hatte, kam ihr ihre Unsichtbarkeit zugute. Sie hatte sich daran gewöhnt. In den Städten war es manchmal von Vorteil, ein Niemand zu sein. In einem Dorf wie Gonten machte man sich transparent. Da kannte jeder jeden.

Und John wohnte hier.

Wieder dieses Ziehen in der Brust. Ein einziger Gedanke an den Mann mit dem grauen Pferdeschwanz brachte sie durcheinander. Sie konnte nicht aufhören, an ihn zu denken, und versuchte, sich sein Gesicht in Erinnerung zu rufen. Wäre er ihr auf der Straße begegnet, hätte sie ihn nicht beachtet. Es waren seine Berührungen gewesen, welche die starken Empfindungen in ihr auslösten, das Küssen, sein Geruch. Andererseits hatte er sie »füllig« genannt. Nein, er hatte sie nicht füllig genannt.

Er mochte bloß füllige Frauen. Vielleicht passte sie doch nicht in sein Beuteschema. Aber wer sagte, dass nur er entschied, ob das zwischen ihnen weiterging? War überhaupt einmal etwas gewesen? Ihr Herz sagte Ja. Milagros ging zurück und stand wenige Minuten später wieder vor dem umgebauten Stall. Sie fasste sich ein Herz und klopfte.

Himmel! Das durfte nicht wahr sein. Sie machte sich gerade lächerlich und hoffte, man habe sie nicht gehört. Im Begriff, auf dem Absatz umzukehren und auf dem schnellsten Weg von hier zu verschwinden, vernahm sie das Ächzen der Holztür. Zu spät für einen Rückzieher.

»Milagros!« John sah aus, als hätte er in einen sauren Apfel gebissen. »Du bist hier?«

Es war ein Fehler. »Komme ich ungelegen?« Welch eine Frage. Natürlich war sie nicht erwünscht. John hätte sie anders in Empfang genommen, wenn ihm an ihr etwas läge. Wenn du dir nicht sicher bist, wie jemand zu dir steht, überfalle ihn in einem Überraschungsmoment. Ob das bei John wirkte?

Er drehte den Kopf und sah zurück in seine Wohnung. »Ehm … ich habe Besuch.«

Milagros schluckte leer. Wie hatte sie auch so naiv sein können? John hatte nicht auf sie gewartet. Er war kein Mann, der allein sein konnte. Da saß jemand in seiner Stube oder lag in seinem Bett oder kochte mit seinen Pfannen. Ein Geruch nach gebratenen Kartoffeln streifte ihre Nase. John hatte mit ihr experimentiert, wollte sicher ausprobieren, wie es sich anfühlte, eine »Alte« zu küssen.

»Sorry, dann komme ich ein andermal.« Sie dachte, ich komme nie wieder. Was für eine Blamage.

John öffnete die Tür ganz. »Komm rein. *Shame on me.* Ich freue mich natürlich, dich zu sehen.« Er räusperte sich. »Ich habe bloß nicht damit gerechnet. Geh ruhig voraus. Wir wollten gerade essen. Kartoffeln mit Mostbröckli und Rahmkäse, auch bekannt als ›Quetschkartoffeln‹. Aurora kennst du ja.«

»Störe ich?« Milagros blieb vor dem gedeckten Tisch stehen, wäre am liebsten im Boden versunken. Was musste Aurora von ihr denken? Was tat sie hier? Und vor allem: Was wurde hier gespielt?

»Ich hole gleich noch ein Gedeck«, sagte John. »Setz dich doch hin.«

Milagros nahm auf einem der dunkel gebeizten Lehnstühle Platz. Ihr entging nicht, wie Aurora mit John Blicke tauschte und dabei ein Dokument in ihrer Handtasche verschwinden ließ. Die Stimmung war alles andere als entspannt. Hatten John und Aurora ein Geheimnis vor ihr? Jetzt, da Heini tot war, stand ihnen nichts mehr im Weg. Hatte am Ende John seinen »Widersacher« in den Tod gestoßen? John und Aurora. Warum nicht? Aurora war bekannt dafür, eine Schwäche für alternde Männer zu haben. Ob da schon länger etwas zwischen den beiden lief?

Während John in der Küche hantierte, bat Milagros Aurora um ein Glas Wasser. Ein bewährter Trick, um ihre Tasche auf das rätselhafte Material untersuchen zu können.

Aurora erhob sich nichts ahnend. »Möchtest du Eis mit drin?«

»Eis? Ja, bitte.« Milagros wartete, bis Aurora in der Küche verschwand. Sie hörte sie mit John sprechen, verstand jedoch kein Wort. Hastig griff sie nach der Tasche, zog ein Plastikmäppchen daraus hervor und sah auf das Titelblatt. Sie erstarrte.

ACHTZEHN

Die Restaurants entlang der Hauptgasse hatten die Stühle und Tische nach draußen verlegt. Sogar die Bars boten Sitzplätze im Freien an. Der milde Abend lockte Einheimische und Touristen zum gemütlichen Beisammensein, zu Speis und Trank. Die Sonne hatte sich aus dem Tal verabschiedet, der Himmel spannte sich wie ein purpurfarbenes Tuch über die Gegend. Die Dämmerung würde bald einsetzen. Vielerorts flammten Lichter auf wie die Lampions über den gedeckten Tischen im Biergarten am Landsgemeindeplatz, die Kerzen auf den Bistrotischen beim Käsestand oder die Fackeln vor der Kreuzkapelle.

Der Abend hatte etwas Schwermütiges in sich. Vor dem Landsgemeinde-Brunnen musizierten vier junge Männer mit Zither, Handharmonika, Geige und Alphorn. Es war ein Stück, welches mit seiner melodramatischen Weise fast zu Tränen rührte.

Max blieb eine Weile vor ihnen stehen und lauschte.

Fede hängte sich bei ihm ein. »Dass die Volksmusikanten auch anderes können als Ländler, beweist, wie vielfältig sie sind.«

»Das ist Geschmackssache.« Max wollte nicht zugeben, wie sehr ihn die Musik gerade bewegte. Er führte Fede zum Gartenrestaurant, wo sie einen Tisch für sechs Personen reserviert hatte.

Aus einer Seitenstraße tanzten Malea und ihre Freundin an. Ihre gute Laune steckte an.

»Das ist Michelle.« Malea wies auf Max und Fede. »Und das ist das Detektivpaar, von dem ich dir erzählt habe.«

Michelle grüßte. »Fehlt nicht jemand?«

»Die Dritte im Bund«, sagte Max und überließ Michelle den Stuhl neben dem Blumentopf. »Milagros. So wie es aussieht, verspätet sie sich.« Er glaubte, den Grund zu kennen.

»Aurora ist auch noch nicht da«, stellte Fede fest. »Kommt, setzt euch. Wir bestellen uns einen Apéro.«

Max schwang sich auf den Stuhl neben Michelle. Die Frau gefiel ihm. Sie hatte etwas Gewieftes an sich, ein Dauerlächeln auf dem Gesicht und ein Piercing über der linken Augenbraue. »Du bist also Maleas Freundin, die beim ›Appenzeller Volksfreund‹ arbeitet.«

»Wer hat ihm das gesagt?« Michelle runzelte die Stirn und sah in die Runde. Ihr Blick blieb an Fede haften.

Fede reagierte prompt. »Das spricht sich herum.« Sie wartete offensichtlich auf Michelles Reaktion. »Scherz, Malea hat es uns erzählt, auch davon, du hättest Zugang zum Archiv.«

»Okay, let's go.« Michelle wuchtete eine geblümte Stofftasche auf ihren Schoss. »Ich habe den Turbo gezündet. Ich hoffe, das ist euch etwas wert. Man kann mich auch in Naturalien bezahlen. Zum Beispiel mit beschwipsten Fleischvögeln. Hier gibt's die besten. Dazu nehme ich ein Quöllfrisch, und ihr seid darum bemüht, dass mein Glas nie leer ist. Zum Dessert bestelle ich eine Appenzeller Biberglacé mit Zwetschgen-Coulis. Einverstanden? Das wäre dann die Ferienzulage. Immerhin hat mich die Recherche einen halben Tag meines Urlaubs gekostet.«

»Du kannst auch gern noch eine Vorspeise haben«, sagte Fede, die sich augenscheinlich über Michelle amüsierte.

»Man sollte glauben, ich bin nur am Essen.« Michelle verzog ihre Lippen zu einem Schmollmund. »Tatsächlich bin ich es. Ich habe halt auch so meine Vorlieben.« Während sie es sagte, waren ihre Augen nur auf Fede gerichtet. »Muss ganz schön schmerzhaft sein, diese Stecherei. Nun, ich finde es cool ... und das meine ich ernst. Ich wette, du hast etwas mit der IT-Branche zu tun. Hackerin?«

Fede lächelte. »Ich sehe, wir verstehen uns.«

Max gab die Bestellung auf. Viermal beschwipste Fleischvögel, was immer das war. Vorab orderte er eine Flasche Champagner, ein Zückerchen für Milagros, falls sie noch auftauchen sollte.

Michelle legte Dokumente auf den Tisch. »Ich habe Heinrich

Mansers Leben und Wirken zurückverfolgen können. Bereits mit acht Jahren hat er es auf die Titelseite unserer Zeitung gebracht. Der ›Volksfreund‹ existiert seit hundertachtundvierzig Jahren. Was 1876 mit einer Auflage von fünfhundert Exemplaren klein begann und wöchentlich zweimal erschien, ist zu einer stattlichen Zeitung herangewachsen, die viermal pro Woche herauskommt.« Michelle hob ihre Hände. »Ich weiß, ich weiß … aber ein wenig Geschichte muss sein. Das erklärt auch, weshalb man 1966 über den Jungen berichtet hat.«

»Das hingegen verstehe ich nicht.« Fede hielt inne, weil die Kellnerin den Champagner im Eiskübel brachte. Sie entfernte die Schutzhülle an der Flaschenöffnung, drehte den Draht und ließ den Korken knallen. In der Nähe bellte ein Hund. Sie roch am Korken und schenkte Max zum Degustieren ein.

Als sie sich vom Tisch entfernt hatte, fand Fede den gedanklichen Zusammenhang von vorhin wieder. »Worin liegt die Erläuterung?«

»Der junge Manser wurde berühmt, als sein Vater ihn beim Schweineschlachten aller Welt präsentierte. Manser senior feierte seinen vierzigsten Geburtstag und veranstaltete eine Riesenfete. Die Schlachtung einer Sau durch seinen Sohn war der Höhepunkt des Fests. Komisch, ich weiß. Schon früher muss es abartige Dinge gegeben haben. Die Frage, ob das für einen Achtjährigen zumutbar sei, war der Zeitung einen halbseitigen Bericht wert.«

»Das war also der erste Bericht über Manser«, sagte Max mehr zu sich selbst. Er hatte schon mehrmals vergeblich nach Milagros Ausschau gehalten. Er schickte ihr eine SMS. Sollte sie nämlich bei John sein, wollte er sie nicht mit einem Anruf stören. Sie hätte es ihm verübelt.

»Ja«, erwiderte Michelle. »Aber die Zeitung wurde schnell auf das Kind aufmerksam, nachdem es sich in der Öffentlichkeit beschwert hatte, sein Vater würde es als billige Arbeitskraft ausbeuten. Das Bürschchen zeigte schon damals Chuzpe.«

»Hat es etwas an seiner Situation geändert?«, fragte Fede.

»Kaum«, meinte Max. »Milagros zum Beispiel wurde im

Alter von acht Jahren genauso ›missbraucht‹. Aber zu der Zeit hieß das nicht Missbrauch oder Ausbeutung, sondern gehörte zur Erziehung.«

Fede hob die Schultern. »Bist du sicher, es war in Spanien auch so?«

»Nicht nur dort. Mein Vater bekam Schläge, wenn er nicht parierte.« Max hatte das Bedürfnis auszuweichen. »Er erzählte mir, wie er auch die Sankt-Nikolaus-Rute zu spüren bekam. Die Rute habe bedrohlich auf dem Küchenschrank gelegen, sozusagen als Warnung. Sorry, jetzt sind wir vom eigentlichen Thema weggekommen.«

»Hat dein Vater einen Schaden davongetragen?«, wollte Malea wissen.

Er war nicht sicher, ob sie die Frage ernst meinte. »Das kann ich nicht beurteilen.« Max bedauerte es. Er hätte niemals damit anfangen sollen. »Früher galten andere Sitten. Da ging es um Zucht und Ordnung. Wenn ich mich so umhöre, ist das nicht die schlechteste Generation. Auf jeden Fall ist sie belastbarer als die heutige. Wenn ich mir die Jugendlichen ansehe, die sind zu fast nichts zu gebrauchen.«

Malea sandte ihm einen Blick zu, der hätte töten können. »Ist das deine Vorstellung von meiner Altersgruppe?« Sie erhob sich abrupt. »Weißt du was, Mister Besserwisser, du kannst mich mal. Du wolltest etwas von uns, nicht umgekehrt. Vielleicht findest du zwei andere dumme Frauen, die du schikanieren kannst.« Sie wandte sich an Michelle. »Komm, wir gehen.«

»Malea, er meint es nicht so«, beschwichtigte Michelle. Sie blätterte auf eine neue Seite in ihren Dokumenten und wartete, bis sich Malea beruhigt und gesetzt hatte.

Max murmelte eine Entschuldigung. Er konnte sich seine giftigen Bemerkungen selbst nicht erklären. Fede würde ihm deswegen später sicher eine Standpauke halten.

»1969 machte Manser erstmals als Bergsteiger und Kletterer von sich reden«, fuhr Michelle fort. »Da sein Vater wenig bis gar nichts von Heinrichs Steckenpferd hielt, holte sich der Elfjährige Rat bei seinem Großvater. Dieser lebte über den

Sommer auf der Fählenalp. Von dort aus unternahmen Großvater und Enkel erste gemeinsame Wanderungen zum Säntis, später kletterten sie im Fels.«

»Das stand alles in der Zeitung?«

»Ja, Max.«

»Noch nichts Bewegendes.« Max sah wiederholt auf das Display seines Smartphones. Keine Nachricht von Milagros.

Fede warf ihm einen kritischen Blick zu. »Milagros und Aurora müssten längst da sein«, formulierte sie seine Bedenken. »Ob sie es vergessen haben? Ich habe Aurora eine Nachricht gesendet. Bislang ohne Antwort.«

»Seltsam.« Max konnte es sich auch nicht erklären. Um die Mittagszeit hatte er Milagros zum letzten Mal gesehen, als sie beim »Lehmen« in ein Taxi stieg. »Weißt du, wo sie am Nachmittag war?«

»Tut mir leid, nein. Es liegt nicht in meiner Natur, deine Mutter zu beschatten.« Fede setzte ein süffisantes Lächeln auf.

Max war zunehmend beunruhigter. Er heimste von Michelle einen nicht lesbaren Blick ein, derweil sie unkonzentriert in ihren Dokumenten blätterte.

»Ist etwas nicht in Ordnung?«, fragte sie, ließ sich jedoch wieder ablenken, als zwei Kellner die Teller an den Tisch brachten.

»Voilà, wir servieren die beschwipsten Fleischvögel. Lasst es euch schmecken.«

Max starrte auf das Gericht, das ihm durchwegs bekannt vorkam. Milagros kochte die Appenzeller Spezialität anhand ihres eigenen Rezepts und nannte es »Milagros' Piepmatz«. Anstelle von Essiggurken, Karotten und Schinken füllte sie die Rindstranchen mit Brät und Ei und ersetzte die mit Alpenbitter angereicherte Bouillon durch eine Rotweinsauce. »Guten Appetit.« Nach Essen war ihm nicht mehr zumute. Er machte sich Sorgen und konnte es nicht verbergen. Zudem regte er sich maßlos über sich selbst auf. Wie konnte er bloß so zynisch sein. Er sandte Malea einen Blick zu. Sie schenkte ihm ein Lächeln und bewies, wie überlegen sie ihm war.

»Max? Alles in Ordnung?« Fede griff über den Tisch nach seiner Hand.

»Himmel, Milagros versteht es, mich nervös zu machen. Selbst wenn sie nicht anwesend ist oder gerade deshalb. Sie benimmt sich wie ein störrisches Kind. Was habe ich ihr zuleide getan, dass sie mich im Ungewissen lässt? Wir sind ihretwegen hier. Sie wollte unbedingt, dass wir uns dem zu Tode Gestürzten annehmen. Nun versetzt uns nicht nur sie, auch Aurora macht sich durch Nichterscheinen wichtig.« Max erntete erstaunte Augenaufschläge aus Maleas und Michelles Richtung.

Michelle sagte: »Willst du nicht erfahren, was ich sonst noch über Manser herausgefunden habe?« Sie zerteilte den Fleischvogel in mundgerechte Stücke und schob sie mit der Gabel in einer erstaunlichen Regelmäßigkeit nacheinander zwischen die Lippen. In der gleichen Zeit fuhr sie mit dem linken Zeigefinger über eine Zeile auf dem Papierblatt. Sie wartete eine Antwort nicht ab. »Am 13. Mai 1979 war Heinrich Manser in einen schweren Bergunfall involviert. Ich habe keine Ahnung, ob das relevant ist für eure Recherche, aber dieser Bericht lässt einen nicht kalt.« Michelle grapschte kauend aus einem Mäppchen eine Kopie eines Zeitungsberichts, den sie mit einem gelben Post-it markiert hatte. »Am Montag darauf erschien der Bericht. Die Überschrift lässt aufhorchen.« Michelle vergewisserte sich augenscheinlich, ob man ihr die nötige Aufmerksamkeit schenkte.

Max ließ Messer und Gabel sinken. »Was schreiben sie?«

»›Drama am Muttertag‹ und im Untertitel: ›Junger Bergsteiger verliert fast sein Leben am Säntis‹.« Michelle schob Max den Zeitungsausschnitt zu.

Max nahm ihn zur Hand. »›Fast‹ ist ein weiter Begriff. Er kann alles bedeuten.« Er sah sich die Schwarz-Weiß-Bilder an, die den Säntis von der Schwägalp aus zeigten. Daneben ein Foto mit einem zerrissenen Seil, auf einer Zeichnung die Absturzstelle.

»Der Verunfallte habe sich schwerste Verletzungen zugezogen.«

»Was heißt das im Klartext, Michelle?«

»Lies selbst.«

»Was hat Manser damit zu tun?«, fragte Fede.

»Der Verunfallte war mit Manser unterwegs«, erwiderte Michelle.

»Und sein Name? Steht der da auch?« Max überflog den Text, suchte nach Namen. Die waren nirgends erwähnt. »Hier steht, das Seil sei gerissen. Warum kommst du darauf, es könnte Mansers Verschulden gewesen sein?«

»Ich mag mich nicht daran erinnern, in die Richtung etwas verlautbart zu haben.« Michelle aß unbekümmert weiter. »Manser war damals einundzwanzig Jahre alt, sein Freund erst fünfzehn«, sagte sie mit vollem Mund. »Er musste doch mitverantwortlich gewesen sein.«

»Ich lese noch immer keinen Namen.« Max runzelte die Stirn und kniff die Augen zusammen, glaubte, dadurch besser sehen zu können, eine blöde Angewohnheit. Dann sah er es: Mansers Name war nicht erwähnt, aber seine Person zutreffend beschrieben. Es bestand keinerlei Zweifel.

Der Sohn eines bekannten Fleischers aus Appenzell und sein um sechs Jahre jüngerer Freund aus Gontenbad sind am frühen Morgen des 13. Mai 1979 von der Schwägalp aus unterwegs auf den Säntis, als die Tragödie im oberen Drittel ihren Lauf nimmt. Ganz in den Händen eines erfahrenen Alpinisten und unter dessen Verantwortung kommt es zu einem folgenschweren Unfall. Der leicht übergewichtige Schüler verliert die Kontrolle und stürzt ab, nachdem das Seil gerissen ist.
Noch laufen die Ermittlungen. Die Polizei hält sich bedeckt. Eines kristallisiert sich jedoch heraus: Der Karabiner, der den Verunfallten hätte sichern sollen, wies wie das Seil Mängel auf. Das Opfer hatte sich vollumfänglich auf den Älteren verlassen, was ihm zum Verhängnis wurde …

Max stöhnte auf. »Okay, vielleicht bin ich schwer von Begriff, aber der Text sagt gar nichts über Manser aus, wenn man es genau nimmt, obwohl … zugegeben, ich hatte gleich sein Gesicht vor mir. Das Alter von einundzwanzig passt auch, wenn er 1958 geboren wurde. Die Herkunft könnte mit ihm übereinstimmen, Metzgerssohn, erfahrener Kletterer. Weiß man, wer der Jüngere war? Ein Fünfzehnjähriger aus Gontenbad? Das müsste einfach sein, dies herauszufinden. Was denkst du, Michelle?«

Michelle spülte mit Bier nach. »Sofern dieses Ereignis mit Mansers Tod im Zusammenhang steht, wäre ich bereit, im Rahmen meiner Möglichkeiten zu recherchieren, obwohl …« Sie machte eine Kunstpause, »ich finde, es ist schon etwas weit hergeholt. Aber schließlich habe ich euch darauf gebracht. Wer A sagt …« Sie putzte sich mit der Serviette den Mund ab. »Und falls ein weiteres Nachtessen drinliegt … ja, ich könnte euch helfen.«

Fede sicherte es ihr zu. »Wenn es weiter nichts ist.«

Michelle wandte sich an Malea, die geschwiegen, jedoch interessiert zugehört hatte. »Sollte wirklich etwas dran sein an der Sache und Manser wurde wegen dieses Ereignisses in die Tiefe gestoßen, könnte ich etwas in Bewegung setzen. Dazu brauche ich ein gutes Porträt in Passbildmanier und zwei stimmige Fotos vom Äscher und von der Absturzstelle.«

»Kannst du haben.« Malea wuchs in die Höhe.

»Was, wenn wir falschliegen?«, zweifelte Fede.

»Manser könnte im Frühling 1979 mit dem Unglück tatsächlich etwas zu tun gehabt haben«, sagte Max. »Aber ohne sicheres Wissen begeben wir uns vielleicht in eine völlig falsche Richtung.« Solange keine Fakten auf dem Tisch lagen, tat er sich schwer mit solchen Aussagen. »Wie kommen wir an mehr Informationen?«

Fede brachte sich erneut ein. »Mit Johns Hilfe. Er ist hier aufgewachsen, dürfte, was Milagros sagte, um die sechzig sein und war früher, wie Manser, ein begnadeter Bergsteiger. Mit Ausnahme der Rohners und von Milagros waren alle, die an der Hochzeit waren, jünger und trugen, als der Unfall geschah, Windeln … oder waren noch gar nicht auf der Welt.«

Fede mit ihrem trockenen Humor. Max lächelte auf den Stockzähnen. Dann musste er wieder an Milagros denken. Ihn trieb ein ungutes Gefühl um. Entweder führte sie gerade etwas im Schild, oder sie befand sich in einer Notlage. Ersteres war realistischer, Zweites wollte Max nicht ausschließen.

»Du grübelst wegen Milagros, nicht wahr?« Fede musterte ihn. »Lass uns das hier abbrechen und nach Gonten zu John fahren. Ich habe auch ihm eine SMS geschickt, aber von ihm weder gehört noch gelesen.« Sie wandte sich an Malea und Michelle. »Seid ihr einverstanden?« Sie holte ihr Portemonnaie hervor, nahm zwei blaue Noten heraus und legte sie auf den Tisch. »Das sollte reichen. Den Rest könnt ihr behalten oder gebt ihn als Trinkgeld weiter.«

»Sehen wir uns wieder?«, rief Malea ihnen nach, als sie den Platz bereits verlassen hatten.

»Morgen um zehn im ›Lehmen‹.« Max drehte sich noch einmal um. »Zum Frühstück.« Er rang sich durch, Malea anzulächeln.

Die Nacht war hereingebrochen, als hätte man einen Vorhang vor der Landschaftsbühne zugezogen. Die Dunkelheit verschlang die Konturen rund um das Dorf und ließ die Lichter im Zentrum aufglühen. Gelächter und Gespräche vermischten sich mit den feinen Stimmen einer fernen Gesangsgruppe, über den Landsgemeindeplatz verflüchtigten sich die Klänge eines Hackbretts.

Max und Fede zweigten von der Hauptgasse ab zum Parkplatz, wo der Mustang stand.

»Findest du es eine gute Idee, jetzt noch nach Gonten zu fahren?« Fede sah demonstrativ auf die Uhr auf dem Handy. »Es ist bald zehn.«

Max schloss die Zentralverriegelung auf. Er öffnete die Tür auf der Beifahrerseite und bat Fede einzusteigen. »Um diese Zeit wird auch in Gonten noch einiges los sein. Wenn ich mich nicht täusche, findet heute im ›Roothuus‹ eine Stobede mit dem Appenzeller-Streichmusik-Quartett ›Fählenalp‹ statt. John kann unmöglich schon im Bett sein. Er ist eher der Typ, der einen Winterschlaf macht.«

»Oder er kuschelt mit Milagros.«

Peng! Das saß.

»Die beiden lassen sich deswegen nicht stören, oder sie haben die Zeit nicht im Griff.« Fede schloss schmunzelnd den Gurt. »Sollten wir Pech haben und sie sind nicht vor Ort, können wir immer noch zu Aurora fahren, oder wir machen es gleich. Sie wohnt ja in Appenzell. Sie wird sich bestimmt über einen so späten Besuch freuen.«

»War das eine ironische Bemerkung?« Max startete den Motor. Ihm graute, wenn er an Milagros und Sturzenegger dachte. Er vermied es, sie sich in trauter Zweisamkeit vorzustellen. Langsam fuhr er auf die Zielstraße bis zum ersten, dann zum zweiten Kreisel. Von dort nahm er die Entlastungsstraße bis nach Hinterauen. Unterwegs ließ er das Dach runter und genoss den milden Fahrwind.

Fede erwiderte nichts. Stattdessen fragte sie: »Was hältst du von dem Bericht?« Sie streckte die Arme in die Luft. Ihre Haarsträhnen tanzten um ihr Gesicht, das sich kaum merklich vom schwarzen Hintergrund abhob.

»Ihm die nötige Aufmerksamkeit zu zollen kann sicher kein Fehler sein. Aber noch einmal: Ich bin nur halbherzig dabei. Ich vertraue der Polizei, die den Fall ad acta gelegt hat. Was mich allerdings ein wenig erstaunt, ist das Tempo, mit dem sie es bewerkstelligt hat. Es konnte nicht schnell genug gehen. Ich vermute, das ist auf Eugsters Mist gewachsen.«

»Der Landammann?«

»Ich habe ihn kennengelernt. Er ist ein Mensch, der in seinem Regierungsbereich Ruhe und Ordnung halten will. Es macht keine gute Falle, sich mit einem Verbrechen auseinandersetzen zu müssen, gerade jetzt in der Hochsaison. Das könnte sich auf den Tourismus auswirken.«

»Gelinde ausgedrückt, er kehrt es unter den Teppich.«

»Vielleicht tue ich ihm unrecht. Es wird sich zeigen.«

»Also bleiben wir dran.«

In Rinkenbach bog Max in die Gontenstraße ab. Die bewohnten Quartiere lichteten sich, eine Weile fuhren sie über eine spärlich beleuchtete Straße. Die Finsternis kroch heran, dehnte sich aus, öffnete ihren Schlund und schien Max' Wagen zu verschlucken. Überland gab es keine Straßenleuchten. Einzig die weißen Markierungen am Rand reflektierten das Scheinwerferlicht.

»Hier ist es dunkel wie in einer Kuh«, fand Fede und schraubte am Radio herum. Aus den seitlich angebrachten Tonverstärkern erklangen die Lyrics von »Two Hearts« von Thomas Bergersen.

Mit Musik im Ohr und Wind in den Haaren fuhren sie Richtung Gontenbad. Max fühlte sich auf einmal wieder ausnehmend gut. Wie früher, dachte er, als er Fede kennengelernt hatte. Sie waren oft im Cabriolet unterwegs gewesen, um irgendwo zwischen Stadt und Niemandsland ein nicht einsehbares Plätzchen aufzusuchen, an dem sie eine Decke ausbreiteten, sich hinlegten und einander hingaben. Wie war er doch glücklich gewesen, mit all seinen Ambitionen, ihrer neu gegründeten Detektei, ihren Plänen und der Aussicht auf eine Zukunft, mit dem Ziel zusammenzuziehen und vielleicht eine Familie zu gründen.

Fede hatte es immer offengelassen. Solche Themen ließ sie nie zu nahe an sich heran. Max war verschiedene Agreements eingegangen, in der Hoffnung, Fede würde ihm eines Tages die Wünsche von seinen Lippen ablesen können. Doch sie bezeichnete ihren Bauernhof im Drachenried als Lebenswerk, als Rückzugsort mit Selbstversorgung. Sie liebte ihre Tiere und war nicht bereit, sie gegen einen Mann einzutauschen, der um die Kuhfladen herum einen großen Bogen machte. Neulich hatte sie ihm vorgeworfen, er würde, wenn es nach ihm ginge, mit Anzug und Krawatte auf den Säntis klettern. Dann holte er sich die Erinnerungen an die Femme fatale hervor, der er zum ersten Mal während einer versteckten Ermittlung begegnet war.

Danach hatte er sie selten mehr in diesem faszinierenden Outfit gesehen, welches ihre Weiblichkeit so sexy betonte, oder sie hatte es heimlich angezogen.

»Woran denkst du?« Sie musste ihn ansehen, Max spürte ihren Blick.

»An nichts.« Er drosselte das Tempo.

Vor ihnen tauchten die ersten Häuser von Gontenbad auf, ein paar Höfe, Einfamilienhäuschen und das Kurhaus. Die Fenster schimmerten hell, und im Garten zeichneten sich Schatten von den Gästen ab. Hier befand sich auch die Goba AG, die Mineralquelle und Fabrikationsstätte, die über die Kantonsgrenze hinaus bekannt war.

Bis Gonten schwiegen sie. Noch einmal zeigte sich die Straße von ihrer schwärzesten Seite, bis rechter Hand die beleuchtete Komposition der Appenzeller Bahn eine Weile parallel zu ihnen fuhr. In den Waggons saßen vereinzelt Fahrgäste.

Wie vermutet herrschte rund um das Boutique-Hotel Bären Feststimmung. Das ganze Dorf war auf den Beinen, Gonten selbst wie eine Bühne, auf der sich nicht nur eine, sondern mehrere Musikvereinigungen ihr Stelldichein gaben. Ein Mann mit Leuchtweste wies Max auf einen Platz hinter dem Haus, ganz in der Nähe von Sturzeneggers Heim.

Das gelbe Gebäude lag im Dunkeln. Der schwache Lichtkegel einer Funzel hob sich vor dem Eingang ab. Max und Fede verließen das Auto.

»John hat sich bestimmt unter das Volk gemischt«, vermutete Max, schloss den Wagen und ging Richtung »Bären«.

Kaum beim Gasthaus angekommen, bot man ihnen wie selbstverständlich zwei Sitzplätze an. Ohne es zu wollen, wurden Max und Fede von den Einheimischen mitten in ihre Feierlichkeiten gezogen. Man servierte Mineralwasser, Bier und Härteres und tat so, als wären die Neuangekommenen die besten Freunde und gehörten einfach dazu. Vielleicht lag es am Alkoholpegel.

Max war gerade dabei, seine Meinung über die Appenzeller zu ändern, als er aus dem linken Augenwinkel Sturzenegger sah. Er saß vor einem Quöllfrisch und war in ein angeregtes Gespräch mit seinem Vis-à-vis vertieft. Max vernahm inmitten von Musik und Gelächter Sturzeneggers Lamento.

»De Schotz ischt hönneusi.« Sturzenegger klopfte mit der Hand auf den Tisch, was wohl im Alkoholgehalt im Blut gründete. »Da het e ke Lei ond ke Gattig. Do lauft no menge Plapp Wasse t'Settere n-aab.«

Als er den Kopf hob, winkte Max ihm zu. Sturzenegger erkannte ihn. Nach drei Anläufen gelang es ihm, sich von der Festbank zu erheben. Auf wackeligen Beinen kam er auf Max zu, grüßte Fede und zwängte sich zwischen sie und eine Frau, die in der Appenzeller Werktagstracht – einem dreiviertellangen Faltenrock, einer weißen, kurzärmligen Bluse, einem mit Gold bestickten »Brüechli« und einer Schürze aus gleichem Stoff – brillierte.

»Hallo ... was treibt euch denn hierher?« Er orderte beim Service drei Biere.

»Wir sind auf der Suche nach Milagros«, sagte Fede unverblümt. »Wir hatten uns mit ihr in Appenzell verabredet, aber sie ist nicht erschienen.«

»Und jetzt denkt ihr, sie sei bei mir?« Sturzeneggers wässrige Augen wurden groß wie Murmeln. Er wartete eine Erwiderung nicht ab. »Tatsächlich war sie da. Aber sie fuhr dann mit einem Taxi weg, sagte, sie kehre zurück nach Weissbad.«

»Wie war sie drauf?«, fragte Max.

»Es gab Differenzen.« Sturzenegger verschränkte die Arme.

»Zwischen dir und Milagros?« Max war nicht unglücklich darüber. Milagros würde endlich selbst vernünftig werden und sich von diesem Pseudo-Blumenmann trennen, falls denn je etwas zwischen ihnen gewesen war. Je länger Max Sturzenegger betrachtete, umso mehr verwarf er seine Vermutung. Wenn Milagros nur einen Funken Stolz in sich hatte, musste sie die Hände von dem lassen. Diesem Appenzeller!

»Nein, nicht mit mir ... Aurora und sie gerieten sich fast in die Haare.«

»Wie bitte?« Fede sandte Max einen ungläubigen Blick zu.

Dann wandte sie sich an Sturzenegger zu ihrer Seite. »Was war der Grund?«

»Das müsst ihr sie schon selbst fragen. Wie gesagt, ich habe nichts damit zu tun.«

Max plusterte die Wangen und stieß Luft aus. Es brachte nichts, den Sturzbetrunkenen nach Manser und dessen Freund zu fragen. Er verschob es auf morgen.

NEUNZEHN

Sie trafen sich um halb zehn auf der Terrasse. Nach dem, was Max in der Nacht von Sturzenegger erfahren hatte, erschien Milagros unerwartet in alter Frische und gut gelaunt zum Frühstück. Keine Spur von Zorn auf ihrem Gesicht, weder Schlafmanko noch Enttäuschung. Im Gegenteil, sie sah aus, als hätte sie ein Facelifting hinter sich.

Entweder sie hatte Sturzenegger in ihrem persönlichen Ordner »Unter ferner liefen« abgelegt oder ... Etwas anderes fiel Max nicht ein. Er erhob sich, bis Milagros sich gesetzt hatte, was Fede mit einem Augenzwinkern quittierte. Aber es war keine Frage, sich gegenüber seiner Mutter als Galan zu zeigen. Er hatte sich in den letzten Tagen von seiner hässlichsten Seite präsentiert. Es gab einiges wiedergutmachen.

Es machte den Eindruck, als wollte Fede Milagros eine Gnadenfrist geben, bevor sie verbal auf sie losging. Milagros konnte kaum einen Schluck Orangensaft nehmen, als sie mit der ersten Frage torpediert wurde. Max hätte Fede ein bisschen mehr Fingerspitzengefühl attestiert; es war zu spät für eine Bemerkung.

»Du hast etwas verpasst, Milagros. Du erinnerst dich. Trotz des Vorschlags, uns zusammen mit Aurora und Malea in Appenzell zu treffen, hast du dich aus der Verantwortung gezogen. Wo warst du? Wir haben auf dich gewartet. Aber du hast es anscheinend nicht nötig gefunden, dein Handy einzuschalten. Wir bekamen weder eine Entschuldigung noch eine Begründung für deine Absenz.«

»Es war etwas Privates.« Milagros goss seelenruhig Kaffee in die Tasse, ohne dabei aufzublicken. »Und das gehört hier nicht an den Tisch.«

»John sagte, du und Aurora, ihr hättet gestritten.«

»John?« Milagros' Augen weiteten sich. Offenbar hatte sie nicht damit gerechnet, Fede könnte es wissen. »Ach so, ja, ich war gestern bei ihm, und er wurde Zeuge eines, sagen wir mal … unschönen Disputs.«

»Privater Natur?«

»Sagte ich doch.«

Max war drauf und dran aufzustehen. Hatte er sich bis anhin in Geduld geübt, drohten seine Nerven zu reißen. »Milagros«, sagte er beherrscht. »Fede und ich sind deinetwegen in Appenzell, mitten in den Sommerferien. Ich könnte mir im Moment etwas anderes vorstellen, als hier auf knapp achthundert Metern über Meer Däumchen zu drehen und darauf zu hoffen, dass meine Mutter uns über Dinge aufklärt, die sie uns eingebrockt hat.«

Milagros nippte an der Kaffeetasse. Sie kam nicht dazu, ihren Kommentar anzubringen. Beim Aufgang zur Terrasse erschienen Aurora und Sturzenegger und gleich dahinter Malea und Michelle.

»Es ist zehn Uhr«, stellte Fede lapidar fest. »Präzise wie abgemacht.« Sie winkte dem Quartett zu. »Hierher, wir sind da.«

Sturzenegger führte die Gruppe an. Er ging den Frauen voraus, peilte Milagros an und drückte ihr einen schmatzenden Kuss auf die Wange.

Max spürte, wie ihm die Kinnlade nach unten kippte. »Okay«, sagte er. »Ich muss nicht alles verstehen. Setzt euch, meine Damen.«

Aurora reichte ihm die Hand. »Sorry wegen gestern. Es ist etwas dazwischengekommen. Zudem hatte ich mein Handy ausgeschaltet.«

Max beobachtete Milagros. Sie grüßte in die Runde, als wäre nichts geschehen. Sie schenkte Aurora sogar ein Lächeln.

Max konnte es nicht lassen. »Habt ihr euch wieder versöhnt?«

»Oh ja.« Aurora setzte sich. »Ich war schon immer dafür, Ungereimtheiten aus dem Weg zu räumen, indem man darüber spricht.« Aurora tauschte mit Milagros Blicke. »Bevor die Gerüchteküche zu brodeln beginnt, sollten wir sie aufklären, nicht wahr, Milagros?«

»Wie du willst.«

»Vor zwei Tagen hatte ich Besuch von meinem Bruder Maurizio. Er hat ein Händchen dafür, dann bei mir aufzutauchen, wenn er Geld wittert. Meine Eltern hinterließen kein Testament, was ich gestern erfahren habe. Das ist übrigens der Grund, weshalb ich mich nicht meldete. Also müssen Maurizio und ich das Gasthaus plus Restaurant und Pizzeria in Appenzell unter uns aufteilen. Da mein Bruder kein Interesse daran zeigt und ich vermeiden möchte, mein Privatvermögen anzukratzen, beschlossen Maurizio und ich, das ganze Grundstück mitsamt Gebäude zu verkaufen.«

»Das klingt doch vernünftig«, sagte Fede.

»Dürfte aber eine Weile dauern, bis es so weit ist.« Max sah es nüchtern.

»Genau. Es dauert.« Aurora blies hörbar Luft aus und sah Sturzenegger an. »John hat mir versprochen, dabei behilflich zu sein.«

Ach, sieh an, jetzt mischt er bei den Immobilien mit. Max stieß es sauer auf. Der war keinen Deut besser als andere, wenn es um Geld ging. Der Verkauf des Gasthauses an dieser prominenten Lage in Appenzell würde viel abwerfen, sollte sich ein Käufer finden. Aber daran zweifelte Max nicht. »Und was ist der Grund für den Streit mit Milagros? Den hast du uns noch nicht verraten.«

»Sei nicht kindisch«, maßregelte ihn Milagros. »Es war meine Schuld. Du weißt, ich kann meine Neugier nicht zähmen. Ausgerechnet gestern, als ich bei John war, stach mir ein Dokument in die Augen. Hätte ich es in Auroras Tasche gelassen, wäre es nie zu diesem unnötigen Eklat gekommen. Es ging um eine Vereinbarung, um einen Vertragsentwurf. Ich hätte vielleicht gleich reagiert, wenn sich eine Fremde an meiner Tasche zu schaffen gemacht hätte.«

»Um welche Vereinbarung?« Max wollte es nicht bei dieser fragwürdigen Aussage bewenden lassen.

»John würde ein Vorkaufsrecht bekommen, wenn es denn so weit ist …« Aurora kniff die Lippen zusammen. »Es war ungeschickt. Milagros musste denken, dass … dass …« Weiter kam sie nicht.

»Sprich es ruhig aus«, sagte Sturzenegger. »Milagros dachte, ich würde sie bloß umgarnen, um an ihr Geld zu kommen.«

Max verkniff sich ein Grinsen. Seine Mutter lernte dazu, nicht jedem Schürzenjäger zu trauen, der ihr schöne Augen machte. Er hatte noch immer Vorbehalte, was Sturzenegger betraf. Die Frage, ob er genügend Geld hatte, um den Gasthof zu kaufen, stellte er trotzdem nicht.

»Gut, das wäre dann auch vom Tisch«, sagte Fede in ihrer unterkühlten Art. »John, eigentlich wollten wir das schon gestern fragen, aber die Umstände haben es nicht erlaubt.«

»Ich war betrunken, deshalb bitte ich vielmals um Entschuldigung. Im ›Roothuus‹ fand eine Stobede statt, und im ›Bären‹ war der Teufel los. Da bleibt niemand trocken.« Er lachte, was sich wie ein Donnern anhörte. »Ich bin gespannt.«

Fede schnippte mit dem Finger, worauf Michelle ihre Dokumente aus der Stofftasche kramte. »Es geht um Folgendes: Vielleicht erinnerst du dich … ehm, ich darf doch Du sagen?«

»Klar doch.« Sturzenegger nickte.

Ein kaum wahrnehmbares Schmunzeln huschte über Michelles Gesicht. »Im Frühling 1979 kam es am Säntis zu einem Unfall.«

»Gibt es immer mal wieder«, bemerkte Sturzenegger. »Den Berg darf man auf keinen Fall unterschätzen. Vor allem im Frühling nicht, wenn noch Schnee liegt. Die Wagenlücke zum Beispiel wurde in diesem Jahr schon mal jemandem zum Verhängnis.«

»Damals im Mai stürzte ein Fünfzehnjähriger ab. Er überlebte, zog sich jedoch schwere Verletzungen zu.« Michelle schob die Kopie des Zeitungsberichts über den Tisch. »Erinnerst du dich? Du musst damals im selben Alter gewesen sein wie der Verunglückte.«

Sturzenegger kratzte sich schweigend am Hinterkopf.

»Leider wurden keine Namen publiziert. Aber mit ziemlicher Sicherheit handelte es sich bei dem Tourenführer um

Heinrich Manser … Sohn eines bekannten Fleischers aus Appenzell. Sagt dir das etwas?«, fragte Michelle.

»Mai 1979.« Sturzenegger las die Überschrift. »An einem Muttertag. Ich erinnere mich, dass ich gut ein Jahr später die Lehre bei Manser senior begann. 1980, nach den Sommerferien.«

Warum zögerte er? Max hätte seine nicht existente Schwiegermutter darauf verwettet, Sturzenegger wusste genau, wer das Opfer gewesen war. Warum rückte er nicht heraus damit? Weil er selbst dort in dem Fels gehangen hatte? Rührte seine Panik daher, und war die Geschichte um die abgestürzte Laure bloß eine Ausrede? Etwas musste den Entschluss in ihm ausgelöst haben, sich Jahre später an Manser zu rächen, indem er ihn willentlich über den Abhang stieß.

Das Alter, die Verbindung zu Manser, die Anwesenheit an der Hochzeit. Das alles kam hin. Er wusste, wo die Absturzstelle lag, und war spät am Seealpsee eingetroffen, als alle schon unten waren. Klar, er hatte warten müssen, bis die Luft rein war. Sein Stolpern war eine perfide Ausrede, um sich selbst von jedwedem Verdacht auszuschließen. Er machte sich an Milagros heran und gleichzeitig an Aurora. Er witterte den ersehnten Erfolg, auf den er ein ganzes Leben gewartet hatte. Warum war ihm die Lehre bei Manser so wichtig gewesen? War es möglich, dass der Metzger ihn aus purem Mitleid eingestellt hatte? Als Wiedergutmachung für den eklatanten Fehler seines Sohnes Heinrich? Warum hatte Sturzenegger erst mit sechzehn seine Ausbildung begonnen? Weil er ein Jahr früher aufgrund seiner Verletzungen nicht fähig dazu gewesen war? Es ergab plötzlich alles einen Sinn.

Habe ich dich, du Aufschneider!

»Max?«

Erst jetzt checkte er, Fede hatte ihn mehrmals angesprochen.

»Max, du bist in Gedanken vertieft. Lässt du uns daran teilhaben?«

Lieber nicht. »Wer könnte uns weiterhelfen, damit wir den Namen des Verunfallten erfahren?«, fragte er stattdessen. »Der Landammann?«

»Der ist mit seinen rund fünfzig Jahren zu jung.«

»Er hat Jahrgang 1972«, sagte Michelle. »Wenn er nicht dabei war, kann er sich nach fünfundvierzig Jahren kaum daran erinnern, außer es war immer wieder Thema.«

»Oder er befasste sich Berufes halber mit den Ereignissen von früher«, meinte Milagros.

Max dachte nach. Himmelherrgott noch mal! Er spürte, er war der Auflösung des Rätsels nahe. Es bedingte einen handfesten Beweis. Die Indizien reichten nicht aus, um John Sturzenegger zu überführen. Der war jemand, dessen Charakter schwer zu greifen war, ein Künstlertyp, der den ausgebauten Stall zu seinem Elfenbeinturm erkoren hatte. Ein Rückzugsort, um seine perfiden Spielchen auszutüfteln?

Max fasste einen Plan.

***

Er hatte nicht übertrieben. Das Haus des Landammanns entpuppte sich als Villa, ein Glasbau, der hier so wenig in die Gegend passte wie eine Pagode auf die Meglisalp. Fede betätigte die Klingel. Anstelle der erwarteten Haushaltshilfe öffnete Klemenz Eugster gleich selbst, sichtlich überrascht und halb erzürnt, was er mit seiner verbissenen Miene ausdrückte. Bevor er grüßte, zog er eine Taschenuhr aus dem Hosensack, hob mit einem einzigen Dreh den Deckel an und sah demonstrativ auf das Zifferblatt. »Ja bitte?«

Fede hatte sich Mühe mit dem Anziehen gegeben. Lange Hose, langärmliges Shirt, die Haare züchtig hochgesteckt. Um den Hals hatte sie sich, trotz der Hitze, einen leichten Schal geschlungen, damit man ihre Tattoos nicht sah. Möglicherweise hatte die Nachricht über ihre Festnahme den Weg bis zum Landammann geschafft. »Entschuldigen Sie, Herr Eugster, die Störung an einem Samstagmittag.« Sie schenkte ihm ein herzliches Lächeln, das auch den ernstesten Menschen nicht unberührt ließ.

»Ich arbeite sieben Tage die Woche. Wenn ich nicht im Regierungsgebäude bin, erledige ich zu Hause das, was anfällt.« Er musterte sie interessiert, sein Gesicht hatte den harten Zug verloren. »Sie wissen, wer ich bin?«

»Landammann«, sagte Fede. »Man sagte mir, ich würde Sie hier finden.«

Er ignorierte ihre Bemerkung augenscheinlich. »Was führt Sie zu mir?«

»Es geht um den Säntis.« Fede und Max hatten sich den Plan präzise zurechtgelegt. Im Gegensatz zu Max kannte Eugster Fede nicht. Max hatte sich entschieden, Fede zu Eugster zu schicken.

»Um den Säntis? Sind Sie da nicht an der falschen Adresse? Gehen Sie zum Tourismusbüro. Dort wird man Ihnen alles über unseren Berg erzählen. Das hier ist kein öffentliches Gebäude.«

»Tut mir leid. Das Büro ist geschlossen.«

»Es öffnet am Nachmittag um zwei, auch an einem Samstag.«

»Das wird etwas knapp. Ich bin auf der Durchreise.«

»Darf ich erfahren, von welcher Institution Sie kommen?«

»Ich bin selbstständig. Mein Name ist …«, auch das hatte sie sich gut überlegt, »… Christiane von Moos, und ich schreibe an einem Buch über den Säntis.«

»Sie hätten mich vorab anrufen können.« Allmählich siegte die Neugier über den Ärger. »Also, kommen Sie herein. Eine kleine Pause schadet nicht. Meine Frau ist heute mit unseren drei Töchtern nach Sankt Margrethen zum Einkaufen gefahren.« Er öffnete die Tür ganz. »Bitte, nach Ihnen.« Er zögerte. »Ich weiß nicht, ob ich Ihnen helfen kann.«

»Es dauert auch nicht lange.« Fede betrat das Entree mit dem imposanten Lüster.

»Sollte es aber. Ich meine, den Säntis kann man nicht in zwei, drei Sätzen beschreiben.«

Fede jubelte innerlich auf. Der Fisch hatte den Köder geschluckt.

»Gehen Sie in mein Büro. Die Tür steht offen.«

Die dunklen Möbel im lichtdurchfluteten Haus wirkten trotz des heiteren Tages schwer. Fede ließ sich auf einem bordeauxroten Veloursessel nieder. Eugster entnahm einer Minibar in der Form eines Globus eine Flasche und zwei Kristallgläser. »Darf ich Ihnen einen siebenjährigen Scotch servieren? Ich habe ihn aus erster Hand.«

»Da kann ich nicht Nein sagen.« Sie dachte, Alkohol am Mittag tut mir nicht gut.

Eugster dagegen vertrug ihn offenbar. Kaum eingeschenkt und das Glas zum Prost erhoben, nahm er einen beachtlichen Schluck. Gut so, überlegte sich Fede, der Whisky würde ihm die Zunge lösen.

Eugster setzte sich ihr gegenüber. »Sie wollen über den Säntis schreiben? Da wüsste ich Passenderes. Den Säntis kennt doch jeder.«

»Das eine tun und das andere nicht lassen.« Fede trank von dem stark schmeckenden Destillat. Der Scotch brannte über ihre Kehle. »Wow, der hat es in sich.« Sie behielt das Glas in der Hand. »Was wäre die Option?«

»Der Seealpsee«, sagte Eugster. »Es gibt eine Sage. Ihr zufolge soll der Herrgott einst auf die unvergleichliche Schönheit des Alpsteins herabgesehen und eine Freudenträne vergossen haben. Daraus entstand der Seealpsee.«

»Eine wirklich schöne Metapher.« Sie ließ den Satz nachwirken. »Ich mag das Dramatische.«

»Was Sie im Säntis sehen?«

»Es ranken sich einige Geschichten um den höchsten Gipfel des Alpsteins, nicht wahr?«

»Sie meinen zum Beispiel den Doppelmord vor gut hundert Jahren?« Eugster griff nach dem Glas auf dem Salontisch, trank und stellte es wieder zurück. »Ein abgewiesener Bewerber für den Posten als Wetterwart erschoss damals ein Ehepaar, das den Winter auf dem Säntis verbrachte.«

»Das werde ich am Rand erwähnen.«

»Aber?«

»Mich interessieren die Unfälle am Säntis.« Fede kniff den

Mund zusammen und hoffte, sich mit dieser Bemerkung nicht verdächtig zu machen.

»Unfälle?« Eugster nahm die Scotchflasche und goss nach. »Wobei die geologische Beschaffenheit des Gebirges sicher auch ein paar Zeilen wert wäre.« Er lachte.

»Gewiss.« Fede sandte Eugster einen amüsierten Blick zu. »Wie entstand der Säntis, und wie entwickelt er sich mit der Zeit, wie werden dessen Aufbau und die Dynamik durch äußere und innere Prozesse kontinuierlich verändert … auch daran habe ich gedacht. Hauptthema aber sind die Unfälle bei den Bergsteigern und Seilschaften.« Fede registrierte, wie sie Eugster allmählich aus der Fassung brachte. Sie hätte ihn jedoch falsch eingeschätzt, hätte er sein Erstaunen zum Ausdruck gebracht.

»Also gut, es geht Ihnen hauptsächlich um Bergunfälle.«

»Korrekt.«

»Ich verstehe nicht, was diese mit mir zu tun haben.« Eugster drehte das schwere Glas in seinen Händen.

Fede schickte ein Stoßgebet zum Himmel. Wenn Eugster sich verschloss, waren ihr Besuch und die Bemühungen umsonst gewesen. »Tut mir leid. Es war keine gute Idee, hierherzukommen. Ich dachte bloß …«

Eugster richtete den Oberkörper auf. Möglich, dass der Scotch dazu beitrug, Fede nicht einfach abzuweisen. »Es gab kürzlich einen tödlichen Absturz am Äscher.«

»Ach.« Sie tat so, als wüsste sie von nichts.

»Das ist noch nicht zu Ihnen durchgesickert?« Eugster lehnte sich zurück und schlug das linke über das rechte Bein. »Sie sind auf der Durchreise, klar.«

»Erinnern Sie sich, ob am Säntis Prominente verunfallt sind?«

»Sie geben wohl nicht auf.« Eugster stieß hörbar Luft aus. »In den letzten Jahren gab es einige, sogar tödliche Unfälle im Säntisgebiet. Manchmal kommen die Leichen erst nach der Schneeschmelze zum Vorschein. Eine traurige Sache ist das.«

»Woran liegt das? Ich nehme an, man geht mindestens zu zweit auf den Berg.«

»Die ganz Mutigen gehen oft allein.«

»Mit der passenden Ausrüstung?«

»Davon gehe ich aus.« Eugster kniff die Augen zusammen, während Fede überlegte, mit welcher Frage sie Eugster endlich aus der Reserve locken konnte.

»Fällt Ihnen dazu etwas ein? Haben sich die Unfälle gehäuft, im Vergleich zu früher, zum Beispiel in den sechziger und siebziger Jahren?«

Eugster erhob sich. Fede beobachtete ihn, wie er zu seinem Sekretär ging und dort eine Schublade herauszog. Er entnahm ihr ein Dokument, kam zurück und setzte sich wieder. »Ich musste vor acht Tagen eine Eröffnungsrede im Zusammenhang mit einer Buchpräsentation halten. Ich habe keine Ahnung, ob meine Notizen hilfreich sind für das, was Sie vorhaben. Sagt Ihnen der Name Heinrich Manser etwas?«

Volltreffer!

Fede schüttelte den Kopf. »Ich sehe gerade kein Gesicht dahinter. Und der Name? Nein. Müsste man ihn kennen?«

»Er hat einen Bildband über den Alpstein herausgegeben. Leider konnte er sich nur einen Tag lang in seinem Erfolg sonnen. Er stürzte vor einer Woche auf dem Weg vom Äscher zum Alpstein ab.«

»Oh, das tut mir leid. Kannten Sie ihn gut?«

»Wie gesagt, ich schrieb die Rede und trug sie auch vor. Es ist immer eine Gratwanderung, was darf man verlautbaren, was nicht. Ich habe nicht alles gesagt, was ich mir notiert hatte. Heinrich Manser hatte eine bewegte Vergangenheit. Dazu gehörte auch …« Eugster griff erneut nach dem Glas. »Er war einmal in eine schreckliche Sache involviert.«

Fede übte sich in Geduld und vermied die kleinste Regung. Eugster würde bestimmt von allein darauf zu sprechen kommen. Forcieren brachte zu diesem Zeitpunkt nichts.

»Das heißt, ich habe das aus zweiter Hand. Als es geschah, war ich gerade mal sieben Jahre alt.« Eugster hob das Glas und trank. »Der damals einundzwanzigjährige, für sein Alter sehr erfahrene Kletterer und Bergsteiger Heinrich Manser war mit einem fünfzehnjährigen Schüler unterwegs zum Säntis. Langer Rede kurzer Sinn: Der Junge rutschte, verlor den Halt, das Seil riss, und er stürzte ab.«

»Ein tödlicher Unfall?« Es war der Moment, in dem Fede ihr Smartphone aus der Tasche holte. Sie tippte das Icon »Notizen« an und fügte ein erstes Wort ein. »Unfall«. Sie wollte den Eindruck von Professionalität hinterlassen, obwohl sie selten etwas notierte.

»Der Junge überlebte mit schweren Verletzungen, einem doppelten offenen Beinbruch, einem Milzriss und einer Schädelfraktur. Eine Zeit lang war nicht sicher, ob er jemals wieder normal würde gehen können. Die Schuldfrage bestand, Manser für den Unfall verantwortlich zu machen. Er bestritt, dass es seine Ausrüstung war, die dem Jungen zum Verhängnis geworden war.«

»Das ist tragisch.« Fede tippte ein paar Buchstaben ein. »Kennen Sie den Namen des Fünfzehnjährigen?«

»Ja, er lebt noch immer in Appenzell. Heute ist er sechzig, hatte sich zeitlebens mit allerlei Hilfsjobs über Wasser gehalten …« Eugster überreichte ihr ein Dokument. »Ich weiß nicht, ob Sie damit etwas anfangen können. Möchten Sie mehr über den Unfall erfahren, müssten Sie sich direkt an den Geschädigten wenden. Oder Sie leisten mir noch etwas Gesellschaft, wenn ich eine neue Flasche Scotch öffne.«

***

Max erwartete Fede im Zimmer. Er bezweifelte, sie könnte beim Landammann mit ihrem Anliegen Erfolg haben. Einem Mann wie Eugster traute er durchwegs zu, Ausweispapiere zu verlangen, bevor er eine Fremde ins Haus ließ. Fede hätte sich telefonisch anmelden können. Doch einen Anruf, selbst mit dem Smartphone, hätte man im schlimmsten Fall zurückverfolgen können. Max bibberte. Er schritt hin und her, fand keine Ruhe. Er machte sich große Vorwürfe, Fede wieder einmal einfach losgeschickt zu haben. Die Erfahrung im letzten Jahr hatte gezeigt, ein Undercover-Einsatz verlief selten gut. Was, wenn Eugster den Hasen im Pfeffer roch? Dann gäbe es für Fede keinen Ausweg mehr. Es brauchte ein Telefonat an die Polizei und ihr kleiner Betrug würde auffliegen.

Als Max den Landammann besucht hatte, war er auch relativ einfach in die Villa gelangt. Einzig die seltsame Hausangestellte hatte eine etwas abschreckende Wirkung auf ihn ausgeübt. Max hatte vergeblich nach Bluthunden Ausschau gehalten, er hatte weder Kameras noch eine Alarmanlage entdeckt. Die Familie Eugster wog sich in Sicherheit.

Fede kehrte am Nachmittag zurück. »Ich habe da etwas.« Sie reichte ihm ein A4-Blatt. »Der Bergunfall im Mai 1979 hatte damals hohe Wellen geschlagen und muss noch immer in den Köpfen der Appenzeller sein. Klemenz Eugster wollte ihn sogar in der Eröffnungsrede an Mansers Buchpräsentation erwähnen, ließ es dann aus Pietätsgründen sein. Er erzählte mir, der Fall sei bis vors Bundesgericht gekommen.«

Max hielt die Luft an. »Der Fall?« Er traute seinen Ohren nicht. »Reden wir von demselben?«

»Vom 13. Mai 1979.« Fede zog ihr langärmliges Shirt und die langen Hosen aus. »Das war auch der Grund, weshalb Michelle keine weiteren Berichte darüber im Zeitungsarchiv gefunden hatte. Heute würde jeder seine Meinung dazu auf Social Media posten. Vor fünfundvierzig Jahren war man auf die Zeitung, das Radio oder Fernsehen angewiesen. Es war schwieriger, etwas zu veröffentlichen, das nicht für die Allgemeinheit bestimmt war.«

»Das sehe ich auch so.« Max blickte Fede nach, wie sie ins Badezimmer ging, sich ganz auszog, sich kurz unter die Dusche stellte und in ein Frotteetuch geschlungen zurückkam.

»So, das musste jetzt sein.« Fede setzte sich aufs Bett. »Heinrich Manser habe mit Hilfe seines Vaters seinen Hals aus der Schlinge ziehen können, und die Kosten blieben am Opfer respektive an dessen Eltern hängen. Das ist Munition, wenn du mich fragst. Stell dir vor, dein Kind stürzt ab und springt dem Tod knapp von der Schippe. Das defekte Seil sei auf geheimnisvolle Weise verschwunden. Man konnte nichts mehr nachweisen. Man hatte nur die Aussage des Verunfallten und von ein paar Zeugen. Sämtliche Anwaltskosten, auch die von Manser, musste die gebeutelte Familie übernehmen. Da sie schlecht versichert war, trug sie auch zum größten Teil die Aufwendungen für die Operationen selbst. Fünfundvierzig Jahre, Max … so lange hatte Mansers Mörder gewartet, um sich an ihm für diese Schmach zu rächen. Fünfundvierzig Jahre haben ihren Tribut gefordert.«

Max nickte. »Jahrelang hatte der Hass unter der Oberfläche geschwelt. Ein einziger Funke hat das Feuer entfacht und sich zum Flächenbrand entwickelt.«

»Ich glaube, es war nicht ausschließlich Hass«, unterbrach Fede ihn. »Ich tendiere zu Neid. Manser war jahrelang auf Reisen. Aus dem Leben, aus dem Sinn. Seine ersten zwei Bücher hatten mäßigen Erfolg, was auch der Grund war, dass der Verlag das dritte mit einem Druckkostenzuschuss veröffentlichte. Manser war nicht greifbar, er war nicht da. Und plötzlich taucht er auf, macht den Alpstein wieder zu seinem persönlichen Highlight und rückt sich dadurch in den Mittelpunkt. Der Heimweh-Appenzeller, der sämtliche Viertausender-Gipfel im Alpenraum bestiegen hat, vom Piz Bernina bis zum Barre des Écrins, kommt nach Hause, an seinen Geburtsort … mit einem Paket voller Erfahrungen, Lebensweisheiten, Bildern, Texten und mit einer Fülle von Liebe für die Natur. Und dann schnappt er sich auch noch eine der schönsten Frauen von Appenzell und heiratet sie. Manser ist auf dem Höhepunkt seiner Existenz angekommen, er, der vor fünfundvierzig Jahren seinem angeblichen Freund die Chance auf einen ebenso befriedigenden Durchbruch genommen und ihm buchstäblich das Leben zerstört hat. Nicht nur das, er hat alle Schuld von sich gewiesen und keine Verantwortung übernommen.« Fede seufzte tief. »Und jetzt sieh dir den Namen an.«

Max musste leer schlucken. »Verflucht!« Es war nicht John Sturzenegger.

***

»Was würdest du mit einem Hotel anfangen?«, fragte Milagros auf dem Weg zum Leuenfall.

Es war Johns Idee gewesen, das Mittagessen mit einem Verdauungsspaziergang zu krönen. Sie hatten auf der Terrasse diniert, nachdem sich die andern von ihnen verabschiedet hatten. Aurora war Richtung Appenzell gefahren, Malea und Michelle hatten sich für eine Wanderung zur Schwägalp entschieden.

»Ich würde ein Bijou daraus machen, einen Mix aus Tradition und Moderne, ein neues Konzept, was auch die Einheimischen ansprechen würde.«

»Hast du denn so viel Cash auf der hohen Kante?«

»Zusammen mit der Bank, sicher.«

»In deinem Alter wird es schwierig sein, einen entsprechenden Kredit zu bekommen. Was hast du denn für Sicherheiten? Den Hausteil in Gonten?« Hatte er vielleicht im Lotto gewonnen? Eine Erbschaft angetreten? Durch seine verschiedenen Jobs hatte er unmöglich viel Geld auf die Seite legen können, auch wenn er sparsam damit umging.

Die Hitze war gnadenlos, der Naturpfad stob unter den Füßen, und die schattenspendenden Bäume schienen noch weit weg.

John machte eine erste Pause am Wiesenrand und gab vor, ihn plage ein Wadenkrampf. Dem Thema über seine Finanzen wich er geschickt aus.

»Kennst du Auroras Bruder?«, wollte Milagros wissen. Den Wadenkrampf ignorierte sie geflissentlich. »Bist du ihm schon mal begegnet?«

»Wenn du mich fragst, er ist ein Taugenichts, zu nichts als zu Clownereien zu gebrauchen. Aurora ist viel zu gutmütig. Sie glaubt, ihre Pflicht bestehe darin, ihn finanziell zu unterstützen, weil es ihr selbst so gut geht. Dann ist da noch ihr

Langzeitlover Filippo. Keinen Deut besser als Maurizio. Die beiden könnte man aneinanderbinden und in der Sitter versenken. Kein Hahn würde nach ihnen krähen.« John raffte sich endlich zum Weitergehen auf. »Eigentlich wollte ich mit dir über etwas anderes sprechen.« Er nahm sie sanft am Arm.

Diese eine Berührung löste in Milagros einen Gefühlssturm aus. Was war denn in sie gefahren? Sie, die sich nach Ralphs Trennung sämtliche Ambitionen für eine neue Liebschaft abgeschminkt hatte. Wenn sie am Morgen in den Spiegel sah, schrien sie die Zeichen der vergangenen Jahre an. Ihre einst schwarzen Haare hatten sich immer mehr mit grauweißen Strähnen durchmischt. Die dunklen Augen waren leicht heller, wenn nicht glanzloser geworden, die Symmetrie des Gesichts hatte gelitten. Die achte Dekade war im Anmarsch. Schneller als gedacht rollte sie auf sie zu. Nichts ging mehr aufwärts. Alles zielte auf den Abgrund hin, auf das Ende. Sie seufzte. Vielleicht wollte sie auf dem Sterbebett auch einmal sagen können: Ich habe das Leben gelebt und es bis zum Schluss ausgekostet. John ging mit gutem Beispiel voran. Er hatte auch mit sechzig noch Pläne. Wenn Milagros in sich hineinhörte, so spürte sie eine tiefe Zuneigung zu ihm. Warum stand sie sich selbst im Weg?

John strich ihr eine Haarsträhne von der Wange. »Wenn ich meinen Hausteil in Gonten verkaufe, würde es reichen. Ich habe mit der Bank gesprochen. Mit Auroras Gastrobetrieben, der Pizzeria, dem Restaurant und dem Hotel kann ich eine Garantie mitliefern.«

»Das heißt«, stellte Milagros in Frage, »du bürdest dir damit auch eine Menge Arbeit auf. In sechs Jahren hast du das Rentenalter erreicht.«

»Sechs Jahre würden genügen, um meine persönlichen Ideen umzusetzen. Aber …«

»Aber?« Milagros ahnte, was kam. Sie starrte geradeaus, dorthin, wo der Weg im Schatten versank. Sie näherten sich einer Baumgruppe, in deren unmittelbarer Nähe man das Plätschern von Wasser vernahm. Das letzte Gewitter hatte das fast ausgetrocknete Bachbett anschwellen lassen. Sie erreichten den Wald.

John zierte sich ein wenig. Offenbar fand er nicht den Mut, über das zu sprechen, was ihn umtrieb. Bis zur Brücke schwiegen sie. Beim Wegweiser konnten sie den Wasserfall hören, ein regelmäßiges Rauschen, das lauter wurde, je näher sie an ihn herankamen. Sonne und Wasser malten einen Regenbogen ins Gelände, dicht und kräftig hoben sich die Laubbäume vom Himmel ab.

Milagros ließ sich auf einem flachen Stein nieder und verfolgte das Spiel der Wellen, wenn die Prallzone ihre Muster kreierte, in Sequenzen sich immer wieder verändernde Strukturen. Feine Wassertropfen breiteten sich aus. Milagros spürte sie auf ihrer Haut prickeln.

John zückte sein Smartphone und knipste im Dauermodus. Zuerst den Wasserfall, den Gumpen, den Bach, der aus ihm brach und über die Steine floss, dann den Wald und zuletzt Milagros.

Ihr war es nicht recht.

»Ich könnte mit allen meinen Bildern eine Ausstellung machen, in meinem eigenen Betrieb. Du siehst, es gibt viel Potenzial.«

Träum nur weiter, dachte sie. Das Leben ist nie gnädig. Oft werden Pläne durchkreuzt oder einfach zunichtegemacht. Dachte man zudem zu weit hinaus, platzten oft die Hoffnungen wie Ballons, denen man zu viel Luft zugeführt hatte.

John ließ sein Smartphone in der Hosentasche verschwinden. Er kniete nieder und nahm ihre Hände in seine. »Milagros, ich weiß, ich kann dir kaum das geben, was du verdienst. Ich bin ein einfacher Mann mit dem Glauben an die Zukunft, die auch für solche in unserem Alter schöne Dinge bereithält.«

Milagros' Handy klingelte. Ja, dachte sie, das Leben ist voller Überraschungen. Sie griff nach dem Gerät und sah in ein enttäuschtes Gesicht. »Es ist Maximilian.« Sie nahm seinen Anruf entgegen.

»Bist du allein?«

»Ich sitze zusammen mit John am Leuenfall.«

»Wir müssen uns sehen.«

»In einer halben Stunde?«

»Das kommt hin. Fede und ich erwarten dich … und bitte, bringe John mit.« Er legte auf.

»Mein Sohn.« Milagros steckte das Smartphone weg. »Als wüsste er, wann er mich am besten stören kann.« Und sie dachte, dass sie es Maximilian und Federica niemals würde antun können, ihren Lebensmittelpunkt nach Appenzell zu verlegen.

ZWANZIG

»Wie wollen wir vorgehen?«, fragte Fede. Sie hatte sich ein schlichtes unifarbenes Etuikleid angezogen und saß nun in der hintersten Ecke auf der Terrasse beim »Lehmen«, die Richtung Spielplatz lag. Zwei Jungs in Latzhosen stritten sich um den Sitzplatz auf der Schaukel. Es dauerte nicht lange, bis einer von ihnen weinte. »Wenn es sich tatsächlich um einen perfiden Mord handelt, kommen wir nicht darum herum, es der Polizei zu melden.«

Max goss Mineralwasser in eines der vier Gläser auf dem Tisch. »Das hat noch Zeit. Im Moment sagt auch der Name gar nichts aus. Bislang haben wir keine Beweise. Wir können lediglich versuchen, die verdächtige Person in die Enge zu treiben, falls wir erfahren, wer sie ist und wo sie sich aufhält. Wir wenden eine Taktik an, die der Polizei verwehrt ist.«

»Und präsentieren den Täter auf dem silbernen Tablett? Vergiss nicht, wir sind in Appenzell. Sollten wir richtigliegen und die Täterschaft überführen, müsste die Polizei zugeben, etwas verschlampt zu haben. Vielleicht will man das Verbrechen bewusst nicht aufdecken.«

Milagros und Sturzenegger trafen ein. Sie setzten sich, ohne dass Milagros etwas zu meckern hatte, an den Tisch, was an und für sich ein Wunder war. Sie hatte es drauf, ihre Präsenz zu demonstrieren. Max las etwas in ihrem Gesicht, das er nicht zu deuten vermochte.

»Du wolltest uns sprechen?«, fragte Sturzenegger.

»Ja, mich nimmt auch wunder, weshalb du uns vom Leuenfall wegpfeifst.« Milagros sah mit einer Ernsthaftigkeit in die Runde, dass es Max fürchtete. »Wir haben ein kühles Plätzchen gefunden. Nun läuft uns der Schweiß wieder in Strömen über den Rücken.« Endlich zeichnete sich ein Lächeln um ihren Mund ab.

Max schob ein Blatt Papier über den Tisch, direkt vor Sturzenegger, und wies mit dem Zeigefinger auf die unterstrichene Zeile. »Sagt dir der Name etwas?«

»Geronimus Keller.« Sturzenegger hob seine Schultern. »Ja, der Name kommt mir bekannt vor. Geronimus ist eher ungewöhnlich für einen Männernamen. Ich glaube, ich war mal mit einem Geronimus Keller in der Schule. Wir nannten ihn Gery.«

»Erinnerst du dich auch an seine Familie?« Max beobachtete ihn mit Argusaugen. Etwas musste zwischen ihm und Milagros vorgefallen sein. Er erlebte seine Mutter selten so in Gedanken versunken.

»Was ist mit dem?« Sturzenegger machte einen nervösen Eindruck. Er wechselte hilflos Blicke mit Milagros. Dabei ging es wohl kaum nur um die gestellte Frage.

»Er war der Junge, der im Mai 1979 am Säntis abgestürzt war.« Max verschwieg ihm, dass es damals zu einem Gerichtsfall gekommen war. »Du tätest uns einen großen Gefallen, uns alles über ihn zu erzählen, was du weißt.«

»Ist er der Mann, mit dem ich auf dem Weg zum Seealpsee gesprochen habe? Mensch, ich habe ihn nicht erkannt.«

Max entgingen nicht Sturzeneggers zitternde Hände, als er nach einem Wasserglas griff.

»Das ist durchaus möglich. Wenn wir vom gleichen Kerl sprechen, hat er sich während der Messe mit Josef und Annemie Frischknecht unterhalten. Die Frischknechts streiten jedoch ab, ihn zu kennen. Anhand der Fotos sind wir übereingekommen, dass er nach der Messe verschwand und erst wieder auf dem Abstieg vom Äscher auftauchte, dann nämlich, als er dich überholte.«

»Sapperlot, dann habe ich Heinis Mörder gesprochen.« Sturzenegger strich sich über die Stirn.

»Wir können es nicht beweisen.« Fede hob enttäuscht die Augenbrauen.

»Denk nach«, forderte Milagros Sturzenegger auf. »Familie Keller aus Appenzell.«

»Herrgott, in Appenzell gibt es mehr als einen Keller.«

»Hatte Geronimus oder Gery Geschwister?«, fragte Max.

Sturzenegger wurde zusehends zappeliger. »Wisst ihr was? Wenn ich mich nicht täusche, so existieren noch die Klassenfotos aus meiner Primarschulzeit. Möglicherweise habe ich sie ins Buffet geräumt. Versprechen kann ich nichts. Nach Mutters Tod habe ich ein paar Kartons mit Fotos zu mir genommen. Mutter hatte alles gesammelt, auch Sachen von mir.« Er sah zum Himmel. »Gott hab sie selig. Seit zwei Jahren sitzt sie auf der Wolke dort oben.«

Milagros verdrehte die Augen. Für Max bedeutete es einen Sieg: Je unbeholfener Sturzenegger sich gab, umso eher kam Milagros von ihm los. Zugegeben, er hatte Sturzenegger lange in Verdacht gehabt. Das Alter, seine Panik, diese Geheimnistuerei, das verzögerte Eintreffen am Seealpsee – das alles hätte gepasst. Obwohl seine abgebrochene Lehre Jahre her war, es war und blieb ein Motiv. Als Fede mit dem Namen Geronimus Keller zurückgekommen war, erwiesen sich seine Vermutungen als unrealistisch. Zu gern hätte er aber Sturzenegger überführt. Er musste sich eingestehen, mit seinen Hypothesen komplett falschgelegen zu haben.

Wer, zum Teufel, war Geronimus Keller?

Kannte Aurora ihn? Max zückte sein Handy.

»Wen rufst du an?«, erkundigte sich Milagros, die ihn eine ganze Weile kritisch beobachtet hatte.

Max räusperte sich. »Aurora.«

»Musst du nicht«, sagte Sturzenegger. »Ich habe ihr bereits eine Nachricht auf Whatsapp geschickt. Wir treffen uns in Gonten und können vor Ort entscheiden, wie wir weitermachen.«

Donnerwetter! War Sturzenegger gerade dabei, die »Akte Manser« an sich zu reißen? Warum zeigte er plötzlich ein immenses Interesse daran? Wusste er am Ende doch mehr, als er zugab?

Max lehnte sich zurück. Eigentlich hätte er zufrieden sein sollen. Am Morgen hatte er das Konto der Detektei gecheckt. Aurora hatte einen beachtlichen Kostenvorschuss geleistet, nachdem Milagros ihr die Bankverbindung mitgeteilt hatte. Er durfte die Stunden verrechnen, den Aufenthalt im Gasthaus Lehmen, sämtliche Unkosten wie Essen und Getränke, den Anfahrtsweg, die Bergbahnen und so weiter. Und, das aber fanden nur Milagros und Fede, sie konnten die Arbeit mit dem Angenehmen verbinden.

Max sehnte sich danach, nach Hause zu fahren, im Vierwaldstättersee zu schwimmen, mit dem Rad einen Ausflug zu machen, und vor allem freute er sich auf sein eigenes Bett. Es sah jedoch nicht danach aus, als würde sein Auftrag mit dem heutigen Tag zu Ende sein, zumal er seinen Aufenthalt von sich aus auf unbestimmte Zeit verlängert hatte.

***

John hatte einen selbst gemachten Kirschenkuchen aufgetischt. Dazu gab es eisgekühlten Flauder-Sirup mit Holunderblüten und Melisse. Offenbar wollte er allen zeigen, welch exzellenter Gastgeber er war. Ein zwanghafter Versuch, Milagros davon zu überzeugen, er sei der richtige Mann für sie. Auf dem Rückweg vom Leuenfall hatte John ihr den Vorschlag unterbreitet, bei ihm einzuziehen und wenn Antoniazzis Gastrobetrieb in seinen Händen sei, zusammen ihre Träume zu verwirklichen. Seine Träume. Milagros hatte mit keinem Wort erwähnt, sie würde in sein Geschäft einsteigen. Zugegeben, das alles klang verlockend. Aber in ihrem Alter wollte sie sich keine neue Arbeit aufbürden. Wie kam John auf die Idee, sie würde mit sechsundsechzig Wirtin werden wollen? Sie hatte ihm schonend, aber unmissverständlich eine Absage erteilt. Sie sei zu alt für ein solches Projekt, als Jetsetterin könne sie sich ein Leben nur auf dem Land nicht vorstellen, sie wolle sich weiterhin in der Anonymität der Städte bewegen, und als Dienstleisterin habe sie sich seit dem Tod ihres Mannes nie mehr gesehen. John war eingeschnappt gewesen. Sie hatte ihn damit vertröstet, dass sie, sollte es einmal so weit und er ein Wirt sein, mindestens einmal im Jahr nach Appenzell fahre und ihn besuche. John hatte es geschluckt. Umso überraschter war Milagros, wie er sich erneut um sie bemühte. Er servierte ihr vor den anderen Kuchen und Sirup, und als er sich unbeobachtet fühlte, beugte er sich über sie und flüsterte ihr ins Ohr: »Ich liebe dich.«

Milagros spürte, wie sie wie ein Teenager errötete. »Liebe ... oh, ein großes Wort.« Nicht einmal Ralph hatte es in den Mund genommen. Er hatte sie unbestritten gemocht, war unterhaltsam und ein Charmeur gewesen, ein liebenswürdiger Gesellschafter. Und John? Er würde es sicher auch sein, anders, ungehobelter, ungebildeter, aber genauso herzlich.

Aurora betrat Johns Wohnung und unterband fürs Erste eine Diskussion zwischen Milagros und John.

»Hallo, ich habe gehört, ihr braucht meine Hilfe?«

Milagros sah sie an. Wie machte sie das bloß? In der gleichen Woche hatte sie ihren Ehemann und die Eltern verloren, und sie tat so, als berührte es sie nicht.

Maximilian bat sie, sich neben ihn zu setzen. »Kennst du einen Geronimus Keller?« Er verwies auf das Bild im Wildkirchli.

»Ist er das? Eingeladen war er auf jeden Fall nicht. Ein Hochzeits-Crasher vielleicht? Hat ihn jemand mitgebracht? An meiner Hochzeit mit Tito hatten sich gleich zwei solcher Gestalten unter die Gäste gemischt. Diese kamen aber von außerhalb. Es gibt tatsächlich so dreiste Leute, die sind auf Veranstaltungen wie Hochzeiten und Geburtstagspartys aus, wo sich viele Leute einfinden. Sie trinken und verpflegen sich auf Kosten der Gastgeber. Geronimus Keller.« Aurora warf John einen Blick zu. »Sagt dir auch nichts, oder?«

»Doch, ich ging mit ihm in die Primarschule.« Als wäre ihm sein Vorhaben wieder in den Sinn gekommen, kniete er vor dem Buffet nieder, öffnete die Tür und suchte nach einem Karton. Er fand ihn auf dem untersten Tablar nebst einer Ansammlung von Geschirrtüchern. Er nahm ihn heraus, hob den Deckel und legte diesen zur Seite. Kommentarlos grapschte er nach den Bildern, blätterte sie durch und separierte eines. »Hier, da war ich in der sechsten Klasse.« John erhob sich. Schmunzelnd legte er das Klassenfoto auf den Tisch. »Der Dritte von links, in der zweiten Reihe … das bin ich. Und der in der Mitte«, er zeigte auf die unterste Reihe, »der Dicke, das ist Geronimus.«

Milagros entging nicht, wie Maximilian die Augen rollte. »Okay, er ist ziemlich gewichtig. Wie kam er dazu, sich ein Hobby wie das Klettern oder Bergsteigen zuzulegen?«

John erwiderte: »Wir gestalteten unsere Freizeit mit dem, was wir hatten. Wir waren draußen in der Natur, im Sommer entweder mit den Rollschuhen und dem Velo unterwegs, oder wir gingen klettern. Im Winter fuhren wir Ski oder rasten mit dem Schlitten oder auf Plastiksäcken vom Seealpsee über die steile Straße nach Wasserauen. Geronimus wohnte damals auf dem Kellerhof, jetzt erinnere ich mich wieder. Er lag außerhalb von Appenzell, ein kleines Anwesen. Die Familie Keller hatte vier Kinder.«

»Existiert der Hof noch?«, fragte Fede.

»Frischknecht muss ihn gekauft haben. Im Umkreis von einigen Hektaren riss er alles an sich. Später verkaufte er sein Land und die Höfe teuer an den Kanton, damit dieser Wohnblöcke bauen konnte. Die Bauern, die das Land gepachtet hatten, hatten das Nachsehen.«

»Und wo leben diese Bauern heute?«, fragte Max.

»Ihre Nachkommen orientierten sich neu. Die einen landeten in der Gastronomie oder bei den Bergbahnen oder ließen sich von Frischknecht anstellen. Das waren noch Zeiten, als Einheimische seinen Hof bewirtschafteten. Heute tummeln sich People of Color auf seinen Feldern. Frischknecht schaufelt sich gerade sein eigenes Grab.« John verwarf die Hände. »Geht mich nichts an. Aber diese Leute passen nicht ins Appenzellerland.«

Somit war für Milagros klar, mit dieser Einstellung verlor John an Sympathie.

»Ich habe den Namen Keller irgendwo gelesen.« Max setzte Johns Geschwätz ein Ende.

»Ich vermute, bei Frischknecht.« Fede tippte seit geraumer Zeit auf ihrem Smartphone herum. »Im digitalen Telefonbuch ist der Großbauer mit folgenden Zeilen eingetragen: Josef und Annemie Frischknecht-Keller, Knechtenfluh, Appenzell.«

»Das heißt, Annemie ist eine gebürtige Keller.« Max behielt John im Auge. »Erinnerst du dich an Geronimus' Schwester?«

»Er hatte, glaube ich, drei Schwestern. Ja klar, eine von ihnen hieß Anna Maria. Manchmal nannten wir sie Anna oder Maria. Heute heißt sie Annemie.«

»Wenn Geronimus also Annemies Bruder ist, hat sie gelogen«, sagte Maximilian. »Sie stritt ab, den Mann, mit dem sie sich unterhalten hatte, zu kennen.«

»Wäre doch möglich, dass alle unter einer Decke stecken«, sinnierte Milagros laut. »Viel hielt Frischknecht nicht von Manser. Was, wenn er seinen Schwager bei dessen Rachefeldzug unterstützt hat?«

Max war offenbar nicht geheuer. Noch immer überwogen die Spekulationen. »Das reicht leider nicht, um ihn auffliegen zu lassen.«

»Max, was schlägst du vor?« Fede griff nach Johns Klassenfoto. »Soll ich die Frischknechts besuchen? Mich kennen sie noch nicht.«

»Wie willst du deinen Besuch begründen?«

»Ich suche Arbeit.«

Milagros rätselte, wie Maximilian reagieren würde.

»Bei meinem letzten Besuch sagte Frischknecht, seine Schwägerin unterrichte Flüchtlingsfrauen in der Küche. Was, wenn sie Geronimus' Frau ist. Paula … ihr Name ist Paula.«

»Darauf wollte ich dich gerade aufmerksam machen«, sagte Fede. »Unter der gleichen Adresse leben Paula und Gero Keller.«

»Bingo!« Max schmunzelte. Geronimus alias Gery nennt sich nun vornehmlich Gero.« Er sah Fede an. »Mutest du es dir zu, die Frischknechts und die Kellers zu besuchen?«

»Nichts lieber als das. Ich kenne mich aus mit Bauernhöfen. John, hast du vielleicht einen Overall zur Ausleihe? Und eine Schirmmütze brauche ich auch.«

***

»Was will denn die hier?« Josef Frischknecht wusch sich die Hände, als er durch das Fenster eine Frau auf den Hof staksen sah. »Paula, erwartest du jemanden?«

Seine Schwägerin erreichte im Schlepptau von Leyla und Sonea die Küche. »Wenn du die Frau mit dem lausigen Overall meinst … die habe ich auch gesehen. Vielleicht sucht sie etwas, scheint mir völlig desorientiert zu sein. Schon zweimal umrundete sie den Stall mit den Kälbern.«

»Saarebizgi! Immer diese Touristen. Sie verwechseln unsere Gegend mit Disney World oder mit einem Freiluftmuseum, glauben, sie könnten einfach so über Privatgrundstücke spazieren.«

»Soll ich den Bläss loslassen?«

»Ach der, unser in die Jahre gekommener Sennenhund. Du kannst es mal versuchen. Er ist zwar alt und müde, aber gegenüber den Fremden noch immer misstrauisch.« Josef kratzte sich am Kinn. Er müsste sich wieder einmal rasieren, überlegte er. »Nein, warte, ich gehe mal schauen. Vielleicht hat sie sich tatsächlich verirrt.« Er trocknete die Hände an seinen kurzen Hosen ab, schritt an Leyla und Sonea vorbei und betrat den Hofplatz. »He du, suchst du etwas?«

Am frühen Nachmittag hatte ihn eine etwas sonderbare Mail des Landammanns erreicht. Darin gebot er ihm, Vorsicht vor einer Christiane von Moos walten zu lassen. Diese streune in der Gegend umher und stelle komische Fragen.

Die Frau im Overall erreichte ihn. Sie ließ eine braune Reisetasche vor ihre Füße sinken. »Entschuldigen Sie, ich hatte Ihren schönen Hof gesehen und sagte mir, das ist es, dort musst du hin.«

»Christiane von Moos?«

»Ehm … nein, wie kommen Sie denn dadrauf?« Die Frau musterte ihn skeptisch.

Ihm konnte man nichts vormachen. Er hatte sie mit der Nennung des Namens erschreckt. Josef verschränkte die Arme.

»Ich bin Masha Flores.« Sie wirkte wieder gefasst.

»Was willst du auf meinem Hof?«

»Ich, ehm … suche Arbeit.«

»Aha, wer sucht die nicht. Wie kommst du ausgerechnet auf mich?«

»Wie gesagt, die Schönheit des Hofes zog mich an. Ich hatte früher auch einen Bauernhof, allerdings mit bloß drei Kühen. Dafür einer Menge Hühnern und Hähnen. Ich habe Erfahrung.«

Sehr helle sah sie nicht aus. Josef schätzte sie auf vierzig, etwas ungepflegt. Ihre Haare hatte sie unter einer viel zu großen Schirmmütze versteckt. »Mit Hühnern kann ich nicht dienen, aber mit Kühen, Rindern und zwei Zuchtstieren.«

»Dann sind Sie auch gegen die künstliche Befruchtung?«

Du lieber Himmel! Josef verkniff sich ein Grinsen. »Ich bin tatsächlich ein Befürworter des Natursprungs. Aber manchmal geht es nicht anders. Dann muss ich den Köfferli-Doktor kommen lassen. Hast du Referenzen dabei?«

»Nein, ich könnte fürs Erste mal schnuppern.«

Ganz schön frech. »Du glaubst also, du könntest bei mir Arbeit finden. Also gut, wenn das so ist, dann folge mir.« Josef ging voraus und betrat wenig später die Küche. »Paula, da ist jemand, die uns zur Hand gehen will.« Er wandte sich zu der Frau um. »Wie, hast du gesagt, ist dein Name?«

»Masha.«

»Also Masha, für eine Nacht kannst du bleiben. Dann kannst du dich gleich in der Küche nützlich machen. Wir sind eine Truppe von dreiundzwanzig Leuten auf dem Hof. Wir essen in Etappen. Paula erklärt dir, was zu tun ist. Sollte es dir wider Erwarten auf meinem Hof gefallen … das Administrative können wir später erledigen. Paula, ich überlasse sie dir.«

»Als hätte ich nicht schon genug zu tun mit Anfängerinnen«, sagte diese, dass nur er es hören konnte.

»Fürs Denken wirst du nicht bezahlt.« Josef wandte sich ab. Er verließ die Küche und ging in sein Büro. Dort wählte er Klemenz Eugsters Nummer.

»Josef, hast du meine Mail erhalten?«

»Wahrscheinlich gerade zur richtigen Zeit. Soeben hat mich

eine Masha Flores besucht. Sie will bei mir arbeiten. Ich habe ihr für eine Nacht zugesagt.«

»Masha Flores? Seltsam, dann kann sie es nicht sein. Christiane von Moos war erpicht darauf, etwas über Unfälle am Säntis zwischen 1960 und 1970 zu erfahren.«

»Du hast ihr doch nichts von Gero erzählt.«

In der Leitung blieb es still.

»Klemenz, bist du noch dran?«

»Wie könnte ich auch darauf gekommen sein?«

»Bist du sicher?«

»Was?«

»Dass du Gero nicht erwähnt hast.«

»Ja, ganz sicher.«

»Und warum schreibst du mir dann?«

»Diese von Moos schien mir ein kluges Mädchen zu sein.«

»Okay, dann brauch ich mir keine Sorgen zu machen. Masha ist das pure Gegenteil.«

***

Fede hatte einmal kurz den Eindruck gehabt, Frischknecht könnte sie durchschaut haben. In der Zwischenzeit hatte sie sich beruhigt. Paula hatte ihr das Zimmer gezeigt, nachdem Fede sich bereits in der Küche hatte nützlich machen können. Sie hatte Kartoffeln und Karotten geschält, Zwiebeln geschnitten und zuletzt einen halben Liter Salatsauce zubereitet, mit extra viel Knoblauch und Kräutern. Sie zog den Overall aus, wusch sich am Lavabo und zog sich frische Kleider an. Lange Hosen, langärmliges Shirt. Sie wollte auf abschätzige Bemerkungen verzichten. Denn diese würden kommen, vor allem von Paula, einer unsympathischen untersetzten Frau zwischen fünfzig und sechzig. Wie sie Leyla und Sonea herumkommandiert hatte, ging auf keine Kuhhaut. Fede hätte sie gern zurechtgewiesen. So konnte man nicht mit Menschen umgehen, und sie befürchtete, die Afrikanerinnen waren als billige Arbeitskraft angestellt oder Frischknecht kassierte vom Kanton, wenn er sie auf seinem Hof beschäftigte. So schätzte sie den Bauern ein.

Um halb sieben saß Fede am Küchentisch und lernte die anderen Familienmitglieder kennen. Annemie Frischknecht, eine rundliche kleine Frau mit Pausbacken, und Gero Keller, Paulas Mann und Hauptperson von Fedes Interesse. Am Tisch waren zusätzlich sieben Angestellte, wie Frischknecht durchblicken ließ, Mitarbeiter fürs Feld. Fede erfuhr, die afrikanischen Flüchtlinge würden erst in der nächsten Staffel essen. Frischknecht verstand sich gut auf die Handhabung einer Zweiklassengesellschaft, was Fede an die Zeit des Kolonialismus erinnerte. Dieser dauerte in Afrika ab Mitte des 19. Jahrhunderts bis in die siebziger Jahre. Sie schämte sich fremd.

Gero saß ihr gegenüber. Der Sechzigjährige musterte sie auf eine penetrante Art, was ihr unangenehm war. Fede spürte seinen stieren Blick auf sich. Er schöpfte von den Älplermagronen, streute geriebenen Käse darüber und fuhr mit dem Starren fort.

Fede versuchte, seinem Blick auszuweichen. War er Heinrich Mansers Mörder? Sie fand nichts in seinem Gesicht, was diese Vermutung bekräftigte. Fede hätte wahrscheinlich gleich reagiert, bei so vielen am Tisch.

Frischknecht beendete die bedrückte Stimmung. »Wir haben eine neue Mitarbeiterin«, sagte er. »Masha.« Er wandte sich an Fede. »Woher stammt der Name?«

Auf diese Frage war Fede nicht vorbereitet. Als es darum gegangen war, ein Pseudonym zu suchen, war sie wie zufällig auf Masha Flores gekommen, Max' Verflossene aus Gstaad, als hätte sie sie damit wiederauferstehen lassen. »Ich habe eine kuriose Mutter«, sagte sie und war selbst überrascht, wie spontan ihr der Satz über die Lippen kam. Es galt zu improvisieren. »Sie ist Künstlerin und lebt in Portugal.« Und sie musste an die elf Gemälde denken, die sie von ihr bekommen hatte. »Während der Schwangerschaft muss sie sich mit irgendeiner Figur auseinandergesetzt haben.« Fede hoffte, niemand am Tisch würde ihre Schummelei durchschauen. Masha, die ihre Katze auf dem

Gewissen hatte, war die Frau gewesen, die Max den Kopf verdreht hatte.

Alle lachten, aber niemand schien ihre Bemerkung wirklich verstanden zu haben. Auch Geros Gesicht erhellte sich. Wie war es möglich, an ihn ranzukommen? Ihn auszuhorchen oder etwas in seinem Zimmer zu finden, was ihn als Täter entlarvte? Wann war der beste Moment, ihn allein zu sprechen?

»Woher kommst du?«, fragte Gero wie aus dem Nichts heraus.

Fede schluckte leer, sah sich zuerst jeden der Anwesenden an. Als diese nichts sagten, erwiderte sie: »Aus Stans. Im Sommer reise ich gern durch die Schweiz und bleibe dort, wo es mir gefällt.«

»Ich suche noch eine Sennerin«, sagte Gero und heimste von den andern am Tisch kritische Blicke ein.

»Sieht sie so aus, als wollte sie sich auf deine Alp zurückziehen?« Frischknecht lachte dröhnend. »Wenn es Paula schon nicht schafft …«

»Wo befindet sich die Alp?« Fede schaute Gero zum ersten Mal fest in die Augen. Sie musste sein Zutrauen gewinnen.

Seine hellblauen Iriden waren unruhig. Entweder war er so nervös, oder er litt unter Nystagmus, einer Augenbewegungsstörung, die möglicherweise auf eine Hirnverletzung zurückzuführen war. »Hinter dem Fählensee.«

»Es gibt dort nicht einmal fließend Wasser«, sagte Paula, »von Strom ganz zu schweigen.«

»Aber du ziehst dich gern auf die Alp zurück, nicht wahr?« Fede schenkte Gero ein Lächeln. Sie vermutete, da saß jemand, der selten genug Aufmerksamkeit bekam. Seine Frau Paula musste ihn längst entliebt haben. Sie hatte nichts mehr für ihren Mann übrig. Man musste kein Psychologe sein, um das zu spüren. Gero war hier nur geduldet.

Danach versickerten die Gespräche im Sand, und das Nachtessen wurde schweigend beendet. Selbst Großkotz Frischknecht hielt sich zurück, stand nach dem letzten Bissen auf und verschwand ins angrenzende Wohnzimmer. Fede bekam von Paula den Auftrag, das Geschirr abzuräumen und es in den Geschirrspüler zu stellen. Sie reinigte den Tisch und deckte für die Nachhut neu auf.

Gero war mit einer Kachel Milchkaffee sitzen geblieben. Er verfolgte jeden von Fedes Handgriffen, als hätte er von Frischknecht die Order bekommen, die Neue zu kontrollieren.

»Stimmt etwas nicht?« Fede wandte sich endlich an ihn, nachdem sie die letzte Gabel platziert hatte.

»Hast du dich bereits entschieden?« Gero lauerte wie ein Raubtier vor seiner Beute.

»Entschieden zum Bleiben?« Fede ahnte, wenn sie sich auf ein detaillierteres Gespräch mit Gero einließe, brachte sie ihn womöglich nicht mehr los. Der Mann war ihr unheimlich. Andererseits musste er gespürt haben, sie würde auf ihn eingehen. Ihr war er nicht egal. Vielleicht wollte er sich von einer Last befreien. Und sie einweihen? Was würde geschehen, wenn sie ihn auf den Unfall am Säntis ansprach? So viel Zeit blieb ihr nicht, um zu erfahren, welche gesundheitlichen und psychischen Probleme dieser ausgelöst hatte. Hatten nach fünfundvierzig Jahren Ruhe die Rachegelüste auf einmal die Vorderhand gewonnen, oder was war sonst der Grund für den Super-GAU auf dem Abstieg vom Äscher zum Seealpsee gewesen?

Immer mehr zeichnete sich eine Logik hinter Mansers Tod ab. Über viele Jahre hatte es unter der Oberfläche gebrodelt, hatten sich Vergeltung, Trauer und Wut manifestiert. Fünfundvierzig Jahre, in denen sich die Schatten der Vergangenheit auch aufgelöst haben konnten, indem das Akzeptieren des eigenen Schicksals und das Vergessen sich durchgesetzt hatten.

Unverhofft musste etwas geschehen sein, das den Lauf der Dinge in die entgegengesetzte Richtung geleitet hatte. Wie eine Initialzündung, die den explosiven Stoff, in diesem Fall die unterschwelligen dunklen Gefühle, zur Detonation brachte. Fede glaubte zu wissen, was es war. Manser hatte den Gipfel erreicht. Zurück in seiner Heimat, hatte er einen besonderen Status genossen, ob man ihn mochte oder nicht. Er war der ungekrönte König gewesen, der sich selbst damit belohnte, eine

Frau wie Aurora vor den Traualtar zu führen. Er, der das Leben eines anderen zerstört hatte, war ganz oben angekommen.

Als wenig später die Flüchtlinge die Küche betraten, erhob sich Gero, stellte die leere Kachel auf die Ablage neben die Kaffeemaschine und wich Paula aus, die sich an den Kochtöpfen zu schaffen machte. Fede erwartete neue Direktiven, aber diese blieben aus. Paula scheuchte sie weg. »Du kannst wiederkommen, wenn die hier fertig sind.«

Fede folgte Gero nach draußen. Offenbar hatte er noch Arbeit. Er ging zu einem Zaun, welcher den Hof zum Feld abgrenzte, und lehnte sich an einen Heuwagen. Fede war aufgefallen, dass er sein linkes Bein leicht nachzog.

»Darf ich?« Sie blieb vor Gero stehen.

Er nickte, ohne sie dabei anzusehen. Wieder baute sich eine unsichtbare Barriere zwischen ihnen auf.

Fede wies auf sein linkes Bein. »Ein Unfall?«

»Schon lange her.«

»Schlimm?«

»Zeit heilt Wunden.«

Es war nicht das, was Fede hatte hören wollen. Und mit diesem Stakkato würde sie nicht weiterkommen. Gero war und blieb wortkarg. Sie schwieg, weil es im Moment nichts mehr zu sagen gab.

Über die sattgrünen Wiesen drang das Gebimmel der Kuhglocken. Am Horizont im Westen färbte sich der Himmel lila. Es hätte ein Garten Eden sein können, wenn Mansers Tod und die damit verbundene Tragödie nicht wie ein Damoklesschwert darüber geschwebt hätten. Fede spürte die Gefahr, welche von Gero ausging. Sie hatte Max und Milagros versprechen müssen, auf keinen Fall das Schicksal herauszufordern. In ihrer Hosentasche lag das Smartphone. Sie hatte es ausgeschaltet.

An der Ecke zum Kuhstall stand Frischknecht mit verschränkten Armen und starrte zu ihr herüber.

***

Im Westen färbte sich der Himmel lila und orange. Ein lauer Wind war aufgekommen. Die Tücher der Innerrhoder- und der Schweizerflagge schlugen gegeneinander. Im Kübel schmolz allmählich das Eis, die Proseccoflasche war leer.

Sturzenegger trank den letzten Schluck aus dem Glas. »Möchte jemand noch einen Absacker? Milagros, du vielleicht? Oder Max?«

Vier Stunden war es her, seit Fede sie verlassen hatte und zur Knechtenfluh aufgebrochen war. »Ja«, sagte Max, »ich könnte etwas Stärkeres vertragen.« Sie hatten abwechselnd drinnen und draußen gesessen, einander mit Geschichten von früher unterhalten. Sie hatten getrunken und Witze erzählt, gelacht und geschwiegen. Max' Smartphone lag neben ihm auf der Bank. Alle paar Minuten sah er darauf. Er war nervös, hatte Angst um Fede und hielt es fast nicht mehr aus, je länger der Abend wurde. Als er und Fede die Detektei gegründet hatten, war ihnen nicht bewusst gewesen, dass sie eines Tages mit Mord und Totschlag ihr Geld verdienen würden. Insbesondere Max hatte es sich anders vorgestellt. Er ließ die Jahre Revue passieren. Es war immer Milagros gewesen, die ihnen die mörderischen Fälle zugehalten hatte. Sie hatten sich nie auf Kriminalfälle spezialisiert, schlugen sich stattdessen mit kuriosen Bespitzelungen herum. Aber wenn sie einmal einen wirklich spannenden Fall hatten, gab es immer Tote.

»Für mich bitte noch einen Prosecco«, erwiderte Milagros.

Sturzenegger erhob sich, kusste sie auf die Wange und verschwand in seinem umgebauten Stall. Max sah ihm nach, dann wandte er sich an Milagros. »Ist das eine ernste Sache zwischen dir und John?«

»Schau mich nicht so an. Wenn dem so wäre, mein lieber Maximilian, dann ginge es dich nichts an. Magst du deiner alten Mutter nicht ein wenig Glück gönnen?«

»Du weißt, ich gönne dir alles auf der Welt, solange es dir guttut und dich nicht in Bedrängnis führt. Ich habe kein gutes Gefühl.«

»Dein Gefühl spielt hier keine Rolle.« Milagros konnte

manchmal recht nervig sein. »Aber ich kann dich beruhigen. Ich ziehe nicht bei ihm ein. Mein Lebensmittelpunkt ist in deiner Nähe.« Sie lachte ihn schelmisch an.

Es war nicht das, was Max von ihr hatte hören wollen.

»Früher oder später werde ich die Wohnung am Brienzersee verkaufen. Der Rosengarten war ein Zwischenspiel. Ich habe gemerkt, wie langweilig diese Gegend ist, zumindest für mich. Ich kann nicht jeden Tag nach Interlaken fahren. Ich kenne den Ort schon in- und auswendig, und die Läden habe ich auch schon alle durch, die Restaurants und Cafés hängen mir langsam zum Hals heraus. Zudem macht es allein keinen Spaß. Ich werde etwas in der Innerschweiz suchen. Kommt Zeit, kommt Rat.«

Max stieß Atem aus. Einerseits beruhigte ihn Milagros' Entscheid, andererseits würde er sie wieder auf der Pelle haben. Trotzdem sah er dies als die bessere Option an, als wenn sie sich für ein Leben mit Sturzenegger entschieden hätte. Wieder sah er auf sein Smartphone. »Fede meldet sich einfach nicht.«

»Sie wird sich einquartiert haben. Lass ihr noch etwas Zeit. Die wird sicher bald von sich hören lassen.«

»Wir haben abgemacht, dass sie mir schreibt.«

»Vielleicht hatte sie noch keine Gelegenheit«, sagte Sturzenegger, während er aus dem Haus kam. Er brachte eine neue Flasche Prosecco und zwei Alpenbitter im Miniaturfläschchen zum Gartentisch.

Max schraubte den Deckel auf und trank den Alpenbitter ex. Er wischte sich den Mund ab und erhob sich. »Ich werde hinfahren.«

»Jetzt mach doch nicht so ein Gedöns um deine Freundin«, sagte Sturzenegger. »So wie ich sie einschätze, handelt sie das selbst. Was kann ihr denn geschehen? Gero Keller ist nicht allein dort oben.«

Max warf Milagros einen verzweifelten Blick zu. »Ich fahre.«

Milagros verließ ihren Sitzplatz. »Ich komme mit.«

***

Paula rief Fede zurück in die Küche. »Du kannst abräumen.«

Fede stieß sich vom Heuwagen ab. Viel hatte sie nicht aus Gero herausgebracht. Ihre penetranten Fragen mussten ihn misstrauisch gemacht haben. »Ich muss rein, vielleicht sehen wir uns später?«

»Kommst du mit mir auf die Alp?«

Die Frage bohrte sich wie ein Schwert in ihre Brust. Fede blieb stehen. Es musste ihn beschäftigen, sonst hätte er nicht gefragt.

»Ich habe ein paar Schafe, die es zu beaufsichtigen gilt.«

»Wer schaut zu ihnen, wenn du nicht oben bist?«

»Ein Nachbar. Aber er hat mit seinen eigenen Rindern viel zu tun.«

»Masha!« Paulas Stimme war durchdringlicher geworden.

»Wir sprechen uns später.« Fede kehrte in die Küche zurück, ohne Geros Reaktion abzuwarten.

»Lass die Finger von meinem Gero«, empfing Paula sie, als sie die Flüchtlinge vom Tisch gejagt hatte. »Sicher hast du bemerkt, dass er sie nicht mehr alle beisammenhat.«

Fede blieb ruhig. »Eine krasse Unterstellung. Ich denke eher, er ist einsam.«

Paula fauchte sie an: »Was glaubst du, wer du bist? Du kommst daher und mischst dich in unsere Familienangelegenheiten ein. Wenn ich sage, Gero ist nicht ganz hundert, dann ist das so.« Paula wuchtete eine Pfanne vom Herd, nahm eine Tupperware aus dem Schrank und schaufelte den Rest Älplermagronen in die Plastikschüssel.

»Er sagte mir, sein Hinkebein habe er aufgrund eines Unfalls. Aber dieser liege sehr lange zurück.«

Paula schnappte nach Luft. »Räum den Dreck weg.«

»Ich finde es einen schönen Zug von dir, dass du ihn trotzdem geheiratet hast, nach dem Unfall, oder?« Fede musste etwas pokern und vermochte nicht, die Bemerkung zurückzuhalten. Paula provozierte sie allein durch ihre Präsenz, durch ihr unmögliches Verhalten und die Respektlosigkeit gegenüber ihrem Mann und den Menschen, die sie vom Tisch gescheucht hatte, als wären sie Tiere.

Über Paulas Gesicht huschte wider Erwarten eine zarte Röte. Fede hatte wohl den Finger in die Wunde gelegt und Erinnerungen aus dem verborgensten Winkel ihrer Seele geholt.

»Lang ist es her.« Paula seufzte. »Es hat mir nichts ausgemacht. Ich habe ihn geliebt, trotz seiner Behinderung.«

Das Eis schien gebrochen. Es fühlte sich an, als hätte Paula einen Schalter auf »nett« gekippt. Sie setzte sich an den Tisch und bat Fede, dasselbe zu tun.

»Er hatte als Jugendlicher einen Unfall am Säntis, danach ging es Gero nicht gut. Nicht nur er, die ganze Familie litt unter diesem Schicksalsschlag. Am Unfall war nämlich ein anderer schuld. Ihnen fehlte das Geld, einen teuren Anwalt zu bezahlen. Sie entschieden sich für einen jungen Mann mit wenig Erfahrung. Gemacht hat der nichts, nur kassiert. Gegen einen Manser mit seiner Großfleischerei kamen die Kellers nicht an.«

Zum ersten Mal fiel der Name Manser. Fede hielt sich diplomatisch zurück. Sie hörte zu und öffnete damit unbewusst Paulas versteinertes Herz.

»Annemie, Geros Schwester, hatte früh geheiratet, ausgerechnet den reichen Josef Frischknecht. Das war wie ein Sechser im Lotto. Willst du die kurze Version?« Paula wartete eine Antwort nicht ab. »Annemie hatte Gero unterstützt und als wir heirateten, bei Josef ein gutes Wort eingelegt, damit wir in seinem Betrieb arbeiten konnten. Bis vor zwei Jahren lebte Josefs jüngste Tochter bei uns. Sie hat von seinen fünf Kindern als Letzte das Elternhaus verlassen. Ich weiß nicht, was das aus Josef gemacht hat. Auf jeden Fall hat er sich verändert. Nichts war mehr richtig, was Gero tat. Er setzte sich plötzlich für Flüchtlinge ein, lehrte sie auf dem Hof zu arbeiten, wurde aber selbst immer grotesker in seinen Ansichten. Darauf wurde auch Gero komisch. Er ging den Sommer über auf die Alp und kehrte erst im Spätherbst zurück.«

Fede wunderte sich. »Weshalb diesen Sommer nicht?«

»Hä … was?« Paula schien aus ihrer eigenen Welt zurückzukehren.

»Gero müsste doch bereits auf der Alp sein.«

Paula nickte. »Bis vor zehn Tagen war er dort. Dann hat Josef ihn nach Appenzell geholt.«

Fede rechnete zurück. Vor zehn Tagen war Mittwoch gewesen und drei Tage vor Mansers Hochzeit. Ob es damit zu tun hatte?

Sie fragte nicht, ließ ein paar Schweigesekunden vorübergehen. Möglicherweise hatte Paula keine Ahnung, dass Gero am Samstag auf die Ebenalp gefahren war und an der Messe im Wildkirchli teilgenommen hatte. Wusste sie auch von Mansers Trauung nichts und dass ihr Schwager und die Schwägerin eine Einladung erhalten hatten? Was hatte Gero zwischen dem Ende der Messe und der Begegnung mit John getan? Hatte er sich frühzeitig auf den Abstieg zum Seealpsee gemacht und Manser auf halbem Weg aufgelauert?

Es ging nicht ganz auf.

Durfte Fede mit ihren Fragen, die sie beschäftigten, weiterbohren? Wider Erwarten hatte sie Paulas Vertrauen gewonnen. Da saß eine Frau, die zeitlebens geschuftet hatte. Sie lebte bei ihrem Schwager und ließ sich von ihm drangsalieren. Fede hatte mit eigenen Augen gesehen, wie er mit ihr umging. Sie war genauso eine Angestellte wie Leyla und Sonca und die andern. Wahrscheinlich war sie hier bloß geduldet. Weil sie und ihr Mann Gero in Frischknechts Schuld standen?

»Habt ihr euch überlegt, euch aufs Alter hin etwas Eigenes zu suchen?«, wagte Fede den Vorstoß.

Paula rieb sich Rotz von der Nase. »Etwas Eigenes? Wir sind hier verwurzelt. Uns bringt nichts von hier weg.«

»Aber du bist nicht in Appenzell aufgewachsen, oder?«

»Sieht man mir das an?« Paula lächelte schief.

Fede gab zu, geraten zu haben.

»Ich komme von Domat/Ems, aus dem Kanton Graubünden.«

»Paula!« Die Stimme bei der Tür donnerte über Fedes Kopf hinweg und erschreckte nicht nur sie. »Husch, husch. Die Jungs brauchen dich im Stall.«

Paula erhob sich blitzschnell, zog den Kopf ein und eilte an

Frischknecht vorbei nach draußen. In ihrer Reaktion lag nichts anderes als Unterwürfigkeit.

Erst jetzt erkannte Fede den zweiten Mann, der nach Frischknecht in die Küche getreten war. Klemenz Eugster. Ihr Körper versteifte sich, und sie bereitete sich auf Abwehr vor.

»Ja, wen haben wir denn da? Christiane von Moos? Oder doch nicht?« Auf seinem Gesicht erschien ein perfides Grinsen. »Hat Masha Flores eine Zwillingsschwester?« Eugster drehte sich zu Frischknecht um. »Sie ist es, außer Zweifel«, hörte Fede ihn sagen.

»Eine Schnüfflerin?« Frischknecht packte sie am Arm, eine heftige, schmerzhafte Berührung war es, bis er sich besann und sie losließ.

»Ihr richtiger Name ist Federica Hardegger«, sagte Eugster. »Und sie saß wegen Mordverdachts zwei Nächte bei der Polizei ab.«

In Fedes Kopf überschlugen sich die Gedanken. Eugster war nicht dumm. Er musste ihr nach ihrem Besuch bald auf die Schliche gekommen sein. Er hatte womöglich rumtelefoniert und sich nach ihr erkundigt, nach der Frau, die sich zum Clown machte und in der größten Hitze in langer Hose und langärmligem Shirt durch die Gegend zog. Eine solche Gestalt fiel auf.

»Wollen wir die Polizei rufen?«, fragte Eugster.

Frischknecht brummte etwas vor sich hin. »Hm … hm … ich glaube, ich kenne etwas Effizienteres.«

EINUNDZWANZIG

Auf dem Hof kehrte Ruhe ein. Die Flüchtlinge hatten das Heu zu den Silos gebracht und die Mäher und Heuwagen untergestellt, der Vorplatz war gewischt und die Tröge gewaschen. Nun saßen sie an einem langen Tisch vor dem Bauernhaus und spielten mit Karten. Der Wind trieb die Glockenklänge einer Kapelle über das Feld. Von Osten zog Dunkelheit heran. Samstagabend auf der Knechtenfluh.

Max kam diese Stille gespenstisch vor, als Sturzenegger mit seinem VW Käfer auf Frischknechts Grundstück fuhr. Auf dem Rücksitz saß Milagros. Auf der Fahrt von Gonten bis hierher hatte sie sich über den Oldtimer ausgelassen und Geschichten aus dem Fundus ihrer Erinnerungen geholt, als ihre Eltern einen ebensolchen Wagen besessen hatten. Wieder vermutete Max, sie wolle Sturzenegger damit imponieren. Ob die Romanze zwischen den beiden ein Ende fand, war nicht sicher. Die Angst um Fede gewann jedoch die Oberhand, je mehr sie sich dem Hof näherten.

Max hatte mehrmals versucht, sie zu erreichen. Mit Ausnahme der elektronischen Stimme auf dem Anrufbeantworter hatte er nichts vernommen. Er hatte daraufgesprochen, Fede um einen Rückruf gebeten. Das war bereits über eine Stunde her.

»Worauf müssen wir uns gefasst machen, John?« Max sah geradeaus zum herrschaftlichen Gebäude, vor dem er unlängst selbst gestanden hatte. Die Leute im Garten fixierten die Ankömmlinge mit ihren schwarzen Augen, als Sturzenegger sein Auto ausrollen ließ. Neben einem der Ställe war ein schwarzer SUV geparkt, was Max nur am Rand wahrnahm.

»Frischknecht beschäftigt Flüchtlinge und hat damit einen etwas anderen Weg eingeschlagen, als was hier üblich ist.« Sturzenegger öffnete die Tür auf der Fahrerseite. »Niemand getraut sich, ihm zu widersprechen. Nach der letzten Landsgemeinde kam es deswegen zu heftigen Diskussionen, die Landammann

Eugster jedoch schnell im Keim erstickte. Angeblich soll er mit Frischknecht gut befreundet sein, munkelt man. Ob es stimmt … keine Ahnung. In Gonten bekomme ich nicht immer alles mit, was in Appenzell läuft. Und ehrlich gesagt ist mir das schnurzegal, solange man mich in Ruhe lässt. Frischknecht war mir nie geheuer. Ich kann mir durchwegs vorstellen, dass er in Innerrhoden das Sagen hat und Eugster bloß sein Trabant ist.«

Genau Max' Gedanken. Er äußerte sich nicht dazu. Die Begegnung mit dem Großbauern war ihm in guter und gleichzeitig bedrückender Erinnerung geblieben. Nun hatte sich herausgestellt, dass Frischknecht mit ziemlicher Sicherheit einen Verbrecher beherbergte. Max war noch einmal alle Optionen durchgegangen. Aus den Hochzeitsgästen im Wildkirchli hatte sich eine verdächtige Person herauskristallisiert: Geronimus Keller. In der letzten Nacht hatten Max und Fede die Fotos noch einmal mit aller Akribie miteinander verglichen. Keller war der Einzige, der nach dem Besuch der Messe nicht mehr aufgetaucht war. Seine Geschichte, die Begegnung mit Sturzenegger auf dem Abstieg zum Seealpsee und die Tatsache, dass er das Absturzopfer im Mai 1979 gewesen war, ließen nur diesen Schluss zu. Max stieg aus und half Milagros auf die Beine. Er hatte sie absichtlich auf dem Rücksitz schmoren lassen, in der Hoffnung, sie würde endgültig von Sturzenegger loskommen. Denn nichts hasste sie mehr als unbequeme Autos.

Er näherte sich den Männern am Tisch, die augenblicklich das Interesse an den Spielkarten verloren. »Guten Abend«, grüßte er in die Runde. »Spricht jemand von Ihnen Deutsch?«

Die Männer sahen einander an. Der kleinste unter ihnen, wahrscheinlich auch der jüngste, grinste Max entgegen. »Ich spreche ein wenig Deutsch.«

Dies aus seinem Mund zu hören amüsierte Max. Gleichzeitig dachte er, dass hauptsächlich das Beherrschen der Sprache im Gastland viele Schranken beseitigte. »Haben Sie eine Frau mit roten Haaren gesehen?«

»Rote Haare?« Er lachte. »Ja, viele rote Haare. Ihr Name ist Masha.«

Max blieben weitere Worte im Hals stecken. Wie kam Fede dazu, den Namen seiner Affäre zu erwähnen? War das ein Seitenhieb? Auf jeden Fall zeigte es ihm, Masha war noch immer ein Thema bei Fede, auch wenn sie es abstritt.

Milagros musste seine Zurückhaltung bemerkt haben. »Ist Masha noch da? Oder ist sie weggegangen?«

Der junge Mann wies auf den Hauseingang. »Sie ist mit dem Chef und einem fremden Mann ins Haus gegangen.«

In diesem Moment fiel Max ein älterer Mann auf, der hinkend über den Platz kam.

Sturzenegger hatte ihn auch gesehen. »Das ist er.«

»Wer?«

»Der Typ, der mir auf dem Weg zum Seealpsee seine Hilfe angeboten hat.«

»Der sieht aus wie der Kerl auf dem Foto«, sagte Milagros etwas zu laut. »Das muss er sein, Geronimus Keller.«

»Okay.« Max überlegte. »Wir sind zu dritt. Wir können ihn ohne Weiteres überwältigen. Aber dann müssen wir uns beeilen. Er geht weg. Was geschieht dann, wenn wir ihn haben?« Er sah hinüber zum schwarzen SUV. »Der Wagen dort kommt mir bekannt vor. Irgendwo habe ich ihn schon mal gesehen.«

»Keine Seltenheit in Appenzell«, sagte Sturzenegger.

»Klar doch, er stand vor Eugsters Villa.« Max war sich ziemlich sicher.

»Wenn dem so ist«, sagte Milagros, »müsste Eugster hier sein.«

»Keine gute Ausgangslage.« Max sah zu den jungen Männern hinüber. »Die sind sicher auch keine große Hilfe.«

Milagros räusperte sich. »Vielleicht ist Fede aufgeflogen.«

»Das befürchte ich leider auch.« Max hatte das ungute Gefühl, beobachtet zu werden. Er musste sich entscheiden. Entweder erwischten sie Keller, oder sie betraten die Höhle des Löwen.

»Ich gehe ins Haus«, schlug Milagros vor, die seine Unschlüssigkeit bemerkt haben musste. »Ihr widmet euch Keller.«

War klar, dass sie das Zepter übernahm. Diesmal hatte Max

nichts dagegen einzuwenden. Er zog Sturzenegger am Arm mit. »Hier lang. Wir holen uns den Kerl.«

***

Zwei Männer gegen eine Frau! Frischknecht und Eugster hatten Fede in ein Zimmer bugsiert, das sich als Jägerstube herausstellte. An den dunkel gebeizten Wänden hingen Gehörne und ausgestopfte Rotwildköpfe nebst dem Schädel eines Keilers. Ausgerechnet unter dieser furchteinflößenden Trophäe des Wildschweins hatte sie sich hinsetzen müssen. Eugster stand mit verschränkten Armen vor der Tür und Frischknecht unter einem Hirschgeweih, das ihn aus Fedes Perspektive wie einen Gehörnten aussehen ließ. Der gehörnte Ehemann? Sie riss sich zusammen, um nicht geradeheraus zu lachen. Die Situation war auch zu komisch. Die Männer wollten Macht ausüben, nichts anderes. Aber da waren sie bei Fede an der falschen Adresse. Ihr konnte man nichts nachweisen. Sie hatte nicht einmal Hausfriedensbruch begangen, was man ihr jetzt vorwarf.

Frischknecht hatte die Fäden in der Hand. Eugster war wie ein Untertan. Fede ließ Eugster nicht aus den Augen. Wohl war ihm offensichtlich nicht, er hatte seinen Blick abgewandt.

»Worum geht's hier?« Frischknechts Miene hatte sich verfinstert.

Es beeindruckte Fede nicht. Du magst zwar ein gewiefter Unternehmer sein, ging ihr durch den Kopf, Anstand hast du keinen. In deinem Innersten sieht es übel aus. Ein Menschenfreund? Dass ich nicht lache. Du benutzt die Leute, die für dich arbeiten, für deinen Heiligenschein.

»Detektivin bist du.« Frischknecht versuchte erneut, sie aus der Defensive zu locken. »In welchem Auftrag?«

Er musste sich wohl sehr stark vorkommen. Eugster dagegen zappelte herum, öffnete den Mund, schloss ihn wieder. Er getraute sich dennoch nicht, Frischknechts Gebaren etwas entgegenzuhalten. Fede ahnte, es würde bald so weit sein, und er würde einbrechen.

Sie streckte ihren Rücken und fühlte die Spannung im Körper. »Sie sperren mich ein?«

»Die kann ja plötzlich reden.« Frischknecht schnitt eine Grimasse und drehte den Kopf zu Eugster um.

»Sie hat recht.« Eugster hustete ein Krächzen weg. »Sie hat recht. Lass sie gehen.«

»Sie kann gehen, wenn sie uns verrät, wer ihr Auftraggeber ist.«

»Ich bin nicht die, für die Sie mich halten«, sagte Fede.

»Ach so, wer bist du dann?«

»Sie können sich über mich erkundigen. Ich bin Ethical Hackerin und lebe auf einem Bauernhof in der Nähe von Stans.«

»Du hast mich angelogen.«

»Ich habe die Vergangenheitsform benutzt, ja, das können Sie mir nachtragen. Ich hatte nicht drei Kühe … ich habe sie noch immer.« Er sah Eugster an. »Ich interessiere mich tatsächlich für die Bergunfälle am Säntis. So gesehen habe ich vielleicht geschummelt, aber ich hatte nie die Absicht, eine kriminelle Handlung zu begehen.«

»Du hast ja bereits Erfahrung mit der Polizei.« Frischknecht ließ ein donnerndes Lachen vom Stapel. »Wer sind deine Hintermänner?«

»Wer sagt, dass es Männer sind?« Fede grinste.

»Lass sie laufen, das hat doch alles keinen Sinn.« Eugster kratzte sich am Kinn, grübelte in den Ohren, strich sich übers Haar. Ihm war es offensichtlich nicht mehr wohl in seiner Haut.

»Wenn du willst, dass man dich wiederwählt, hältst du jetzt die Schnauze.«

Fede wog ab, ob sie ihren Trumpf ausspielen oder zuwarten wollte, wie sich die Lage entwickelte. Man würde nach ihr suchen. Sie bedauerte ihr Versäumnis, Max nicht angerufen zu haben, als sie die Möglichkeit gehabt hätte. Ihr Smartphone lag im Gästezimmer, welches Paula ihr zugeteilt hatte. Sie konnte nur hoffen, Max hatte die richtigen Schlüsse gezogen und war auf dem Weg zur Knechtenfluh.

»O…kay.« Fede dehnte das Wort. »Es hat tatsächlich einen Grund, weshalb ich hier bin.«

Eugster hatte sich von der Tür entfernt, Frischknecht sich auf einen Stuhl gesetzt. Es müsste schnell gehen, wollte Fede sich in Sicherheit bringen. Denn das, was sie zu sagen gedachte, würde die beiden Männer kaum in eine Schockstarre versetzen. Sie lauerten auf ihre Ausführungen.

Frischknecht vermochte nicht, seine Neugier zu zügeln. »Das wäre …«

»Herr Frischknecht.« Fede machte eine Kunstpause. »Ich muss Sie leider darüber in Kenntnis setzen, dass Sie in Ihrem Haus einem Mörder Unterschlupf gegeben haben.«

***

Milagros klopfte, obwohl die Tür offen stand. Eine kleine Frau kam ihr entgegen. »Ja bitte?« Sie trug die Appenzeller Tracht, sah herausgeputzt aus und hinterließ den Eindruck, ausgehen zu wollen.

»Frau Frischknecht?«

»Ja, wer will das wissen?« Sie runzelte die Stirn.

Milagros erkannte in ihr die Frau auf dem Foto. Sie hatte sich genau zurechtgelegt, was sie in dieser Situation sagen wollte. »Ich suche meine Tochter Federica. Sie soll sich bei Ihnen um einen Job beworben haben.«

»Federica? Kenne ich nicht, sagt mir nichts. Hören Sie, ich bin auf dem Weg zu einer Veranstaltung. Wenden Sie sich bitte an meine Schwägerin Frau Keller. Sie müsste irgendwo sein.« Wie um zu beweisen, wie ernst es ihr war, rief sie ins Haus hinein. »Paula, kommst du mal?« Sie zwängte sich an Milagros vorbei und blieb abrupt stehen. »Was soll denn das werden?«

Milagros drehte sich um. Über den Vorplatz kamen Maximilian und John. Sie hatten Geronimus Keller in ihre Mitte genommen und hielten ihn beidseitig mit eisernem Griff fest.

»Frau Frischknecht, ich glaube, es ist an der Zeit, etwas aufzuklären.« Maximilian bat sie, ins Haus zurückzukehren.

»Wer sind Sie denn?«

»Wir haben miteinander telefoniert. Max von Wirth.«

»Was wollen Sie mit meinem Bruder?« Frau Frischknecht ging rückwärts. Ihr Interesse war geweckt. »Gero, was ist los?«

»Ich kann nicht mehr«, sagte dieser und ließ seinen Oberkörper vornüberfallen.

Maximilian und John stützten ihn.

»Gero. Pass jetzt einfach auf, was du sagst.« Und an Maximilian gewandt: »Ich rufe die Polizei.«

»Die ist bereits unterwegs.« Milagros forschte in Maximilians Augen.

Er nickte. »Vielleicht nicht die schlechteste Idee.«

»Gero?« Eine zweite Frau tauchte auf. Sie hatte eine Küchenschürze umgebunden.

»Paula?« John stieß einen Seufzer aus. »Sorry wegen der Störung.«

»Ihr kennt euch?« Milagros bemerkte das Funkeln in Johns Augen.

Weder John noch Paula Keller reagierten auf sie.

»Du hier? Kannst du mir erklären, was dieser Zirkus soll, John?«

»Paula, es geht um deinen Bruder.«

»Das sehe ich. Hast du nichts anderes zu tun, als einen körperlich Beeinträchtigten zu quälen?«

»Wir wollen bloß mit ihm reden«, sagte Maximilian. »Ich bitte darum, in Ihr Haus treten zu dürfen.«

»Das trifft sich gut«, ertönte es aus dem Entree. Mit ausholenden Schritten kam ihnen Frischknecht entgegen, hinter ihm ein Mann.

Milagros vermutete Eugster. Maximilian hatte ihn nach seinem Besuch beschrieben. Dann sah sie sie. Wild, zerzaust und verschwitzt in ihrem langärmligen Gewand. »Federica, alles gut bei dir?«

»Alles bestens.« Federica kniff ihren Mund zusammen.

Frischknecht baute sich vor ihnen auf. »Gott sei Dank hat uns ...« Er sah zuerst Milagros, dann Federica an.

»F-e-d-e-r-i-ca«, er griff sich an den Kopf, »sie ist inkognito bei uns. Aber, ich muss ihr ein Kränzchen winden. Sie hat wahrscheinlich ein Verbrechen aufgedeckt. Den Mord an unserem Freund Heinrich Manser.« Er warf seinem Schwager einen zornigen Blick zu. »Gero, es hat keinen Zweck. Gib zu, dass du Manser auf dem Gewissen hast. Du bist ihm vom Äscher aus gefolgt, hast ihm aufgelauert und ihn unterhalb des Zislers runtergestoßen. Ich kann es nachvollziehen.« Er bat Milagros zusammen mit ihrer Begleitung ins Haus. »Annemie, bring den Herrschaften etwas zu trinken.« Er wandte sich an Eugster. »Ich brauche dich jetzt.«

Milagros setzte sich im Wohnzimmer auf einen weichen Sessel, in den sie tief sank. »Was können Sie nachvollziehen?«

»Ach, ich erinnere mich. Du warst doch auch an der Hochzeitsmesse.«

»Wir sind noch immer per Sie.« Ungehobelter Kerl. Sie wiederholte die Frage, während sie John und Maximilian, die neben Geronimus Keller standen, im Auge behielt.

Frischknecht lehnte sich ans Buffet und verschränkte die Arme. »Ich kann ihn verstehen. Gero hat über die Jahre gelitten. Der Unfall am Säntis hat ihm alles verbaut und seine Zukunft zerstört. Kein Wunder, hat es das Fass zum Überlaufen gebracht. Als Heini nach Appenzell zurückkehrte, muss alles wieder in ihm hochgekommen sein.« Frischknechts Stimme bekam einen weinerlichen Unterton. »Seht euch diesen armen Schlucker doch an. Er ist ein Hinkebein, und sein Oberstübli«, er griff sich an die Stirn, »tickt leider auch nicht mehr so, wie es sollte. Da kommen einstweilen solche Gedanken auf. Auge um Auge, Zahn um Zahn. Man kann Gero nicht zur Verantwortung ziehen, nach allem, was er erlebt hat. Er wird in die Klapse kommen … weil er unzurechnungsfähig ist. Wollen wir das?« Er erwartete wohl eine Bestätigung, die jedoch ausblieb. »Bei mir hat er es gut. Belassen wir es beim Unfall. Das hilft uns allen.«

Federica trat vor Frischknecht, entschlossen und augenscheinlich für alles bereit. Maximilian wollte sie zurückziehen, Milagros hielt dagegen. »Bitte«, flüsterte sie, »lass sie machen.«

»Ich muss mich bei dir bedanken, Masha ... ehm, Federica.«

»Auf Ihr schmieriges Getue kann ich verzichten, Herr Frischknecht.« Federicas Augen blitzten vor Wut. »Sie nehmen sich alle Rechte heraus. Sie geben vor, ein sozial eingestellter Bürger zu sein, der sich sogar der armen Flüchtlinge annimmt. Zugegeben, von außen sieht alles nett aus. Sie stehen da mit einer weißen Weste. Sie nennen ihre Angestellten, und darunter fallen auch Paula und Gero, Familie. Dabei sind es bloß Angestellte, die nicht einmal den Mindestlohn erhalten. Sie sind gut darin, Ihre Mitmenschen zu manipulieren ...«

Frischknecht verzog den Mund zu einem Grinsen. »Du ziehst jetzt eine Show ab, oder? Das ist der lustigste Appenzeller Witz, den ich je gehört habe.«

»Lassen Sie mich bitte aussprechen.« Federica funkelte ihn an. »Nach dem Unfall am Säntis hatte Heinrich Manser keine Verantwortung übernommen und jedwede Schuld von sich gewiesen. Der Familie Keller hatte dies beinahe Kopf und Kragen gekostet. Sie wurde falsch beraten und blieb auf den Anwalts- und Gerichtskosten sitzen. Es war zu der Zeit, als Sie Annemie heirateten, die älteste Tochter der Kellers. Ihre Frau bat sie, ihrem Bruder zu helfen und ihm eine Arbeitsmöglichkeit auf dem Hof zu geben. Sie bekamen sogar die Beistandschaft für Gero. Diese wurde mit der Heirat von Paula auf die Ehefrau übertragen. Und jetzt kommt der Clou ...«

»Da bin ich aber gespannt.« Frischknechts Überheblichkeit bekam den ersten Knacks. Er kratzte sich verlegen am Hinterkopf.

»Heinrich Manser übergab Ihnen, Herr Frischknecht, fünfhunderttausend Franken als Wiedergutmachung ... eine halbe Million für Ihren Schwager. Weder Gero noch Paula haben das Geld je gesehen. Es landete in Ihrer Tasche.«

»Das ist unverschämt.« Frischknecht wandte sich an Eugster. »Sag ihr, dass das nicht wahr ist, Klemenz.« Und wieder zu Federica: »Das müsste ja irgendwo verbucht sein.«

»Nicht bei Schwarzgeld.« Federica hielt inne.

Alle schwiegen.

Sie fuhr fort. »Heinrich Manser hatte zwei Tage vor seiner Hochzeit Ihren Schwager Gero in der Pizzeria da Emanuele getroffen. Offenbar wollte er in Erfahrung bringen, was er mit dem Geld gemacht hatte und ob es reichte. Manser hatte ein gutes Herz und war alles andere als das, was man sich hier in Appenzell herumerzählt.«

Milagros traute ihren Ohren nicht. Woher hatte Federica diese Informationen? Sie hatte nie nur ansatzweise etwas davon erwähnt.

»Gero befand sich in diesem Sommer auf der Alp. Er wäre noch immer oben, wenn alles normal zugegangen wäre. Aber Sie haben ihn vorletzte Woche heruntergeholt. Er sollte Sie zu Mansers Hochzeit zum Wildkirchli begleiten. Sie hatten alles geplant. Sie schickten Gero voraus zum Seealpsee, weil Sie wussten, wie langsam er unterwegs war. Er kann zwar gehen, aber mit seinem havarierten Bein ist das problematisch. Die Diskussion während der Messe, die Abwesenheit während des Apéros … alles war geplant. Der Zufall wollte es, was Ihnen aber wieder zugutekam, dass Gero John Sturzenegger auf dem Weg traf. Er fand einen hilflosen Berggänger vor und bot ihm seine Hilfe an. Gero wusste, wie einem zumute ist, wenn die Panik im Gelände kommt.«

»Welch blühende Phantasie! Du hättest Schriftstellerin werden sollen.« Frischknechts Stimme hatte an Resonanz verloren.

Draußen war es tiefe Nacht geworden. Das Blaulicht zweier Streifenwagen kreiste über die Fassaden. Bei der Tür erschienen vier Polizisten in Vollmontur. Unter ihnen erkannte Milagros den jungen Inauen.

Federica ließ sich nicht ablenken. »Sie verließen den Äscher eine Viertelstunde vor Heinrich Manser. Es existiert ein Foto, auf welchem Sie zu sehen sind, kurz bevor Sie die Weggabelung bei der Gefahrentafel erreichten. Malea Graf hat uns die noch nicht bearbeiteten Fotos ausgehändigt. Ich habe sie gestern Nacht noch einmal alle durchgesehen.«

Federica! Milagros schwieg. Sie hatte alle im Ungewissen gelassen. Nicht einmal Maximilian wusste davon.

»Sie haben Heinrich Manser aufgelauert, weil Sie wussten, er würde seine Gäste abhängen.«

»Und welches Motiv hätte ich haben sollen?«

»Manser hat Sie zur Rede gestellt und Ihnen gedroht, sollten Sie das Geld Gero und seiner Frau nicht aushändigen, würde er Sie anzeigen.«

»Dann hätte er sich das eigene Grab geschaufelt ...« Frischknecht räusperte sich.

»Das wäre der Preis gewesen.« Federica trat zur Seite und machte den Polizisten Platz.

***

Das Wetter hatte umgeschlagen. Bereits am Morgen hingen tiefe Wolken über dem Altenalptürm.

Milagros hatte alle zum Sonntagsbrunch im Gasthaus Lehmen eingeladen. Nebst Fede und Max waren John, Aurora, Malea und Michelle dabei. Es sollte, was sie Max verraten hatte, ein kleines Dankeschön sein für den großartigen Einsatz im Fall Manser.

In der Nacht waren sie spät zurückgekehrt. Viel gesprochen hatten sie nicht mehr. Fede war gleich eingeschlafen. Die Anspannung während ihres Plädoyers hatte sie fix und fertig gemacht. So hatten weder Max noch Milagros erfahren, wie sie an die Informationen gekommen war.

Frau Inauen brachte Kaffee an den Tisch, Malea und Michelle holten Brot und Butter vom Buffet, und Aurora diskutierte mit Sturzenegger über Filippo, der behauptet hatte, Heini sei ihm noch etwas schuldig.

»Heini war letztlich allen etwas schuldig.« Sturzenegger griff nach dem Milchkrug. »Die Wahrheit, wie er wirklich war. Er wollte eigentlich immer nur das Beste. Nach dem Unfall auf dem Säntis hatte ihn sein Vater aus dem Schlamassel gezogen, hatte ihm dadurch aber mehr geschadet als gedient. Es geht immer nur ums Geld. Das haben wir auch bei Frischknecht gesehen. Gierig und manipulativ. Er hat sogar seinen eigenen

Schwager geopfert. Skrupellos hätte er ihn ans Messer geliefert, wäre Fede nicht gewesen.«

»Stimmt.« Milagros schob ein Stück Weggli in den Mund. Sie kaute, schluckte es hinunter und spülte mit Milchkaffee nach. »Aber jetzt verrate uns, wie du auf diesen Schluss gekommen bist.«

»Köpfchen.« Fede grinste. »Ich habe mich mit Gero unterhalten. Anfänglich kam er mir unheimlich vor. Dann versuchte ich, ihn aus seiner Sicht zu betrachten. In ihm steckt nichts Verwerfliches. Er ist ein guter Mensch, sein Denken ist angeschlagen, er agiert instinktiv. Selbst wenn Frischknecht ihm den Auftrag erteilt hätte, Manser zu töten, er hätte es nicht getan. Und das wusste sein Schwager. Aber es sollte alles so aussehen, als hätten Annemie und Gero Streit miteinander. Später würde man sich daran erinnern, wie negativ Gero aufgefallen war. Ich bin mir sogar sicher, Frischknecht hat dies entfacht. Als mir Paula sagte, nur Gero sei beim Wildkirchli gewesen, fiel bei mir der Groschen.«

»Paula hätte ihn sonst nach unten begleitet«, sagte Aurora, »oder wäre mit ihm mit der Luftseilbahn zurückgefahren. Paula aber wäre eine Zeugin gewesen.« Aurora wischte sich mit der Serviette über die Augen. »Ich habe mich nicht in Heini getäuscht. Er war ein herzensguter Mensch.« Allein ihre Aussage rührte sie zu Tränen.

Max wandte sich an Milagros. »Du wirst noch einen Besen essen müssen.«

»Was meinst du damit?« Sie lachte auf einmal. »Ich verstehe. So kann man sich in Frauen täuschen.«

»Wirst du ein paar Tage im Alpstein anhängen, Milagros?«, fragte Michelle, die Max' Scherz nicht verstanden hatte.

»Ich würde gern, aber die Pflicht ruft.«

»Welche Pflicht?« Fede sah sie verwundert an.

»Ach, ich habe mich endgültig entschieden, vom Brienzersee wegzuziehen.«

»Dann darf ich die Hoffnung noch nicht aufgeben?« Sturzenegger sandte ihr einen zärtlichen Blick zu, der Max nicht entging. »Ich habe mich definitiv entschlossen, Auroras Gastbetrieb zu übernehmen.«

»Dann wird ›Da John‹ meine erste Adresse sein, wenn ich nach Appenzell reise.«

Armer Kerl, dachte Max. Hatte der wirklich geglaubt, seine Mutter würde sich auf sein verrücktes und unstetes Leben einlassen?

»Hey, John, mach nicht so ein verdrießliches Gesicht«, tadelte Milagros ihn. »Dir liegen doch die Frauen zu Füßen. Wenn du erst einmal Wirt bist, wirst du dich ihrer kaum mehr erwehren können. Die Frauen stehen auf Männer, die kochen können.«

»Das müsste er sich erst noch aneignen.« Aurora schenkte ihm ein Lächeln.

»Wie sieht deine Zukunft aus, Aurora?«, wollte Fede wissen.

»Ich nehme mir Zeit zum Trauern. Bislang hatte ich es noch gar nicht richtig fassen können … Heini und meine Eltern.« Sie schluchzte leise. »Einen kleinen Trost habe ich. Ihr Tod ist aufgeklärt. Meine Eltern sind an den Folgen einer Pilzvergiftung gestorben. Tragisch, aber auch beruhigend. Das, was sie am liebsten getan haben, nämlich kochen und essen, hat sie in den Tod begleitet. Was wissen wir, wann die Stunde schlägt und man für immer gehen muss.«

So viel Schmerz vertrug Max nicht. Er erhob sich und ging nach draußen. Fede folgte ihm.

»Etwas beschäftigt dich.« Sie legte ihre Arme um ihn.

Er wies mit der rechten Hand zum Himmel, dorthin, wo der Schäfler im Nebel lag. »Lass uns heute auf die Ebenalp fahren.«

»Aber ich dachte, wir kehren nach Hause zurück?«

»Ich möchte noch etwas Verrücktes tun.«

»Das wäre?«

»Wir wandern von der Ebenalp auf den Schäfler.«

Fede sah ihn skeptisch an. »Im Nebel?«

»Ja, im Nebel. Ich möchte den Alpstein noch einmal spüren.«

Glossar

Brüechli – Brustlatz als Teil der Innerrhoder Frauentracht. Schürze und Brustlatz sind jeweils aus gleichem Stoff.

Chaascht me gi fööfele cho! – Du kannst mich mal!

Da het e ke Lei ond ke Gattig. – Das ist nicht anständig. Das ist keine Art.

De Schotz ischt hönneusi. – Das kam nicht so heraus wie erwartet.

Do get's etz e ke Bere! – Keine Widerrede!

Do lauft no menge Plapp Wasse t'Settere n-aab. – Bis dahin wird sich noch manches ändern.

Jechtesgott – Ausruf der Verzweiflung, Stoßseufzer

Saarebizgi! – Himmel noch mal!

Stobede – Veranstaltung mit Musik und Tanz. Häufig auf der Alp.

Vedova Nera – schwarze Witwe

Anmerkung und Dank

Nachdem ein Bild auch mich auf das Gasthaus Äscher aufmerksam gemacht hatte, verbrachte ich im Sommer 2022 zwei Tage im Alpstein. Ich stieg von Schwende-Rüte aus über das Wildkirchli zur Ebenalp auf. Den Äscher zum ersten Mal zu sehen war ein besonderer Moment. Doch ich wäre keine Krimi-Autorin, würde ich nicht in Gedanken die Leichen an exponierten Stellen platzieren. Auf dem Abstieg zum Seealpsee hatte ich erste Ideen für den siebten Fall mit Max und Fede.

Ein Jahr später kehrte ich für eine Woche nach Appenzell Innerrhoden zurück, mit dem Ziel zu schreiben. Während dieser Zeit schaffte ich es nicht einmal einen halben Tag lang, am Laptop zu sitzen.

Der Alpstein zog mich wiederum magisch an, und ich verbrachte die Stunden von morgens bis abends in den Bergen.

Ich habe einen Krimi geschrieben. Es gibt ein paar Tote, aber die Geschichte dahinter ist eine einzige Liebeserklärung an den Alpstein. Ich hoffe, man möge mir meine Euphorie verzeihen.

Mein besonderer Dank geht diesmal an die Familie Regula und Urs Müller für die freundliche Zusage, ihr Gasthaus in meinem Buch erwähnen zu dürfen.

Ich danke der Familie Claudia und Hansruedi Speck für die spannende Führung durch den Bauernhof und den Einblick in ihr Schaffen.

Ein Danke geht an die Firma Appenzeller Alpenbitter AG für die interessante Besichtigung der Destillerie.

Und ich danke für die zahlreichen schönen Begegnungen und Gespräche auf dem Weg ins Gebirge und im Hauptort Appenzell.

Ein großer Dank geht an alle, die dieses Buch ermöglicht haben, an meine Lektorin Irène Kost, an den Emons Verlag und in liebevoller Erinnerung an Hejo Emons.

Und, eigentlich müsste es ganz am Anfang stehen: Ich bedanke mich bei allen meinen Leserinnen und Lesern für die jahrelange Treue.

In meinen Regio-Krimis versuche ich stets, die Örtlichkeiten und deren Geschichte realitätsnah zu beschreiben. Alles andere ist frei erfunden und entstammt meiner immensen Phantasie.

Valérie-Lehmann-Reihe:

Herrengasse
ISBN 978-3-95451-713-8

Klausjäger
ISBN 978-3-95451-988-0

Muotathal
ISBN 978-3-7408-0053-6

Einsiedeln
ISBN 978-3-7408-0318-6

Itlimoos
ISBN 978-3-7408-0509-8

Lauerzersee
ISBN 978-3-7408-0784-9

Etzelpass
ISBN 978-3-7408-1262-1

Kaltbad
ISBN 978-3-7408-1263-8

Reichenburg
ISBN 978-3-7408-1947-7

Die Erfolgsserie der Bestsellerautorin Silvia Götschi
Alle Titel sind auch als eBook erhältlich.

Max-von-Wirth-Reihe:

Bürgenstock
ISBN 978-3-7408-0413-8

Engelberg
ISBN 978-3-7408-0625-5

Interlaken
ISBN 978-3-7408-0929-4

Davosblues
ISBN 978-3-7408-1119-8

Tod an der Goldküste
ISBN 978-3-7408-1407-6

Allegra-Cadisch-Reihe:

Jakobshorn
ISBN 978-3-95451-260-7

Mattawald
ISBN 978-3-95451-482-3

Bärentritt
ISBN 978-3-95451-777-0